朱柳 著

重慶出版集团 重慶出版社

图书在版编目（CIP）数据

穿过军装的人 / 朱柳著. -- 重庆：重庆出版社,
2025. 5. -- ISBN 978-7-229-19289-1

Ⅰ. I247.5

中国国家版本馆CIP数据核字第2025FP5499号

穿过军装的人
CHUANGUO JUNZHUANG DE REN

朱柳 著

出　　品：	华章同人
出版监制：	徐宪江　连　果
策划编辑：	张铁成
责任编辑：	王昌凤
特约编辑：	张锡鹏
营销编辑：	刘晓艳
责任校对：	彭圆琦
责任印制：	梁善池
封面设计：	末末美书

重庆出版集团
重庆出版社 出版

（重庆市南岸区南滨路162号1幢）

北京毅峰迅捷印刷有限公司　印刷
重庆出版集团图书发行有限公司　发行
邮购电话：010-85869375
全国新华书店经销

开本：710mm×1000mm　1/16　印张：25　字数：336千
2025年5月第1版　　2025年5月第1次印刷
定价：59.80元

如有印装质量问题，请致电023-61520678

版权所有，侵权必究

目录

第 一 章　归去来兮 / 001

第 二 章　提前忠告 / 006

第 三 章　要走正道 / 012

第 四 章　物是人非 / 018

第 五 章　新的开始 / 024

第 六 章　再次相遇 / 029

第 七 章　试着改变 / 035

第 八 章　角色差异 / 040

第 九 章　敬礼曾经 / 046

第 十 章　另谋生计 / 051

第 十一 章　初步思路 / 057

第 十二 章　一语惊醒 / 063

第 十三 章　作出决定 / 068

第 十四 章　意外工作 / 073

第 十五 章　北上考察 / 079

第 十六 章　加盟学艺 / 085

第 十 七 章　开店创业 / 091

第 十 八 章　被踢出局 / 096

第 十 九 章　适应改变 / 102

第 二 十 章　竞争很大 / 108

第二十一章　初心誓言 / 114

第二十二章　转身出发 / 119

第二十三章　各奔前程 / 124

第二十四章　近忧远虑 / 130

第二十五章　班长和兵 / 135

第二十六章　山穷水尽 / 141

第二十七章　柳暗花明 / 147

第二十八章　家有喜事 / 153

第二十九章　言传身教 / 158

第 三 十 章　心生隔阂 / 163

第三十一章　乡貌初变 / 168

第三十二章　江湖救急 / 173

第三十三章　双重压力 / 178

第三十四章　矛盾突现 / 183

第三十五章　难解问答 / 188

第三十六章　一地鸡毛 / 193

第三十七章　来者不善 / 199

第三十八章　祸事横生 / 205

第三十九章　生死未卜 / 211

第 四 十 章　水落石出 / 216

第四十一章　作茧自缚 / 221

第四十二章　何去何从 / 226

第四十三章　并不如意 / 231

第四十四章　不尴不尬 / 237

第四十五章　精气有神 / 242

第四十六章　如何选择 / 248

第四十七章　再作决定 / 253

第四十八章　重新开始 / 258

第四十九章　点亮想法 / 263

第 五 十 章　再打基础 / 268

第五十一章　进展顺利 / 273

第五十二章　圆梦重生 / 278

第五十三章　发展进步 / 283

第五十四章　有缘故人 / 288

第五十五章　扬清激浊 / 293

第五十六章　暗生情愫 / 298

第五十七章　清醒顿悟 / 303

第五十八章　日拱一卒 / 309

第五十九章　新的想法 / 314

第 六 十 章　民心向认 / 319

第六十一章　有失有得 / 324

第六十二章　再进一步 / 329

第六十三章　本能行为 / 334

第六十四章　受益匪浅 / 340

第六十五章　平凡英雄 / 345

第六十六章　深受触动 / 351

第六十七章　相谈甚欢 / 356

第六十八章　梧桐引凤 / 361

第六十九章　有了娘家 / 366

第 七 十 章　退伍亦兵 / 371

第七十一章　原是一家 / 376

第七十二章　难凉热血 / 382

第七十三章　有战必回 / 388

第一章
归去来兮

这一年的十二月份，和往年相比，没有什么太大的区别。非要说有什么不同，或许就是有几天的气温稍微低一点儿。冬天，哪儿都是冷，气温升降二三摄氏度，几乎感受不到什么明显差异。

这天夜晚，一列从东三省某地始发、途径湘南省、终达沿海某城市的火车，钻山洞、走平原、过黄河、跨长江，一路向南飞奔。在纵横祖国南北山河的铁轨上，火车不时地发出呜咽的声响，像是在抗议天气的严寒，烦躁压抑，却又无可奈何，只好把力气使在快速奔驰上。急速旋转的车轮，一刻也没停留，就像车厢里满满的乘客，归心似箭。

腊月的北方冰天雪地，到处都是白茫茫的一片，但因为是晚上，什么也看不清楚，车上的乘客都在睡觉。经过一夜的奔驰，翌日清晨时分，火车到了华北地区，外面的世界还是灰蒙蒙的，雪雾迷茫，看不太远。这个时候，有一些年龄较大的乘客已经醒来，简单地收拾后，或而安静地坐着看看窗外，或而小声地说说话。到了六七点钟，太阳从云雾中跳了出来，车厢里瞬间变得晃眼地亮了，大多数乘客也都迷迷糊糊地睡醒了，一个个睡眼惺忪地在车厢里大声地招呼着同伴，来来回回走动，上厕所、洗漱、抽烟……整个火车上开始热闹起来。

在火车的第十六节卧铺车厢九号下铺，一个留着平头二十三四岁的年轻人没有同伴，也没有加入和周围的乘客聊天中去，他安静地躺着，不时拿起手机看一眼，手机屏幕上没有显示接收到什么信息，只有时间跳动了一下，从九点整变成九点零一分。又躺了一会儿后，平头年轻人坐了起来，起身拿起一件夹克披上，后从背包里摸出烟和打火机，准备到车厢尾部去抽烟。

来到吸烟处，见有两个戴着眼镜的中年人在车厢的左侧出口抽烟，平头年轻人就靠着右出口，把烟点着，狠狠地吸了一口，吐出一个烟圈。这个时候，从后面的车厢里也走出一个和平头年轻人身高、年龄差不多的小伙子来，只见他敞开的黑风衣内，露出一件军绿色的棉衣。

"哥们儿，麻烦借个火呗？我的打火机丢了。"穿黑风衣的小伙子从口袋里掏出一盒烟，朝右侧吸烟处的平头年轻人借火。他拿出一根烟，本想给平头年轻人一根，发现对方正抽着，也就作罢。

"你也是当兵的？"平头年轻人把打火机递给穿黑风衣的小伙，看到对方穿着部队发的防寒棉衣，便随口问道。

"是！当了两年兵，昨天刚退伍。"穿黑风衣的小伙子迅速点着烟，吸了一口，再把打火机递了回来。

"你拿着吧，我还有一个。"平头年轻人没有再接打火机，笑了笑，接着说道，"我也刚退伍，五年兵。"

"班长啊！班长你在哪儿当的兵？我是松江市舟桥部队的！"黑风衣小伙两眼一亮，有些惊喜，一连串问道，"班长，你是什么兵种？班长，你是哪儿人？"

"哎哟，巧了，我也在松江市当兵。"平头年轻人乐了，一手夹着烟，一手掏出退伍证，"松江市武警支队机动中队，老家是湘南省邵州市的。"

"班长，这么有缘分！我们还是老乡，纯老乡！我老家也是湘南邵州的！"黑风衣年轻人更加激动了，一边接过平头小伙的退伍证看，一边忙从裤兜里掏出他的退伍证，"班长，我叫马超群，家是邵州市北清区的。"

邵州市位于湘南省西南部,古称昭陵、宝庆,是一座有着悠久历史的古城。邵州市下辖三个区,九个县。在市区,一条由邵水为主要支流的资江穿城而过,河流将市区划分为双祥区、北清区、大塔区,又以资江两岸分为江南、江北。邵水河上有邵水桥、青龙桥等,资江上横跨资江一桥、资江二桥、西湖桥等,几座桥通畅城市三区。

平头年轻人接过这个叫马超群的小伙子的退伍证,看了看后,不禁感叹道:"还真挺有意思的。"

"葛班长,你家是邵州市哪儿的?"马超群从平头年轻人的退伍证上看到对方的信息,知道他叫葛卫,比自己大一岁。

"双祥区的,双祥区郊区的。"叫葛卫的平头年轻人苦笑了一下。他家是农村的,当初去当兵的时候,没有安置卡,家里想着要是他在部队多干几年,最好当够十二年,回来能安置个工作,可现在他才一期士官期满,就选择退伍了。

"那也离得不远,葛班长,邵州市就那么大。"马超群吸了口烟,接着兴奋道,"说不定我们以前还见过,这以后回家了,或许还会经常见。"

"当兵之前,我在北清区读了三年高中,文德中学。"葛卫转而说道,表示对北清区还算熟悉。

"哎呀,葛班长,我也在文德中学上了一年学,一百二十五班!高二的时候才转学到第一中学去的。"两人都没想到还这么有渊源,马超群激动得连忙用左手夹着烟,伸出右手来要和葛卫握手,"这也太巧了,我们还是校友!葛班长,你是哪一届毕业的?"

"我是一百三十六班的,你比我大一届。"葛卫笑着和马超群握手,两人瞬间从彼此陌生,转而到老乡、到校友,又有在同一个城市当过兵的缘分,自此算是认识了。

其实葛卫没比马超群大一岁,就大几个月。家在城市里的马超群上学早,二十一岁大学毕业去当的兵,出生在农村的葛卫上学稍微晚一点儿,十九岁高中毕业,就直接去当兵了。所以,在上学的时候,马超群比葛卫高一届,而当兵后,葛卫反过来比马超群高了三届,葛卫当了五年兵,马超群只当了两年兵,今年赶上一起退伍。

"又在这儿抽烟!你能不能少抽点儿?"就在葛卫和马超群聊得正起劲的时候,从马超群身后,走过来一个青年,青年比两人略高,颇为壮实,皮肤黝黑,穿着一件条纹的夹克,显得有些成熟。

"海波哥,好像你以前不抽烟似的,才戒了不到三个月,就教训起我来。"马超群转身和青年笑呵呵地贫嘴道,"你不就是回家怕嫂子说你,才把烟戒了的!要不,趁着现在没到家,再抽一根?"

"别,好不容易戒了,别再刺激我了。"条纹夹克青年"咬牙切齿"地瞪了马超群一眼,看到吸烟处有好几个人也在抽烟,转而讪讪一笑,"抽烟,终归是不好的。"

"海波哥,给你介绍一个战友,是邵州市的老乡,还是我的校友,葛卫,松江市武警支队的,一期士官退役。"马超群手中的烟正好燃到了尽头,他把烟掐灭,继而介绍道,"葛班长,这位是个三期'老炮儿',刘海波,他在松江市的磐市当兵,二炮部队,也是今年转业。"

"你好,刘班长。"葛卫连忙也把烟掐了,伸手和刘海波握手。

"大家都是老乡,也都在松江市当过兵,真是有缘分。"刘海波和葛卫握手,自我介绍道,"刘海波,九七年入伍,今年三期士官转业。"

"刘班长,以后多照应。"葛卫客气地笑道。

"你们都是当兵的啊?都退伍了?我也当过兵,八三年的坦克兵。"三人正说着话,原来在左侧吸烟处抽烟的一个高个子中年大叔凑过来搭话。

"老兵!老班长!向老班长敬礼!"刘海波、葛卫、马超群三人同时举手朝高个子中年人敬礼,笑着问好。

"现在部队的营房硬件设施、军人待遇各方面,都比以前好多了！不像我们那时候，那时候条件真的苦，住大通铺，几十号人挤在一起。夏天蚊子成群，冬天洗漱连热水都没有。一个月的津贴，才六块钱。"高个子中年老兵回礼，笑呵呵地看着三人，似乎很有感触，接着说道，"哎呀，这一晃，都二十多年了！去年，我和一些老战友回老连队看了看，现在比以前好多了！哎，我说，你们都退伍了？现在部队各方面都越来越好了，你们怎么不多干几年？"

高个子中年老兵的话风突然从对过往的怀念转到对三个年轻退伍兵的关心中来，刘海波和葛卫还有马超群一时没想好怎么回答，说实话也不是，说客套话也不是。关于走与留这个话题，高个子中年老兵或许只是出于好奇而问，但是三个年轻人却有些敏感，毕竟每个退伍兵都有他自己的想法和故事。

"每年一到临近退伍的时候，部队都会说一颗红心、两手准备，是走是留，听从组织安排，自己也要正确面对。"还是葛卫率先开口道，"对于退伍兵来说，是一颗红心，两条路。留是一条路，走也是一条路。向左向右，总要有所选择。"

"不错！年轻人能正确对待，很好！"高个子中年老兵是过来人，赞许道，"好男儿当兵报国，是义务，是光荣。即使退伍了，也是国家和社会的建设者。希望你们以后不管在哪里、从事什么行业，都不要忘记自己当过兵，不要忘记部队的培育，要有军人的样子，做一个对国家、对社会有用的人。"

"那是当然，我们还有个名字，叫退伍兵！我们还是一个兵！只是不穿军装而已！部队总教育我们，只要当过兵，一辈子都是兵，一辈子都要有当兵的样子！"刘海波、葛卫和马超群豪情满满。

第二章
提前忠告

　　火车依旧一路南下，窗外的太阳也越升越高。高个子中年老兵和他的同伴抽完烟，就和三个年轻退伍兵告别回到他们的卧铺上去休息了，刘海波、葛卫、马超群三人没有要离开的意思，他们想着回去躺着也是无聊，索性就继续在吸烟处聊天。

　　三个年轻人很快熟悉起来，葛卫对马超群和刘海波早就认识感到有些诧异，后来马超群说，他家和刘海波家是亲戚关系，他们的母亲是表姐妹，而且两人小时候也见过，只是刘海波比马超群早当十年兵，今年正好赶上一起退伍回来。随后，他们聊起当兵时期的经历，聊起家乡的种种，颇为投缘，很快便称兄道弟起来。

　　"欢迎来到美丽的邵州市，邵州市历史悠久、人杰地灵……"几个小时过后，日落偏西、临近黄昏，火车终于到达湘南省邵州市，这时，广播里传来播音员甜美的播报声："到达邵州的旅客请注意，列车还有三分钟抵达邵州车站，邵州车站为中停车站，停车时间五分钟……"

　　"终于到邵州了，终于回家啦！"火车缓缓进入邵州车站站台，停稳后，列车员打开车门，到站的乘客们拎着大包小包，拥挤着下车。不一会儿，刘海波、葛卫和马超群也下了车，站在人来人往的站台上，刘海波问道："一会儿，你们怎么走？"

　　"我爸妈过来接我。"马超群走在最前面，他打量着站台四周，似乎要瞧出个所以然来，兴奋道，"海波哥，要不去我家一起吃饭吧？还有卫哥。"

"我就不去了，我去我岳父岳母家，他们做好饭菜在家等我呢。"刘海波笑着道，继而又问葛卫，"你呢？回家还有车吗？"

"你们不用管我，我得先去一趟邵州学院。"葛卫也有去处。

"我们退伍啦！我们回家啦！"三人欢呼着，互相道别。

走到出站口，马超群很快就看到了来接他的父母，马超群的父母比较年轻，四十出头，马爸爸有些发胖，一副小老板模样，马妈妈烫着头发，打扮得比较时尚。很快，一家人欢欢喜喜地拥抱在一起。

马超群家在邵水河畔的老城区，房子是马爸爸年轻时候盖的，一共四层，他们家住二楼，楼上和楼下的门面房一直是租出去的。到家，一进门，马超群放下背包，就在屋里四处转，这里看看、那里摸摸。当兵离家两年，他时常梦到家里的情景，如今，终于回来了，可以实实在在地触摸家里的每一个物件，感受每一道气息。

"吃饭啦！"很快，马妈妈就把早已做好焖在锅里保温的饭菜端上桌。马爸爸也在桌子前忙活，帮忙盛好了饭："你妈忙活了一下午，你看，都是你爱吃的菜。"

"哇，猪血丸子炒腊肉！"马超群来到饭桌前，立即被满桌的饭菜香住了，用手抓起一块腊肉，直接塞进嘴里，一边嚼着一边乐道，"真好吃！有两年没吃到了。"

"洗手去！"一旁的马妈妈拿着筷子敲了一下餐桌，嗔怒道，"多大人了，还用手抓菜吃。"

马超群给了马妈妈一个调皮的眼神，蹦蹦跳跳洗完手，一家人坐下来，开始吃饭，马妈妈给马超群连夹了好几次菜，一个劲儿地让他多吃点儿。

"爸，我陪你喝点儿？"吃了几口菜，马超群看到一旁的酒柜，上面有好几种白酒，顿时来兴趣了。

"儿子长大了，想喝酒啦？"马爸爸似乎也来了兴致，起身取来一瓶白酒、两个小酒杯，笑呵呵地说道，"今天儿子当兵回来了，高兴，爸陪你喝点儿！"

马超群接过白酒，打开，笑嘻嘻地说道："爸，我给您满上。"

倒上酒，马超群又给马妈妈倒上饮料，然后端起酒杯，有模有样地站了起来，对着马爸爸和马妈妈说道："爸，妈，感谢你们把我养育大，送我上大学，又送我去当兵。儿子当兵两年，得到了很多锻炼，也懂得了很多，部队常说一句话叫忠孝两难全，儿子从军这两年没能陪在你们身边，现在儿子回来了，以后一定好好孝顺你们！这杯酒，我敬你们！"

"儿子长大了，懂事了！"马爸爸拿起酒杯，马妈妈也端起饮料，三个人干杯，一家人其乐融融。

在马超群回家没多久后，刘海波也到了妻子杜青青家里。他们现在还住在岳父岳母的家里。杜青青比刘海波小两岁，在邵州市中心医院上班。五年前，当兵休假在家的刘海波突发阑尾炎，被送到中心医院做手术，而杜青青正好是值班护士，刘海波住院期间，他们在医生和病友的撮合下，有了进一步的接触，后来发展为情侣。谈了三年恋爱，两年前结婚，结婚后二人没有要孩子，也没有买房子，不是他们不想买房子，只是杜青青在邵州市里上班，而刘海波人还在部队，每次休假回来的时间也不长，他对邵州市还不太熟悉，也不知道转业后工作安置到什么地方，一来二去，买房子的事情就一直搁置着。于是，杜青青就和结婚前一样，还住在家里，刘海波休假的时候，除了回老家绥平县看望父母待几天外，剩下的时间就在杜青青的闺房里凑合着。

杜青青家里，除了杜爸爸、杜妈妈，还有弟弟杜明。杜爸爸和杜妈妈个子都不高，夫妻俩都微微发胖，他们在杜青青上班的中心医院后门开了一家饭店，生意还不错。杜青青和杜明比父母要高一些，尤其是杜明，有一米七八左右，高高瘦瘦的，现在还在邵州市第二中学读高一。

"你回来啦！"刘海波回到杜青青家里放下行李后，杜青青也刚好下班回家。

"回来了！"隔了几个月没看到妻子了，刘海波怜爱地帮她拿拖鞋换上。

"都回来了，开饭！"刘海波和杜青青还没有过多的表达相思之情，杜爸爸和杜妈妈就做好了一桌子饭菜，随后，一家五口坐在一起吃饭。

"姐夫，你这次回来，就不用再去部队了？"饭桌上，杜明一边吃饭，一边和刘海波说话。他和刘海波关系还不错，除了当初刘海波追求杜青青的时候没少讨好这个小舅子之外，还有就是杜明对部队也十分向往。

"对，这次是转业，服役期满了。"刘海波顿了一下，笑道。

"啊？那没意思了，我还想着过两年去当兵，跟你混呢。"杜明甩了一下他那略长的头发，有些失望道。

"你去当什么兵？家里有个当过兵的就行了，你好好读书，考个好大学，才是正经的。"杜妈妈给杜明夹了一块肉，教育道，"你看看你，瘦成这样，你要是去当兵能拿得动枪？能搞得了那么苦的训练？还有，以后你就留你姐夫这样的发型。你看你，头发弄得比你姐的还长，像什么样子？"杜爸爸杜妈妈生杜明比较晚，对他说不上娇生惯养，也是当宝一样宠着，杜妈妈可舍不得让杜明去部队吃苦受累。

"哪有这么夸张？我姐的头发是扎起来的！我们班男生都是这么长的头发，这叫时尚，你不懂。"杜明白了杜妈妈一眼，噘着嘴道，"再说了，我怎么就不能去当兵了？上大学和当兵又不冲突。"

十六岁的杜明正值青春叛逆期，杜妈妈说一句，他有十句回应。

"好了，你俩都少说一句。这还没到时候呢，到时候再说也不迟。"杜爸爸拿筷子敲了一下碗，然后挪了一下身体，对着刘海波说道，"小刘，转业回来，有什么打算？"

"具体工作要等到明年年底才分配。"在杜青青家里，刘海波多多少少还有些客人的感觉，他连忙咽下嘴里的东西，回答道，"趁着工作之前，我和青青想先把房子买了，把装修什么的都搞好。"

"我的意思是，对于工作安置，有什么打算？"杜爸爸指的是刘海波能分配或者想分配什么样的工作岗位。

"看怎么分配吧，分到哪儿是哪儿。"刘海波并没有想过这个事，他一直认为安置工作是个笼统的概念，民政局和部队一样，会根据个人的能力和专业特长什么的分配工作。

"你还指望正常分配？想得太简单了。"杜爸爸颇有意味地看了刘海波一眼，然后笑道，"你在部队待久了，不知道地方的风气。现在的社会，没有关系没有钱去运作打点，不说寸步难行，也差不多点儿。你以为工作这么好安置啊？去年我们家一个大侄儿也是当十二年兵回来，找工作花了不少钱。"

杜爸爸不以为然道："现在就是这个世道。不要太过理想化，你没关系，别人有关系，原本属于你的，就有可能变成别人的。"

"这也太……"刘海波一时想不到合适的词语来形容自己的心情。黑暗？离谱？不可思议？还是现实就是这样？

"太什么？现在就是这样的社会。就说我们家的那个饭店，要是不把各种关系打点好，早就开不下去了。有些事情，等你融入这个社会你就知道了。"杜爸爸喝了一口汤，缓缓道，"你家在邵州有没有什么熟人？有的话，就联系联系，看看能不能找找关系。如果没有的话，哪天抽空，我去问问青青大伯，他和上次给他儿子办事的那个民政局副局长好像是同学，看看他能不能帮忙。"

"我想……听您的安排。"刘海波想说什么，犹豫了一下，又改口道。

"着什么急，安排工作的事，还有将近一年的时间呢。"坐在刘海波旁边的杜青青看出了丈夫不自然，便笑嘻嘻地转换话题，"今年我的年假还没休呢，下周我休年假，我们先去旅几天游。"

"你都嫁人了,还一天天就知道玩。"杜妈妈看着杜青青,又好气又好笑地说道,"你俩啊,得抓紧要个孩子。"

"妈,这也不是着急的事。"杜青青娇羞地看了一眼杜妈妈,然后给刘海波夹菜,亲昵道,"你多吃点儿。"

第三章
要走正道

在马超群和刘海波已经回家和家人团聚的时候,葛卫还没有回家,他还在去邵州学院的路上,找女朋友唐微微。

葛卫和唐微微是去年认识的,去年秋天的一个下午,休假回家的葛卫联系上一个高中时期玩得比较好,在邵州学院上大学的同学唐律,两人约好在邵州学院里打篮球。篮球打到一半,唐律的女朋友过来找他,一起来的还有他女朋友的学妹唐微微。葛卫第一次见到唐微微的时候,眼睛一亮:她穿着一件白色裙子,戴着一顶遮阳帽,长发飘飘,一双大眼睛,真好看。随后,四个人一起玩耍,葛卫和唐微微就这样认识了,两人似乎都对对方颇有好感,分别的时候还留了联系方式。回到部队后,葛卫忙于训练,一开始他与唐微微联系得少,也就周末打打电话、平时写写信,断断续续地互相了解和熟悉。慢慢地,两人越来越投缘,打电话通信的频率高了起来,感情也逐渐升温。今年夏天葛卫休假,他们再次见面,有了一年多的感情基础,陷入情网的葛卫向唐微微表白,唐微微考虑到异地恋,有些犹豫。葛卫想了想,决定年底就复原回邵州,唐微微才同意和他确定恋爱关系。唐微微也是邵州人,就读于邵州学院英语系,和葛卫认识的时候她刚读大一,今年是大二。

在车上,葛卫看着街道两旁的建筑和景色,和五年前他刚当兵的时候相比,有很大的变化,有好多新建筑拔地而起,他感觉邵州市在发展，而且是在快速发展。不一会儿，葛卫到了邵州学院附近，唐微微今天晚上要上课，他也要回乡下的家里，所以他们就约好在学校附近的一家西餐厅见面。

葛卫下车后，唐微微还没来。街道的一个巷子里有个花店，葛卫便走了进去买了一束火红的玫瑰花，随后，他哈了几口气，突然意识到什么似的，又到一旁的商店里买来一盒口香糖，嚼了两片后，感觉到口腔的呼吸清新了，才作罢。

晚上的邵州学院门口比较热闹，三三两两的学生进进出出，成对的情侣手牵着手路过，人来人往，络绎不绝。望着喧闹嘈杂的街道，葛卫慢慢从焦急而又激动的心情中平复下来。他仔细地观察着周围的建筑以及行人，突然想到，假如自己还在部队当兵，肯定看不到眼前的一切，而这一切，并不会因为他的参与与否发生改变。人不可能同时走上两条路，此刻，葛卫觉得现在的自己像是一个外来者，或者是一个旁观者。他对眼前的一切感到特别陌生，陌生到他来或者他走，都没有什么影响。

又过了一会儿，葛卫终于看到唐微微从学校里走出来。唐微微穿了一件红色的羽绒服，戴着一顶看上去很可爱的棉帽子，走近了，发现她还化了淡妆，似乎更加漂亮了。

"微微，送给你的！"葛卫迎上去，很开心地笑着，把玫瑰花递给唐微微。

"谢谢。"唐微微接过花，挽了一下长发，还嗅了一下花香。

葛卫傻傻地看着唐微微，唐微微也有些羞涩，或许是因为两人平时都是打电话或者写信，见面的次数少，突然又见面，两人都还有点儿不自在。

"可算看到你了，好想你……"葛卫鼓起勇气，上前一步，一把抱住唐微微，他的身体有些颤抖。

"我也是。"唐微微也激动了，眼角泛出些许泪水，扑进葛卫的怀里，两人抱在一起。葛卫紧紧地抱着唐微微，亲吻着她的秀发，真好闻！唐微微也尽情地回应着对方，手中的玫瑰花差点儿没拿住。

"饿了吧？先去吃东西吧。"葛卫和唐微微拥抱了好一会儿，才依依不舍地分开。这个甜蜜的拥抱，极大地缓解了两人久别的不自在，随后，葛卫亲昵地拉着唐微微的手，走进西餐厅。

"我要一份七分熟的牛排，一份小芝士糕点，再加一杯橙汁，谢谢。"就座后，唐微微拿起菜单扫了一眼，点了要吃的东西，继而，她看到葛卫还在盯着菜单看，便问道，"你想吃什么？"

"和你吃一样的。"这是葛卫第一次到西餐厅吃东西，一进来，他就有些不自在。餐厅的环境很高雅，就餐客人的穿着打扮也都颇为时尚，一副很自然、很优雅自如的样子，而葛卫总觉得有些自卑和不习惯的拘束感。他看了看菜单，上面的那些吃的别说他没见过，有些甚至根本不知道是什么。他只好跟着唐微微点一样的，想着能吃就行。

"你回来的事情和你家里沟通好了没？你不是说你父母希望你继续留在部队吗？你突然就退伍了，他们会不会不高兴？"点完吃的，葛卫和唐微微继续聊天，唐微微问道。

"不高兴我也回来了，现在木已成舟了。"因为葛卫是农村户口，当兵的时候没有安置卡，所以他的家人一直想让他在部队多干几年，最好是干到三期士官再退伍，那样的话，按照国家政策就会给安置工作，实现跃农门。然而，他一期士官服役期满就选择退伍了，尽管在临近选择走与留的时候，他和父母沟通过，但是父母一直坚持他们的想法，也苦口婆心告诫葛卫地方社会上是多么的艰难，而葛卫也一直坚持自己的打算，用他的话说再难也不怕，怕什么？当过兵的还怕这怕那的？几番争执，谁也没有说服谁，最后父母也妥协了，只能任由他了。

"那你回来打算干点儿什么呢？"唐微微试着问道。

"具体干什么，还没想好。但是我想着只要努力，总会有出路的。"葛卫信心满满，憨憨地一笑，倒是会说话，"只要我们能在一起，让我干什么都行。"

"德行！"唐微微娇羞道，"我还有两年半毕业，你先在邵州陪我两年半，看看找个什么工作，等我毕业了再说别的。"唐微微也不知道葛卫能干什么，现在刚回来，很多事情还需要从长计议。

"没有问题，等你毕业了，再娶你。"葛卫哈哈一笑。

很快，服务员端来了吃的。唐微微熟练地拿起刀叉开始吃牛排，葛卫看着这些颇为好看的美食，顿了一下，随后也学着唐微微拿刀叉的样子切牛排。不料，他用力不当，刀叉把餐盘弄得吱吱作响，却还是没能将牛排切成小块，于是，他胡乱地将牛排撕扯成两半，拿起一半直接塞到嘴里，大口地嚼着。

"我吃饱了，等下就要回去上课了。"吃完东西，唐微微也该回学校了，两人即将分别。

"行，你去上课，我先回家，明天我去民政局报到，有时间的话再来找你。"葛卫走出西餐厅，来到车水马龙的街道上，深呼吸了一口，感觉轻松了些。

"那好吧，回家后好好陪陪父母，和父母好好说话，不要惹他们不高兴。"唐微微对葛卫"不顾家人反对，执意要退伍回来"的做法有些顾虑，她知道，葛卫这样做很大一部分原因是和她有关。

"放心吧，我都这么大了，以后的路，自己走！当过兵的，怕什么？"葛卫顺势抱住唐微微，两人拥抱一番后，挥手告别。

时间跳到晚上七点钟，街道上灯火阑珊，路人也是行色匆匆。南方的冬天虽然没有北方气温低，但似乎和北方一样地冷。很快，葛卫坐上了回家的车。邵州市区有由个人承包的开往各个乡镇的中巴车，从市区出发，要三十分钟左右的车程到葛卫家所在的板桥乡，而从葛卫家到板桥乡的坐车点，还需要走上二十分钟左右。

在车上，葛卫给家里打了个电话，说他一会儿到家。电话是葛爸爸接的，葛爸爸在电话里没有说太多，只说正在炒菜了。

终于，葛卫回到家中。昏暗中，他发现家里没什么变化，葛爸爸正在后屋的厨房炒菜，葛妈妈在一旁洗菜。葛爸爸中等身高，瘦瘦的，是乡镇的电工，葛妈妈比葛爸爸要矮一些，稍微有些发胖，她年轻的时候是裁缝，后来因为视力差了，就在家里干点儿农活。

"爸妈，我回来了。"葛卫进门后朝着后屋喊了一句。

"回来了啊，喝点儿热水暖和一下，一会儿就吃饭了。"葛妈妈把洗好的菜放到灶台上，起身来到前屋，怜爱地看了看葛卫，给他倒了杯热水。葛爸爸也端着一碗刚炒好的菜出来，放到餐桌上，冲着葛卫应了一声，后屋厨房灶上锅里的油，正嗞嗞地响，葛爸爸转身又去炒菜了。

葛卫喝着水，透过昏黄的灯光，看着葛妈妈额头上的皱纹又深了些，再看看在后屋炒菜的葛爸爸背影，好像也有些佝偻了，这几年他们肯定没少受累，想到这里，葛卫鼻子一酸，心里不是滋味。

很快，一家人坐上饭桌开始吃饭。葛爸爸的厨艺很不错，做了好几道菜。尽管葛卫之前在西餐厅吃了点儿东西，但是根本没吃饱，所以此时的他看到一桌子十分有食欲的辣椒菜，立即拿起筷子大口吃了起来。"好吃！"他似乎很久没有这样敞开怀吃家乡的饭菜了，顿时觉得还是回家好。

想到回家，葛卫又清醒地意识到自己还没有和爸妈当面说明退伍的事情。希望他们对自己的选择不太过于失望，于是他放下碗筷，轻声道："爸，妈，我今年选择退伍回来，一是不适应那样的环境，二是我想到社会上闯荡一下……"

"回都回来了，我和你妈再说什么也没有意义了。"葛爸爸夹了一口菜，缓缓道。

"我当了五年兵，我想换一种环境，重新开始奋斗……"葛卫试着解释。

"我知道，既然你不想走那条路，回来就回来。"葛爸爸接着道："但是，你也要知道，我们家的条件就这样，甚至我们这个村，还是贫困村，要什么没什么。你有自己的想法，我们也不想过多地干涉，也干涉不了。但是有一点你要记着，你要走正道，不管干什么，都要走正道！我和你妈不指望你有多大出息，就希望你以后争点儿气。"自从葛卫当兵后，葛爸爸和葛妈妈自然很关心部队的事情，通过和也有亲人在当兵的同事、朋友们聊天，或多或少地了解和打听到一些现在部队的传言，所以，在多次劝说葛卫无效后，他们也就不再勉强了，他们知道葛卫长大了，也能够为自己的选择负责了。

"这个你们放心，走什么路也不能走歪门邪道。"听到葛爸爸这么说，葛卫十分肯定道。同时，他也释然了很多。

第四章
物是人非

第二天早上,不到六点钟,葛卫就早早地起来了。当然,他没有闲着,看到家里屋前屋后堆了一些杂物,便动手收拾了一番。

"阿卫,当完兵回来啦?你这是准备装修房子,要结婚了?"过了一会儿,邻里们陆陆续续起来走动了,他们看到葛卫在忙活,纷纷打招呼道。

"回来了!就是简单收拾一下,结婚还早着呢。"葛卫没有说太多,毕竟他和唐微微的事,还没有和家里说。他想,等过一段时间,和唐微微的关系有实质性的进展,或者等她毕业了,到谈婚论嫁的时候再说吧。

"吃早餐了!"很快,葛爸爸做好了早餐,是葛卫最喜欢吃的米粉。

中国自古有南粉北面之说,在湘南省的各个城市都有不同样式的米粉。邵州米粉由米粉和配料臊子两部分组成,两者都有着独特的风味。米粉是用当地的新米和陈米按照一定比例配比制作而成,不加其他任何材料。虽然米粉本身有些粗、硬,但是用牛肉骨头或者猪肉骨头汤为头道原料,经过几分钟的煮烫,就弹性十足、雪白顺滑,且容易夹断。臊子,则是根据不同需求而选择不同食材加以不经外传的卤水配方的香辣小炒,有油豆腐、木耳、猪肉、牛肉、牛肚等。一碗热气腾腾的米粉,配上喜欢吃的臊子,再撒上一点儿葱花,一口下去，满口米香，香辣爽口，十分过瘾。因此，邵州人对邵州米粉情有独钟。

"真香，好久没有吃到这么好吃的米粉了！"葛卫放下手里的活儿，迫不及待地拿起筷子，将米粉搅拌一下，然后大口地吃起来。

吃完早餐，葛卫准备出门，今天他要到区民政局办理报到等相关事宜。在去的路上，他慢慢地走着，村里的小路年久失修，坑坑洼洼，不太好走。"要是村里能修上一条水泥马路，该多好！"他在心里想着。随后，葛卫走到一处高地，因为昨天晚上回来的时候天已经黑了，什么也看不清，现在，他终于能好好地观望阔别五年的家乡了。这五年里，葛卫家乡的变化不大，大山依旧是大山，道路依旧是略窄的乡道，村子是乡里有名的贫困村，交通不便，信息闭塞，根本没有什么产业。说到村子的贫困，葛卫想到以前葛妈妈和他说过的一个笑话：因为这个村子穷，家家户户的条件都不好，以至于附近的乡村都没有女孩子愿意嫁到这里来，葛妈妈和葛爸爸结婚的时候，她的娘家人一致反对，倒不是看不上葛爸爸，而是因为这个地方太穷了，娘家人甚至还对葛妈妈说以后家里没有米下锅了，可不要到娘家来借，以免丢人。好在葛爸爸和葛妈妈都比较勤劳，慢慢地把日子过了起来。

上午，葛卫来到区民政局，民政局办公室里围满了人，都是今年的退伍兵在办理手续。在人群中，葛卫看到两三个熟悉的面孔，好像是五年前一起报名参军的时候见过，他们看到葛卫，也感到似曾相识，于是互相点头打招呼。

弄完报到的事情后，葛卫本想去和唐微微约会，但是唐微微说要下午上完课后才有空，于是，他就在大街上闲逛。"已经是新的开始了，要从哪儿开始？怎么开始？"望着车水马龙的街道，葛卫开始思考接下来的人生路要朝哪儿走、怎么走了。父母口中的正道，是最起码的底线。从小他受到父母最大的熏陶和教育就是老老实实、勤勤恳恳。葛卫记得小时候家里比较穷，住的还是土房子，见邻里们都建好了新房子，父母便更努力地劳作、更拼命地攒钱，没几年，不仅盖上了新房子，而且生活上也宽裕了很多。要走正道，问题是要怎么走，具体干什么。在退伍之前，葛卫也曾认真想过回来要干点儿什么，但那只是空想，没有实际意义。现在的他，只有一股"怕什么？当过兵的还怕这怕那"的勇气。

"年后有个培训，到时候去看看，现在解决到城市里立足的问题，至于以后的路怎么走，再伺机而定。"对于如何开始新的人生，葛卫一时还没有头绪，不过他想在民政局报到的时候工作人员说明年大祥区政府会组织退伍兵就业技能培训，便想着到时候去了解一下。虽然说退伍回家了，但是家在农村、离市区不是很远的葛卫，还是和其他外出打拼的年轻人一样，选择来到市区，他想尽快找一份工作，在城里安顿下来，谋生的同时，尽快适应和融入地方生活中来。

葛卫在大街上到处逛的时候，相隔两条街道的刘海波也在四处转，他是到各个楼盘了解情况，打算买房子。

昨天晚上，有好几个月没有在一起的刘海波和杜青青，待家人都回屋休息后，才迫不及待地收拾完回房间睡觉，然而，就在两人正酣畅地亲热时，卧室外面突然响起一串的脚步声，好像是谁起来上厕所，拖鞋拍打着地板，发出不小的动静。两人止住动作，屏住呼吸，直到脚步声再次消失，才又继续。

"老公，我们一定要尽快买个房子。"激情过后，杜青青躺在刘海波怀里，轻声道。没错，两口子之前也有过这种尴尬。

"明天我就去看房子。"刘海波搂着杜青青，亲了一下她的额头。他也迫切地感觉到结婚后尤其是自己回来后，买房子的重要性。

于是，今天，在杜青青去上班后，因为是转业暂时还不需要去民政局办理档案的刘海波就开始着手买房子的事情。他买了一份邵州市的地图，了解了一下邵州的地理位置和建筑分布，以及一些新楼盘开发的具体地点。他初步选定了几个地方，然后就去楼盘看房子了。

这一天，他转了好些地方，看了三四个楼盘。一开始刘海波对买房子一点儿都不懂，但是他每到一个售楼中心，就仔细地听销售人员的介绍，也不说话，然后通过前后相比较，就慢慢明白了，他的心里也有了个大概选择。

下午，刘海波在回家的路上，当路过杜青青上班的中心医院门口，正想着要不要等杜青青下班和她一起回家，突然看到医院门口出现一个熟悉的身影。

"老领导？"刘海波上前打招呼。熟悉的身影叫封金龙，是刘海波在松江市当兵时部队的政治教导员！那时候刘海波还是一期士官，因为是老乡，又在一个团里，两人算是认识。刘海波因为训练好，还受到过封金龙的表扬。后来封金龙提干了，再后来就转业了，两人自此就断了联系，没想到今天在这又碰上了。

"刘海波？你这是休假回家探亲？"封金龙个子不高，却十分壮实。对于刘海波，他还是很有印象。

"今年刚转业回来。"刘海波笑着答道。然而，不等两人多说几句话，封金龙的手机就响起来了。

"好，我尽快到。"封金龙接通电话，说了几句，好像是有事，他一边挂电话，一边让刘海波记下自己电话，道，"我在市委上班，今天有点儿急事，留下电话号码，改天再聊。"

刘海波连忙记下封金龙的联系方式，随后，封金龙匆匆打了一个车离开，他着急回市委参加一个会议。这时，杜青青也下班了，刘海波便接着她一起回家了。

也是这个时候，在距离刘海波所在位置不远的一家酒店里，马超群正在和几个朋友、老同学一起吃饭喝酒。

临近退伍的时候，马超群就已经将马上要回家的消息昭告亲朋好友了，这不，在今天上午，他到北清区民政局办理完退伍报到的事情后，得知他已经回到邵州市的几个要好的朋友就纷纷打电话过来约着给他接风洗尘。很快，马超群赶到约定的酒店，这家酒店是他的高中同学张乐家经营的，他和张乐再加上一个叫朱小军的同学关系最铁。他们大学毕业后，马超群去当兵了，张乐和朱小军则回到邵州市参加工作。朱小军去年考上了公务员，目前在区政府的拆迁办上班，而张乐家经营了好几家酒店，所以他毕业后就一直在家里的酒店上班。

"今天，我们给小马哥接风，小马哥从军两年，为祖国奉献了两年的青春，也为在座的各位守护了两年的平安，小马哥是光荣的、让人敬佩的！我提议，大家一个一个来，敬我们的小马哥一杯！"在饭桌上，又来了几个比较熟悉的老同学，他们一起喝着酒、聊着天，颇为热闹，朱小军端起酒杯，特意叫马超群为小马哥，有模有样地把气氛搞了起来。

"哥几个，饶了我吧，我酒量实在有限。"马超群是今天的主角，大家围着他敬酒，结果一人一杯下来，马超群就满脸通红。

"当过兵的，还怕喝酒？"微胖的张乐是酒店的总经理，酒量可不小，趁着高兴，他带头喊道。

"谁说不是呢，小马同志，拿出军人的豪爽气概来，我们再十一个！"随即，马上有人拿起酒杯跟着起哄道。

"要这么说，那就再干一个！"马超群打了个嗝，颇为自豪地笑着，然后端起酒杯一饮而尽。

"好！够豪爽！"朱小军带头鼓掌，其他人也跟着附和，几个人都特别开心，变得兴奋起来。他们一边喝酒，一边开始忆起往昔的峥嵘岁月。

"小马哥当了两年兵，我们大学毕业也两年多了，算一算，大学四年加上高中三年，我们认识也快十年了！"这时，有个同学开始感慨了。

"对，不知不觉，高中毕业都有六年了。"几个人聊着，话题不自觉地就扯回到他们相识的高中时期，一个个子较高又有些胖的同学喝了一口酒，很有感触道："六年的时间，足以改变很多人和事。在座的各位就不用说了，大家都成熟了很多，变化最大的是女同学，有好几个已经嫁人了！今年国庆节，我们的班花张娟也结婚了，还挺着个大肚子，据说快要生娃了。"

"当年的班花，是多少男同学的梦中情人，这么快就为人妇了。"另外一个有些瘦矮的同学接着感叹道，"以前，我还幻想着追求她呢。"

"你滚一边去吧，怎么不撒泡尿照照自己，配得上我们班花吗？"张乐从盘子里拿起一颗花生米扔向说话的同学。

"天鹅，最后都是被癞蛤蟆吃掉的。"那个同学脸皮不是一般的厚，振振有词道。随后，几个人互相打趣笑成一团。

"张娟结婚了？"已经有些醺醉的马超群听到这个消息，顿时一怔，他好像还没反应过来。

"小马哥，想什么呢？"一旁的张乐回头看到马超群有点儿走神，便端着酒杯靠过来搭着他的肩膀道，"来，喝酒！"

"来，喝酒！"马超群好像受到了刺激，拿起酒杯就大口地喝起来，嘴里还嚷嚷道，"今天高兴啊，大家不醉不归！"

最后，马超群喝得酩酊大醉，晚上还是张乐和朱小军给他送回家的。

第五章
新的开始

马超群醉睡到第二天清晨才清醒过来。

"太难受了,再也不喝这么多酒了!"恢复意识后的马超群口渴得厉害,头也有些疼,他摇摇晃晃地起床,喝了一大杯温水,待休息了一会儿后,才感觉整个身体的不舒服得到了稍微的缓解。

马爸爸和马妈妈去上班了,单独在家的马超群似乎不知道要干什么了,他有些迷糊,只好又回到卧室,往床上一躺。

马超群望着空白的天花板,自然是睡不着的,他努力不去想昨天下午喝酒的时候听到的张娟结婚了的消息,但是,越不去想,越会去想。因为,那个消息,他很在意。

高中的时候,马超群和张娟是同桌,张娟是班里最漂亮的女同学,一双大眼睛,扎着马尾,特别清秀,男生都对她有好感,其中就包括马超群。只是,马超群是暗恋张娟。张娟比马超群大两岁,一开始,两人是无话不谈的好朋友。或许张娟比马超群要成熟一点儿,一直拿马超群当小弟弟一样,而马超群情窦初开,对张娟有种说不出的情愫。两人的关系一直很要好,甚至超出普通朋友。两人心照不宣,似乎都很珍惜彼此的感情,谁也没有捅破那张纸,只把秘密藏在心里。直到高中毕业,马超群也没敢向张娟表白。后来,张娟去了外省上大学,马超群则在湘南省白沙市上大学,虽然分开了,但是两人一直有联系,还写过书信,马超群一直把张娟当作喜欢的对象,张娟也没有交过男朋友，有好几次，两人甚至开玩笑约定如果以后都没有合适的结婚对象，他们就在一起。大学毕业后，张娟回到邵州市，成为一名小学老师，而马超群选择去当兵。当兵期间，部队不让用手机，马超群忙于训练，而张娟也不像学生时代那么有时间了，两人接触到的人、事完全不一样了，慢慢地居然断了联系。等到马超群当兵回来，听到的已经是张娟结婚的消息了。

马超群反复地回忆着和张娟的点点滴滴，纵使他心里千般难受，也不知道怎么宣泄。张娟在他心里一直是完美的，从高中到大学，他一直没有喜欢的人，就是因为他的心里有个张娟，一直有一个关于张娟的梦。而现在，他的梦好像要醒了。

"以前为什么没鼓起勇气向她表白？或许她也喜欢自己呢？那样的话，估计自己就不会去当兵了。万一她对自己没感觉呢？那么多年的朋友了，多尴尬！或许她现在过得很幸福，而自己刚从部队回来，什么都没有，工作也没有，有什么资格和她在一起……"马超群痛苦了一上午，到了下午，他的脑海里不自觉地萌生出一个"侥幸"的想法：情况万一不是那个同学说的那样呢？

"眼见为实！我应该去找一下张娟！不管她结没结婚，我都应该去看一下她！"是的，顺着这个思路，马超群很快自我安慰起来，随后，他又很中肯地想着，不管张娟是否结婚，但作为相识好几年的老朋友，都应该去看看她，见个面聊几句也好。于是，怀有希望的马超群迅速从床上爬起来，刮了刮胡子，换上一套干净的衣服，出了门。

马超群只知道张娟教书的学校地址，所以，他决定去学校找张娟。很快，马超群来到学校附近，他想着贸然去学校里找张娟似乎不太好，还是等她放学在校门口见上一面吧。没一会儿学校就放学了，在接孩子放学的家长人群中，马超群看到了挺着大肚子的张娟从教室里走了出来。

"她真的嫁人了！"马超群心里一个咯噔，瞬间确认了这个事实。他的大脑空白了片刻，随后，他又立马清醒过来，下意识地想要转身离开。

"今天感觉怎么样？累不累？上完这个星期的课，就在家休养吧。"也就是在这个时候，一个高高瘦瘦的青年走了过来拉起张娟的手，关心道。很明显，那位青年应该就是张娟的丈夫。

"还好，还能坚持。"张娟并没有看到人群中的马超群，她和丈夫说着话，然后一起走向停在不远处的车。

马超群目送张娟上车，很快，车辆绝尘而去。张娟走后，马超群在原地站了一会儿，他望着街道上川流不息的行人和车辆，沉默了一会儿，突然，他想到眼前的这一切就和他刚来的时候没什么两样，刚才的这一切也似什么都没有发生过一样，是的，这种感觉很奇怪，他不知道想些什么，也不知道该想些什么。释然了？还是接受了？他也不知道。随后，他拿出电话，拨给张乐："在哪儿？晚上喝酒！"

与马超群为情所伤的生活状态截然相反的，是刘海波和杜青青的幸福二人世界旅游。

杜青青在刘海波转业回来后的几天，就报休了年假，她想着和刘海波出去旅游几天。也是，刘海波和杜青青结婚的时候，当时还在当兵的他前前后后在家待了不到半个月，而且举行完婚礼后不到三天，他就被提前召回部队执行任务去了，两人还没来得及好好享受新婚的幸福就匆匆离别，这也是杜青青心里的一个缺口，现在，她要把结婚时的遗憾补上。很快，她找到了一家旅行社，挑选了旅游的地点和时间，随后，便和刘海波踏上了游玩的旅途。

在旅游中，杜青青玩得很开心，不知道是刘海波刚从部队转业回来，对新的生活不太适应，还是他前几天满大街看房子、满脑子想着买房子的事情，突然到了一个陌生的地方放松游玩，这前后的反差，让他还有些没反应过来。但是，刘海波看到杜青青兴致勃勃的样子，他的心里涌起一份愧疚感，两人从相识、结婚到现在，自己还真没有好好地陪过她，陪她过上好一点儿的生活、她喜欢过的生活。于是，刘海波也不去想别的了，跟着杜青青的情绪，索性让自己也放松下来，专心地陪她玩。

一眨眼，旅游即将结束，在打道回府的前一天下午，导游组织游客们来到一家大型商场购物。商场内的特产种类繁多，大家自然是纷纷解囊，都买了好些纪念品。在商场购物的最后，游客们来到一处玉石珠宝展厅，看到一个穿着民族特色服装的中年人戴着耳麦口若悬河地介绍着各类珠宝，他的推销方式很有诱惑力：他的家里就是开矿生产玉石珠宝的，为了回报社会，行善积德，他们每开一个新矿，就把第一批生产出来的珠宝，一律按成本费和鉴定费出售，价格十分便宜。他还说，他们家好几年没有开发新矿了，这次很"有缘分"让这批游客们赶上了，而且，他的手里还拿着珠宝的鉴定书。这时，一旁的导游也极力推荐，说旅行社和这家珠宝店有长期合作关系，可信度非常高。于是，不少心动的游客又选购了一批。

"会有这样的事？总感觉有点儿怪怪的。"走在最后的刘海波感觉到其中的猫腻，但是他又说不出哪里不对劲。而杜青青并没有怀疑珠宝商的营销方式和旅行社之间的关系，她想着好不容易出来旅游一趟，机不可失，时不再来，她看中了一对标价上万、成本费和鉴定费只有不到一半价格的玉镯子，两个玉镯子都很好看，她爱不释手，想着自己戴一个，再送一个给杜妈妈。尽管刘海波想着两人马上要买房子，到时候肯定需要花费不少钱，但是他看到杜青青这般喜欢，犹豫了一会儿，还是买了下来。

这几天葛卫的生活也算幸福。为了方便和唐微微约会，他在邵州学院附近租了个公寓式的房子，房子在三楼，一室一厅，还有厨房，房租还算便宜，可以拎包入住。想着唐微微还有两年半的时间才毕业，他有可能要在这住上两年半，便把房子粉刷了一下，还购置了洗衣机和一些被褥、家具，把出租房布置得像个小家一样。并且葛卫还换了煤气灶，他想着有时间自己可以开火做饭，当然如果唐微微想吃什么了,他还可以下厨给她改善伙食。

"好歹也在炊事班待过三个月!"葛卫对自己的厨艺很自信,在家他就会做饭,当兵期间他还在炊事班帮过三个月的厨,一些简单的菜还是会做的。

在这段时间里,葛卫一边和唐微微谈恋爱,一边找工作。之前他选择退伍回来"干点儿什么"只有模糊概念,没有具体的操作性,当他在市里转了很多个地方后,看到有汽车修理店招洗车工的,有美容美发店招学徒的,有饭店酒楼要洗碗工的,也有很多公司有文员岗位空缺……面对各种各样的岗位,葛卫显然有些无所适从,他才明白不同的工作有不同的要求。是的,此时的葛卫还不懂得选择行业,他只是想着通过劳动换取一份报酬来维持生活。

葛卫转了几天,也纠结了几天,还是没想好自己要干什么,这天,他出门没多远,突然看到有一家酒店贴着一则招聘启事,走过去一看,是招聘保安。而且,招聘启事上还写着,退伍军人优先。

"这算是专业对口吗?"葛卫自嘲地笑了一下,决定推门进去打听一下。

不知道是葛卫有意来了解这个工作,还是酒店急需招人,葛卫直接来到了酒店的保安经理办公室,既是咨询,也算应聘。保安经理姓潘,四十多岁,也是一名退伍军人,他对葛卫当了五年兵很是满意,开出了一个月两千二百块钱工资、包吃包住的条件。葛卫想着酒店离他租房地点比较近,说不在酒店住,潘经理说不在酒店住一月能报销三百块钱的租房费。

于是,双方很快谈妥,潘经理让葛卫第二天带身份证来酒店报到,先培训几天,随后就可以上班。

"一个新的开始!"找到工作后的葛卫即将走上新的人生路,同时,他还不忘给自己鼓劲儿:"不管以后怎么样,好好干就行了。当过兵的,怕什么?"

第六章
再次相遇

转眼,到了十二月中旬。这段时间,邵州地区一直是晴天,气温也不是很低。

自从确认了张娟已经嫁人的事实后,马超群买醉了几回,随后几天,不知道是不是酒后着凉了,还是刚回邵州在气候、饮食等方面有些不适应,他竟然大病了一场。再接着,他以养病为名,天天在家玩网络游戏,他似乎忘记了之前的痛苦,接受了爱情梦醒了的事实。

"儿子,趁这段时间,你去学开车吧?我有个朋友是驾校教练。"又几天过去,马爸爸看到马超群不是成天在家打游戏,就是和李乐、朱小军他们出去喝酒,便想着让他干点儿什么。

"学开车?好啊,我正好也想学!"打游戏打得也无趣的马超群确实想学开车,每次和朱小军、张乐出去玩的时候都是他们开车,他很羡慕。

于是,马爸爸就联系了他那个驾校教练朋友,约着马超群去学车。很巧的是,就在这天,葛卫也萌生了学开车的想法。

这天下午,葛卫下班后,约着唐微微到他的出租屋里吃火锅。葛卫在邵州学院附近住下后,他和唐微微约会也方便多了,一有时间他就做几道唐微微喜欢吃的菜,并且,他的厨艺唐微微还比较认可。

"你会开车吗?"吃完火锅,两人坐在窗户边聊天,唐微微问了葛卫一个问题。

"不会，怎么了？"葛卫如实回答道。

"要是你会开车就好了，周末我们几个同学约着一起爬山，开车去，少个司机。"唐微微以为当过兵的葛卫会开车呢。

"那我去学。"葛卫连忙道。

更巧的是，同时产生学车想法的，还有刘海波。

"这个傻丫头，花了多少钱买这些东西？"刘海波和杜青青旅游回来后，他们给杜妈妈买的手镯，杜妈妈也喜欢，虽然她嘴上这么说，实际上心里很高兴，她拿着镯子看了又看。当然，两人也给杜爸爸和杜明带了礼物。

"都是刘海波孝敬您二老的。"杜青青很会说话，特意把孝顺归功于刘海波。

"你们要攒钱买房子啊，还有车子也要买吧？"杜爸爸还算理性，和刘海波又谈论起以后的事情来。

"我和刘海波都不会开车。"杜青青接了一句话。

"学啊，小刘现在还没安置工作，正好有时间去学车。"杜爸爸道，"我听你大伯的儿子说，会开车的话，到时候安置的工作也会好一点儿。"

"对，这是正事！"随后，杜妈妈意识过来道，"会开车，相当于是门技术。"

"好，我有空就去学车。"大家一言一语，越说越有道理，刘海波也觉得确实如此。

"卫哥，你也来学车？"这天下午，窝在家里玩游戏的马超群接到了马爸爸的电话，马爸爸联系上他那个在驾校当教练的姓张的朋友，让马超群去驾校报名。马超群放下游戏，来到驾校找到马爸爸的朋友，管他叫张叔。张叔个子不高，有些胖胖的，他领着马超群登记个人信息。这时，驾校门口，又走进来一个人，马超群抬头看了一下，一眼就认出了是葛卫。

"你这是报名了？"门口进来的正是葛卫，他也没有想到在这里会遇到马超群。今天葛卫上早班，下班后正好路过这所驾校，准备报名考驾驶证。

"真是有缘分！"在确认葛卫也是来考驾驶证之后，马超群十分高兴，他想着两人一起学车，多个伙伴，也多个说话的人。

"海波哥？你不会也是来学车的吧？"让马超群和葛卫惊喜的是，在驾校门口，他们又看到了准备进来的刘海波。

"对啊，来了解一下，打算学车。你们都在？"是的，刘海波在看房子的路上，正好路过这个驾校，便想进来打听打听。

"我们三个真的是太有缘分了，今天晚上必须聚一下。"在驾校报完名，又去车管所体完检，就到了晚上，于是马超群提议道。

"好，一起聚聚。"唐微微晚上有课，所以葛卫有时间，刘海波给杜青青打了个电话，说晚上不回去吃饭了，也自然没有问题，很快，三个人就在附近找了一家饭店，走了进去。

饭桌上，马超群的兴致很高，他率先端起酒杯，对着刘海波和葛卫说道："我们三个，都在松江市当过兵，算是一条战线上的战友，退伍的时候一起回来，算是有缘相识的朋友，如今又相遇一起学车，算是珍贵的同学情谊了，这三份机缘加在一起，太难得了！来，为我们难得的情谊，干杯！"

"干杯！"刘海波和葛卫一想，他们三人，还真如马超群所说的，有着难得的缘分。于是他们共同举杯，一饮而尽。

"战友、战友，亲如兄弟。之前穿上军装的时候，我们是素不相识的战友，现在脱下了军装，又这么有缘分聚在一起，我们就是好兄弟！"吃了几口菜，葛卫倒上第二杯酒，真诚地说道，"以后多联系，有什么事情，言语一声，兄弟们一起走一起干！"

"再干杯！"马超群和刘海波端起酒杯，和葛卫碰了一下，又一饮而尽。

"同是邵州人，同是退伍兵，我们有缘成为兄弟，实在难得。"

轮到刘海波发言了,他也举起酒杯,动情道,"多余的客套话,我就不说了,就像阿卫说的,以后我们多联系,事上见。"

"好!"三个人再次干杯。他们都在松江市当过兵,身上或多或少感染上几分北方人的豪气,又加上他们从相遇、相识到相聚,确实很有缘分,所以,他们很快抛开互相之间还不太熟悉的陌生,都豪爽、坦诚地把酒言欢,称兄道弟。

三个人一边聊天一边喝酒,好不开心。一开始,他们的话题重点是当兵时期在部队各自所见所闻。酒过三巡,三个人都喝得有些兴奋了,聊着聊着,他们不自觉地说到了退伍后的现在,以及刚回到地方上的各种感触、感想。

"现在的社会,变化太快了。我记得当兵之前,市里到处都是摩托车,道路也没这么宽,很多建筑也都是老式的房屋,如今不仅车多路宽,好多地方都是高楼大厦了。"刘海波当了十二年兵,他明显感受到地方上的变化比较大。这段时间,因为看房子,他把邵州市的大街小巷都转了好几遍,也更直观的感受到邵州市的变化。

"确实,和以前相比,现在什么都提速了,整个社会都在快速发展。"葛卫也有同感,并且,他还在心里想着,以后自己要选择从事什么职业或者进入什么行业,来适应这个快速发展的时代。

"那是当然,社会在发展进步!"听到两人的感慨,马超群也有想法,其实他的心里也有一股劲儿,就是现在还不知道要干点儿什么,或者通过什么方式表达出来,"现在我们回来了,一切从头开始,正好投身到快速发展的社会中来!"

"对,你说得没错,我们是要尽快转变角色,在社会上立足。"刘海波对马超群的这句话很赞同,他们刚回到地方上,面对新的生活环境,还都感到很迷茫,一时还不知道怎么化解这段时期的尴尬,随后,刘海波接着聊道,"你们回来后在忙什么?"

"我在酒店找了一份工作,当保安。"葛卫率先说出他的现状,随后仿佛自嘲一般,笑道,"以前在部队的时候,想干这个想干那个，回来后，竟不知道具体要干什么。所以，就想着先别闲着，能干点儿什么就干点儿什么，一边干一边再慢慢研究。"

"你这个想法不错。"刘海波由衷地赞同道，"人，不能闲下来，一闲习惯了，心就懒散了。"

"这么说，我也要干点儿什么了，这几天一直在家玩游戏，也不是个事。"说到这里，一旁因为喝酒脸红的马超群脸上更红了，他想到自己这几天一直在家闲着，很不应该，但是，问题来了，他好像也不知道自己要干什么，或者能干什么。

"你呀，多大人了，还玩游戏。"刘海波笑了笑，继而，他又问两人，"阿卫，接下来，有什么打算？小马呢？有什么想法？"

"打工只是一份差事，我想，应该选择一种职业，或者进入到一个行业，从头开始学，一步一步干。"葛卫说出他现在的想法，随后，他又摇了摇头，闷声道，"但是，现在就是不知道选择具体干什么，还没有方向感。"

"对，我也是这么想的。专业，现在干什么都需要专业人才。"马超群毕竟上过大学，对专业的重要性有着比较深刻的理解，"这几天我也要好好想想，看看选择干点儿什么事情，不能闲着。"

"海波哥，你呢？"葛卫举起酒杯，和两人碰了一下，问刘海波。

"我在安置工作之前，先把房子的事情搞定，买房子、装修什么的。如果有空余时间，也去找份工作。"刘海波是这么计划的，找工作不是目的，他想通过打工，更好地适应和融入社会。

"海阔凭鱼跃，天高任鸟飞，我们退伍回来了，一切都是新的开始！"马超群再次把酒杯倒满，豪情万丈道，"一日当过兵，终生是军人！我们都是退伍兵，以后不管干什么，都不能给退伍兵这个团体丢脸，我们必须干出点儿样子来！"

"对，经过部队锤炼的战士，到哪儿都要有当兵的样子，即使是退伍兵！当过兵的，怕什么？"葛卫的情绪颇为激动。

"当兵的时候，我们把驻地称为第二故乡，现在退伍回到了故乡，我们更应责无旁贷地有所作为，不管在什么行业或者岗位上，都要拿出在部队的干劲，好好干！加油干！为故乡的建设添砖加瓦！"刘海波的思想一直很官方，说起话来，也像发言一样。

　　三个人再次一起干杯。

第七章
试着改变

相比于退伍回来在火车上的偶遇，回到地方上二十多天之后的这次很有缘分的重逢，进一步拉近了马超群、葛卫、刘海波三人之间的距离。在随后的一起练车中，他们三个总是在一起聊天，接触的时间也多了起来。

自从在酒店当保安和到驾校报名学开车之后，葛卫就忙碌了起来。保安工作是三班倒，有时候会耽误和唐微微谈恋爱，不过，他还是尽可能多挤出时间来和唐微微约会。

当然，与此同时，葛卫也在琢磨着做些更有意义的事情。因为住的地方离上班的酒店比较近，离唐微微所在的邵州学院也不远，所以，葛卫的大部分时间以及活动范围也就都在这附近。没多久，他就对这一片区域的人口密度、建筑店铺、交通道路分布等情况熟悉起来。而且，当前葛卫和唐微微谈恋爱的形式，除了一起逛街、看看电影外，大部分时间就是约着一起吃东西。这周围大大小小的凡是和吃有关的店铺，两人基本上都去过了。生活中的衣、食、住、行四大项，葛卫对"食"的认识和感触最大，他有时候想着，是不是可以在"食"方面研究一下。

谈恋爱、上班、学车，葛卫现在的生活颇为充实。或许是受到了葛卫的感染以及影响，马超群这几天除了练车外，也在想着自己不能再闲下去了。"如果现在还是和当兵之前一样，每天把时间花费在游戏娱乐上，那这个兵就白当了。"当马超群冒出这个想法时，他自己都有些吃惊。前一段时间还每天窝在家里玩游戏的他，这几天像受到了刺激，竟突然有了这般大彻大悟。

是的，在练车期间，他和葛卫、刘海波的聊天中，说得最多的就是"退伍兵"这个词语，他们总说退伍兵也要有当过兵的样子，退伍兵也是兵。或许是退伍兵这三个字代表着他们之后一直会作为自身标记的称谓或者身份，就像他自己上过大学，也会冠以"大学生"之名一样，作为特殊群体中的一员，马超群不断地告诉自己，当过兵，就要有当过兵的样子，不能还和以前一样。

这天晚上，马超群和家人吃完饭后，马妈妈收拾着碗筷，马爸爸在客厅的沙发上看电视。要是在平时，马超群会把筷子一扔，就去打游戏了，而今天，他刚走到卧室，又折了回来，撸起袖子，想着帮马妈妈一起收拾。

"今天没人陪你玩游戏了？"马妈妈看到儿子的反常行为，有些诧异，随后她打趣道，"没事陪你爸看电视去，这儿不用你来帮忙，一个碗好几块钱呢。"

"啊，怕我打碎碗啊？"马超群有些哭笑不得。

"那你以为呢？"马妈妈笑了。

"爸，你们工地干活累不累？"马超群悻悻地来到客厅，拿起一个抱枕，坐在马爸爸旁边，问道。

"在工地上干活，哪有不累的？"马爸爸在一家建筑公司当项目经理，马妈妈则在建筑公司当会计，刚刚听到马妈妈打趣马超群，正乐着呢。

"那你们工地还招人不？上班时间自由不？"马超群这几天想了很多，他确实想干点儿什么，但是想来想去，又不知道具体干点儿什么。和葛卫一样，去酒店打工？要是张乐他们知道了，肯定会笑话自己。或者去学点儿什么技术？那具体学什么呢？学技术也是从零基础开始，也要从打杂开始。他想得不少，也否定了很多，就在今天晚上马爸爸和马妈妈一起从工地回来时,他突然想到,自己可以去父母所在的工地打工!一来一旦别人问起来,他可以说是去工地体验生活,二来有父母照应着,还能轻松一点儿。于是,他想着法子和父母套近乎。

"招人倒是招人,招小工,搬砖扛水泥的小工。"马爸爸似乎听出马超群的意思了,不过他没说明,转着弯问道,"怎么,你有朋友想找工作啊?工地上干的都是体力活,肯定很累,风吹日晒的,冬天冷得要死,夏天又晒又热。要说自由,你什么时候看到工地上工人想来就来,就想就走?"

"那……好像也是。"马超群听到马爸爸这么一说,心里一下子就有点儿发怵了,不过他还是实话实说道,"不是别人要找工作,是我退伍回来也有一个月了,这段时间,在家待着没劲,想去工地上锻炼锻炼。"

"你去锻什么炼,好好在家休息得了,先顺顺利利地把驾驶证考下来,再说别的。"这时,马妈妈收拾完餐桌,拿着一块抹布过来擦拭客厅的茶几,听到了父子俩的对话,她打断道。

"打工也不耽误考驾驶证。"马超群很有决心。

"怎么不耽误,到工地打工了,哪还有时间去练车去考试?"马妈妈可不想让马超群去工地遭罪,她把茶几擦干净后,给马超群做出了规划,"还有一个多月就过年了,年前专心把驾驶证考下来,把开车学会,没事让你爸教你或者带你去练练车,找工作的事,过完年之后再说。"

听到马妈妈这么说,马超群看了一眼马爸爸,马爸爸没有说话,不过他也用眼神表示马妈妈说得有道理。马超群想了想,欲言又止。

随后的几天,马超群觉得,或许是他想得太多,又或许是他想得太简单了,想来想去,他还是没有想到合适的工作并付诸行动。于是,他这段时间里好不容易被激发出想干点儿什么的激情,就这样暂时熄火了。又过了几天,他初步学会了开车,加上张乐和朱小军也总来找他玩，已经有一点儿驾驶基础的马超群自然是时不时的手痒，在人少和道路宽的时候，他就拿着两人的车练手，这样一来，马超群就懒得再去想着干点儿什么的事了。

在学车的这段时间里，刘海波的生活有些不得闲。除了练车外，他又在市区里转了几天，从之前看过的几个楼盘中初步筛选出了几套房子。到了周末他和杜青青一起再次对几套房子进行比对和二次挑选。最后，综合楼房地理位置以及周边的环境，两人看中了一处距离杜青青上班的中心医院不是很近也不算太远的楼房，房子的楼层、面积、格局都还不错。然而，当两人把买房计划告诉杜爸爸、杜妈妈的时候，家里出现了不同意见。杜爸爸和杜妈妈建议刘海波和杜青青先买个差不多大小的房子住着，把买房子的钱用来干点儿能钱生钱的事情，比如开店或者投资什么的，等以后赚到、攒到更多的钱了，或者等他们有孩子了，再换一套好一点儿、大一点儿的房子。而在买房子的事情上，刘海波有他的想法，他想趁着现在没有小孩，家庭负担还比较小的时候，先把房子的事情一步解决好，以后工作的工资应付生活的开销，应该要轻松一点儿。而且，他还考虑到，他父母的年纪也不小了，一直住在绥平县的乡下，自己买个大一点儿的房子，以后还可以把父母接过来一起住。

好在是，关于买房子的分歧并没有持续多久。因为，买房子毕竟是刘海波和杜青青可以做主的事情，听了刘海波的想法后，杜爸爸和杜妈妈也没有再说什么。而且，小两口看中的房子的位置确实挺不错，虽然不在市中心，但距离邵州市步行街、资江边等繁华地段不远，交通也比较方便。

选好了房子，接下来就准备买了。然而，一个不得不面对的问题，让刘海波和杜青青颇为发愁：他们一时还拿不出足够的钱来买房子。两人从楼房的销售中心了解到，房子正在建，马上完工，预计春节过后就能交房。而且，房子的价格也核算出来了，将近三十万元。

面对如此巨大数目的消费，他们有些伤脑筋：刘海波当兵十二年的工资，总共加起来攒了不到十万元，参加工作五六年的杜青青，平时花钱大手大脚，也没有多少存款。两人手头的积蓄加起来，才刚好十二万元。而在挑选房子的时候，两人把刘海波还有一笔十万元左右的转业费纳入了预算之内，他们想着买个房子，有二十多万元的底气在，就算差一些，也差不了多少。而现在，刘海波的那十万元的转业费要到年后的七八月份才能发放到位，况且，他们还差八万元。

为了组建一个家，搞得两人"倾家荡产"，还要欠外债，刘海波和杜青青有些哭笑不得。这个时候，杜青青才懊恼着前一段时间旅游不该花那么多钱。不过这也不能怪她，从小衣食无忧的她可从来没有因为钱的事犯过愁，所以她还没有攒钱过日子的概念。

尽管经济能力有些勉强，刘海波和杜青青一度想要放弃先买房的计划，但是小两口确实急需一个属于他们的空间，犹豫了几天，两人还是不敢贸然做决定。然而，当他们了解到房子的付款方式以及付款明细后，略微惊喜地感觉到还有些余地：他们可以先交一万元的定金，等年后交房的时候，再决定买不买。"还是先把房子定下来，钱的事，再想办法。"他们想着，交首付的钱还是够的，大不了每个月还房贷。于是，两人的意见统一先买房。

这天，刘海波和杜青青鼓起勇气来到售楼中心，交了一万元定金，算是把房子的事情初步定了下来。两人计划着，从现在开始省吃俭用，不再胡乱消费支出了，准备攒钱供房。

＃ 第八章
角色差异

时间总是在悄然中过去，转眼间，到了第二年的一月份。这一年，阳历的二月初便是农历的春节，也就是说，到了一月份，离过年就近了。

经过近一个月的学车练车，马超群、葛卫、刘海波三人已经通过了交警支队驾驶考试中心的驾驶理论知识和场内各项内容的考试，如果不出意外，他们月底就能完成路面驾驶考核，从而拿到驾驶证了。

这天下午，练完车的马超群又和张乐、朱小军约着出来玩。不过，这次朱小军不是一个人，他还带来了一个女同伴。

"介绍一下，这位是我单位的同事黄玲，同时也是本人的女朋友。"朱小军一脸春风得意，接着向他的同伴介绍张乐和马超群，"我们是高中同学，好兄弟。"

叫黄玲的女孩子落落大方地和两人打招呼。

"行啊，朱小军，你什么时候勾搭上……你们俩什么时候好上的？"张乐调侃着朱小军，差点儿"狗嘴里吐不出象牙"。

"你小子'隐藏'得挺深，不动声色地就谈恋爱了。"马超群也上前和朱小军开玩笑。黄玲比较娇小，脸上有少些雀斑，长得很耐看，一副文文静静的样子。

"还不快叫嫂子？"朱小军帮黄玲拿着包，朝着张乐和马超群嬉笑道，"玲玲是年初分到我们单位的会计，我们认识也快有一年了。

这不，刚确定恋爱关系，就来找哥几个汇报了。"

"从实招来，还要我们'严刑逼供'吗？"趁着黄玲上车的工夫，张乐和马超群拉着朱小军"恐吓"道。

"我说的都是实话，她真是单位的同事，我们也才确定恋爱关系。"朱小军很老实地坦白道，"哥几个，一会儿千万不要乱说话，她是我们单位局长的女儿，姑奶奶一般的人物，得好好伺候着。"

"我说什么来着，这里面肯定有故事！"张乐和马超群对视了一眼，转而继续笑着损道，"朱小军你可以啊，这是准备当局长的乘龙快婿？日后，你飞黄腾达，指日可待。"张乐故意加重了语气，一副流氓的样子。

"不是你们想的那样，我们是纯爱情。"朱小军有点儿百口莫辩，不过他还是央求着张乐和马超群一定要嘴上饶人。

"得呢，不敢打扰你进步！"几个人哈哈一笑，随后，就一起开车玩去了。

同样是练完车的葛卫就没有马超群那么悠闲了，他要赶回酒店上班。在酒店做保安，不说有多累，但确实不轻松。葛卫和同事们每天要在规定的区域内站四个小时岗、巡逻酒店各楼层或者看守四个小时监控，以及处理各种事情。葛卫上班尽心尽责，尤其是站岗的时候，即使现在是冬天，他也不怕冷，就像在部队上岗一样，保持着良好的岗姿岗态。当然，付出就有收获，葛卫连续两个星期被酒店评为"最美员工"。

晚上八点多钟，天已经完全黑了下来，葛卫下班，感觉有点儿累了，准备回去早点儿休息。然而就在这时，唐微微打来电话说前几天她把身份证落在葛卫的出租房里了，而这几天学校临近放假，评奖学金要用到身份证，便让葛卫给送过去。

葛卫听唐微微说话的语气好像很着急的样子，他二话没说，跑回出租房找到唐微微的身份证后，又跑着来到邵州学院。在宿舍楼下，唐微微和一个挎着包的女同学一起在等，葛卫上前和两人打过招呼，便把身份证递给唐微微。

"谢谢,我还有事,先走了,有事再打电话。"唐微微接过身份证,看了葛卫一眼,随后她看了下一旁的同学,神色有些不自在。不等葛卫多说话,她就拉着女同学急急忙忙地走了。

"这是你男朋友?"走了几步,一起的女同学问唐微微。

"嗯,对。"唐微微小声道。

"你不是说你男朋友是军人吗?怎么是个保安呢?"女同学又问道。

"他之前在当兵,今年退伍了,现在当保安。"唐微微尴尬地解释道。

不知道是唐微微和女同学还没走多远,还是葛卫的耳朵特别灵敏,他隐隐约约地听到了两人的对话,这时他才后知后觉地反应过来:自己身上还穿着酒店保安的制服!之前,葛卫总是换了衣服收拾一番,才来找唐微微约会。今天他一时着急,没换衣服就出来了。

"当保安怎么了?有什么不好的?很丢人吗?"葛卫有些莫名其妙。

很快,唐微微就要放寒假了。

"阿卫,明天我就放假了。"这天晚上,唐微微来到葛卫的出租屋和他道别。

"这么快?你有什么安排?"下班后在屋里做饭的葛卫问道,他做了几道唐微微喜欢吃的菜。

"我得先回家,然后跟我妈去广东找我爸我哥,今年在那边过年,过完年再回来。"唐微微的家人在广东省广州市开工厂,唐爸爸和唐哥哥常年住在广州,偶尔会回邵州,唐妈妈回来的次数要多一些,因为还要照顾在这边上学的唐微微。和往年一样,一家人都会在广州那边过年。

"好吧,在路上注意安全。"随后,两人一起吃饭。当然,葛卫的厨艺有了很大的长进,至少唐微微觉得越来越合意了。

"你回来有一段时间了吧，有什么打算？"吃完饭，葛卫和唐微微坐在阳台上喝茶聊天，唐微微问道。

"过几天，我也回家过年。"葛卫想，当兵五年都没有回家过年，如今退伍了，一定要回家陪父母过年。

"我是说，过完年之后，有什么打算？"唐微微噘着嘴，像是在想着什么。

"过年之后？你是说以后的工作？"葛卫有点儿反应过来了。

"对啊，总不能一直当……当保安吧？"唐微微说话有些吞吞吐吐，但又想把她的意思表达出来，"就是感觉，当过兵的，回到地方后，好像只能当保安一样。"

"换个工作？"葛卫从唐微微的语气中听出来她对他现在的工作有些不满意，他沉默了一会儿，在脑海里计划了一下后说道，"那我先回家过年，年后，再作别的打算。"

"那也行。"有了葛卫这样的态度，唐微微稍微安心了点儿。

终于，在临近春节的时候，马超群、葛卫、刘海波三人通过驾校的考试，顺利拿到了驾驶证。本来马超群想一起庆祝下，不过，葛卫说要回去上班，而刘海波说他也有事，于是三人只好下次再聚了。

这段时间，刘海波确实比较忙，此时的他来到一家商场前，拿出一摞厚厚的传单开始向路过的行人发放起来。

自从确定买房子之后，刘海波顿时感觉到压力倍增，他迫不及待地想找份工作，挣钱，只要能挣钱，干什么都行！一开始他也想像葛卫一样，到酒店当保安，但是又想到马上就过年了，短期工作也不好找。然而，前不久，他在练车回来的路上，看到商场一家店铺新开张，正招人发传单，他眼睛一亮，能挣一块钱是一块钱。于是，他就干起了发传单的临时工。

发完传单，回到家里，刘海波清算了一下这十多天的收入，还好，也有几百块钱。"也算挣着钱了！"刘海波把钱交给杜青青，存入他们的"新家组建费"中。自从确定买房子之后，两人就专门设立了一个为买房子而准备的储存账户，把所有的零钱、闲钱，都集中起来，只为攒钱买房子。

"还是要想办法挣钱。"刘海波和杜青青清醒地认识到金钱的重要性，两人想尽一切办法节约开支。刘海波不抽烟、不喝酒，也没有什么应酬，基本上不要什么开销，杜青青也有意识地不吃零食、不逛街、不买新衣服了，就想着把钱都积累起来。

很快，到了二月初，春节进入倒计时。城市里比以往更加热闹了，家家户户开始置办年货、准备过年了。

"今天排了春节期间值班表，我被安排在前三天值班。"这天晚上，杜青青下班回来，就叹气道。就在前几天，刘海波和她还商量着，今年是不是可以一起回绥平县农村老家和他的父母一起过年，这下好了，杜青青走不开，小两口只好等杜青青值完班再回老家了。

说来也巧，也就是这天晚上，刘海波接到了刘爸爸打来的电话。

刘爸爸在电话里说了两个事情，一是说家里有一片地是脐橙树，产下几百斤脐橙，想到市里来卖，换点儿钱，让刘海波看附近邻居有没有需要的，或者帮忙找个摊点。二是问刘海波和杜青青什么时候回家过年。

刘海波当即就和刘爸爸说了杜青青春节假期前三天要上班的事，至于卖脐橙，他问了杜爸爸杜妈妈，他们建议就在家附近找个地方卖，说这个时候大家都会买回去当过年的水果吃，几百斤的脐橙应该很快就会卖完的。

第二天清早，刘爸爸和刘妈妈驾驶着一辆三轮摩托车载着满满一车的脐橙从绥平县来到邵州市里，刘爸爸和刘妈妈是典型的农村人，由于常年在田间日晒雨淋，使得他们看上去要比实际年龄苍老很多。随后，在杜爸爸、杜妈妈的张罗下，一车的脐橙不到一上午就卖完了。当然，刘爸爸留了一袋没拿出来卖，那是刘妈妈挑出来，拿给杜家一家人吃的。

卖完脐橙，刘爸爸和刘妈妈就回绥平县了。然而，翌日刘海波又接到了刘爸爸的电话，说刘海波的二叔来邵州市里办事，刘爸爸托他给刘海波带了五万块钱。原来，昨天卖脐橙的时候，刘海波和爸爸、妈妈说起了在邵州市里买房子的事情，刘海波的本意是买房子这么大的事，自然要和父母汇报一下，没想到父母从中听出了别的意思，他们还带了话：刘海波和杜青青结婚的时候，家里没有买房子，一直住在杜青青家，就已经让刘家过意不去了，现在小两口要买房子，做父母的，尽可能地资助点儿。

五万块钱，可能是乡下父母十几年的积蓄。刘海波拿到钱的那一刻，眼泪一下子就流了出来。他不想要父母的这五万块血汗钱，打电话回去，却被刘爸爸、刘妈妈一顿说，说他刚从部队回来，在市里人生地不熟，住在杜青青家里确实不是长久之计，应该早点儿买房子。做父母的，只有这么大的能力，只能做到这样了。

第九章
敬礼曾经

春节的脚步越来越近，在外的人们都陆陆续续回家准备过年了。大街上，各家店铺都挂上了灯笼、宣传条幅等装饰品，年味越来越浓，来来往往的人们也都满脸笑容，到处洋溢着喜庆的气氛。

这天，下班后的葛卫找到潘经理咨询过年怎么安排休息的事。潘经理说，过年期间酒店人员没有休息，正常上班。于是，葛卫想了想，提出辞职。

"这个时候辞职，只能开一个月的工资。"潘经理查看了葛卫的入职时间，他还在试用期，工作了一个月零十天，这种情况，酒店只能按照一个月结算工资。

"一个月就一个月吧。"葛卫想，不管怎样，今年一定要回家过年。

"阿卫，一定要辞职？根据你这段时间的工作表现来看，过了试用期，转为正式员工后，用不了多久你就能被提拔为组长，甚至副经理。"潘经理试着挽留葛卫，好言相劝道。一方面，临近春节，酒店不太好招人；另一方面，葛卫在工作岗位上，能吃苦耐劳，爱岗敬业，大家都看在眼里，酒店正需要这样的员工。

"还是算了，毕竟我好几年没回家过年了。感谢您这段时间的照顾，以后有机会再来您手底下讨口饭吃。"葛卫谢绝了潘经理的好意。潘经理是葛卫踏入社会遇到的第一个上司，同时也是一位长辈，葛卫对他很尊重。当然，葛卫又想到了唐微微对这份工作的态度，以及自己对唐微微的承诺，他想着过完年后，再重新谋生吧："当过兵的，怕什么？大不了再从头开始！"

"也好，那以后有什么需要帮忙的，尽管说话。"同样当过兵的潘经理表示理解，他很看重葛卫的品行。

随后，葛卫拿到一个月的工资，回到出租房收拾一番，就回乡下了。

回到家，葛卫跟着父母一起，把家里的卫生搞了一遍。随后的几天，他陪着葛爸爸、葛妈妈又逛了趟街，给他们买了两套新衣服。

"砰！砰！"欢快的鞭炮声，增添了节日的喜庆。很快，到了除夕夜，葛爸爸做了一桌子菜，一家人围坐在一起，准备吃饭。葛妈妈拿出了自酿的米酒，三个人一人倒了一点儿，喝了起来。五年没有和父母在一起过年了，如今又幸福地和家人一起吃团圆饭，葛卫的心情五味杂陈。有说不出的激动，也有些许惶恐，有久违的放松，也有点儿紧张，有一直怀念的幸福，也有丝丝的失落。他回想到以前过年和家人吃饭的情景，也想象自己当兵五年不在家，父母在家过年的样子，还想到了这五年期间他在部队过年的模样。

或许这就是成长的过程吧，葛卫想着。时间的每分每秒都有着不同的意义，只是感受到的程度不同而已。

"妈，今年的压岁钱呢？"杜青青家里，一家五口人也在吃团圆饭，饭后，刘海波、杜青青和杜爸爸、杜明到客厅看春节联欢晚会，杜妈妈收拾完碗筷后也过来看电视，这时，杜明站起来朝杜妈妈说道。

"多大了，还要压岁钱？"杜妈妈揩了一下手，笑道。

"去年还有呢。"杜明伸出手来，理直气壮道。

"去年你上初中，还是小孩子，今年都上高中了，是个大人了。"杜妈妈轻轻地打了一下杜明的手，似乎不吃杜明那一套，但随后她回到房间里，拿出几个红包来，递给杜明一个，"喏，你的压岁钱！"

"我也要。"这时，一旁的杜青青也凑过来，笑嘻嘻道。

"给给给，都给！"杜妈妈把手里的两个红包分别递给杜青青和刘海波，然后说道，"不是妈絮叨，你们呀，抓紧时间生个小宝宝。生了小宝宝，我给包个大红包！"

"这又不是着急的事！"一说到生孩子，杜青青就娇羞了。

"还有个正事，你们买的房，马上要交房款了，我和你爸也资助你们五万块钱，密码是你的生日。"杜妈妈再次从包里掏出一个红包来，里面是一张银行卡，杜妈妈笑道，"这就当作是你的嫁妆吧。"

"妈，这怎么好意思，本来应该我们孝敬您和爸的。"刘海波站了起来，有些尴尬地说道。他压根儿就忘记了压岁钱这个习俗，他还是在小时候，父母给过压岁钱，大一点儿家里就不兴这个了，当兵后，更没有了压岁钱这个概念，所以，他也没有准备。同时，他也没有想到杜妈妈会给他和杜青青五万块钱。前几天刘爸爸和刘妈妈托二叔送来五万块钱，他交给了杜青青存在新家组建费里，估计是杜青青和杜爸爸、杜妈妈说起过这个事，所以他们也想着资助小两口，但刘海波认为买房子应由男方来负责，杜爸爸和杜妈妈可以不资助，对此，他感到很惊喜，同时也很过意不去。

"你们的钱，留着生小宝宝吧。我和你爸还年轻，还能挣钱，以后我们老了，你们再孝敬我们吧。"杜妈妈摆了摆手，转身回房间把包放回去。

"不要白不要！"杜青青拿着银行卡，等杜妈妈出来后，便上前抱着她亲了一口，甜蜜道，"果然是我亲妈。"

"不是亲的，你还能是捡来的？"杜妈妈好气又好笑道。

"让我们以激动的心情，一起来迎接新年的到来……"不知不觉，几个小时的春节联欢晚会即将结束，时间从上一年跳到下一年。

"新年好！"这时，室外响起了此起彼伏的鞭炮声，人们都在用传统的方式，庆祝新春佳节的到来。

看完晚会，道完祝福，杜爸爸、杜妈妈和杜明各自回房间睡觉了，杜青青也困了，因她明天还要上班，便先去睡了。刘海波似乎还没有困意，他洗完漱，来到阳台的窗户边，静静地看着窗外，似乎在想着什么。

有了双方父母资助的十万块钱，他和杜青青的生活压力就小了很多。刘海波的脑海里浮现出杜妈妈给杜青青银行卡和他自己拿到父母托二叔送来五万块钱的情景，他鼻子一酸，内心百感交集。当兵十二年，如今再回到地方，恍如隔世。十二年，他长大了，在部队得到了锻炼，学到了很多东西，同时也找到了爱人结婚了，马上就有属于自己的新家了，这是他一路走来的收获。同时，他也想到，十二年匆匆而过，他的父母都老了，自己也快三十岁了，但是，他还没有混出个模样，作为家里的顶梁柱，连买房子的能力都没有，还需要长辈们的资助，这让他非常沮丧。

十二年了，终于能在家过年了。这时，窗外又闪现一阵烟花，刘海波的思绪也回到眼前，当了这么久的兵，不管好的坏的，从来都不后悔，也没想过后悔，这是他一直以来的心态。他想着自己以后的路还长，一定要努力工作，争取让家人过上好的生活，刘海波给自己鼓劲儿。"十二年的军旅，说离开就离开了。"随后，刘海波又想到今年是离开部队在家过的第一个春节，部队的战友，这个时候在干什么呢？上岗？巡逻？还是在一起吃饺子聊天呢？

刘海波回到房间，见杜青青已经睡着了，他轻轻地从柜子里掏出一本相册，又来到了阳台。借着昏黄的灯光，刘海波翻开相册，一张张他在部队期间和战友们的合影，有他还是新兵时候的，那个时候真稚嫩，也有他刚转为士官时候的，那时候的他意气风发，也有他当班长、代理排长和所带的兵一起拍的照。"时间过得真快。"刘海波看着一张张熟悉的面孔，这些战友中，有的和自己一样，离开了部队，有的还在部队继续服役。"还在部队的战友，你们辛苦了！"刘海波合上相册，遥望着漆黑的夜空，不由得微笑起来。是的，他笑了：祖国的祥和，夜空的宁静，应该离不开战友们默默地守候吧。

"敬礼！"刘海波对着窗外，朝着曾经他也是其中一员的部队所在的方向，敬了个标准的军礼。

"敬礼！"同时对着远方的战友敬礼的还有在乡下的葛卫。他在和家人吃完团圆饭后，一直陪着父母看春节联欢晚会。晚会结束后，他回到二楼的卧室，给唐微微道了新年的祝福，唐微微没回他的短信，此时的他还没有困意，便靠在窗户边，从兜里掏出一根烟来，点着，眺望着夜空。望着望着，葛卫回想起去年在部队过年的情景，以及和战友们在一起的时光。他清楚地记得，去年的除夕夜，他上的是新年的第一班岗，他和往常一样，保持着高度的警惕，同时他心里也颇为自豪：他在为祖国和人民守岁。他一直记得中队的指导员说过的一句话，人一辈子有好几十年，当兵的时候为祖国和人民站几年岗，剩下的岁月，都是千千万万子弟兵在为他们站岗。此时，葛卫又想到了这句话，他把烟掐灭，对着自己曾经战斗过的部队、对着依旧在为祖国和人民守岁的战友，认真地敬了个礼，良久，他才把手放下。

"敬礼！"在马超群家，吃年夜饭的时候，马爸爸和马超群喝了不少酒，所以他们休息得比较早，此时的马超群躺在被窝里睡得正香，他带着浅浅的微笑，做着梦。在梦里，马超群回到了部队，回到了和战友们一起过年的时光。两年的军旅生活，在他身上留下了不可磨灭的印记，也留下了难以遗忘的回忆。虽然现在退伍了，但是他还怀念着部队，怀念着战友。他梦到了在部队训练、执勤的情景，而且他在梦里也清醒地知道自己退伍了，所以，他是以"过来人"的身份感受部队、感受军旅。在梦里，他对着战友，对着部队的营房，恭恭敬敬地敬了个礼。

第十章
另谋生计

二月的邵州市，气温开始逐步回升。尤其过年的这几天都是晴天，正好方便了人们走亲戚、互相串门。

大年初四，刘海波终于和值完班的杜青青拎着大包小包坐车回到绥平县农村看望刘爸爸、刘妈妈。

刘海波的老家在绥平县的农村，下了邵州市到绥平县的客车后，还要坐将近一个小时从绥平县到村里的中巴车。刘海波的家是一座两间两层、有些陈旧的老房子，前面有一块空地，空地往外就是农田了。

"爸、妈，这是青青给你们买的营养品，吃了对身体好。还有这个药酒，每天定量喝一点儿，对爸的风湿有疗效。"临近中午，刘海波和杜青青回到家里，这次轮到杜青青表现了，刘海波把这份孝心归功于杜青青。

在外当了十二年兵的儿子领着城里的儿媳妇一起回来过年，刘爸爸和刘妈妈的心里别提有多高兴了，他们乐呵呵地拉着儿子、儿媳妇说着话。

"你们多吃点儿，这些鸡、鱼、蔬菜，都是自己家里养的种的，纯绿色食品，你们放心吃！"刘爸爸做好了饭菜，一家人坐在一起吃饭，刘妈妈不时地给杜青青和刘海波夹菜，怜爱道。

"真好吃！"刘海波和杜青青觉得饭菜十分可口，一方面是刘爸爸做菜好吃，一方面也如刘妈妈所说，农村的食材，纯绿色，要比城里的东西新鲜。

"这几个菜，都是咱们在山上养的鸡鸭猪，走的时候，拿些回去吃。"刘爸爸看到刘海波和杜青青吃得不亦乐乎，高兴地笑了。

刘海波和杜青青在乡下住了两天，也走了几家亲戚，拜年串门。初七的下午，因为杜青青第二天要上班，两人这才赶回邵州。临行前，刘爸爸、刘妈妈准备了好几袋家里种的、山上采的食材，让他们带回去吃。

才过了几天，春节的热闹气氛就逐渐散去，不等过元宵节，那些从外地赶回来过年的人们又外出谋生了，在家的也继续之前的营生，为生活而忙碌。

一年的开端，也是一个新的开始。

正月初十这天，在乡下过完年的葛卫，又回到了市里的出租房。他在邵州市里没有什么特别熟悉的同学，有几个要好的都去了外地，比如唐律大学毕业后就去了山西，过年也没有回来，还有几个因为时间久了而断了联系。这几天和唐微微联系，她说本来计划要早点儿回邵州的，但因为家里有事，要等过完元宵节才能回来。葛卫也想趁着这几天在市区里到处转转，他要重新计划去哪儿找工作了。

葛卫到市区里转了几圈，他看到大街上很多店铺都陆陆续续地营业了，回归到往常一样的忙碌。几天下来，葛卫看到很多招工启示，可他想了想，还是不确定要干什么。不过，他在众多的商家店铺中，细心地发现了一个比较明显的现象：一些早餐店和饭店要比其他店铺营业得早。

因为有需求，所以有营业，葛卫这样认为，衣食住行中，衣和住，使用周期比较长，行也因人而异，只有食是人们每天必要的需求。加上他和唐微微谈恋爱期间总约着吃东西，对食也有一定的感触，这几天，葛卫又萌生了想从食方面入手，看看有什么路可以走的念头。

相比于市区的其他地方，葛卫还是对他所住的出租房和邵州学院附近一带比较熟悉。"在这附近开个有点特色的饭店或者小吃店，应该有些前景。"这天，葛卫在出租房附近徘徊，他看到大部分师生都返校准备开学了，大街上人来人往，各类店铺里都挤满了顾客，看上去生意很好。葛卫又想到每次和唐微微去吃东西排队的情景，他觉得这附近关于食方面的市场还没有达到饱和。于是，他计划做和食有关的事情的愿望越来越强烈了。

"如果开个餐饮店，需要做哪些准备？"这些天，葛卫一边谋划，一边想到什么就着手研究什么。找个位置好一点儿、人流量大一点儿的地段，应该是前提。葛卫在邵州学院周围的大街小巷来来回回走了好几趟，仔仔细细地对各类店铺进行了一次摸底，对这一片有多少家餐饮店、多少家服装店、文体器材店、网吧以及各自的地理位置分布、生意好坏等情况有了一番了解。让他高兴的是，现实和他的判断一样，几乎所有的餐饮店生意都非常好。而让他沮丧的是：这周围已经没有合适的地方再开店了。

自己能想到的，别人也能并且早就想到了，他在邵州学院附近开餐饮店的想法因为没有位置这个硬伤而终止。然而，他并没灰心，随后买来一张邵州市区地图，在排除其他几个他认为有开店价值，但是他对那些地段并不熟悉的位置之后，退而求其次，还是以邵州学院为中心，扩大搜索范围。几经衡量，他发现在邵州学院和步行街之间有一段距离不是很远的纽带地段。如果在这个地段开一个有特色的餐饮店，既能吸引邵州学院师生，还能吸引逛步行街的行人，也是个很好的选择，葛卫设想道。

葛卫马不停蹄地来到邵州学院和步行街之间的地段做考察，他发现这一片有几家以住宿为主的宾馆、三家早餐店、三家快餐店，其他就是书店、理发店和超市了。并且，他还看到有两家的门面是关着的，写着招租二字。

"这个门面不错，地理位置可以，周围环境也还可以。"两家招租门面中，一家门面在主街道拐角处，一侧对着街道，另一侧有个过道，过道后面有一块宽敞的空地；另一家门面在宾馆和超市中间，葛卫看中了靠近主街道拐角的这家。门面的卷闸门上留有房主的电话，他决定打个电话问问。

"门面有五十多平，不月租，都是年租，租金一年五万。"房主是一个五十多岁、个头不高的大伯，姓朱，而且就住在楼上，接到葛卫的电话后，他正好下楼来。于是，两人就在门面外谈了起来。葛卫管房主叫朱伯，一开始，朱伯看到年轻的葛卫，以为搞错了，经过葛卫反复的确定，他才打开卷闸门让葛卫进到里面实地看一看。朱伯介绍这家门面一个月前才空出来，原本是他和老伴开的小超市，但因为在白沙市工作的儿子儿媳妇生了宝宝，把老伴接过去带孩子了，而他一个人在家，身体不好，搬不了重的货物，所以才将超市关了，想着租出去收租金。

"朱伯，面积正好，就是租金有点儿贵。"葛卫没想到这么快就和房主见面谈这个事情，他打电话只是想确认一下门面大小，所以他还没有来得及了解这一片门面的租金，朱伯说的这个租金，他本能地觉得有还价的余地。

"不贵啦，你上这附近看看，哪有我这么好的门面？"朱伯认为葛卫年轻，没有什么社会阅历，想多要点儿租金。

"我就是看了那家才过来的。"葛卫故作老成地指着相隔不远宾馆旁边的另一家招租的门面，笑道。

"你要是诚心租，租金我们再谈。"见唬不住葛卫，朱伯只好退了一步。

"我先考虑一下，确定后再给您打电话。"葛卫没说租，也没说不租。他开店的事现在还没敲定，一切只是在策划中。

和朱伯告别后，葛卫在这片街道上转了一会儿。他走到一旁的超市里买了盒烟，顺便和超市老板聊了聊，问了一下这边的门面租金，超市老板说的价位，和朱伯说的差了两三千块钱，葛卫的心里一下就有数了。

门面有了眉目，那接下来就是开个什么餐饮店？葛卫一边往回走，一边开始琢磨。

餐馆不是说开就开得起的，自己的厨艺，在家炒个菜吃还行，距离开饭店还有十万八千里，对于这一点，葛卫还是很有自知之明的。而且，他也知道，想做好餐饮，必须有点儿特色的东西，才能吸引到顾客。葛卫放眼望去，大街上有特色的东西多了去了，湘南省内就有不同地方的小炒、粉面，还有其他省市的烤鸭、火锅等，这些都从异地特色变成本地特色了。另外还有什么东西算是有特色呢？最好是独具一格的，葛卫想开个邵州市目前还没有或者还很少的特色餐饮店。

"卫哥！又碰到你了！"说巧不巧的，葛卫在大街上恍恍惚惚地转着，快要回到出租房的时候，背后传来马超群喊他的声音，"你今天没上班啊？"

"没有，那个工作不干了。"葛卫转身看到马超群从一家台球厅里走出来，有二十多天没看到他了，原本也是平头的马超群头发长了，人似乎也胖了点儿，白净了点儿。

"那你是在找工作？这年都还没过完呢！"马超群和张乐还有几个人在这边玩台球，刚散场，张乐他们先走了，马超群也准备回家，他一出门就看到了葛卫。

"过年和找工作又不冲突。"葛卫笑了笑，他看了一下时间，快五点钟了，两人正好走到出租房楼下，葛卫便邀请马超群到家里坐坐，同时，他还想到了刘海波，"海波哥在家忙啥呢？看看他有没有空儿？"

"一起聚聚！"马超群回家也没什么事情，正闲着呢，葛卫的提议正合他意。很快，葛卫拨通刘海波的电话，凑巧的是刘海波也是一个人在家，杜爸爸、杜妈妈走亲戚去了，杜明开学早，前几天就去学校了，杜青青一早就说晚上要和几个同事去她们的主任家拜年，这样一来，刘海波晚上正好有空。

　　于是，葛卫和马超群就在附近的超市里买了一些酒菜，等到刘海波过来后，三人便到葛卫的出租房里，一边聊天，一边忙活着炒菜，一起谈人生、谈理想。

第十一章
初步思路

立春之后，白昼时间开始变长，天黑得晚了些。下午六点多钟，天空慢慢地暗了下来，街道上的路灯亮了起来，一片灯火阑珊。

"今天，哥几个尝尝我的手艺！"在厨房里忙活了半小时左右，葛卫做好了几道菜，端上桌，准备开饭。

"真香！阿卫，你的厨艺很可以啊！以前在炊事班干过？"三个人落座，刘海波尝了一口菜后，对葛卫的厨艺表示肯定。

"卫哥，真没看出来，你还会做饭，菜炒得这么好吃，快赶上饭店的水平了！"马超群实话实说道，"我可连饭都不会做。"

"哪能和你们城里人比呢，我家里是农村的，我从小就会做饭，父母要干活，我就负责做饭。"葛卫拿起酒，倒了三杯，笑道，"在部队，我还真在炊事班干过，那时我们中队炊事员去培训去了，我到炊事班帮过三个月的厨。"

"难怪！"马超群和刘海波端起酒杯，一起笑道，"为你的厨艺干杯！"

"干杯！"三个人开始喝酒，聊天。

"卫哥，你打算找什么工作？"三个人聊着天，马超群想到了下午碰到葛卫的情景，便问道。不知道怎么回事，马超群和张乐、朱小军他们在一起的时候，什么也不考虑，就想着怎么玩，而和葛卫、刘海波在一起的时候，无形之中有一种力量触动、催使他要干点儿什么。

"过年之前,我把保安工作辞了,现在年快过完了,就出来转转,看干点儿什么谋生,这几天在研究着,看看能不能开个餐饮店。"葛卫喝了口酒,慢慢地把对衣食住行中食的认识以及这几天开始谋划挑选地方弄个餐饮店的想法和刘海波、马超群说了说。

"这个想法很不错!"马超群听完后,像是受到感染一样,激动道,"现在餐饮行业很挣钱!以后当老板了,我来跟你混!"

"先别忙着拍马屁。"刘海波拍了一下马超群胳膊,笑了笑,转身问葛卫,"想好做哪方面了没有?餐饮也分很多种,开饭店还是小吃?或者别的?"

"现在的问题,就是还没想好具体做什么。"葛卫对于这个问题很苦恼,他只想着开个特色餐饮店,具体是什么特色,还没有头绪。

"我有个想法,不知道可行不可行。"就在这时,马超群像是想到了什么似的,又不敢肯定道。

"有话就说!"刘海波催促道。

"我们都在松江市当过兵,对东北的饮食有一定的了解。如果把东北的一些比较有名的、好吃的饮食,拿到南方来,来个'北菜南吃',算不算是特色?"马超群一本正经地说道,"邵州肯定有在这边打工、学习的北方人,他们肯定爱吃家乡的味道,再者,我们本地人肯定也想尝尝北方菜,前提是要做得好吃。"

"这个主意听起来不错!"葛卫被一语惊醒,他顺着马超群的这个说法,粗略地想了一下,觉得很有价值,至少可以考虑一下。

"松江市的烧烤、饺子、蘸酱菜等都挺好吃的,还有干锅鸭货、烤肉什么的。"马超群继续说道,"目前,我还没看到邵州市哪里有东北餐饮店,就步行街的那头有个'东北饺子馆',有时候路过那边,感觉生意还蛮好的。但是,如果真要开个北方风味的餐馆,我觉得既要保证北方菜的纯正口感,又要结合南方饮食的口味,有些东西需要改良一下,南方的顾客才能接受。毕竟,中国这么大,南北地域人们在饮食习惯上，有着比较大的差距。"

"对对，如果真要弄个北菜南吃，就必须要考虑南北地域的问题，有些菜要改良一下，融入本地的口味。"顺着马超群的思路，刘海波听得很认真，他也觉得很有道理。

"这个想法，真的可以尝试一下，这几天我好好研究一下。"葛卫有点儿茅塞顿开的感觉。

"这只是我的初步想法，算是纸上谈兵，具体情况，还是要看卫哥怎么计划、怎么实践。"马超群很难得地谦虚了一下，随后，他端起酒杯，也有些感触道，"我们是一起退伍回来的，不管是找工作，还是谋求以后的发展，卫哥总能走在我们的前列，说实话，给我的影响很大，以后我真的要多跟你们学习。"

"你少来。"马超群少有的认真，惹得葛卫和刘海波大笑起来，三个人再次碰杯，继续喝酒。

这顿酒喝了三个小时，到九点多才散场。刘海波和马超群喝得差不多了，各自打车回家，葛卫还比较清醒，他把一片狼藉的桌子收拾了一番，又想了会儿马超群在饭桌上的建议，才睡去。

"今天起得这么早？"第二天早上，刚睡醒的刘海波睁开眼睛，看到杜青青没在床上，他瞄了一下手表，才六点半，平时刘海波到点就起床，杜青青还要睡一会儿的，今天有点儿反常，杜青青倒先起来了，刘海波不由得嘀咕了一句。

"昨天晚上和谁喝酒去了？喝了多少？"就在刘海波刚要穿衣服起床时，还穿着睡衣的杜青青进来了。

"也没喝多少，和两个战友。"刘海波起身穿鞋，随口道，"你要不要再睡一会儿？"

"妈有点儿不高兴，今天躲着她点儿。"杜青青是起来上厕所的，这会儿，她又钻进被窝里，和刘海波说话。

"怎么了？"刘海波心里咯噔一下，立即反思是自己昨晚喝酒回来晚了？还是杜妈妈不喜欢家里人喝酒？

"上次旅游时买的镯子，好像是假的。"躺着的杜青青小声道，并伸出手来给刘海波看，她手腕上的镯子，不在了。

原来，昨天下午，杜爸爸和杜妈妈去走亲戚，很多亲朋好友都聚在一起，一个眼神特别好的妯娌看到杜妈妈手上戴着杜青青给她买的那个翡翠镯子，便很羡慕地过来问这问那的，还要取下来欣赏一下。

被人恭维，杜妈妈自然很高兴，她大方地把镯子取下来，颇为骄傲道："这是我女儿女婿旅游的时候给我买的。"

"真的啊，您可真有福气。"几个妯娌、堂客们纷纷围了过来，一个劲儿地夸赞杜妈妈好福气，家庭美满，女儿女婿孝顺。

然而，就在杜妈妈幸福感爆棚时，一个年轻侄女悄悄走了过来，拉着杜妈妈的手小声说道："婶娘，我以前在玉器店里打过工，略懂一些鉴定玉器方面的常识，您这个手镯最好还是不要戴了。"

"这个镯子有什么问题？"杜妈妈没反应过来，不理解道。

"翡翠玉镯子分为冰种、玻璃种、冰糯种翡翠等好多类型……"年轻侄女先是给杜妈妈科普了翡翠玉镯子的种类，然后又说出杜妈妈的手镯存在的问题，"根据我的经验，这个镯子很有可能是石头料用强酸等化学制剂浸泡加以人工染色再真空高压注胶做的，好看是好看，就是戴着对身体不好。"

也就在这个时候，几个妯娌们看完镯子，正要还给杜妈妈，不知道是杜妈妈没拿稳，还是递镯子的妯娌一时大意，只听见"砰"的一声，镯子从两人手缝中滑落到了地上，摔碎了。

"哎呀！这可如何是好？"刚刚还热热闹闹说着话的一屋子人都蒙了，大家都瞪大了眼睛，场面瞬间变得尴尬起来。

"碎碎平安！"就在大家都有些发怔之际，杜妈妈捡起一块玉镯子的碎片递给年轻的侄女看了一眼，侄女对着杜妈妈轻轻点头，表示她的判断没错，杜妈妈甩了一下头发，故作轻松道，"碎了就碎了，旅游时候买的东西，还能是什么好东西？"

"这是在帮你消灾呢！"屋里的妯娌们脸上一阵红、一阵白，一时不知道怎么接话，不过，那个一开始说要看手镯的妯娌连忙从屋里找出一块红布来，将镯子碎片包起来，递给杜妈妈道，算是化解了现场的尴尬。按照她的说法是，这种贵重的东西，是要供起来的，摔碎了，即是帮助主人避了一次难，要好好地保存着。

"没事啦，一个手镯子而已，值不了多少钱。"看到大家尴尬的表情，杜妈妈表现得很大度，同时，她也接受了用红布包玉镯碎片的说法，讪讪笑道，"说不定这个镯子帮我消除了一个祸端，也或许是我那个傻女儿买亏了，买了个假东西，不值钱的。"

"你可真想得开。"看着气氛得以缓和，妯娌们又开始谈论起来，但是话风也变了，"不过话又说回来，以前有新闻报道过，说现在外面旅游买的东西大部分是假的，都是旅行社和商场串通好的，有回扣！"

"开饭了！都过来吃饭吧！"好在这尴尬的场面并没有持续多久，亲戚们很识趣地停止了谈论，都去餐厅吃饭了，"镯子风波"就这么过去了。

晚上，从亲戚家做客回到家里，杜妈妈第一时间翻出装镯子的盒子，对着所谓的"证书"看了又看，越看越觉得是假的。这时，杜青青刚好从她们主任家拜年回来，杜妈妈问了一下镯子的事情，杜青青把购买玉镯子的过程讲了讲，杜妈妈一脸不高兴地告诉她镯子是假的，并且把她手腕上的也取了下来，让她别戴了。

刘海波一脸愕然地听完杜青青所说的，再看着她有些委屈的表情，他皱了一下眉头，也不知道说什么，安慰了杜青青几句后，就去洗漱了。

"小刘，以后少喝点儿酒，没事在家多锻炼锻炼。"就在刘海波刷着牙的时候，杜妈妈提着两大袋东西从外面回来，果然，她还是一副不高兴的样子，一边递给刘海波一个大袋子一边说："一会儿，把这两盆绿萝摆放到你和青青的卧室里去，都说绿萝能净化空气、防辐射，放到卧室里也好看。"

"我会注意的,妈。"刘海波连忙接过袋子,回到卧室把绿萝摆上。

"青青?青青呐,都几点了,还在睡觉?你也起来,早上的空气多好啊,我刚刚转了一圈,看到公园里好多人都在锻炼,你们也去锻炼!"杜妈妈边客厅摆弄另一袋绿萝,边喊道。

"知道啦!"卧室里的杜青青朝着刘海波撇了撇嘴,很不情愿地从床上爬起来,然后两人收拾一番,就出门跑步去了。

第十二章
一语惊醒

过完元宵节,就到了三月份,这个时节的邵州市雨水渐渐多了起来。

这天下午,天空昏昏暗暗的,下着毛毛细雨,葛卫撑着伞来到火车站接唐微微,唐微微今天从广州回来。早几天她就和葛卫打电话说快回来了,后来又说广州的家里临时有些事,就一直拖到开学前一天才不得不回来。

接到唐微微后,两人热情地拥抱在一起,倾诉着分别二十多天的思念。随后,两人约着去吃东西、逛街。晚上六点多钟,因为唐微微要回学校报到,加上天色已晚,于是,葛卫又把她送回邵州学院。

把唐微微送回学校后,葛卫也不着急回去,他一个人百无聊赖地在大街上走着。不知不觉,葛卫来到了邵州学院和步行街之间,他之前看中的门面还是关着门,没有租出去,旁边的酒店、商店、书店都亮着灯正常做生意。"要尽快把准备工作弄好,早点儿把店铺租下来。"葛卫在心里想着,他现在有些矛盾,一方面他只有开餐饮店的打算,还有很多具体的事情没有确定下来,过早的把店铺定下来,只会浪费租金,另一方面他又担心他看中的那个店铺被别人捷足先登,那样他就又要费周折去寻找新的位置了。

"去书店看看?"不一会儿,葛卫在一家书店门口停住了脚步,他做了几个深呼吸动作,将思维放空,让自己暂时先不去思考那些纠结的问题，把注意力集中到眼前所看到的事物上来。走进书店，葛卫胡乱地翻看着各种书籍，没一会儿，就要走到书店的尽头了，突然，他眼睛一亮，在最后一个书柜标签为实用书籍一栏中，看到了两本关于美食厨艺方面的书。葛卫抽出来一看，一本是介绍各地名菜以及做法的，一本是教做家常菜的，书中图文并茂、内容简单明了。"正好要研究餐饮，就从这两本书着手吧！"葛卫顿时心情大好，他兴冲冲地买下这两本书，就回出租房研究去了。

这段时间，葛卫一直在出租屋里研究厨艺。他把那两本美食厨艺方面的书精细地学习了好几遍，按照书中所教的方法、步骤，从菜市场买来相应的食材，加以反复实践，掌握和领会菜谱的做法。葛卫毕竟有些厨艺功底，所以，他学起来还算得心应手。当然，由于条件有限，他所实践的菜只局限于一些用材简单、比较经济的。

而且，在这期间，葛卫也向唐微微汇报过自己想开个特色餐饮店的想法，唐微微没有说什么，毕竟她现在还处于上学阶段，对学校以外的事情了解甚少，还没有过多的社会经验。虽然年前葛卫在酒店当保安让她在同学面前闹了个尴尬，但是现在葛卫做出改变了，她也就不好再说什么了。就这样，葛卫自学厨艺，唐微微是他的尝客，葛卫变着花样给唐微微做好吃的，这成为两人谈恋爱的主要方式。

当然，唐微微也不仅仅是尝客，她也会根据葛卫的厨艺提出一些改进意见，并且，有时候她的建议，对葛卫起到了点拨的作用。

"你是要当厨师，还是开特色餐饮店？"这天，葛卫又在菜市场买了几样食材，用来实践新的菜谱，还是拉着唐微微来品尝，唐微微问道。

"开特色餐饮店啊。"葛卫想都没想，直接回答道。

"我还以为你要当厨师呢。"唐微微又道。

"为什么这么觉得？"葛卫有些不解。

"你现在研究厨艺，不是厨师干的事情？你做的这些菜，确实好吃，和那些差不多的饭店有得一比了，但是这些菜，在很多饭店里都能吃到。"唐微微接着分析道,"你想啊,在邵州市里,有好吃的菜的饭店多了去了。我觉得如果你要开特色餐饮店,就要突出特色两个字,弄一些只有你会做的、有特色的吃的,哪怕是一碗面、一份汤。至于客人要点一些其他的普通一点儿的家常菜,你请个厨师做就好了,你就掌握你自己特色秘方。"

"说得太对了!"葛卫犹如醍醐灌顶!是的,他一直想着在食这方面干点儿什么,也确定了特色饮食这个方向,而他把重点放到了饮食上,一直沉浸于对照着菜谱学做菜,也陶醉在自己厨艺的日渐提高的满足中,却差点偏离特色这个方向。

这天晚上,葛卫重新谋划着他接下来要怎么干,就连外面下起了大雨也毫不知觉。窗外,哗哗的雨水尽情地拍打着每一座建筑物、每一条街道,似乎想要趁着黑夜把这座城市冲洗干净,好迎接崭新的明天。大雨下了好一阵,才慢慢变小,淅淅沥沥地下着,根本没有要停的意思。与此同时,在杜青青的闺房里,刘海波和杜青青也没有理会外面的雨下得大还是小,两人正一心一意研究着属于他们的大事情。

"还是先把房子买下来,以后的事以后再说。"下午的时候,刘海波接到售楼中心业务员打来的电话,说楼房明天开盘,让他明天带着相关证件去认购并办理缴款事宜。于是,吃完晚饭后,刘海波和杜青青就早早地回到卧室,再次认真考虑、商量并确定买房子的事情。两口子又重新清算了一下他们这些年的积蓄,当然,他们的积蓄还是之前算的那些。但和年前不同的是,两人手里多了双方父母给的一共十万块钱的资助。这样一来,他们买房子的压力就小了很多。两人商量了半天,考虑到此时他们对于房子需要的迫切,也想到杜爸爸、杜妈妈先用积蓄干点儿"钱生钱"的事情的建议,以及他们现在的经济现状,最终,两人决定趁着现阶段还没有太大的花销,先用手里现有的二十多万元钱,把房子买了。

确定了买房子,就按照先买房的计划,规划以后的生活。第二天，刘海波和杜青青来到售楼中心，办理了购房缴款手续。房子的全款是三十万元，他们从二十二万元积蓄中，取出十五万元交了房子的首付，剩下的十五万元则办理了贷款。夫妻二人前前后后忙活了一上午，当他们拿着办理好的相关资料从售楼中心出来时，一起深深地舒了口气：终于买房子了！

　　买了房子，刘海波和杜青青没有兴奋多久，就开始研究房子装修的事情了。在随后的几天里，杜青青因为要上班，没有太多的时间参与装修的事情，刘海波一个人又马不停蹄地去了几家装修公司，了解行情，到了晚上再和杜青青一起商量着相关事情。几番比较下来，几家装修公司给出的装修价格都差不多，略有不同的是房屋装修分为业主提供装修材料，装修公司负责装修和装修公司材料、装修全包两种，当然，前者在装修材料的成本上可以由业主把握，相对来说要便宜一点儿。最终，二人选择了一家装修公司，并根据他们喜欢的装修风格，和装修公司业务人员商谈好装修计划，然后，他们又准备出五万元，着手房子装修的事情。闲置在家的刘海波自然是自己挑选装修材料，因为这样能省出一点儿钱来。

　　时间的流逝，不会因为人们以何种方式参与度过而有所偏向。相比于葛卫和刘海波的忙碌，新的一年里，马超群的生活就显得悠闲得多，他还是一直在玩。

　　是的，自从马超群考到驾驶证，马爸爸、马妈妈就给他买了一台新车当作新年礼物。所以，这段时间，他还是和以前一样，经常和张乐、朱小军开着车出去潇洒。

　　当然，在过了拥有新车的兴奋期后，马超群也不得不面对他之前一直想着的问题了：给车辆保养和加油的费用总不好意思再由父母提供吧？现在他要思考的，不是要不要干点儿什么的问题了，而是自己必须要干点儿什么的问题了。

　　两年前，马超群大学毕业去当兵，从校园出来就进军营，他没有过多地接触过社会，现在，让他突然去挣钱，他确实有些不知道要干什么。马超群大学学的是计算机专业，他的很多同学毕业后要么留在白沙市，要么去北上广一些大企业工作了，在邵州市，虽然也有很多需要计算机专业的工作，但是马超群似乎忘记了自己学过的专业，而且，他在邵州市大街小巷里也留意过一些涉及计算机方面的招工广告，去打听了工作要求和条件，然而几天下来，他都没找到合适的，不是他对工作的环境、工资不满意，就是对方对工作经验、专业操作等有要求。

其实，马超群不想找一份从事计算机工作的职业，他只想找一份能挣钱的工作，以后的路，马爸爸、马妈妈早就给他规划好了。马超群大学毕业去当兵，对于他来说，就是纯粹的喜欢部队、喜欢军旅。当兵的事情，他除了参加了体检，其他的事情都是马爸爸、马妈妈操办的。而在马爸爸、马妈妈看来，他们家是城市户口，城市户口去当兵，是带着安置卡去的。也就是说，马超群当完两年兵，和农村户口的刘海波当十二年兵一样，都是能安置工作的。马爸爸、马妈妈的想法是，马超群上完大学去当兵，当兵回来到年底再安安稳稳地分配个工作，一切都顺顺利利。所以，现在的情况是，马爸爸、马妈妈不管马超群这段时间去干什么，家里能给他买车，也就能照顾好他的一切花销，马超群单纯想干点儿什么，挣点儿钱，能够自给自足，到年底有了正式工作就好了。

第十三章
作出决定

一转眼，过了春分时节，一直被阴雨天气笼罩的邵州地区，终于迎来了晴天，而且，还接连出了一个星期的大太阳。持续的晴朗，让白天的最高气温一下子回升到二十七八摄氏度，很快，邵州市资江、邵水两岸就草长莺飞、花红树绿了。

"特色餐饮！是要开特色餐饮店，而不是做厨师！"自从受到唐微微的点拨之后，葛卫像是突然被点醒一样，这几天，他一直在进行自我纠正。他找来一个小本子，把开"特色餐饮店"的种种构思，以及每次想到的一些需要注意的事情，或者比较重要的想法，拿本子记了下来。

同时，葛卫还结合之前和马超群、刘海波在吃饭时马超群对他说的"北菜南吃"的建议。"回松江市去学当地的特色菜，或者去加盟外地的有特色的饮食？"葛卫把思绪厘清，开始思考如何具体地迈出下一步。"在松江市待了五年，对松江市熟悉一点儿，去松江市学特色饮食是个不错的选择。但是，也不一定局限于松江市，去其他知名一点儿、有特色饮食的城市走一走，看一看，总而言之，一定要有特色。"葛卫想着想着，思维一下子就活跃起来。

"对，自己应该出去走走，走出去学习！"葛卫清楚地意识到自己必须要向前走了，开特色餐饮店的事情也必须要向前推进了。接下来，葛卫将要开特色餐饮店必须要了解、准备和掌握的一些具体事情列出了一个大概规划，并开始准备行动了。他知道每天在屋里闭门构思设想，只是纸上谈兵，只有行动，才能解决具体问题。葛卫确定要做特色餐饮，虽然还没有想到合适的、具体的项目，但他想到了既然是在邵州市开特色餐饮店，就一定要符合邵州市人们的饮食习惯。所以，他计划先把邵州市的餐饮市场多了解一下，结合市场需求再想要做的项目。

于是，在接下的几天，葛卫大部分时间用在走街串巷中，他在不同的时间点、不同的地方观察和了解邵州人们对餐饮的选择和需要，同时，他还格外留心那些有特色的餐饮店，比如很有名气的火锅店、面馆以及夜宵店等场所的客流量和消费水平，并做了一些数据的收集。期间，葛卫还想到了一个问题，自己要开的特色餐饮店的定位是什么？是小吃店？还是高档饮食？还是普通大众消费？小吃店的成本低一些，规模也小，而高档饮食对各方面的要求又太高，综合权衡，葛卫还是觉得从普通大众消费入手要稳当、合适一点儿。

这天，葛卫接到了民政局工作人员打来的电话，说区里即将举办退役士兵就业创业培训会，退伍老兵可以去报名参加相关的就业政策辅导，以及之后的一些业务技能培训。葛卫连忙说报名，他想着培训会上或许会有特色的东西可以学习和借鉴。

来到区政府参加培训会，葛卫看到不少人，有之前在退伍回来办理报到的时候见过的熟人，也有很多不认识的。培训会介绍了很多退伍兵就业创业的扶持项目，并有培训时间和地点。培训的项目不少，有机械制造、计算机操作、餐饮等，而且时间持续到下半年。葛卫对那些专业性较强的不太懂，也不是很感兴趣，他重点看了邵州米粉制作、卤菜等一些小吃的餐饮方面的项目。看着项目单，葛卫心里初步地考虑了一下，邵州市的米粉店太多了，市场基本饱和了，而邵州的卤菜虽然知名，也算是很有特色，但他认为卤菜只是一道配菜，形式过于单一，和他心中的特色餐饮还有差距。

就在葛卫感到有些失望，正要转身去看别的时，有一个和他差不多高的单眼皮年轻人走了过来和他说话:"战友,看中什么项目了?"

"还没有,你是?"葛卫见这个单眼皮年轻人有些面熟,但是不知道对方姓甚名谁。

"我叫唐鹏鹏,五年前,当兵体检的时候我们见过,后来还一起坐火车去的吉省,我在长市当兵,你是去了松江市吧?去年退伍回来办理报到手续的时候也见过。"单眼皮年轻人来了个自我介绍。

"你好,你也退伍了?"葛卫回想了一下,好像有点儿印象,但是有些模糊了。

"对,服役完一期士官就回来了,我家也是农村的,没有安置卡,只能自己干点儿什么,所以来这看看。"唐鹏鹏笑了笑,他说话很直接,"退伍回来报到的时候,我无意之中看到了你的资料,你家是板桥乡的吧?我家是蔡锷乡的,我们两家离得不远。"

"还真是!"葛卫顿时感觉和唐鹏鹏亲近了不少,两人的家确实离得挺近,随后,葛卫想着唐鹏鹏在这也看到不少项目,便想听听他的意见,他指着培训的项目单,又问道:"那你有什么想法没?"

"说实话,在部队的时候,尤其是要退伍的时候,想了不少,想干这个想干那个的,回来后才知道之前都是空想,不符合实际。"和葛卫一样,唐鹏鹏是高中学历,也没有什么技术特长,当兵回来也是四处抓瞎,想找一份合适的、能当作事业干的工作,难之又难。唐鹏鹏苦笑了一下,来参加这次培训,他没指望在这找到想找的工作,只想着来见识见识,接着,他随口道:"这些项目,有的是很好,但是没有我喜欢的,我想自己干点儿什么。"

"那你有什么打算?或者有什么别的想法?"葛卫对唐鹏鹏似乎所见略同,所以,他好奇唐鹏鹏会有什么样的想法。

"具体还在谋划中,我们家是农村的,我初步的想法是向伟人毛主席学习,走农村包围城市路线。"说到这,唐鹏鹏顿了一下,他对自己还没有付诸行动的想法没多大把握,所以,他也不太好意思说太多。

"农村包围城市？这个思路似乎有点儿意思！"葛卫感觉到唐鹏鹏说得有些不简单，不过这个时候他也没想太多。

"我也还没有具体的行动，就是想着先在农村干点儿什么。"唐鹏鹏确实有些想法，他退伍回来后，一直在琢磨着今后的发展出路，他也到邵州市里打过工，但对最后的结果并不满意，随后，他索性就在农村里待着，想着自己是否可以在农村里研究点儿事业。经过一段时间的学习和思考，唐鹏鹏对在农村搞一定规模的养殖或者种植等领域的前景充满了希望。

"有想法，就去干，就去实现！"葛卫说这句话的时候，有些客套，但也有自勉的成分。

"对，一起加油！"唐鹏鹏被葛卫感染到了，也自我鼓励道。

接着，两人又聊了一些别的事情，相谈甚欢，大有相见恨晚之意。过了一会儿，就业创业培训活动结束，临走时，他们互留了联系方式。

"还是回一趟松江市，而且越早越好。"在了解了邵州市的情况后，葛卫权衡一番，还是以之前想到的"北菜南吃"的想法为主，准备尽快去外地引进他认为的特色餐饮项目回来。从过年到现在，已经有两个多月了，这两个月他没出去工作，各种花销也不少，这样拖久了，也不是那么回事。

对于去松江市学艺，葛卫想到了一个人，一个或许能帮上忙的人。

葛卫想到的那个人是他在松江市当兵的中队司务长孙明正，孙明正比葛卫大好几届，山东人，高高大大的，有些黑，络腮胡。在部队的时候，两人性格相似，很谈得来，还一起参加过支队的军事比武，所以他们的关系很好。

部队对官兵对外联系管控很严格，司务长也不例外，但毕竟岗位业务需要，孙明正使用手机的时间相对其他人也就宽松一点儿。这天中午，葛卫估摸着时间，拨通了孙明正的电话。孙明正很快听出了葛卫的声音，两人寒暄过后，葛卫说明了自己的想法。

"这个主意挺好！"孙明正很认同葛卫的想法，他也觉得学一些北方的特色饮食到南方去开店这个事情比较有搞头。

"那你认不认识松江市的一些从事特色餐饮方面的人？"葛卫试着问道。虽然他知道司务长肯定和地方上的各行各业有接触，认识的人要多一点儿，但是他不确定有没有和他想了解的这个行业挂钩的。

"这个你就放心吧，松江市人口这么多，只要找找，总能找到的。"孙明正满口答应道。他当了几年的司务长，因为部队的双拥建设、伙食采购等工作关系，他要和地方单位、行业的相关人员打交道，而且，有时候为了加强中队伙食调剂能力，他还组织过炊事员到地方的饭店学习过厨艺、考厨师证等事情，所以他还是认识一些餐饮方面的人。接着，孙明正问道："你什么时候过来？"

"下周五到，周末休息的时候你才有空吧。"葛卫计划了一下时间，他想得很周到。

"行，那周末见。"孙明正应承道，随后，他又像是想到了什么似的，笑着说道："我这正好还有两封你的信，到时候带给你。"

"信？什么信？"葛卫有些诧异。

"感谢信呗，你在部队的时候，不是捐助过松江市的两名小学生上学吗？他们小学毕业了，给你写的信。"孙明正哈哈一笑道："信件是上周邮到中队的，你退伍了，文书看咱俩关系好，就把信放到我这了。我本来想着方便的时候，给你邮过去，但是这几天有点儿忙，忘记了。"

"他们都小学毕业了啊。"葛卫想起来了，三年前他刚转上一期士官的时候，正值冬天，中队去帮驻地的一所小学扫雪，中队指导员在和学校领导交谈中了解到学校有好几名学生因为家庭贫困要辍学，于是中队党支部发动党员为贫困学生捐款，随后，已经是党员的葛卫便一直资助两名学生上学。

# 第十四章
意外工作

有意思的是，在葛卫刚作出决定干什么的时候，马超群却很巧合地先找到工作上班了。

没错，自从家里给马超群买了车之后，马超群就想找一份工作来解决他自己的花销问题，但是他的想法大于行动，每次都是说得比做得多，加上马爸爸、马妈妈也担心他出去打工吃苦受累，所以，马超群就一直在家里一边呐喊着、一边彷徨着。或许是马超群成天嚷嚷着想干点儿什么的态度有些虔诚了，也或许是马爸爸、马妈妈看到马超群总在家里这么待着也不是那么回事，直到有一天，他们上班的建筑工地上有一个负责机器维修的员工因为家在外地，其妻子即将生育而不得不离职一段时间，工地需要一个临时工来顶替这个岗位。于是，他们就想到让马超群去试试。

正常来说，机器维修工需要具备相关技能的专业人员来担任。但是，马爸爸、马妈妈所在工地上的机器都在使用年限内，只要正常规范操作，出毛病的概率非常小，即使出毛病了，一般技术的维修工也解决不了什么大的问题，因为他们只懂得一些小故障的排除，而这些小故障，只要略懂一些机器使用说明就能搞定，遇到机器真正出大毛病罢工的时候，他们就报修交给专业技能过硬的老师傅或者让厂家派人过来进行修理，所以，普通的维修工作要求并不高。于是，马爸爸和马妈妈便借着近水楼台先得月的优势，找到相关负责人提议让马超群来干着看看。就这样,马超群来到了工地,经过几天的熟悉,他很快就适应了工作流程,并掌握了一些业务技能和方法,能胜任岗位需要了。接下来,马超群办理了相关手续,他就正式开始上班。虽然工资不是很高,但是供应他车辆的油钱和日常的开销是够用了,马超群对这个工作很满意。

  有了工作后的马超群,生活作息发生了变化,他不再像以前一样一天天就待在家里玩游戏了,至少他大部分时间要在工地上挣钱了。毕竟是份差事,上班就要有上班的样子,这点马超群还是知道的。和马超群一样,一直想着要挣钱维持生计的刘海波,在装修完新房子后没多久,也颇为意外地找到了一份事情做。

  这段时间里,刘海波一直忙于装修房子,他每天一个人在建材市场和新房里两头跑,挑选材料、买材料,然后再弄回家,和装修师傅一起装修房子。为了节省钱,刘海波在买材料的时候,和材料老板讲了又讲价,为了省下运费,能他自己动手的,绝对不花钱请小工帮忙。终于,新房子装修得差不多了,接下来,他的主要精力就放在找工作上了。然而,接连几天,刘海波都没有找到合适的工作,这让他有些为难:他倒是看到了不少地方要招工,有餐厅服务员、保安、销售员等,可一回到家里,他说起准备去干这些工作时,立即遭到了杜青青以及杜爸爸、杜妈妈的否定。

  "你去别的饭店打工,还不如在自家饭店帮忙!"在他们看来,刘海波好歹是当了十二年兵马上就能安置到政府部门上班的公职人员,就算在没安排工作之前要找点儿事情做,也要考虑他是杜家的女婿这个问题。杜家开着饭店,说不上家大业大,至少生活条件也不错,杜青青的工作也不差,他们都是比较体面的人,怎么能让刘海波干那些"乱七八糟"的工作呢?就拿杜青青来说,她的同事、朋友的爱人不是医院的医生,就是做生意的老板,还有几个已经走上领导岗位了,他们要是知道杜青青的爱人在饭店做服务员或者当保安,她得多不好意思？

幸好，刘海波的这种尴尬没有持续多久，他找工作的事情就出现了转机。

"侯主任，今天这是什么风把你吹来了？"这天中午一点多，杜爸爸的饭店里来了一位胖胖的客人，客人很随意，一进门就喊着杜爸爸的名字，说要杜爸爸出来陪他吃饭。杜爸爸从后厨出来后，连忙从兜里掏出烟来和对方打招呼。客人不是别人，是杜爸爸的初中同学，也是杜青青所在的邵州市第一人民医院的后勤部的一个主任。

"老杜，你家店里有什么好吃的好喝的？"侯主任接过烟就点了起来，抽了一口，笑道，"今天加班，晚点了，食堂没菜了，到你店里来蹭顿饭。"

"这是哪儿的话，还差你侯主任一顿饭了？"杜爸爸从一旁的服务员手里拿过菜单，笑着说道，"想吃什么，随便点。"

"这些都吃腻了，你家这么大个饭店，就没别的吃的？"侯主任并没有看菜单，坐了下来，一边抽烟一边道，"有没有有特色一点儿的吃的？"

"有特色一点儿的？"杜爸爸在侯主任对面坐了下来，虽然和他是老同学了，但是杜青青在第一人民医院上班，他算是医院的领导，更何况杜家的饭店就在医院旁边，平时有什么事情也没少麻烦他照应着，所以杜爸爸对侯主任有种恭维的客气，"你想吃什么特色菜？我让厨师出去买。"

"出去买就没必要了，饿着肚子呢。"侯主任这才拿起菜单，翻看了一下，说道，"还以为你店里什么都有呢！天上飞的，水里游的，地上爬的，总要有几个招牌菜吧。"

"你说笑了，我这是小本生意，图个养家糊口。"杜爸爸本想给侯主任推荐个饭店里的主打菜，突然，他像是悟到了什么似的，改口道："你这是大鱼大肉吃腻了，想吃点儿野生的？这个我店里还真没有，不过我家里有，你等一下。"

"你看看，不厚道了吧！什么好吃的，还藏在家里！"听到杜爸爸这么说，侯主任把身体往椅子上一靠，笑道，"有什么好吃的，赶紧上！"

"马上！"杜爸爸想到过年的时候刘海波从他老家拿回来一些菜，好像有一些腊猪肉和腊兔子肉，因为是用柴火熏干的，有点儿黑不溜秋，不是那么好看，就一直放在冰箱里冷藏着，今天经过侯主任的提醒，杜爸爸才想起来。

很快，杜爸爸让杜妈妈从家里拿出腊猪肉和腊兔子肉来到饭店，杜妈妈和侯主任打了个招呼，他们也是很熟悉了。不一会儿，经过厨师的一番收拾和爆炒，两道色香味俱全的特色菜摆到了侯主任面前。

"这两盘菜，才是那么个意思！"侯主任三下五除二就把那两盘香喷喷的野味消灭得一干二净，他还意犹未尽地打着饱嗝道，"这些食材，很好吃，从哪儿弄来的？"

"我女婿从老家拿过来的。"杜爸爸见侯主任吃好了，又递给对方一根烟，笑道。

"你女婿当完兵回来了？那这下很好了，你们家多了半个儿子。"侯主任似乎并不着急走，边抽着烟和杜爸爸、杜妈妈聊天。

"好什么好，多个人，就多一张嘴吃饭。"这时，一旁的杜妈妈接过话，她半客套半认真道，"侯大主任，你们医院有什么岗位需要招人不？让我女婿过来给你跑两天腿，讨口饭吃。"

"你别说，还真有个事，我们单位食堂负责采购的一个小伙子前几天喝酒骑摩托车摔了一跤，把腿摔折了，在医院躺着呢，食堂正缺个跑腿的。"侯主任心情很好，他一拍大腿，接着道，"这个活很轻巧，不是自己人还不会轻易安排呢。"

"那敢情好，回头让我女婿再从老家给你弄点野味过来。"杜妈妈一听，连忙笑道，她也知道这是个肥差。

"就这么说定了，过两天让你女婿来医院一趟。"侯主任许诺让刘海波去医院干活。

当然，尽管侯主任吃好喝好的状态下答应给刘海波找一份差事，但事情进展得也不是很顺利，接下来的几天，杜爸爸给侯主任打了两次电话，询问什么时候让刘海波过去找他。而第一次侯主任说要出两天差，过了两天又说他这段时间不方便，过几天再说。这天下午，杜爸爸在家收拾屋子，翻到冰箱里还剩下的最后一点刘海波从绥平老家带回来的野味时，他突然想到上次侯主任说起给刘海波找个工作时杜妈妈说了一句"再弄点儿野味过来"，杜爸爸一拍大腿，顿时又悟出来了：杜妈妈的那句客套话是重点。于是，他连忙让刘海波回老家看看还有没有那种好东西。

"这个时候应该没有了。"一开始，刘海波以为是杜爸爸想再弄点儿野味吃，他解释说天气热了，腊味存放不了多久，要吃的话明年再多弄点儿。

"明年黄花菜都凉了。没有腊味，搞点儿新鲜的也行，说不定侯主任更爱吃。"杜爸爸有点儿急了。

"那我现在就回去。"听着杜爸爸煞有介事的语气，刘海波明白杜爸爸是要弄野味送人，于是，他直接去车站坐车回绥平县老家。

"怎么这个时候想起吃野味了？"刘海波到老家后，和刘爸爸说明了情况，刘爸爸对儿子的突然回来有些意外，他一边抽烟一边问道。

"好像是要送人。"刘海波也不确定杜爸爸要腊野味做什么。

"既然是亲家要的，肯定有用处。"刘爸爸沉默了一会儿，像是在想着什么，然后，他把烟头一扔，轻声道，"你先在家帮着干两天农活，我来想办法。"

刘海波在家里帮着父母种了两天地，第三天早上，刘海波起床不久，刘爸爸提着两只山上养的公鸡回来了。

"等下班后，你拿着这东西，送到侯主任家里，你就说是杜家女婿，对方就知道了。"刘海波拿着公鸡回到邵州，杜爸爸随即告诉他一个地址，并让他拿着公鸡直接去侯主任家里。

077

"爸,我都不认识人家,怎么送东西?"刘海波一听,果真是送人,但是他从来没有给别人送过礼,觉得很不好意思。

"你呀。"杜爸爸想了想,叹了口气,他从刘海波手里拿过公鸡,出门了。

到了晚上,杜爸爸回来了。在吃饭的时候,杜爸爸告诉刘海波不要出去找工作了,从明天开始,他去给中心医院干活,负责食堂的采购工作。

第十五章
北上考察

去松江市学艺，短则十天半月，长则两三月。这几天，葛卫在和唐微微约会的时候，和她说了自己即将去松江市的计划。唐微微听后，没有说好，也没有说不好，就说了句：知道了。她看得出来，这段时间，葛卫在陪她的同时，一直在"很用心、很投入"地琢磨开餐饮店的事情。

到了周一，葛卫收拾了几件衣服，坐上了去松江市的火车。两天后，他就来到刚离开了半年的第二故乡。

五月初的松江市气温要比邵州市凉快得多，市区里街道两旁的绿化刚发出绿枝，好在这几天都是晴天，虽然时不时会刮起阵阵大风，但不是很冷了。

本来葛卫和孙明正说好自己周五到松江市，但他特意提前了两天，他想自己先到松江市转转，四处看一看，对这边的餐饮以及行业情况有个大概的了解，最好是确定方向后，再让孙明正帮忙联系。

葛卫在部队参加过松江市城市武装巡逻任务，也外出过好几回，所以，他对松江市的城市布局还算有粗略的印象。很快，他在一处胡同里，找到了一家相对便宜的宾馆住下。

第二天上午，葛卫出了门。走在松江市的大街上，看着既陌生又有点儿熟悉的街道，他的心里有些许感慨。以前，在部队的时候，不管是外出还是出来执行任务，他都只是匆匆而过，没有好好打量和感受松江市的城市风貌和人文特点，现在，他以一个地方老百姓的身份闲逛，感觉自然是不一样。

走了一会儿，葛卫来到印象中有很多家饭店的松江街。餐饮地的分布，每个城市都差不多。除了以不同大小、相邻或者相连的生活住宅小区为单位，四周衍生出区域性的商家店铺外，就是在人口密集且流量较大的繁华地段，还有相对集中的代表城市特色的美食城或者美食街。松江街，属于后者，它是松江市餐饮集中地之一，也是相对偏小的一个，葛卫看到沿途有很多本地的特色家常菜、冷面、烧烤，也有外来的串串香、麻辣香锅、过桥米线等。临近中午，到各个店铺吃东西的客人多了起来，葛卫观察了一下这些店铺的客流量，也注意到他们的大概年龄等情况。

随后，葛卫想着再去其他的餐饮集中地去看看。他也知道自己对松江市不是那么熟悉，再去哪儿考察，有些无所适从，还有就是单纯的靠站在路边这样看，有些盲目，不会很有效果。

"得找个明白人问问。"这时已经是下午三点多钟了，葛卫在街边找了一家小面馆吃了碗面，又回到松江街上，漫无目的地闲逛着，他一边走着一边琢磨着，要怎样才能达到有效考察的目的。看着街道上车水马龙、人来人往，葛卫心里一顿，他似乎想到了可以一试的办法。

"你好，要去哪里？"葛卫打了一辆出租车，上了车后，司机问道。

"师傅，找个吃饭的地方。"葛卫看到司机胖胖的，是个光头，三四十岁的样子。司机将穿着的长袖撸起来，露出小臂上的文身，颇有社会大哥的样子。葛卫在松江市没什么熟人，出租车司机是他能找到的对松江市最熟悉的人了。

"这条街不就是吃饭的地方吗？"司机有些莫名其妙。

"我在这里看了一圈，没有找到适合的。"葛卫笑着道，"我想找个有松江市特色的饭店，尝尝咱们这的特色菜。"葛卫在松江市当兵五年，中队大部分战友都是东三省的，和他们说话，普通话中自然带了点儿东北腔调。所以，他和司机说话时，也特意转换到当地口音模式。

"这样啊，那你可算问对人了，不是和你吹牛，我不说是吃遍松江市大大小小的美食，也算差不多了。那去厦门街，松江市有特色一点的、好一点儿的吃的，厦门街那全有。"司机听出来葛卫不是本地人，但是至少在松江市待过一段时间，"你来松江市没多久吧？南方人？"

"对，就去那看看吧。"葛卫掏出烟，递给司机一根，他有意识地和对方聊天，"松江市有什么有特色的好吃的？"

"要说咱们松江市有特色、好吃一点儿的，那可就多了。"司机师傅放慢了车速，点燃了烟，然后开始娓娓道来，"锅包肉、杀猪菜、酱骨头、干锅鸭货等，太多了，就看你想吃啥。像锅包肉，你们南方就没有，有也不是正宗的，也不是松江市这个味道。"

"对，确实是。"葛卫抽着烟，继续笑着问道，"厦门街和松江街的饭店，有啥区别？"

"其实吧，不管是厦门街，还是刚才你打车的松江街，或是江北夜市一条街和珲春街，都有松江市的特色吃的，要说区别呢，在于有些店子做得纯正、好吃，从而有名气，大家都奔着好吃两个字去的。"司机师傅很有心得地道，"比如吃酱骨头，松江市有很多家酱骨头饭店，但是大家都觉得厦门街的张麻子酱骨头最好吃。还有，咱们东北人都喜欢吃饺子，厦门街有一家中坊饺子馆，就最地道，他那是用新鲜肉馅、纯手工包的，味道自然不一样。"

"这话说得没毛病！"葛卫顺着司机说的话，接着道，"师傅，那照你的意思，这些店子，属于松江市的品牌饭店呗。那如果，把这些具有松江市特色的吃的，弄去别的城市，是不是也有市场？"

"你别说，还真就这么回事！"司机像是找到了知己一般，他把抽完的烟扔到窗外，颇为认真地说道，"我去过南方，广州、贵州，都去过，他们那边有的东北菜馆，有好多都是松江人开的，他们就是从松江市学一些餐饮技术或者加盟特色菜,把松江市的特色饮食弄到那边去,生意也很好。你想想看,现在哪个地方都有外地人,他们肯定认家乡的口味。再就是对于外来的好吃的,只要好吃,本地人也会吃。"

"对,我也这么觉得。"这时葛卫也抽完了烟,他想了想,继续道,"这个想法好是好,就是不知道学什么或者加盟什么样的吃的,才能挣钱。"

"这就要看个人对餐饮市场的眼光和经营水平了,你想想看,学技术是一方面,要看学得正宗不正宗,另外就是每个城市不一样,接受外地的吃的也不一样。"司机师傅不仅会说,还比较理性,他侃侃而谈道:"你看,同样是鸡鸭鹅,我在南方的时候,看到他们那边吃鸡吃鸭的比较多,而我们北方人就吃鸡吃鹅的多,什么铁锅炖大鹅和小鸡炖蘑菇,都比较有名。至于鸭子,我们也不是不吃,是挑着吃,吃鸭头、鸭胗、鸭肠、鸭爪、鸭翅、鸭脖,有秘制干锅的,有熟食店卤制的,我们管这些叫鸭货。厦门街有一家干锅鸭货店,在松江市特别有名,味道是一绝。"

"还真是,南北方人们的饮食习惯还是有差别的。"葛卫若有所思地点点头,他想到刘海波和马超群也和他说起过。

"到地方了,这条街,都是吃饭的地方!你想吃啥,这条街应该都有,而且口味都还挺好的!"过了一会儿,出租车驶过横跨松花江上的松花江桥,到了松花江南岸,司机把葛卫载到了厦门街。

"谢谢了。"葛卫下车后,冲着司机感谢道。这趟出租车没白坐,司机一路上能说会道的,让葛卫颇有收获。

接下来,葛卫就在厦门街的街头巷尾转着。很快,傍晚来临,街道两旁店铺的招牌也亮起了霓虹灯,到了晚上,出来吃东西的人更多了,各种饭店门口人来人往,络绎不绝,整条街道变得热闹起来。

司机师傅说得没错,厦门街是松江市最大的餐饮集中地。在这里,几乎汇聚了松江市所有有特色、有名气的餐饮店铺,葛卫看到了司机大哥说起的张麻子酱骨头店和中坊饺子馆等,还有他没有提到的宋家千层饼、特色牛蛙店以及极具松江市特色的乌拉火锅店，这些店铺装潢得十分华丽，看上去很有档次的样子。

转着转着，葛卫来到一家看上去没有周围店铺那么起眼却也人满为患的，横匾招牌上写着"绝味干锅鸭货"的饭店前，他又在街道前后看了一眼，确定整个厦门街就这一家经营鸭货的饭店。

"这应该就是司机师傅说的那家'味道一绝'的鸭货店吧。"葛卫想着，他好奇地挤进店里，看到大厅里摆有十来张桌椅，每桌都坐满了人，大人小孩、男男女女都有，不时有餐厅服务员在餐桌间来回走动。葛卫看到有个二楼，他又装作找人的样子，上到二楼看了看，二楼全是包间，有七八个的样子，而且每个包间里都传来说话声，想必也都有食客在进餐。

"生意这么好！"葛卫感叹着，随后，他又混到了别的店铺里进行摸底，也了解到一些情况。

就这样，葛卫一个人在松江市考察了两天，这两天他所看到的、问到的，以及他自己对所掌握情况的感受，综合起来，他在脑海里形成了一个初步的构想。

到了周五晚上，孙明正打来电话，问葛卫什么时候到松江市，葛卫笑着说到了，于是，两人约定周末见面。

第二天上午，孙明正向中队请了假，换上便装，来到葛卫住宿的旅店里，一见面，两人就很亲切地抱了抱。

"半年没见，你小子白了很多。"孙明正打量了葛卫一番，在他肩上给了一拳头，笑道，"咋样？回去还适应吧？"

"还算适应。"葛卫也笑着，寒暄过后，两人聊天的内容才回到主题上来，孙明正问道："你有什么打算？是先到处走走，看一看，还是已经有具体想法了？"

"我是前天到的，这两天已经在松江市转了一圈了。"葛卫苦笑了一下，虽然这两天他收获不小，但也有了新的困惑，"松江街、厦门街、江北夜市等地方，我都去看了看，一时不知道从何下手。"

"那还不简单？走，实践出真知，出去吃一吃，把你看中的、觉得靠谱一点儿的，都尝试一下，再做个比较不就行了？"孙明正站了起来，想到一个最笨也是最直接的方法，随后，他拉着葛卫就出门尝菜去了。

第十六章
加盟学艺

"从哪家开始？"葛卫和孙明正出门后，来到了松江市的厦门街，因为是周末，出来逛街、吃饭的人比平时多了不少，看着大街上熙熙攘攘的人流，孙明正问葛卫。

"就那家？"葛卫指着不远处的一家秘制牛蛙店道。他现在对松江市的特色餐饮已经有了一个初步的筛选，接下来要做的就是在这些他觉得有搞头的选择范围中，以食客的身份挨个品尝一下，然后再进行分析对比，从而确定学艺项目。

"我看行！"孙明正自然是没有意见。随后，两人走进店里，很快，服务员将做好的秘制牛蛙端上来，孙明正吃了一口后，感觉还挺好吃的："味道还不错！你觉得呢？"

"还行。"葛卫也吃了几口，但是他没有多说什么，他在想，眼前的牛蛙符不符合邵州人的口味，以及用他的厨艺水平分析怎么做这道菜。

"下一家，吃那个特色香锅去。"吃完秘制牛蛙，两人又走向另一家饭店。

"也还不错！"就这样，两人一连到了好几家有特色的餐厅里，点了店里的招牌菜，挨个尝了尝。每到一家店里，孙明正都说好吃，而葛卫则是很少说话，他在很用心地考虑着、思索着。

"这个不错啊，挺辣的，应该符合你们南方人的口味。"到了晚上，在又试吃了几家颇具特色的菜品之后，葛卫和孙明正来到那家绝味干锅鸭货店里，孙明正对一锅干锅鸭货来了兴趣，一连吃了好几口。

"是不错，味道很特别。"葛卫马上想到邵州市当前还没有吃这种鸭货的饭店，而且，这道菜也确实符合南方人的口味。他接着又想到：如果把这个特色饮食弄到邵州去会怎样？

"你抓紧时间把想学的项目确定下来，然后我试着联系一下。"试吃结束，回到旅馆里，孙明正看了一下时间，发现不早了，他要在部队晚点名前归队。

"好，我尽快确定。"在葛卫心里，或许已经有了选择，但是他想再仔细分析和考虑一下。

"信！还有两封感谢信差点儿忘记给你了。"突然，走到门口的孙明正一拍大腿，煞有介事地转过身来，从兜里掏出两封信递给葛卫，随后，他才回部队。

晚上，葛卫躺在床上，细细回味着一天所试吃的特色餐饮，凭借自己的直观感觉和对餐饮方面的认知，以及孙明正给的参考意见，他对每道特色菜都进行了一次细致的梳理和综合评判。葛卫想了很久，他要做出最后的选择了。

不知不觉，夜深了，几经思考和权衡，葛卫有了决定。此刻，他也有些劳累了，长舒了口气后，躺到床上，准备睡觉。

"感谢信？多大的事，还感谢什么。"葛卫突然瞥见桌子上的感谢信，于是，他又坐起来，撕开信封后，发现里面除了一张信纸，还有一个手工折的千纸鹤。另一封信，也是一样的。

葛卫很快看完了信，信的大概内容是对葛卫资助两人的学费使其有书读表示感谢，并表示以后一定发奋学习。然而，在信的最后一段，让葛卫十分动容，信上说因为葛卫的善举，改变了他们的命运轨迹，等他们长大以后，也会向葛卫一样，去关爱别人，传播温暖，让世界变得更加美好。

"以后，这事还得接着干！"葛卫在心里默默念道，他又做出一个决定。

第二天，经过一个上午的反复对比和思考，葛卫对想学习特色餐饮技术的项目下定了决心。他打电话给孙明正，告诉他自己的决定。

"我也觉得干锅鸭货比较适合。"听到葛卫说想学干锅鸭货的制作技术时，孙明正没有意外，他顿了一会儿，接着说道，"我先联系一下看看。"

随后，孙明正通过以前和部队搞过双拥共建工作中认识的熟人，联系上绝味干锅鸭货的老板，并转达了葛卫想学艺的想法。绝味干锅鸭货老板在电话里说可以，但是以加盟的方式，要收取两万块钱的加盟费，他还说干锅鸭货的烹饪方法都差不多，最重要的是他家的调料秘方，这个秘方最值钱。然后，孙明正又把绝味干锅鸭货老板的条件以及联系方式告诉了葛卫，接下来，就要葛卫自己拿主意了。

其实，要想学干锅鸭货厨艺，葛卫可以去店铺直接找老板谈，但他想到如果自己贸然去，人生地不熟的，肯定有些被动，有个熟人联系，终究要好一点儿。

根据绝味干锅鸭货老板开出的条件，葛卫又盘算了一下他现有的积蓄，当兵五年的退伍费六万多块钱，加上一期士官三年攒下的工资，差不多有十万元。在来松江市学艺之前，他就把计划开特色餐饮店的各项大型支出作了一个初步的预算，两万块钱的学艺费用也在他能接受的范围之内。

"看看能不能再谈一下，能省一分钱是一分钱。"葛卫在确定学技术之前，来到了绝味干锅鸭货店里找到了老板，要和他再谈谈。绝味干锅鸭货店老板姓张，是个矮矮胖胖的秃顶大爷，嘴角边有颗痦子，脸上挂着生意人常有的微笑。葛卫开门见山地说起加盟学技术的事情，他说自己只是回湘南省开店，保证不会给松江市张老板的餐饮店带来冲击，就一个问题，加盟费能不能低一点儿。

"既然老弟都这么说了，那咱也不能差事儿。老弟在松江市当过兵，老哥我就当拥军爱民了，最低一万五，不能再少了！"张老板比较爽快地妥协道，把加盟费降了五千块钱。

"行，那就这么定了。"葛卫决定跟着张老板学艺。随后，张老板告诉葛卫，让他先跟着店里的师傅学习干锅鸭货的烹饪制作技术，等他学会了，两人再一手交加盟费一手告诉配料的秘方。

接下来，葛卫每天到绝味干锅鸭货店跟着师傅学艺。因为他是学烹饪技术，不用参与营业，所以他去店里的时间不用像上班那样固定，就是中午和晚上在师傅制作菜样的时候，跟着学习一下，帮忙打打下手。

没过几天，葛卫就初步学会了干锅鸭货的制作程序，他学得很用心，每天把师傅讲的烹饪细节和注意事项都记下来，然后回旅馆再慢慢体会。

很快又到了周末，这天中午，刚从绝味干锅鸭货店里学习完准备吃点东西就回旅馆的葛卫接到了孙明正的电话，说一会儿过来找他，于是两人约好了见面的地点。

"学得咋样了？"在大街上，两人一碰面，孙明正就问道。

"还凑合吧，还得再学几天。"葛卫笑了笑道，"今天怎么有空出来呢？"

"请假出来的。"两人一边走着，一边说话，走到一家饺子馆，孙明正提议吃饺子，并说明来意，"过几天我要去总队参加培训，一个月后才能回来，一个月的时间，你肯定学完技术回湘南了。松江市有句老话，叫上车饺子下车面！今天请你吃顿饺子，就当提前和你送别了。"

葛卫对孙明正的客气有些哭笑不得。

"孙司务长，这是外出啦？"就在孙明正和葛卫走进饺子店坐下不久，两人正聊着天时，只见从后厨走出来一个高高瘦瘦、头发和胡子都白了的老头儿，他在店里看了一圈，上前来和孙明正说话。

"孙大爷，您怎么还亲自干上了？"孙明正站起来和孙大爷说话,"对,今天外出,和战友来吃饺子。"

"我儿子有事出门了,我过来帮着看几天店。"孙大爷和孙明正比较熟悉,便说起店里的情况,"也赶巧了,店里有两个服务员回去结婚了,请了几天假,这几天人手不够,我就跟着忙活一下。"

"那您再招几个人啊,您这岁数,可别累着了。"孙明正笑道。

"这一天到晚走不开,还没顾得上出去招人呢。"孙大爷眉头一皱,有些无奈道。这时,后厨传来叫孙大爷的声音,于是他又连忙冲着孙明正摆摆手,然后就去忙了。

"你还和这饺子店老板认识?"葛卫吃着刚端上来的饺子,和孙明正说话。

"孙大爷和他老伴是社区的志愿者,以前每逢过年咱们部队和社区搞共建活动,他们总来给部队官兵包饺子,认识好几年了。"孙明正和葛卫说起孙大爷的故事,他告诉葛卫,他和孙大爷还是老乡,都是山东人,所以两人更为亲切。还有,孙大爷和孙明正说起过,他是早些年随着他父亲闯关东过来的,他本人将近八十岁了,年轻的时候在松江市开了三家饺子馆,后来岁数大了,就分别交给他的三个儿子打理了。

"好像有点儿印象。"葛卫想着他在部队的时候,确实每年过年前夕有一群大爷大妈到中队来包饺子,只是那时候他不是上岗,就是在干别的,所以不记得了。

两人一边吃饺子,一边聊天,突然,孙明正像是想到了什么,冲着葛卫眨眼道:"这家店的饺子也很有特色,很好吃的!东北饺子,很出名的!要不,这几天,你有空的时候,来这学包饺子?顺便帮孙大爷干干活?"

"包饺子还需要学?"葛卫不以为然道,他在炊事班帮厨的时候,也会擀皮和馅包饺子,觉得包饺子和做饭一样。

"那能一样吗?你可别小看这饺子,饺子馅的做法很讲究,为什么东北饺子这么出名?手工做出来的饺子肯定不一样!"孙明正正色道:"反正你上午和下午没事,就过来学学呗,你打算做餐饮,多学点儿东西总是有用的。"

"行,那我就试试。"葛卫没有多想,应允道。

随后,孙明正找到孙大爷,说明让葛卫来饺子店里帮忙,他觉得葛卫既然大老远跑来松江市学艺了,正好有机会可以学点儿别的,就尽可能地多学点儿。

"那太好了。"孙大爷饺子店里也确实需要人手,于是,接下来的一周,葛卫除了中午和晚上在绝味干锅鸭货店里跟着师傅学技术,上午和下午的时间,就到饺子店里来"打杂"。

一开始,孙大爷让葛卫帮着收拾卫生、接待客人和干干零活,葛卫也比较勤快,有什么活就干什么,手脚也麻利。两天过去,孙大爷和葛卫也熟悉了起来,随后,孙大爷就让葛卫跟着一起拌饺子馅、擀饺子皮、包饺子,并时不时地教他一些怎么调料和馅、怎么蒸煮饺子才使得饺子更好吃的诀窍,以及他这几十年来做生意的心得。

当然,葛卫没想着学包饺子,他是觉得孙大爷年纪大了,这几天忙活不开,就当来帮忙,顺便学点儿技术,等孙大爷儿子和店里的服务员回来了,他就完成任务了。

第十七章
开店创业

现在的际遇很大一部分是由过去的选择决定的，而现在的选择，也在很大程度上决定着未来的种种。

一周的时间很快过去，葛卫学习干锅鸭货制作的技术已经很熟练了，他打算巩固两天，再和张老板谈交加盟费买秘方的事情。然而，就在这天晚上，葛卫接到了邵州市他之前看中的那个店铺的房主朱伯打来的电话，朱伯在电话里问葛卫到底租不租门面，这几天又有别人来询问租店铺的事情了，他秉着先来后到的原则，先和葛卫确认一下。

"租！"葛卫连忙说租，并承诺三五天后就回去找朱伯签合同。

第二天，葛卫从银行取出一万五千块钱，他找到绝味干锅鸭货的张老板，把加盟费给对方，张老板也很快拿出他的秘方，誊抄了一遍，交给葛卫，并告诉他需要注意的事项。虽然，租店铺的事情打乱了葛卫原本的时间规划，但是细心的他还是在绝味干锅鸭货店里，按照张老板给的秘方，和这些天学习的技术，自己动手实验了两天，直到他做出的干锅鸭货和店里卖的没有什么差别后，才算学艺成功。

到了第三天，葛卫和张老板告别后，又来到饺子店和孙大爷告别，好在孙大爷的儿子和那两个服务员都回来了，葛卫也就放心地离开了。

很快，葛卫又坐上从松江市回邵州市的火车。

五月下旬的邵州市白昼时间明显变长了，到了下午五点多，还是大天亮。葛卫到邵州市下了火车，就直奔他要租的店铺里去。上午他已经和朱伯联系好了，只是有些事情还需要面谈一下。

"朱伯，这个租金还是有点儿高，您看，这周围的店铺，都不是您这个价。"到了店铺后，葛卫就和朱伯直接谈起了租金的问题。

"不高了，小伙子，这段时间已经有三个人来看我这个店铺，出的价钱都比这高，要不是我看你是最先来的，我早就租给他们了。"朱伯抽着烟，一边甩手弹烟灰，一边颇有底气道。

"我们也不是一锤子买卖，朱伯，我也不能让你感觉亏了。"不用多想，葛卫可以确定的是其他人的出价肯定没有上次朱伯和自己说的高，不然他就不会等自己回来了。所以，他也不会太傻，笑道，"在您说的价位基础上，每个月再便宜两百块钱，您看怎么样？"

"一个月两百，一年就两千四了，那可不行。"朱伯扔掉烟头，不满道。葛卫说的这个价位和后面几个看店铺的出价差不多，他等了葛卫几天，就是为谈个好价钱。随后，朱伯有些犹豫，很不情愿道，"小伙子，我也懒得再联系别的租客了，这样，我们各退一步，你再涨点儿，合适我们就定下来。"

"那我一口价，一年四万八，你发我也发。"葛卫讲了两千元的价。

"小伙子，你这张嘴，会说话！"这个时候的朱伯才发现葛卫不是个善茬，也觉得这个价钱差不多了，就没再继续浪费口舌，表示接受了。

随后，葛卫和朱伯又谈好了另外的几个问题，他们当场就签下了门面租赁合同。

从松江市学艺回来，又租到了门面，葛卫的心情很不错。在回出租房的路上，他打电话给唐微微庆祝一下，不料唐微微晚上有课，没时间过来。

在接下来的日子里，葛卫就比较忙碌了，他忙着装修店铺，粉刷墙面、翻新台阶、装灯、换窗帘、布置店里格局等，他还得去菜市场、冷冻市场询价采购制作干锅鸭货以及配置调料的食材原料。同时，他还需要购买桌椅、置办锅碗瓢盆餐具等能用得着的杂七杂八的物件。总之，大大小小的事情都需要他经手操办。为了节约成本，葛卫买东西，真就是货比三家，能便宜一分钱绝不在乎多跑一趟。自从租到店铺后，葛卫就把之前的那个出租房退掉了，因为店铺内有个堆放杂物的二层阁楼，葛卫把它收拾出来，当卧室用，虽然简陋了点儿，但是省下了租房费。

经过将近一个月的起早贪黑后，葛卫租下的门面有了一个餐饮店应有的样子：店内外焕然一新，桌椅整齐摆放，后厨的装备齐全，开张营业前的准备工作基本完成。有意思的是，葛卫对餐饮店的牌匾很是用心地研究了一番，他在乡下的山里找到几块看上去很不错、形态各异的木头，自己动手打磨成差不多尺寸，刻上绝味干锅鸭货几个字，然后涂上油漆，用铁链子挂起来当作招牌用。

"还有哪些地方需要花钱的？还需要准备些什么？"在忙完印刷餐饮店宣传单、按照秘方配置调料和食材等事宜后，在餐饮店开业前的这两天，葛卫拿出小本子记录的账单对近期的花销进行了盘点，尽管他对开餐饮店的各项投入都精打细算，但是在实际操作中，还是超出了一部分预算。从学艺开始，葛卫就粗略地估算了一下在邵州市开一个餐饮店需要多少成本，他也把所有的积蓄都按照计划分步投入其中。开餐饮店，对于葛卫来说，是全力以赴、放手一搏。现在，餐饮店已经万事俱备，但同时他手里的流动资金也不多了，他要格外小心地计划着下一步的开支，或者就等着餐饮店营业了。

当然，这段时间里，葛卫全身心地投入餐饮店的工作中，他和唐微微的联系少了，自从他搬到餐饮店里住，唐微微来找他的次数也少了，两人有时候几天没有见面，不过葛卫已经顾不上这些了。很快，他将餐饮店的宣传单全部发完，并招到了一名四十多岁、姓邓的阿姨来做服务员，同时，他也打电话告诉了葛爸爸、葛妈妈开餐饮店的事，葛爸爸在镇上要工作，葛妈妈则表示说开张的时候会过来帮着忙活几天。当然，葛卫也给刘海波和马超群打了个电话，之前他在装修店铺的时候，分别碰到过他们，他们也都知道葛卫开餐饮店的事情，都说开张的时候一定要通知下，来捧场热闹一下。

"恭喜恭喜！恭祝生意兴隆，财源广进！"很快，到了葛卫餐饮店开张的这天，他早早地把店里收拾好，也把自己打扮得干净利落，笑容满面地迎接着前来祝贺的亲朋好友们。终于，在一阵鞭炮声中，葛卫的特色干锅鸭货餐饮店开业了！在欢声笑语中，葛妈妈递给葛卫一个大红包，马超群和刘海波来的时候，送上了两个花篮，还有不少亲朋好友们也都送来贺礼，现场十分热闹。

特色餐饮店终于开起来了！新店开张的头几天，搞得葛卫焦头烂额、分身无术，很多之前没有考虑周全的情况时有发生，不过，葛卫急忙活、慢忙活，总算应付过来了。没多久，餐饮店慢慢地步入正轨，很多事情顺手之后，葛卫也逐渐适应了开店后的作息时间和生活节奏。

"之前的努力没白费，总算干了点儿事情。"开餐饮店虽然有些辛苦，但是从萌生开特色餐饮店的想法、到下决心干、到回松江市学艺、再到把所有积蓄都投进去把店铺开起来，几个月的时间里，葛卫有过犹豫有过担心，好在这一切进行得还算顺利，他还是比较满意的。这段时间里，葛卫一直处于绷紧弦、铆足劲一件事接着一件事忙碌的状态，除了开店做生意，他根本没有时间想别的。现在，餐饮店的生意不算好，也不算坏。"慢慢就会好起来的！当过兵的，怕什么！"葛卫在心里给自己鼓劲。当然，他也很清楚这是自己第一次开店，很多东西还需要学习，餐饮店开起来只是个起点，不能太盲目乐观，要脚踏实地、扎扎实实地干好每件事情。

"葛老板，六个人，菜你看着上。"这天下午，葛卫刚从后厨忙活完，就听到餐饮店门口传来一个熟悉的声音，原来是马超群带着几个人进来了。马超群挎着个当下很流行的公文皮包，往桌子上一放，招呼一起来的同事坐下，同时冲着后厨门口的葛卫喊道。

"好的，稍等。"葛卫冲着马超群笑道，并拿出一包烟走过去递给他们，随后就去后厨忙活了。

不知道是马超群第几次来葛卫的餐饮店吃饭了，光是这周，就来三次了。自从葛卫开了这家干锅鸭货餐饮店，他就特别捧场，不管是和同事们一起吃饭还是和张乐、朱小军他们聚会，他都选择来葛卫餐饮店。这不，本来周末休息，但是工地上要赶进度，他和几个同事加了大半天的班，到下午的时候，活干完了，他又来到了葛卫这里请同事们吃饭。

马超群在工地上混得比较顺，他不仅和领导、同事们相处得好，还当上了小组长。当然，在他一开始到工地干活的时候，马爸爸和马妈妈还担心他吃不了这种苦，尤其立了夏，邵州市的气温高了起来，在工地干活也辛苦了很多，没想到当兵回来的马超群懂事了不少，上班后没怎么让他们操心，一段时间下来，虽然他晒黑了，但也精壮了。他从部队那种严格的管理下跳跃出来，感觉到地方的生活，是很自在的，他还处于不再处处受约束、有纪律要求的"放松"期。只是，有一点让他有些应付不过来：在地方上生活，钱太不禁花了！上个月月底，他已经领到了一个月的工资，最初他想着只要能解决他开车加油问题就好，没想到工资到手后，各种开销也来了，几次吃喝下来，就把工资花没了。

"菜来了！今天送一份花生米和一份皮蛋给你们下酒。"很快，葛卫和服务员邓姨把马超群平时喜欢吃的菜端上来，并送了两个下酒菜。

"老板这么讲究，以后我们吃饭就定在这里了！"马超群很豪气地和同事们约定着，一方面葛卫做的干锅鸭货确实好吃，另一方面他也想给葛卫介绍客源，帮着推广生意。

"喜欢吃就下次再来，肯定让你们吃好。"葛卫接着马超群的话道。当然，葛卫明白马超群的心意，他对此心存感激。

第十八章
被踢出局

当葛卫和马超群忙着各自的事情时，刘海波却意外地失业了。

在侯主任的打招呼下，刘海波来到中心医院的食堂负责采购，他的工作内容很简单，就是和另外一个矮胖的叫老傅的师傅每天早上开车定点到农贸市场的几个摊位上买菜，然后送到医院来，和后厨做好交接、登记就可以了。所以，这段时间，刘海波就一直是跟着食堂的老傅一起去菜市场买菜、送菜，因为他是临时工，又是新来的，所以很多事情都是听从老傅的安排，大部分情况也是老傅说了算。比如到什么季节买什么菜，到哪个摊位买、买多少，这些都是老傅来定。

和往常一样，这天早上刘海波到医院食堂找老傅去菜市场买菜，结果老傅没在，一问食堂其他人，都说他还没来。刘海波只好给老傅打电话，电话响了好几声才接通，但是接电话的不是老傅，而是一个女的，刘海波自报了家门，说是跟老傅一起干活的，对方显然还是在睡觉，不等刘海波说完，就哈欠连天地说老傅昨晚喝多了还没醒酒，有什么事情让刘海波自己弄好就行，然后就挂了电话。

"老傅又喝多了？那也不能耽误工作啊。"刘海波叹了口气，他知道老傅平时爱喝小酒，有时候也会因为前一天晚上喝多酒第二天晚来半个小时一个小时的，但很少有今天这样直接不来的情况。于是，刘海波只好一个人去买菜，在路上，他又像是想到了什么似的："刚才接电话女人的声音，不像他老婆啊？"

到了菜市场，刘海波来到以往经常买菜的摊贩前，他发现摊贩老板也像喝多酒还没醒酒一样，但是对方没有迷糊，看到刘海波来了，就起身笑道："你们要的菜在那边，那一袋就是。"

刘海波见摊贩老板满嘴酒气，就摆摆手自己去拿菜。拿到菜袋子的刘海波很自然地要打开查看里面的菜样如何，并要准备过称验收时，这时摊贩老板却很激动地起身过来，一把抓着袋子口，顺势就将菜袋子提起扔到刘海波拿来的推车上，嘴里还说道："这袋菜昨晚老傅看过了，我们还一起喝的酒，不用看。"

"我总得看一下。"刘海波依旧要验收，他没有接到老傅说菜已经验收过的电话，也觉得不管老傅打没打电话，既然菜经过他买回去，他有必要过目把关一下。

"不用看了，小伙子，有什么问题和老傅说。"摊贩老板抓着菜袋子不松手，并小声凑到刘海波耳边道："这是你们侯主任定的买菜点，我是他堂哥。"

"老伯，买菜哪能不让看呢？"刘海波似乎没有听懂摊贩老板的话，他执意打开菜袋子，顿时发现了问题：袋子里的菜很多叶子都黄了，明显不新鲜，甚至还有坏的。刘海波再拿起袋子放到秤上一称，还严重地缺斤少两。

"看吧，看你能看出什么名堂。"看着刘海波一连串的行为，摊贩老板气急败坏，又有些有恃无恐。

"大伯，您这菜不对啊，对不起，我不能要。"刘海波放下菜袋子，拉着拖车就走，他决定去别的摊贩买菜。

"哼，年轻人，真不知道自己是干什么的！"见刘海波走了，摊贩老板气得把袋子一扔，蛮横道，"这袋菜今天不吃，明天还得吃！"

刘海波买完菜，又把菜送到食堂，食堂厨师接过菜掂量了一下，又打开看了一眼，不由得一乐："今天这是太阳从西边出了？老傅昨晚没去菜市场收尾？"

很显然，食堂厨师的话里有话，但是刘海波转身就去忙别的了。

一上午过去，到了中午，正准备吃饭的刘海波接到了老傅的电话，老傅什么也没说，就说让刘海波到一个饭店去吃饭，他请客。

老傅请吃饭，刘海波有些受宠若惊，一起共事两个月了，老傅头一回要请他吃饭，刘海波也没多想，随后就来到老傅说的饭店。然而，在饭店包间里，刘海波还见到了早上没有买他菜的摊贩老板，老傅和他正在说着什么，两人都笑呵呵的。

"老弟，这位是侯主任的堂哥，也是我们经常去他那买菜的老板。"看到刘海波后，老傅很亲热地招呼着刘海波坐下。

刘海波似乎明白点儿什么，碍于老傅的面子，他还是冲着摊贩老板笑了笑。很快，老傅开了一瓶酒，说要一起好好喝一顿。

"老傅，中午就喝酒，不太好吧。"刘海波不是好酒之人，本能地推辞道。

"能有什么事？我都在这里了！有什么事，就说我带你喝的，什么都不用怕！"老傅拍着胸脯说道。

刘海波还想再说什么，老傅已经倒好酒递了过来。这时，一旁的摊贩老板也帮腔道："小伙子，老傅这么热情，不要扫兴。"

实在拗不过，刘海波连忙说那自己少喝点儿。随后，三个人就开始喝酒吃饭，老傅和摊贩老板很熟悉，他们一直在很开心地聊天，偶尔把话题扯到刘海波这来，但是刘海波似乎没什么可说的，也就作罢。

这顿饭吃了一个小时，刘海波喝了一杯酒后就再也不喝了。老傅和摊贩老板把那一瓶酒喝完，又要了一瓶，喝到一半，他俩都有些醉醺醺，满脸通红，说起话来也变得口无遮拦了。这时候，老傅推搡了摊贩老板一下，摊贩老板会意地从裤兜里掏了两下，掏出一个红包，往刘海波身边靠："兄弟，小小意思，不成敬意。"

"使不得，您这是干什么呢？使不得。"刘海波看到摊贩老板的动作，顿时一惊，连忙站起来。

"早上我没去，你们俩都误会了，我们都是侯主任的人，不要大水冲了龙王庙，一家人不认识一家人了。"这时，老傅挺着肥胖的肚子坐到刘海波旁边，拉他坐下。

"老傅，不是那么回事！"刘海波还在挣扎，突然，他从桌椅缝隙中迈出一条腿去，然后急切地说道，"酒你们还没喝完，我给你们倒上，你们先坐着，我去趟厕所。"随后，刘海波给两人倒上点酒，就小跑着出去了。

"哈哈，这小子，没喝好，还让我们喝。"看到刘海波走了，老傅连忙打着哈哈。

"哼，喝就喝，这小子不识抬举，那就别怪我们把他踢出局了。"摊贩老板冲着门口瞪了一眼，接着就和老傅继续碰杯。

到了第二天，刘海波还是和老傅一起去买菜，路过侯主任堂哥的菜摊时，摊贩老板直接把一袋子菜递过来，刘海波要打开看。不等摊贩老板说话，老傅一把拉住刘海波说不用看了，刘海波却说："老傅，昨天的菜就不好，今天还得看一下。"于是，他执意打开袋子，发现袋子里面的菜居然和昨天一样，并且捂了一天，坏得更多了。

"你们看，这菜怎么吃？很多都坏掉了！"随后，刘海波不由分说拉着老傅去别的摊点买菜了，摊贩老板涨红了脸，气得说不出话来。

事情到这里并没有结束，本来，刘海波想着老傅会向医院后勤反应实际情况，要么换一个买菜点，要么督促原来的摊点保证菜的质量。然而，让刘海波没想到的是，当天下午，食堂的一个负责人就给他打电话，让他去财务结算工资，他被辞退了，给出的说辞是刘海波业务能力有限，不适合食堂的采购工作。

刘海波接到被辞退的电话后，不敢相信这是真的，惊愕、莫名其妙、难以接受或许都有。刘海波怎么也没想到自己会被辞退，他还以为是中心医院食堂弄错了。但事实确是如此。刘海波想去找食堂的负责人说明情况，说明这段时间他一直认认真真地工作，从来没有迟到早退偷过懒！说明不是他的问题，而是他发现了食堂采购点有问题！

然而，当刘海波气愤地来到食堂财务，在路过负责人办公室的时候，他看到那个负责人和老傅在一起有说有笑地抽着烟，门口还站着那个摊贩老板！

是他们搞的鬼！刘海波突然懂了。难怪每天都能听到医院的工作人员抱怨食堂饭菜差的声音，明白了食堂做菜的师傅说老傅每天去菜市场"收尾"那句话的含义了……他也明白了食堂菜品采购点摊贩老板和老傅、食堂负责人之间的猫腻儿。

刘海波再也没有去找食堂负责人理论的想法了，他冷笑一声，义无反顾地拿着这两月的工资，然后头也不回地回家了。

当然，刘海波被辞退的事，杜爸爸很快就知道了，因为他上午就接到了侯主任的电话，侯主任在电话里和杜爸爸说你这女婿脑瓜子太不灵光了，一点儿也不懂事，并按照他的说法，将事情说了一遍，算是给杜爸爸一个交代。尽管杜爸爸有些"恨铁不成钢"，但是，刘海波回来后，他又不能表现得一脸不高兴，毕竟在他看来，刘海波还是和他儿子杜明一样的孩子。他也知道刘海波刚从部队回来，想问题比较简单，还以为地方和部队一样，在思想上一直没有转变过来，还需要适应或者融合一段时间。

晚上，杜青青也知道刘海波失业的事情了，不过她倒没说什么，她只说医院的饭菜确实难吃，还不卫生。

经过这件事情后，刘海波倒是在家休息了两天，他想着，距离安置工作上班还有两个多月的时间，他还可以找一份临时的事情做一做，哪怕少挣点儿钱，至少比什么也不干强，于是他又出去找事情做了。只是，这次杜爸爸、杜妈妈再也没有说给他介绍工作了，而是随他自己怎么弄了。

刘海波在市区里转了两天，这次，他找工作明显比几个月前有经验了，他知道自己要找短期的临时性工作，不需要考虑太多，所以他的目标也就多了起来。这天，他来到以前装修新房子买材料的建材市场，看到一家销售地板砖的店铺门口贴着一张招聘搬运工的启事，便上前询问，地板砖店铺老板一看刘海波壮实的体格，便很有兴趣地说明了搬运工作内容和报酬：为地板砖店铺送货，工资按箱和送货的楼层距离算，可以日结。地板砖老板还告诉刘海波，只要他勤快，一个月挣个三四千块钱不难，最多的时候还能挣到五千。

  一个月能挣三千多块钱，是一份很不错的工作了，而且时间比较自由，正符合刘海波想要找工作的要求。于是，刘海波很快就和地板砖老板谈好了，他在建材市场做起了搬运工作。

第十九章
适应改变

时间悄然进入七月份，也到了伏天，这个季节的邵州市，酷暑难当，连日高温让人们都不愿意出门。晚上六七点钟，待热浪慢慢散去，偶尔吹起一阵凉风，才让人觉得舒适一点儿，这时人们才纷纷活跃起来。

葛卫的特色干锅鸭货店已经营业一个多月，新店开业那股新鲜劲儿过了之后，前来消费的食客并没有减少，且晚上的生意要比白天好得多。看来，邵州市已经有一些人认可了特色干锅鸭货的口味，喜欢来吃。对于特色干锅鸭货的口味，葛卫也动了一番脑筋，他清楚南北饮食习惯差异很大，更知道这个特色餐饮是从东北的松江市引入湘南省邵州市的，因此，他十分注重邵州市食客们对干锅鸭货的反响以及建议，并根据他们的想法及时调整配料，争取做出符合邵州口味、被更多人接受的特色菜。

开了餐饮店之后，葛卫的生活节奏似乎又规律了起来。每天早上，他都用秘方调料，并处理相关食材，做好准备工作。从上午一直到晚上，都是营业时间，葛妈妈在帮着忙活完店铺开张那几天后，就回乡下了，毕竟家里总有事情是需要她去操劳的，招聘过来的服务员邓姨负责接待客人和收拾卫生，葛卫除了在后厨烹制菜样外，还要不时地到前台来算账收银，并和客人们聊聊天，听听他们的意见。晚上，食客们多的时候，就晚一点儿打烊，反之则可以早点儿休息。从餐饮店早上开门到晚上打烊，所有的事情下来，对于葛卫来说，并不轻松。

辛苦是辛苦了点，好在特色餐饮店的生意进入了稳定期，葛卫的心里稍微宽松了点儿。

很快，一个月过去，在建材市场做搬运工的刘海波拿到了工资。还真不错，这个月他挣了三千多块钱，比在部队的工资还高。刘海波很高兴，当然，这期间他也没少受累，经常背着一百多斤的地板砖爬楼梯，一天要背近二十趟，这些工资，完全是他的辛苦钱。

除了挣到了工资，刘海波这个月还有一笔大收入，按照三期士官转业流程，他进行了转业结算，办完相关手续后，他拿到了十万块钱的转业费。同时，因为刘海波和杜青青结婚已满两年，按照士官转业安置政策，他可以把工作安置到配偶杜青青的户口所在地，所以，接下来，就等着走安置工作的程序了。

"小刘，工作安置的事情，快要下通知了吧？"对于安置工作，刘海波还不怎么上心，但杜爸爸、杜妈妈却十分关心，这段时间他们从朋友圈子里听到别人家家属当兵回来安置工作都在想尽办法活动的消息，这天早上，在杜妈妈的授意下，杜爸爸叫住准备出去的刘海波，准备和他谈一谈。

"应该快了，最迟下个月公布。"刘海波的脑海里猛然想到他转业回来的当天，杜爸爸就说起过这个问题，他当时还没有往心里去。回到地方生活有大半年了，尤其经历在中心医院食堂上班的事情后，刘海波开始清楚一些社会现象以及生存法则，只是他不知道是适应，还是改变。他想了半天，也没有想出个所以然来。自己想干什么？好像干什么都行，吃苦受累都不怕。能安排个什么工作单位？好像什么工作单位都行，反正都是上下班，尽自己的能力踏踏实实、好好干就行。

"安置工作，是关系到你一辈子的大事，你想想看，现在找个称心一点儿的工作，是不是一辈子都省心？"在谈话过程中，杜爸爸明显地感受到刘海波对安置工作这件事还是任由被动的态度，根本没当回事儿，他莫名就想生气。

"是，我明白，爸，在邵州市我也没有什么熟人，所以……"刘海波感受到了杜爸爸的良苦用心，只是，他实在不知道要怎么做才能促进工作更好地安置。

"你自己有什么想法？"杜爸爸接着问道，"要不要想办法去活动一下？看看能不能找个合适的单位。"

"我没什么想法，正常安置应该没什么问题吧？"刘海波对安置工作的政策多多少少了解些，他听说在部队立过功安置工作的时候占优势，自己十二年的军旅生涯，工作成绩突出，曾立了两次个人三等功，所以他想，正常安置工作，自己应该也差不了。

"等正常安置，那就是别人挑剩下的了！以前我就和你说过，这个社会，要么有关系、有背景，要么有钱。没有关系、没有钱，那些原本属于你的也可能变成别人的。"面对刘海波的榆木脑袋，杜爸爸也是伤透了脑筋，随后，他叹气道，"算了，活动的事你不要管了，我去找找朋友，看看能不能搭上关系。但是丑话说在前头，关系我来找，人情我来搭，活动肯定要花钱，这个钱得你们出啊，到时候你和青青商量一下，看怎么弄。"本来，这些话他是不想说的，但是杜妈妈特意交代必须说，所以，他还是说了出来。

"好，我知道，爸。"话都说到这儿了，刘海波也只好应承下来。

随后的几天，刘海波还是和往常一样去建材市场搬运地板砖，他想着在没安置工作之前，钱还是要挣的。不过，他开始想着即将要安置工作的事情了。

"海波哥，你工作安置得怎么样了？"这天中午，刘海波接到了马超群打来的电话，在电话里马超群说话的语气很兴奋。

"还没有信儿，还在等通知呢。"刘海波不知道马超群要说什么。

"下个月就公示了！这是我爸听他一个在区政府的朋友说的。"马超群直接进入主题，接着道，"听说今年转业的退伍兵很多，单位不好安置，我爸想给我弄到市直单位去，不知道能不能搞定。海波哥，你呢？你想去什么单位？"

"不是我想去什么单位，是看能分配到什么单位。"刘海波苦笑着，纠正道。

"不是你想的那样，事在人为！"马超群好像很有心得，他以过来人的口吻说教道，"你看啊，现在的形势是需要安置的人多，大家都想往好的单位去，而好的单位只有那些，所以，只能是八仙过海，各显神通了，看谁先活动，看谁活动得到位！"

"你从哪儿听来的这些？"刘海波质疑道。

"我爸说的啊，他还能骗我？"马超群接着故作神秘道，"你知道他为我能安置个好单位，活动出去多少吗？说出来我都觉得吃惊！本来他也想换台车的，他都去车展中心看了，钱都准备好了，后来愣是没换，全用来……"

挂了电话，刘海波坐着休息了一会儿，他回味着刚刚马超群说的这些话，又想到前几天杜爸爸和他谈话的内容，突然，他的心脏一阵收缩，一种紧迫的压力感随之而来。是的，他有种强烈的压迫感，本来他以为安置工作是件很正常的事，然而，现实好像不是那么回事！接着，刘海波设想了一下，如果正常分配，他会被安置到什么单位？他心里很没谱，接着，他心里涌起一丝异样：自己当了十二年兵，到头来，还不如马超群他们那些当两年兵的安置得好？

这是个问题！刘海波像是受到了刺激，心里越想越不是滋味儿。怎么会这样？如果真是这样的话，他有点儿接受不了，还有种莫名其妙的不甘。

整整一下午，刘海波都浑浑噩噩，想着工作安置的事情。突然，他想到了一个人，或许对自己安置工作有些用，就是他当兵时的教导员，退伍后又遇到过的封金龙。刘海波记得封金龙说过他转业在市委上班。他能帮上忙？刘海波不敢肯定，也不懂其中的规则，虽然上次匆匆一见，留了电话号码，但是一直也没联系过。"封教导员很严厉，因为个人的私事去找他，肯定会被他骂的！况且，因为这种事去麻烦他，多不光彩。"左思右想了一会儿，刘海波又否定了找封金龙帮忙的想法，然而，除了封金龙，他实在没有别的关系可以找了。

晚上回到家里，在睡觉的时候，刘海波和杜青青说了之前他与杜爸爸的谈话内容，还迟疑地说出因为他安置工作，可能要做好花钱的准备。自从买了房子之后，他们两人将所有收入都集中起来，共同保管，包括杜青青每个月的工资、刘海波上个月拿到的十万块钱转业费、他之前在中医院食堂负责采购以及现在当搬运工所挣的工资，刘海波想着，不管是从财务角度出发，还是他自己有什么想法，都要和杜青青预先沟通一下。

"用，该用的还是要用。"在这个问题上，杜青青比刘海波看得开，她懂得也多一点儿。她的想法很简单，刘海波能安置到好一点儿的单位最好，实在不行，那至少尽力安置在市里，那样的话两人离家都近一点儿。

在这几天，杜爸爸可忙坏了。杜爸爸找到他的一个在银行上班的堂哥老杜，也就是杜青青的大伯，他有一个同学是邵州市民政局负责安置工作的一个姓钱的副局长，他儿子前年当兵回来，也是活动了一番，去年被安置到了市里的自来水厂，待遇还不错，而且，老杜还在私底下说过因为他和钱副局长是同学关系，活动的时候还有几分面子，比别人要优惠很多。杜爸爸决定找老杜帮忙，让他去找他的同学说说刘海波这个事情。

又过了一个星期，老杜传过话来，他的同学钱副局长已经任职局长了，更加有能力办这个事情，并在暗地里透露说，现在安置工作的名额很紧张，还有好几年都没安置完的，但既然是同学的弟弟需要帮忙，那这点面子还是要给的。杜爸爸一听，很高兴，同时他也问了老杜，现在的活动行情是多少，怎么活动出去？老杜告诉说，去年他花了八万块钱，今年怎么也得十万了吧。而且他还说自己已经和钱局长打完招呼了，到时候让刘海波到民政局核对资料签字的时候去找他就行。

第二十章
竞争很大

光亮的背后，是阴暗。

在得到可靠消息后，杜爸爸就赶紧着手准备，他本想直接和刘海波说让他准备十万块钱，但是，杜爸爸考虑到以刘海波的思想，让他拿出自己十二年的全部转业费来活动，似乎有些难为他了。于是，杜爸爸先找到杜青青，和她说明了情况，杜青青自然是同意，父女俩还颇为小心地商量着先把那十万块钱拿出来，等刘海波工作安置好之后再告诉他。

万事俱备，只欠东风。在九月中旬的一天，刘海波接到民政局通知说让他去签字，杜爸爸把十万块钱活动费包装好，再用一个普通的塑料袋子装着，交给刘海波，当然也没告诉他袋子里是什么，只是让他交给钱局长，并嘱咐他说是老杜让给他的。刘海波接过有些重量的袋子，他立即想起了上次要去给侯主任送野味的场景，那次他还不懂，也不好意思去，他想到这次也应该是和送野味差不多，如果再让杜爸爸去就有点儿说不过去了，自己无论如何都要走一趟了。

于是，刘海波提着袋子来到区民政局，在办公大厅签完字后，来到二楼，找到了民政局局长的办公室。

"你好，请问钱局长在吗？"刘海波敲门后，后退了一小步，他想的是要是里面的人来开门了，也不会因为离得太近而尴尬。然而，更尴尬的是，办公室里一直没有动静。

刘海波只好又上前敲门。

过了好一会儿，办公室里面的人没有来开门的意思，但是里面突然响起了说话的声音。就在刘海波正要敲第三遍门的时候，门却开了，从里面走出一个年轻人，年轻人很客气地冲着里面脑袋上没有几根头发、坐在办公椅子上的中年人感谢道别。

刘海波条件反射地冲着出来的年轻人笑了笑，但是对方却很不友好地看了他一眼就走了，并把办公室的门带上了。

"您好，钱局长在吗？"刘海波只好再次敲门，里面就是没有人应答。刘海波有些纳闷，他明明透过门缝看到里面的办公桌后坐着一个中年人的。

"进来。"又过了几秒钟，办公室里终于传来声音。

"请问您就是钱局长吧？我叫刘海波，是去年转业的退伍兵，今年安置工作。"刘海波进到办公室，看到那个脑袋大、头发少、皮肤很白的中年人，猜测他就是钱局长，于是一股脑儿地把要说的全都说出来，"钱局长，这是老杜让我给您捎过来的。"

"小刘是吧，老杜是你大伯吧？"有些秃顶的钱局长并没有接刘海波的话，而是把身子往后一挺，然后在皮质的办公椅上挪了挪屁股，把肩靠在皮椅上，似笑非笑地稍稍仰起头，看着刘海波说道。

"是，是我岳父的堂哥。"刘海波把塑料袋子递到办公桌上，就不知道要说什么和干什么了。

"哦，那也是一家人，好说好说。"这时，钱局长把椅子滑到靠近办公桌，伸出左手摸了摸脑袋上没几根的头发，接着用右手拿起塑料袋子，不经意地掂量了一下，然后往边上一推，收起了之前的笑脸，正色道，"小刘啊，你是属于异地安置吧？"

"是的，钱局长，我老家是绥平县的。"刘海波咽了咽口水，又咳嗽了一下，稍微缓解了下他那有些发紧的喉咙，如实回答着，随后，他又补充道，"我和我爱人前年登记结婚的，到现在已经满两年了，符合异地安置政策。"

"今年邵州市待安置的退伍兵有很多啊,所以政府也感觉到很为难。"钱局长还是恢复到之前靠在椅子上的姿势,不紧不慢道,"好的岗位只有那么几个,要安置的人一多,你们的竞争就很大,你懂我的意思吧?"

"我懂,钱局长,就按正常政策来就行。"刘海波并没有觉得钱局长的话很难懂,他憨憨地笑了笑道。

"你还是没明白我的意思。"钱局长把双手放在桌子上,手指很随意地抖动着,随后,他皱了一下眉头,接着道,"不是政策的事情,是要安置的退伍兵太多了,大家都抢着往前上,不太好办。"

"我明白,就是要有个排名是吧?"刘海波听出弦外之音,但是还是没听透彻,小声道,"那就按排名、按正常政策该怎么办,就怎么办。"

"你明白什么?你根本就没听懂!和你们这些当兵的对话,真麻烦!"看到刘海波还是一副油盐不进的样子,钱局长有些生气了,他站了起来,顺势左手握拳在桌子上捶了一下,再把双手支在办公桌上,瞪着刘海波道,"你好歹也在部队混了十二年,怎么是这个样子?几句话也听不明白?"

钱局长生气是有原因的!老杜说得没错,按照行情,想要安置个好一点儿的工作单位,就必须活动,去年他活动了八万,然而,这个活动费就像物价一样,随着涨,到今年就要十万了。况且今年钱局长从副局长提职为正局长,让他帮忙的规格自然就高了一个档次。加上今年区里安置的人确实很多,所以竞争很强!大家都想分配个好一点儿的单位,大家都在活动,活动费自然而然就水涨船高了。刘海波拿来的袋子,钱局长一掂量,就知道了大概数目,这不是他的心理价位,所以,他一直在暗示刘海波,可是刘海波却很不懂味儿。

"我没有混,钱局长,我一直好好当兵。"刘海波听到钱局长说他混,他立即就想着解释一下。

"好好当兵,那你怎么还不懂规矩?办公室里有人,你还一直敲门？懂不懂礼貌？什么事这么着急？你就不知道等一会儿再来？"此时的钱局长一听到刘海波那种答非所问、找不到他说话的重点的样子，就来气，他又用左手的两根手指使劲地敲了两下办公桌，很不爽也很激动道，"你有规矩吗？你符合规矩吗？"

敲门？钱局长这会儿拿敲门说事了！原来，在刘海波来到钱局长办公室的时候，钱局长正和那个年轻人谈活动的事，显然，他们俩还没谈完，就被刘海波的敲门声给打断了，无奈二人只好匆匆结束，钱局长这口气还没顺下去，接着就被刘海波的不懂事又堵住了，他不生气才怪！

"钱局长，我这情况，是符合规矩的。"刘海波还是没有听出重点，他还以为钱局长说他异地安置不符合规矩，又连忙僵着脸解释道。

"符合条件的多了，都给安排呀？"钱局长有点儿气急败坏，他一巴掌重重地拍在办公桌上，一旁的水杯都差点儿震倒了，他大声道，"我看你这个兵是白当了！在部队待傻了？是不是当兵的都像你这样？都傻乎乎的？"

"钱局长，说我傻可以，但是请你不要侮辱当兵的。"这次刘海波听懂了，他没想到对方能说出这样的话来，他咬着牙愤然道。

"说你们傻还是轻的，你们就是死脑筋啊！在部队待了那么久，你们会什么？到最后还不是要我们来给你们安置工作！"钱局长理直气壮，很有底气，每年的退伍兵安置工作，都要经过他来办理，而且有很多人都是求着他办的，他自我感觉这些退伍兵的工作都是他给的，有种他说了算的主宰感。他认为退伍兵就是个麻烦，给他们安置工作是一种施舍。当然，这些都只是他的内心想法，也就是今天被刘海波气着了，才稍微暴露点儿本性。

"我们会……"这时的刘海波也被钱局长的话气到了，但是，他的情绪一激动，又不知道怎么来反驳对方，他有很多想说的，似乎一下子被憋住了。

"滚蛋！有种安置工作的事情不要来求我！"钱局长顺手把刘海

波拿来的塑料袋子一扫，摔到刘海波的跟前。估计是杜爸爸特意找了个结实的袋子，而且把里面的"活动费"包装得很好，袋子在地上打了几个转，都没有摔坏。

"走就走！"刘海波气不过，捡起袋子就夺门而出。紧接着，就听见钱局长的办公室传来一道水杯重重地摔碎在地上的声响。

走出到处都是空调冷空气民政局的刘海波，瞬间被室外的炎热空气所包围，没一会儿，他的额头就冒出了汗水。但是，刘海波根本就感觉不到热，他现在满脑子都是刚刚和钱局长的对话以及满腔的愤怒！是的，他很意外。刘海波怎么也没想到，钱局长言语中这么反感甚至看不起当兵的以及退伍兵。

当兵的怎么了？退伍兵又怎么了？自己当了十二年兵，是符合国家对军人转业安置工作的政策的，又不是不符合规矩瞎搞的，怎么就不能按照政策正常办理呢？还说什么当兵当傻了、这十二年兵白当了，真是气人！自己明明在部队干得还不错，一直在基层中队带兵，还被选拔为代理排长，自己虽说不上有多好，但至少不那么不堪吧？刘海波的脑袋里很乱，想着很多事，现在的、过去的都有，他的心里也有百般滋味，不满不服不甘不信，有苦有酸有泪有伤……

"小刘，那袋东西送出去了吗？"就在刘海波胡思乱想的时候，突然，他的电话响了，他拿起来一看，是杜爸爸打来的。

"没有，钱局长没要。"刘海波顿住脚步，看了一下手中的袋子，茫然道。

"十万块都不要？不是说差不多了，还不够吗？"电话那头的杜爸爸有些纳闷儿，不知道是在自言自语，还是惊讶地脱口而出。

"十万块钱？"这回轮到刘海波诧异了，他重新掂了掂手中的袋子，这里面有十万块钱？自己拿着的是十万块钱？

接着，杜爸爸简要地和刘海波说了一下袋子里十万块钱的事，说是和杜青青说好的，然后他接着问刘海波到底是怎么回事，钱局长怎么没有要？

刘海波没有在意杜爸爸的解释，他在杜爸爸一问、他一答的对话中，把他找钱局长的经过描述了一番。

"你这孩子！"听完刘海波的现场还原，杜爸爸在电话里都不知道说什么了，他有种哑口无言的可惜和懊恼感。是怪钱局长胃口太大了？还是怪刘海波不会说话，连送东西这点儿小事都没办明白？没办明白就算了，居然还闹得不可收场了！本来是一件皆大欢喜的好事，竟然搞砸了！而且是他一直为其操心的当事人亲自搞砸的！杜爸爸越想越生气，气得想摔手机，扬起手来，一看是自己的手机，又忍住了，连声叹气。

第二十一章
初心誓言

　　差点儿送了十万块钱给钱局长？差点儿因为自己的工作安置问题活动出去十万块钱？和杜爸爸通完电话后的刘海波边走边解开袋子，当他看到十叠整整齐齐的百元大钞时，他意识到袋子里是十万块钱，他手里提着的是十万块钱！这个时候，刘海波又想到了杜爸爸说的还不够？然后再回味钱局长话里话外的意思，他好像还说什么竞争很大？竞争很大，也就意味着，大家都很拼，都要铆足劲才能在竞争中脱颖而出？稍回过神来的他才明白过来：钱局长是嫌活动费少了？

　　刘海波到民政局签字，又到钱局长办公室一趟，前后不超过半个小时，本来他计划尽快忙完，下午还回去继续搬运地板砖挣钱的。然而，现在发生了这样的事情，他的思想一片混乱，根本没有心思再回去干活了，他望着街道上形态各异的建筑和来来往往的车辆、路人，感觉到这座冠以家乡之名的城市，有种从未有过的陌生感。甚至，他还感觉这座城市的一切都和他无关，他找不到丝毫存在感和融入其中的念头。

　　接下来，刘海波不知道要去哪儿，他没有心思去挣钱，也不想回杜青青家里，他索性就继续漫无目的地走着，任由太阳晒，任由汗水湿透衣服，任由手脚酸痛发麻，任由口渴难耐，他只是机械地想逃离这里。

　　这是什么世道？这是什么规矩？现实真的这样残酷吗？难道自己

真的是当兵当傻了吗？就像钱局长所说的，这个兵白当了？刘海波的思维陷入混乱中。不对，那个钱局长说的话就不对！他说什么安置工作竞争很大，那另外一个意思就是说谁的活动费多谁就占优势？怎么可以这样？转业回来安置工作怎么能以活动费为依据呢？刘海波不自觉地回想起了在部队时期的种种经历，自懂事之后，他的大部分回忆就是军旅。还是在部队好，每天就是带兵训练，虽然累，但是很纯粹很规律。接着，刘海波又想到了退伍回来这大半年发生的事情。和部队生活相比较，回来之后感觉太难了。回来后的第一件大一点儿的事情就是买房子，到了而立之年的自己为了有个栖身之地，要花光所有积蓄不说，还要父母的赞助，还要贷款，一种无可奈何的失败感油然而生。然后是找工作，因为自己的不谙世事，给家人丢脸了，弄得很多人都不愉快。到现在安置工作了，一样搞不明白，还把领导给得罪了，搞得难以收场了。这都是些什么事？怎么会弄成这样？当兵十二年，到底是对还是错？当兵十二年后回来，就不会融入地方生活了？是自己错了？还是地方生活太复杂了？离开部队就不会生活了吗？当兵一直是自己引以为傲的事情，在别人眼里，居然成了负担？回来安置工作遇到这样的情况，究竟是自己的问题，还是别人的问题？他一时不知道答案了。

在地方真的是只看背景、关系和钱吗？想到所谓的关系，刘海波又想到了封金龙，他想，要是之前去找封金龙打个招呼，是不是就不会发生这样的事情？现在再去找？还有什么用？善后吗？很快，他又否定了这个想法。十万块钱！接着，他又想到了钱。自己差点儿活动出去十万块钱！这十万块钱，可以买多少东西？可以做多大的事情？他既痛心又义愤填膺。这十万块钱是自己当兵十二年的转业费啊，可却还被嫌少！虽然之前有了要活动的思想准备，但是他没想到活动的代价这么大！想着自己阴差阳错第一次去送礼，甚至说是去行贿，竟是这样的结果，刘海波哭笑不得。

时间在一分一秒中过去，刘海波不知道走了多远，也不知道走到了哪里，他只觉得周围的行人越来越少，路也越来越不好走了。终于，刘海波身体上的痛苦逐渐明显，他意识到自己严重脱水，喉咙里很干很紧，似乎能喷出火来，四肢也几近麻木了，他抬起头，看了看四周，他看到不远处有一条河，河流对岸还有稻田，他才反应过来，自己好像要走出城了。这个时候，刘海波清醒了很多，他在河堤上找到一处可以下到河床边的路口，来到河边。看到河水还算清澈，刘海波先捧起水洗了把脸，然后又小喝了几口，他没敢多喝，只是润了润干得实在难受的喉咙。

刘海波起身甩了甩手，觉得舒适多了。站在河床边的刘海波在一处阴凉的地方找到一块还算干净的石头躺了下来，他需要休息休息。他闭上眼睛，努力让自己安静地躺了一会儿。

"不管怎样，以后绝对不能有进行活动的想法！坚决不搞活动之类的行为！"不知道是逆反心理还是引以为耻，刘海波突然冒出这个想法，他看着缓缓流动的河水，又望了望当空的太阳，长长舒了口气，并暗暗发了个誓！

"当过兵的人，会轻易认怂？当过兵的人，死都不怕，还怕活着？"猛然间，他回想起在部队参加抗洪抢险、执行重要任务时，有好几次都和死神擦肩而过，他的心里顿时涌起一阵豪气！在部队，是个问心无愧的兵，回到地方上，也绝不能丢了当兵的脸！对，就像葛卫和马超群所说的，虽然离开了部队，但还有个名字叫退伍兵！当兵的时候堂堂正正，遇到任何艰难困苦都能挺起胸膛，现在退伍了，也要有个兵的样子！刘海波想着想着，开始激动起来，越想便越觉得有一股力量在心底滋生，一份不甘心、不愿意继续这样下去的倔强，一份越是苦难就越要战胜的顽强，一份迫切想要改变、想有个新的希望，这几份力量凝聚成一股绳，将刘海波紧紧拴住，将他拽了起来。

刘海波醒悟过来了，接着，他又开始反省，想到自己在部队当了十二年兵，生活方式有着固定的模式，人情世故也是很单纯的战友情和上下级关系，还有纪律规范、约束着，现在面对陌生、复杂的地方生活，肯定有些不适应，还有自己也长大了，以前有些问题不需要去操心，而现在到了人生中需要面对、处理很多事情的阶段了，自己要学会成长。

　　太阳西下，天渐渐暗了下来。刘海波在河边想透了，也休息够了，便起身爬上河岸往回走。他来到大道上，找到一个公交站牌看了看，才知道自己走到了什么地方，他算了一下，自己要转两趟公交车才能到家。

　　等刘海波回到家里的时候，已经是晚上了，家里人都在等着他吃饭。杜爸爸和杜妈妈看到刘海波，叹了口气，什么也没说，只是在吃饭的时候说了一句，钱局长那边已经麻烦老杜拿了两瓶好酒去安抚了，他们同学之间好说话一点儿，但是要再活动已经不可能了，工作还是等待正常安置吧，刘海波尴尬地应了一声。吃完饭，一家人似乎没有坐在一起看电视或者聊些什么的兴致，都早早地收拾完，各自回房间睡觉了。在杜青青和刘海波的卧室里，两人好像也没有什么话要说，临睡前杜青青问了句，三期士官转业正常安置，能分配到什么单位？能分在市区里吗？刘海波说他也不知道，杜青青也就没有说什么了。

　　夜晚，浩瀚的夜空繁星点点，看来明天又是个艳阳天。

　　刘海波折腾了一天，本想和杜青青商量一下那没活动出去十万块钱是存起来还是用来还房贷还是另外怎么处理的他却因身心疲惫很快就睡着了。

　　这天晚上，送走最后一桌客人，忙活完一天生意后的葛卫却没有着急休息，而是披了件外套，搬出一张椅子，坐在靠近邵水河的岸边，他不时地远眺着暗黑的河水，又不时回头看一下还没关门的店铺，点着一根烟，静静地坐着。自六月份从松江市学艺回来租下店铺装修，到特色餐饮店开张，再到现在的日常营业，这三个多月来，他每天都是忙忙碌碌的，睁开眼就是干活，一天到晚连上厕所都要小跑着去，到晚上睡觉前都要惦记着还有什么活没干完，以至于他很久没有腾出工夫来安静的歇息一会儿，缓缓一直处于紧绷状态的神经。或许是中午趴在前台打了一会儿盹的原因，加上今晚的客人不多，时间还不算太晚，此时葛卫的精神状态还很好，所以，他就想着安静地坐一会儿，让思维放空一下。

"又有段时间没去找唐微微了。"葛卫沉思了一会儿，他跳跃式地回忆了近期特色餐饮店的营业情况，并总结了需要注意和改进的地方，这时，他手里的烟也燃到了尽头，随后他又掏出一根来，点上，抽了起来，此时他想到了一个之前就想过的问题。葛卫记得以前因为要忙活的事情太多而没有时间去找唐微微约会，唐微微虽表现出不满意来，但是过后也好了，两人隔三差五地找时间见见面说说话。想着想着，葛卫拿起手机，要给唐微微打电话，然而他一看时间，已经十一点多了，唐微微肯定睡觉了，又只好作罢。

"她要是上完课或者有时间能来店里帮点儿忙，多好。"放下手机，望着空荡荡的店铺，葛卫突然这样想着。自从餐饮店营业后，不知道唐微微是体谅葛卫没时间，还是她觉得不方便，她来找葛卫约会的次数更少了，而眼前的葛卫想着唐微微的时间宽裕一些，他自己的活动范围就固定在这个店铺里，唐微微如果能在学习之外的空余时间多来找自己几回，就好了，那样的话，两人既能天天在一起，又能挣钱过日子，简直就是两全其美。

然而，想归想，葛卫也知道这个想法不现实，唐微微是大小姐一样的人物，她会干什么、能干什么，他心里有数。

不知不觉，夜深了，葛卫手机上的时间跳到十二点整。他把熄灭的烟头扔进垃圾桶里，然后拿上椅子回到店里关上门，上楼睡觉。想多了没有用，多干点儿活才是正事，明天还要开门做生意挣钱呢。

第二十二章
转身出发

秋去冬来，很快就到了十一月。立冬之后的邵州市，气候由微凉逐渐变成了寒冷，尤其前一段时间的降雨，使得气温趋于稳定地降了下来，即使这两天放晴了，人们还是感觉冷。

也就在这几天，邵州市退役士兵安置工作进入尾声，刘海波和马超群分配工作的通知下来了。如马超群所愿，他毫无悬念地被分配到了市直的交警支队，成为一名光荣的交通警察，而刘海波也毫无意外地没能留在市里，正常分到了双祥区下属的一个距离市区有二十多公里远的清河乡政府，两人都是下周一去单位报到，报到之后再根据单位的具体情况分配具体岗位。

"革命分工有不同，就像当初去当兵一样，有的是陆军、武警，有的是空军、海军，有的被分到深山老林，有的在繁华都市里巡逻执勤。退役后安置工作也一样，只是岗位不同而已。"拿到工作安置介绍信之后的刘海波这样想着，他也只能这样想。工作安置的事情已经尘埃落定，再怎么有想法也毫无意义了。随后，他去了一趟建材市场。毕竟正式工作已经分配好了，临时打工也该结束了，刘海波找到地板砖店铺老板把他这半个月搬运地板砖的工钱结了，还不错，挣了将近两千块钱。

刘海波回到家中，杜青青去上班了，杜明在上学，杜爸爸和杜妈妈不在家，应该是去饭店忙活或者是打牌去了，家里就他一个人。一个人在家，刘海波顿时感觉到没什么事情可做，有些不习惯。随后，他想着收拾一下，做好周一去清河乡政府报到的准备，但是他好像又不知道要收拾什么，介绍信等东西都在档案袋里，走的时候拿一下就行，被褥衣服什么的不用收拾吧？刘海波确实不知道干点儿什么。百般无聊的刘海波来到杜青青的卧室，他左看看右翻翻，想找点儿什么事情做，不一会儿，他在床头柜里看到了平时都是由杜青青登记保管的家庭组建金记录本，便拿出来翻看。记录本上显示，从年初买完房子到现在，刘海波和杜青青两人除去花销外一共存了近三万块钱，加上他十万块钱的转业费，他们小家的家底是十三万左右。"房子钱还没有给清！"当然，刘海波也看到了债务栏上记着他们还有十万块钱的房贷。

"要不先把房贷还了？"看到这，刘海波心头一紧，他特别不喜欢借钱或者欠钱的感觉，心里像是有负担一样。刘海波想了一会儿，便给杜青青打电话，两人在电话里商量着这个事情。杜青青思考了一会儿，同意了刘海波的想法，她想着那十万块钱好歹是刘海波当兵十二年的安家，用在家里的大事情上比活动出去更有看得见、摸得着的实在意义。而且，近期家里没有什么大花销的事项，把房贷还了，也就不用再做房奴了。

于是，刘海波拿着钱到银行把买房子的贷款余额一次性付清了，看到房贷再无欠款的信息，他彻底松了口气，这种轻松感比当初在邵州市买了房的满足感还要强烈。一阵畅快过后，从银行出来的刘海波又不知道接下来要干什么了，突然，他看到街道旁边的饭店，便想到葛卫开了特色餐饮店的事情，而他几乎没去光顾过，于是，他决定打电话给葛卫，再找上马超群晚上一起聚一下。

刘海波先给葛卫打电话，葛卫自然是没有问题的，然后再联系马超群，马超群笑着说他正要联系刘海波，于是，三个人一拍即合。接着，刘海波给杜青青发了短信，说房贷已经还清了，晚上和战友聚会，不回来吃饭了，然后就向葛卫的特色餐饮店的方向走去。

刘海波给马超群打电话的时候，马超群也确实想给刘海波打电话，他几天前就知道了他的安置结果，并从工地上结算了工资，把工作交接给原来的那个工人了，这段时间里，家里的亲戚、工地的同事都知道马超群即将工作的消息，纷纷组织聚会以表庆祝。所以，马超群这几天的饭局不少，这顿接着下一顿，硬是让他原本瘦瘦的脸上看上去长了些肉了。当然，在马超群和张乐、朱小军等同学间，就不存在这种要以重大事项的名义才会聚在一起，平时他们几个人只要一有时间或者稍微有事情，就会凑在一起，而且他们平时都非常有时间。就像昨天晚上，朱小军以宣布他和他那个局长女儿的女朋友打算过年结婚的消息为由头张罗着喝酒，于是，几个人又在喜庆的气氛下喝得酩酊大醉。到了今天中午，马超群才睡醒，下午的时候才去民政局拿的安置工作介绍信，他在开车回家的路上，想着刘海波的工作也应该确定了，便想约着他和葛卫一起聚一下，没想到刘海波先给他打电话了，于是，他连忙掉头，来找他们会合。

　　五点前后，马超群和刘海波先后来到葛卫的特色餐饮店里，葛卫准备了一桌子吃的喝的，到了六点多钟，特色餐饮店里送走晚上仅有的两桌客人后，也就没有人来吃饭了，于是，葛卫把门一关，三个人开始喝酒。

　　"海波哥，小马，下周你们就正式上班了，先祝你们以后工作顺利！"葛卫率先提起酒杯，真诚地向刘海波和马超群祝福道。

　　"谢谢，情谊都在酒里了！"刘海波和马超群同时道，他们还像在松江市当兵时和战友那样的语调说话，三人碰杯喝酒。

　　"来，吃菜，尝尝这个剁椒鱼头，看看口味怎么样。"葛卫接着招呼道。

　　"真不错，有大厨的水平了。"刘海波吃了一口鱼头肉，感觉比杜爸爸饭店里的厨师做的还要好吃，由衷地对葛卫竖起大拇指，"我都怀疑你在部队是不是一直在炊事班当炊事员？"

　　"哈哈，那倒不是，我是正儿八经的特战队员，就是当兵第三年的时候在炊事班帮了三个月厨，剩下的厨艺，都是退伍回来后学的，这也有快一年的时间了。"葛卫笑道，"虽然这个店是以干锅鸭货为特色，但有时客人也点一些别的菜，所以我也就一直在琢磨着做菜了。"

"也是，从退伍回来到现在，有快一年的时间了。"时间过得真快，刘海波颇有感慨，想到退伍回来这将近一年的时间里，自己过得稀里糊涂，而葛卫却专注于学厨艺开餐饮店这一件事，而且还很不错，让人佩服得很，他放下筷子，举起酒杯道，"这杯酒，敬你，回来不到一年的时间，就成功学艺、开店创业，是我们学习的榜样！"

"我也敬你，卫哥。说真的，我们是一起回来的，不管是打工挣钱，还是创业，卫哥都走在前列，是排头兵，你身上这股干劲儿，我佩服！"马超群也一并举杯，难得认真道。

"这哪跟哪啊，我这是自谋营生，顶多算是自力更生，吃的是辛苦饭，挣的是辛苦钱。"三人干杯后，葛卫笑着把话题换到两人身上，"说说你们，工作安置得怎么样？"

"我在市交警支队，哥们儿脱了军装就穿上警服，可以吧？"马超群先自我感觉良好一番，然后笑着贫道，"以后你们开车的时候看到我顶着烈日冒着风雨在指挥交通，记得给我鸣笛致敬啊！"

"我被分配到了清河乡政府，基层小兵一个。"刘海波放下酒杯，沉声道。

"可以啊，一份稳定的工作，用我们农村话来说，是吃上公家粮的人啦。"葛卫不符合安置工作的条件，所以他自然不知晓安置工作的规矩，他只是在部队的时候听到过很多符合安置工作条件的战友谈论过退伍后希望分配到什么单位，但是具体单位的好与不好，他就不知道了。

"就是那么回事吧，先花钱找工作，然后再挣工资，没什么意思。"马超群快人快语，虽然他工作安置的事情基本上都是由马爸爸操办的，他没有直接参与到活动中来，甚至可以说他是活动的受益者，但是他对其中的规矩也有所耳闻，也感到不满。同时，面对这样的局面，他又无可奈何，他之前还劝说刘海波去活动，也是认为大环境就是如此。所以，他才有现在的不屑。

"是这样吗？"葛卫似懂非懂地看了一下马超群，又转向去看刘海波，疑问道。

"地方生活太复杂，还是部队好，简简单单的。"刘海波喝了口酒，答非所问道。说实话，一开始，他的心里确实有点儿想法，他当了十二年兵，结果还没有当了两年兵的马超群安置得让人满意，心里很不是滋味。但是后来，他反过来一想，安置工作就像考大学一样，自己只在兵龄上占优势，只这一项突出，而马超群可能别的方面比自己强，而且是好几个别的方面，这样一来总分就高了，就能考到好一点的大学了。所以，现在他对工作安置的事情已经没什么别的想法了，也就不去想了。

"哈哈，部队也有不简单的时候。"葛卫虽然没有刘海波当兵时间长，但是在某些方面，他有更深刻的认识。

"阿卫，小马，你们后悔当兵吗？"或许是又说到了部队，刘海波的思绪受到了感染，他再次端起酒杯，突然问道。

"为什么要后悔？从来不！"葛卫没有多想，回答得很坚决。

接着，马超群也回答道："不后悔！从来不。"

"那选择离开部队，后悔吗？"刘海波先把酒喝完，又问道。

"也不后悔。"马超群也喝完酒，紧接着道。

"后悔似乎没用吧，谈不上后悔不后悔的。"葛卫慢慢地把酒喝到嘴里，又慢慢地咽下，想了一会儿才道，"就个人而言，军旅有军旅的生活，回来有回来的生活，没什么后悔的，只是两种生活而已。以前选择去当兵，是一次出发，现在回来了，一切都重新开始，就当是再出发好了。"

"对，再出发！踏上新的征途！迎接新的人生！"葛卫的这番话，似乎点亮了刘海波内心的一道光，也让马超群拍手叫好，三个人再次把酒杯倒满，一同举杯共饮。

这一晚，他们三个人喝到了很晚，聊得也很多。

第二十三章
各奔前程

过了周末，到了周一。这天，马超群和刘海波要去单位报到，他们即将各奔前程了。

早上，马超群起床后，特意换上一套新衣服，他把自己收拾得利利索索的，然后开着昨天下午就清洗得干干净净的车，心情愉悦地去市交警支队报到。

市交警支队距离马超群家有十分钟左右的车程，机关办公大楼新建没几年，白底黑字的标牌和高大方正的建筑，使得大楼看上去很庄严、很气派。马超群到交警支队的时候，八点多点，刚上班没多久。

"小马，来得很早啊！"就在马超群找到人事科办公室准备敲门进去报到时，他听到走廊里响起一个熟悉的声音。

"刘伯伯！您在这上班？"马超群回头一看，一个五十多岁、高高大大、穿着笔挺警服的警官端着个茶杯走了过来。这个人马超群认识，是马爸爸的朋友，以前总上他家里喝酒、打麻将，不过，他在这里看到穿着警服的刘伯伯感到有些吃惊。

"刘副局，您好。"这时，从别的办公室出来一个交警工作人员，冲着马超群口中的刘伯伯打了声招呼。刘副局笑了笑，回应那人。

"对啊，我在这里上班，以后我们就是同事了！"刘伯伯笑呵呵道。

"副局长？这么厉害！"马超群一愣，清清楚楚听见有人叫刘伯伯为刘副局，刘伯伯是交警支队副局长？

"厉害吧？哈哈，你刘伯伯厉害的地方多着呢！"交警支队副局长刘少为还是那样笑着，见到走廊里没有其他人后，他又说道，"走，伯伯陪你报到去。"

说着，马超群在刘伯伯的带领下，进到人事科办公室办理相关手续，弄完后，马超群被安排到了交警支队车辆调度室，刘伯伯又跟着一起把马超群送到车辆调度室办公室，并和办公室领导介绍了马超群一番，然后才回到他的办公室。

半个小时的时间，马超群顺利地完成报到事宜，接下来，他就算正式上班了！当然，同样也是今天去单位报到的刘海波就没有马超群这么有效率了，这个时候，他还在去报到的路上。

刘海波从家里出发，要先坐十分钟的公交车到邵州市汽车东站，从东站再坐一个小时到清河乡方向的中巴车，再走上五分钟的路，才能到达清河乡政府。所以，当他赶到清河乡政府的时候，已经是十点半了。

清河乡政府是由三栋办公楼围成的一个小院子，三栋楼都很破旧，大部分墙皮已剥落，裸露出片片红砖，有几间屋子的窗户玻璃不知道是碎了还是缺了角，竟用报纸糊着。当刘海波走进乡政府的小院子时，他的内心有些荒凉：这就是工作的地方？当然，刘海波没有做多余的感慨，介绍信上说让他找乡政府的组织委员陈德良报到，于是，他根据楼前的标牌指引，来到中间办公楼的二楼，在靠近楼梯的办公室里，找到了三十多岁、矮矮胖胖的陈德良。

"兄弟，你等一下，我先弄完这个。"刘海波敲开办公室的门，正要说明来意，不料嘴里叼着烟、眯着眼睛正在整理一沓资料的陈德良抬头看了一眼刘海波，招呼了一声，然后继续忙弄着手里的活儿。几分钟过后，他直起腰，冲着办公室的另一个人喊了一声，把资料递给对方，随后把烟头扔掉，来和刘海波握手："是来报到的海波同志吧？不好意思，这里太忙了。"

"没事，您忙着。"刘海波倒没觉得什么，接着，陈德良给刘海波倒了杯水，然后一边登记着刘海波报到的基本资料，一边和他说着话，"书记和乡长去区里开会了，要下午才能回来，你先在我办公室休息一会儿，等他们回来再说。这里的环境不太好，有点儿乱，你就将就着点儿。乡里明年准备盖新大楼，到时候就好了。"

于是，在弄完报到的事宜后，刘海波就在陈德良的办公室里等着乡领导回来。当然，眼见陈德良左一趟右一趟地在弄这弄那的，他也不能在一旁干看着，就跟着帮忙打下手。

下午的时候，乡政府的书记和乡长开完会回来了，陈德良领着刘海波到书记办公室报到。书记姓张，个子不高，胖胖的。张书记和刘海波聊了几句家常，算是认识了。接着，张书记和乡长等人碰了一下头，研究了一番，然后将刘海波安排到农业农村办公室，负责森林防火、卫生整治等几项工作。

"就像当兵一样，好好干！"到了办公室，刘海波认认真真地把办公桌整理好，暗下决心道。他想着，现在正式开始工作了，不管地方环境如何，他以在部队的扎实干劲和严谨作风来对待各项工作，应该能干好的，他有信心。

马超群和刘海波的工作安置好了，他们的人生路上有了一个新的开始，两人当前的状态很好，很有干劲儿，都想奔着各自的前程去努力。然而，相比之下，这几天葛卫的心情却有些低落，像放晴了没几天又变得阴阴沉沉，似乎又要下雨的天气一般。

自从入冬后，葛卫的特色餐饮店的生意就不像从前那么好了，甚至比之前冷清了一半。是因为天冷了，人们不情愿出门吃东西了？还是换了季节，这段时间大家不喜欢吃特色干锅鸭货？或者是什么别的原因？他颇为不解，也颇为忧心。

日子一天一天过去，不知不觉，又一年的春节临近。和去年一样，葛卫在年前的几天里就做好了回家的打算，一方面是唐微微放寒假后就回广州过年去了，又剩下他一个人了。两人的恋爱，似乎过了甜蜜期，自从葛卫开了餐饮店后，他们是各忙各的，约会的次数明显少了很多。另一方面，最近葛卫的特色餐饮店没什么生意，他很着急。所以，葛卫在家也是心不在焉的。过了年，大年初六他就又回到市区开门做生意了。

　　新的一年，葛卫把心思都用在开餐饮店上，他比之前起得更早、休息得更晚，只为让餐饮店多点儿生意。然而，他的付出和收获没有成正比，年后特色餐饮店的生意还是不温不火，甚至用惨淡经营来形容，就连以前那些经常来光顾的回头客，来的次数也少了。

　　这样的情况又持续了一个月，到月底盘点的时候，葛卫发现餐饮店的总收入还不够维持店里运营的成本。

　　这是个很头疼的问题！葛卫开特色餐饮店的时间不长，还是树立招牌的时候，而且店里用的每一道食材都是上好的，所以成本就高，一开始他制定的营销策略是以质量为卖点，薄利多销，而现在的实际情况和他预想的不一样。

　　葛卫犯愁了。

　　过了年，马超群和刘海波上班也有两个多月的时间了。

　　在报到的时候就有刘伯伯保驾护航的马超群已经慢慢地在交警支队混熟悉了：马超群所在的车辆调度办公室，工作相对来说比较轻松，"接一下电话，对车辆进行一下登记"即可，另外除了日常的工作外，每天需要留一人值班，他们办公室一共有四个人，一个办公室主任，三个办事员，他们是轮流值班。而且，在工作上，四十多岁、烫着一头卷发、姓裴的办公室主任大姐很照顾马超群，那两个同事也很好相处，加上在机关上班，各个科室在工作业务上有着很密切的沟通交流，而作为新人的马超群比较有干劲儿，大事小事走动得也比较频繁，所以，他在很轻松应付各种工作上的事情外，也很快赢得了大家的认可。

面对这样的工作节奏和环境，马超群自然对在交警支队上班感觉很满意。慢慢地他的生活作息时间就恢复到从前，上班是上班，一下班就放飞自我，继续和张乐、朱小军他们混在一起玩了。

不过，同样是参加了工作的刘海波就要忙碌得多，甚至分身乏术。

刘海波几乎每天都处于劳累的状态：他上下班来回的车程就要三个多小时，所以他要赶最早的那趟车去乡下，又要坐最晚的那趟车回家，上班后，虽然办公室有明确的岗位划分，但是乡政府确实有很多工作要开展和落实，分配给他的各项日常工作很杂乱，加上刘海波"肯干""能干"，同事们有什么需要帮忙的，只要说一声，不管上下级，他都尽力而为，这其中有的是别的同事确实忙不开需要帮助的，也有明明应该是自己干的，却因为个人的原因让刘海波代劳了。就比如办公室的主任，年龄比刘海波还小两岁，资历却不浅，有时会因为饭局和牌局而差遣刘海波去干点儿别的。刘海波的心里自然也是知晓的，但是他不去抱怨或者拒绝，他自知自己是新人，认为多干点儿、勤快点儿，总是没错的。

另外，根据岗位划分，刘海波有一项职责是负责森林防火。清河乡范围内，有好几片树林茂密的群山，当然，这些山林也是分属到具体村的，村里也安排有林区防火员。按照相关要求，林区防火员每天都要到林区里去巡逻的。自刘海波负责乡森林防火工作后，他严格贯彻"预防为主"方针，从大山里出来的他很清楚什么季节容易发生火灾、哪些地方容易出现火情，然而，他好几次去各个村里检查林区防火情况，却发现村林区防火员形同虚设，根本没有相关人员巡逻。于是，刘海波只好亲力亲为，他把乡里所有的林区划分出重点和险点区域，每天下午雷打不动地去巡逻一圈，就像在部队里上岗一样。

除了工作上的辛劳外，这段时间刘海波家里的事情也不少。他和杜青青买的房子装修好已经有小半年的时间了,该通风也通风了,两人准备搬到新房子里过年,所以,他们一有时间,就赶紧去买家电、购置家用品。刘海波和杜青青一点一点地把新家布置好,在年前办了乔迁的酒席,算是正式入住到新家了。

第二十四章
近忧远虑

　　二月末三月初，惊蛰过后的邵州市气温逐步回升，路边的花花草草也发出了新枝，成片的春意盎然洋溢着能诱发人们满满活力的味道。

　　这几天，上班的马超群很难得地不怎么到处转了，而是一直坐在办公室里玩手机。自前几天手机里有了微信这个通信软件后，马超群玩手机的时间明显多于平时，他对新鲜事物有着很强的接受能力。

　　"这是那个伴娘的微信号，她是你嫂子的表妹。哥们儿，接下来就看你的了。"这天中午，朱小军给马超群发来信息。

　　"好呢，你们两口子好人会有好报的。"很快，马超群加上了朱小军给过来的微信号。原来，朱小军在去年年底结婚了，结婚的原因是他的老婆黄玲怀孕了。在朱小军和黄玲的婚礼上，担任伴郎的马超群和张乐觉得给黄玲做伴娘的两个女孩子特别好看，于是一人瞄准一个，打算进一步联络感情，但是婚礼那天比较忙，他们没有机会要两个女孩子的联系方式。事后，马超群和张乐还是贼心不死地向朱小军和黄玲表达了给他们介绍一下的想法，朱小军和黄玲也有成人之美之心，于是，他们就把那两个女孩子的微信号推送给了马超群和张乐。

　　马超群看中的这个女孩子叫张敏，和张娟同姓不同名，重要的是，她和张娟长得有点儿像。马超群加上张敏的微信后，就一直和她聊天。

　　"小马，下班了！"在交警支队，同事们称呼马超群为小马，下班的时候，马超群和张敏聊得正起劲，连下班的钟声都没听到，直到同事招呼他，他才意犹未尽地起身回家。

马超群上下班都是开车来回，比较方便，到家的时候马妈妈的饭还没做好，他又接着和张敏聊天。而同样一起学的车但是到现在还没有买车的刘海波每次下班坐公交车到家就比较晚了，有时候赶上堵车，到家的时候，杜青青都从杜爸爸、杜妈妈那吃完饭回来了。

虽然刘海波和杜青青住进了新房子，有了属于他们自己的家，但是有个很现实的问题被他们忽视了，杜青青不会做饭，而刘海波每天早出晚归，他们的生活起居出现了难题：早上刘海波可以在家煮点儿面条，杜青青上早班的话可以跟着一起吃，上中班或者晚班就只能去外面吃了，中午两人各自在单位解决，只是晚上就有些为难了，杜青青下班回到家，还得等着刘海波回家做饭，等他们解决完温饱问题，就比较晚了，十分不方便。还有要去买菜、去上班的路程远了、家里卫生没人搞等一大堆的问题出现了。于是看似独立、美好的生活，对于两口子来说，其实很将就。一段时间过后，搬进新家的喜悦逐渐被琐碎小事冲淡，并随之消散。在杜青青几次试着学做饭、挤出时间收拾卫生，但是她又懒得去动手，觉得实在没意思过后，她后知后觉地意识到多回娘家是个很不错的选择！她工作的医院本来就离娘家近，又不用为搞卫生、做饭这些麻烦事而头痛。更重要的是，因为杜明在学校住宿，刘海波和杜青青搬去新家后，家里突然少了两个人，杜爸爸和杜妈妈也有点儿不习惯，他们也欢迎杜青青以及刘海波回来蹭吃蹭喝。于是，杜青青又重新回到杜爸爸和杜妈妈的温暖中，基本上又回到了娘家生活。

这天下午，下起了雨，到了五点多钟，天空已经黑蒙蒙的了，杜青青下班后给刘海波打电话说她回娘家住了，而还在加班的刘海波则以单位为家，忙活完手里的工作后已经是晚上九点多了，他想着这个时候回去已经很晚了，明天早上又要赶过来上班，太折腾了，索性把办公室的沙发摊开，铺上被褥，在这过夜了。

"至少能把来回坐车的时间节省出来，做点儿工作上的事情，多休息一会儿也好。"刘海波这样想着。

下雨的夜晚，异常宁静。虽然睡沙发没有睡床舒服，但是刘海波睡得很香，即使外面响起阵阵春雷声也丝毫影响不到他的睡眠。但对于这几天一直处于失眠状态的葛卫来说，即使窗外雨停了，偶有从屋檐滴落的雨滴声，都能把他吵醒。

已经是凌晨一点半了，葛卫似睡非睡地在床上躺着，心里有些难受，过了一会儿，他还是睡不着，索性就坐了起来，又拿出烟来抽。

葛卫以前从来不这样的，白天忙活累了，晚上一躺下就能呼呼大睡，而这段时间，他怎么也睡不好，甚至半宿半宿地失眠。葛卫抽着烟，更加没有睡意了，他眉头紧皱，满脸的忧愁焦虑：特色餐饮店生意本来就比较惨淡，而最近电视、报纸上陆续报道了多地发生禽流感的新闻，使得人们都谈禽色变，以干锅鸭货为特色的餐饮店的生意更是雪上加霜了。

"难道生意做不下去了？是自己当初眼光不行，还是学错了技术？怎么会这样？"葛卫的脑海里涌现出无数个他怎么想也想不明白的问题。禽流感像突如其来的天灾，冲击着葛卫赖以生存的生计，这几天，餐饮店基本没有什么人来，他怎能不发愁？"是做一下改革，不搞这个干锅鸭货了，还是把店铺关了，然后去干别的？"既然现实是这样了，用无奈的呐喊或者以自怨自艾的态度去面对问题，似乎就太不成熟了，葛卫意识到这一点，他清楚地知道自己接下来应该重点思考怎么办。

只是他还不知道要怎么选择。

除了餐饮店何去何从的远虑，让葛卫发愁的，还有情感方面的近忧。不知道从什么时候开始，两人的关系有点儿淡了。年后，唐微微在开学前夕才回到学校，从唐微微由广州回到邵州，马超群去接她的那天，他们在一起吃过一顿饭后，到现在将近一个月了，都没有再次约会过，偶尔联系，也只是打一会儿电话说两句话。葛卫这段时间心烦意乱，根本没有心思去约唐微微，而唐微微最近好像也很忙，毕竟还剩一年她就大学毕业了，她也有很多事情需要思考、准备。

餐饮店的情况还能拖上一段时间，万一禽流感的风头过去，生意又会好起来呢？！经过几天的深思熟虑，葛卫调整了自己的状态，想着既然远虑是这样的情况，着急也没有用，只能乐观一点儿。同时，他也想尽早厘清他的近忧：不如趁这段时间有空，多去找唐微微约会，两人的恋爱还没谈够呢。

有了想法，做出决定，就尽快付诸行动，不管结果是好是坏，这是葛卫一贯的行事作风。雨下了几天后，天空终于放晴，春天阳光明媚得让人有种说不出的舒畅。在这周五的时候，葛卫打电话约唐微微周末出去爬山散心，唐微微答应了，她想着这几天天气不错，出去放松一下也挺好。

到了周六上午的时候，尽管餐饮店没生意，葛卫还是在餐饮店的大门上贴上一张"今日休息"的告示，然后，他脱下平时在后厨忙活的旧衣服，换上一身运动服，准备和唐微微约会去。

"我到学校接你？"葛卫兴致勃勃地出了门，给唐微微打电话。

"别，还是我去找你吧。"唐微微刚起来没多久，她一边刷牙，一边看了看时间，然后说了一个地方，让葛卫先去那等会儿，她很快就过去。

"你还没吃早餐吧？要不给你带一份早餐？"葛卫刚要问唐微微想吃什么，对方却已经把电话挂了。葛卫放下电话，讪笑了一下，随后，他还是买了份早餐和一些零食，赶到唐微微所说的那个地方等她。

约会很愉快，葛卫和唐微微像从前一样，有说有笑，亲密无间。接下来，两人也继续谈恋爱，继续约会，并且次数也慢慢地多了起来。

爱情是美妙的，在和唐微微的恋爱中，葛卫抛开餐饮店的生意烦恼，整个人的状态也好了些。同样，和葛卫在一起的唐微微也身心愉悦，十分享受爱情的甜蜜。当然，爱情是一把双刃剑，也会滋生痛苦。两人在一起时间长了，也会有不愉快的时候。

"微微，我做了份糕点，给你送到学校吧？"周三这天，唐微微要上课，中午的时候，葛卫在餐饮店里研究厨艺，他琢磨着唐微微喜欢吃的东西，打算送到学校给她解解馋。

"不用过来，晚一点儿我去你店里拿吧。"唐微微这个时候正和几个同学在一起，她没让葛卫送。

满怀欢喜的葛卫只好作罢，一开始，他想唐微微估计在忙别的事情，不方便。然而，让他有些多心的是，在随后的几次约会中，葛卫每次说去邵州学院接唐微微或者找她的时候，唐微微都说不用，这让葛卫有些莫名其妙。有一次，葛卫没和唐微微说，他准备了一份礼物，直接来到唐微微宿舍楼下，想给她一个惊喜，结果唐微微很不高兴，都没出来和他见面，她说学校人太多了，大家看到影响不好。

"以前不这样啊！"葛卫有些委屈。

唐微微以前确实不这样，但是最近她有她的难题。这段时间，唐微微的妈妈一直留在邵州市，也不知道怎么回事，她近期似乎比较有空，三天两天的就做好吃的或者买水果到邵州学院来看望唐微微。而唐微微和葛卫谈恋爱的事情，也还没有向唐妈妈以及家人汇报，因为唐微微曾答应过唐妈妈，说在学校期间是不会谈恋爱的。所以，唐微微担心葛卫来找她的时候，被唐妈妈看见或者发觉什么，就不好了！

第二十五章
班长和兵

爱情，有时候是折磨人的。葛卫刚处理好和唐微微的近忧，他们在情感上又遇到了不愉快。

在这场不愉快中，唐微微有她的原因。实际上，她的内心比较矛盾。她没有把约会要躲着唐妈妈的事情告诉葛卫，一方面她想妈妈也就这段时间会来学校看自己，过一段时间她忙起来了，可能就不会来了。另一方面她怕葛卫多心，两人都是成年人，也不算是早恋，没必要搞地下恋情了，而且，她也知道葛卫是为了爱情退伍的，她担心如果告诉葛卫实情，反而会让他觉得自己对待爱情不够认真。同时，她的心里也还有点小九九，自从之前葛卫穿了一件在酒店当保安的制服到学校找她并被同学看到过，她就不太愿意让别人知道她交的军人男朋友从部队回来了，成了地方上的普通人，在她的思维中，军人不是一般人，要帅气得多。

唐微微有自己的想法，她认为没必要去解释什么。然而，葛卫也有他的感想。

葛卫垂头丧气地回到餐饮店，他躺在床上，想着唐微微的反常，是自己哪里没有做好吗？两人在一起的时候，基本是葛卫将就着唐微微，有什么事情也是顺着她的意思来，所以，他首先是自我反省。然而，葛卫仔细地回忆了一下，最近也没有发生让她不高兴的事情。

究竟是怎么回事呢？想着想着，葛卫还是从自身找原因。和唐微微谈恋爱，他的内心或多或少有些自卑。从个人方面来说，葛卫读完高中就去当兵了，而唐微微是大学生，两人在受教育层次上有着明显差异，再从家庭条件来看，葛卫来自农村，唐微微家是城市的不说，家境也好，这些都是很现实的问题。"我们挺谈得来，另外，唐微微也不是这么'世俗'的人。"很快，葛卫又否定了这种自卑，他和唐微微交往了三年多，对她的性格、兴趣爱好等都比较了解，他不觉得会是这方面的原因。

"难道是唐微微在学校有别的追求者？"葛卫想到了一个可能，但是他接着又否定了，他信任唐微微。

"是不是因为上次的尴尬？"葛卫突然想起那次自己穿着保安的制服去学校找唐微微被同学看到的事，紧接着，葛卫的脑海里又浮现两人约会的时候，也碰到过唐微微的同学，在互相打招呼中，他能明显感受到唐微微不好意思或者不愿意公开提及他的工作以及职业。

有可能就是这个原因！葛卫顿时好像想明白了。

"这也没什么吧？大不了以后注意点儿。"葛卫想到可能是自己的身份发生改变给唐微微带来的烦恼后，他有些不以为然，同时又有些无可奈何：或许唐微微认识的自己还停留在他当兵的时候，而现在的他已经没有了那份军人风采，和她身边的其他人无异了，也就没那么有吸引力了。

想到这里，葛卫的神情有些茫然。是怅然若失？是有所领悟？是些许后悔？还是委屈多一点儿？他想，自己退伍回来，很大一部分原因是因为唐微微，现在她倒还不喜欢了？如果说为爱穿上军装，是伟大是浪漫是责任是爷们儿，那么在当了兵为国家尽了义务的前提下，为爱脱下军装就没有了担当没有了气概没有了让人喜欢的东西了？葛卫心里不是滋味儿，他继续想到，就算不拿爱情说事，当初自己也可能会选择退伍，退伍怎么了？不能因为退伍，就忘记或者忽视了当过兵的经历！

退伍兵，也是一个兵！

已经退伍了，过去了就回不去了，这是现实。算了，还是别徒劳了，葛卫这样自我安慰着。他想把近忧放一放，接下来，他应该把心思重点放到如何解决餐饮店的远虑上来。

到了四月份，春天过去，进入了初夏。这段时间，新闻中报道的禽流感已经得到了很好的治理，人们已经没有那么紧张了，但是大家对禽类食品，还是有些忌惮，故而，葛卫特色餐饮店的生意还是没有太明显的起色。

这几天，葛卫又开始发愁了。周末，他又算了一次账，餐饮店是去年八月份开张的，当时他把所有的积蓄都投了进去，结果这大半年的收入和支出，略成平衡，他几乎没挣到什么钱。这可如何是好？葛卫眉头紧皱，一筹莫展：店铺是去年六月份租下的，还有两个月就要到期了，如果葛卫要继续开店，两个月后他又要交一年四万八千块钱的房租了，而现在他的手里只有不到一万块钱！如果把餐饮店关门，那就意味着他之前所有的努力，包括当兵五年的所有积蓄，都付诸东流了。

如果说一个月前，葛卫的发愁还有乐观的余地，那么，现在的忧愁就有种令他窒息的紧迫感，差不多火烧眉毛了。

"还有两个月的时间，要怎么选择？是顽强地挣扎到最后一天，还是现在就另做打算？"望着有些凌乱的餐饮店，葛卫有些不知所措了，一中午的时间，他抽了两盒烟，整个店铺里都是烟雾缭绕的。葛卫思考了很久，感觉脑袋都要炸了，也没想出个所以然来，终于，在下午的时候，他被自己抽的烟熏得受不了，只好把门打开，想出去透透气。

"喂，是葛卫吗？"就在葛卫刚呼吸几口新鲜空气，稍微清醒一点的时候，他的电话响了起来，接通电话后，他听到了一个既熟悉又有些陌生的声音。

"班长？董班长！"葛卫迟疑了一下，但很快他就听出来是谁了，他激动地大声道。给他打电话的正是他当兵时的班长，董劲松！

"不错，还能听出来是我。"董班长在电话那头笑道，随后，他像下命令一样道，"半个小时后，到火车站来接我，晚上到你那借宿一晚。"

"好呢，班长！"葛卫挂了电话，不由得笑了。之前的愁闷暂且放到一边，先去接董班长！他的心情一下子好了起来。

葛卫的班长董劲松是山东人，他比葛卫早当三年兵，带了葛卫两年，葛卫转上一期士官的那年，董班长一期士官退伍，后来葛卫接替了董劲松班长的位置，成为他们班下一任班长。董班长退伍后跟着别人学了皮具制作的手艺，并在老家开了一家皮具店，这几年经营得不错，养家糊口没有问题。他前几天从山东到广东再到广西，沿途考察几家皮具料子的厂子，昨天从广西往山东回，路过邵州市时想到了他曾经带过的和他关系最好的兵葛卫，于是便来看看他。

"班长，我还以为这辈子都看不到你了！"半个小时后，在邵州市火车站，葛卫接到了董劲松，他一把抱住董班长，高兴得差点儿哭出来。

"你小子别煽情啊，这才几年不见，就一辈子的，一辈子长着呢。"董劲松也抱着葛卫，颇为激动。

"五年了！"葛卫算得很清楚，董班长退伍后，他又当了三年兵，现在他退伍都快两年了。

"时间过得真快，当了五年兵，又退伍五年了。"董班长笑着感慨。

"班长，今晚不醉不睡！"寒暄过后，葛卫和董班长打车回餐饮店，一路上，两人互相问长问短，像在部队一样，有什么说什么。葛卫一开始想着董班长好不容易来一趟，想让他在邵州多玩几天，结果董班长告诉他，自己已经买了明天回去的票，皮具店还等着他做生意，他就是顺道过来看看。

"你小子可以啊，从部队回来就开店了！生意怎么样？"到了餐饮店，已经是下午五点多了，葛卫向董班长介绍他退伍后的经历，董班长打量着餐饮店，觉得还不错。

"说实话，不怎么样。"餐饮店还是没有什么生意，葛卫很快就从后厨弄出些菜来，他和董班长开始喝酒。

"怎么回事呢？"董班长和葛卫碰杯后，问道。

葛卫一边喝酒，一边和董班长说餐饮店的现状，以及他现在的状态。

"现在你有什么打算？"董班长又问道。

"还没想好呢，先走一步看一步，实在不行就去干别的。"葛卫端起酒杯一饮而尽，自嘲地笑了笑。

"我退伍后也是学艺开店，咱俩的经历差不多。听了你的故事，我也和你说说我的故事吧。"董班长思量了一会儿，放下筷子，慢慢道，"我退伍后，跟着一个远方亲戚学做皮具，学成之后，也是回家开店。我那时候还没有你攒的钱多，开店的钱全是借的。我本想着有了手艺就能挣钱，于是豪情万丈地进了十万块钱料子，雄心勃勃地准备大干一场，结果呢，整整一年的时间，走进我皮具店买东西的客人不超过五个，你知道那一年我是怎么熬过来的吗？"

"吃皮具料子？"葛卫愣头愣脑地来了这么一句。

"也差不多了，那一年，我想死的心都有了。我是借钱开店，结果第一年就赔了十多万，你知道过年的时候，那些借钱给我的亲戚朋友来我家要账，我心里是怎么想的吗？我真的受不了，差点儿熬不过去了。"董班长笑了一下，接着道，"但是后来，我靠着我那当过兵的父亲的一句话挺了过来，他说，当兵的人能轻易认怂？当过兵的，得有当过兵的样子！再后来，我也想到了部队常说的一句话，聚是一团火、散是满天星，我们退伍后，依旧要有军人的风采，不管生活有多少困难、有多少挫折，也要勇敢面对，做一颗闪闪发亮的星星！"

"当过兵的，怕什么？班长，为您父亲这句话，咱俩干一个！"听到这里的葛卫顿了一下，他突然想起自己一直当作口头禅的这句话！这段时间，他似乎忘记用这句话来鞭策自己了！当然，他也明白了董班长话的意思，于是，他拿起酒瓶给两人的杯子倒满酒，一起干杯。

两人不自觉地就把话题聊到了以前在部队发生的种种事情上来，他们笑着，他们又想哭，他们哭了，他们又想笑。

"班长，你想部队吗？"两人不知道喝了多少酒了，到后来，葛卫说话的时候，舌头有点儿打卷了。

"想！怎么会不想呢？"董班长也喝得差不多了。

"那你，后悔离开部队吗？"葛卫问了一个刘海波曾问过他的问题。

"后悔有什么用？人得往前看啊。"董班长眯着眼，又把杯中的酒一饮而尽。

第二十六章
山穷水尽

葛卫和董班长这顿酒喝到了后半夜,具体喝到几点,两人都不知道,葛卫只依稀记得他们是互相搀着爬到二楼阁楼的。第二天早上九点钟,两人醒来,都感觉脑袋有些昏昏沉沉的,一说话,嘴里还有股酒味儿。

董班长的车票是上午十一点钟的,两人吃完早餐,已经是十点钟了,随后,葛卫送董班长去火车站。到了检票处,葛卫和董班长依依不舍地说再见。这次短暂的相聚,实属不易,下次不知何年何月。董班长进站后,葛卫又流眼泪了。

火车徐徐开动,董班长靠着车窗看了一会儿风景,随后,他吃惊地在背包里摸到一个熟悉的钱包。

这个钱包里有五千块钱,是董班长想给葛卫的。在昨晚的聊天中,董班长知晓了葛卫现在的困难,便想着支援他一点儿,于是在半夜起床上厕所的时候,偷偷地把他进货后剩下的五千块钱藏在枕头下。然而,让董班长没有想到的是,昨晚葛卫也醒了,他把一切看在眼里,他趁着董班长不注意,把这个钱包还了回来。

"班长,在你手里当了两年兵,你的套路我还是知道的,感谢了。我不会认怂的,当过兵的,怕什么?班长,我是一个兵,一个即使离开部队也会永葆军人本色的退伍兵。"董班长打开钱包,发现里面还多了张纸条,他笑了,笑着流出了眼泪。

送走董班长，葛卫回到餐饮店，继续开店做生意。和董班长的相聚，只是短暂的放松，接下来，他要继续研究餐饮店以及他自己的出路问题了。

"餐饮店还能不能开下去？有没有开下去的必要？如果继续开店，要怎样才能提高经营能力呢？调整经营项目？那又能经营什么呢？如果把店铺关了，最差的结果就是之前所有的付出和投入都打了水漂，一切从头开始。那样的话，自己要有什么打算？另外准备去干什么？"到了晚上，餐饮店打烊后，葛卫又拿出以前筹备开餐饮店做记录的那个小本子，他把现在面临的问题和准备解决这些问题的打算，甚至连打算中会遇到哪些新问题都列了出来，然后再进行思考和分析。然而，他琢磨了一晚上，还是觉得心里没底。这次的研究，不像筹备开餐饮店那样有目标的地、集中地解决问题那么简单了，现在的情况是他根据要解决的问题，分析出很多新问题，分散式地增添了更多的未知因素，并且，他对于这些问题和因素没有掌控能力。所以，他也就不敢轻易做决定。

夜深了，葛卫扔掉已经燃到了过滤嘴的烟头，叹了口气。他看着写得很是凌乱的小本子，有些生气。

算了，还是睡觉吧。葛卫生了一会儿闷气后，看了看时间，又是后半夜了，他往床上一趴，也没有心思去洗漱了，甚至连袜子都没脱，就睡着了。

俗话说"日有所思，夜有所梦"，对于餐饮店的问题，葛卫可谓是日也思、夜也思，这天晚上，他连做梦都在想着怎样才能改变餐饮店的经营状况。

在梦里，葛卫又穿上军装回到了部队，他还在当兵，还是像在连队那样天天在训练，他的班长还是董班长，但是他又知道自己是在开餐饮店，有时候他刚训练完就跑到不知道是炊事班还是餐饮店的后厨做饭炒菜。同时，葛卫在梦中还很清醒地意识到他的餐饮店生意不好，没有客人来光顾，于是，他更加努力地训练，董班长还在一旁催着他，就像他当新兵的时候跑五公里，董班长一直撵着他，让他跑得更快一样。

"快点儿跑，再快一点儿！超过一个人，餐饮店就能多一个人的生意！"董班长大声地刺激着葛卫。

正在进行跑步训练的葛卫挥汗如雨，更加拼命地跑。

"再做一个！再多做一个，餐饮店就能多一个人的生意！"又到了器械训练场，还是董班长在组织训练。

葛卫拉着单杠的双臂血管凸显，他把吃奶的劲儿都使出来了。

"当兵的，哪里不行就练哪里，遇到点儿困难，就说这不行那不行的？不行就练！"梦中的葛卫很努力很拼命，但好像还是没有达到董班长所提出的标准和要求，董班长在严厉地呵斥着他，"当兵的，这点儿苦头都吃不了？这点儿训练都整不明白？那还当什么兵？还打什么仗？"

葛卫似乎累极了，瘫坐在地上，想说什么却又哑口无言。

"你瞅瞅你现在的样子，像个什么玩意儿？干啥啥不行，还有脸在这躺着？"董班长的谩骂还在继续，而且声音越来越大，"以后别说你当过兵，别给当兵的丢人！"

葛卫慢慢爬了起来，但还是弯着腰，双手支撑着膝盖，大口地喘着气。

"我就问你，到底行不行？就认怂了？就认输了？"董班长依旧不依不饶地在刺激着，"当兵的没有孬种！部队里出来的人就要有军人的样子！聚是一团火，散是满天星！你不想成为发光发亮的星星吗？"

"再来！"葛卫突然抬起头，面目狰狞地喊道，"再来！这次我一定超过他们，我一定要战胜他们！我一定行的！我要做最亮的星！"

喊着喊着，突然，葛卫满头大汗坐了起来，他把自己喊醒了！漆黑的夜里，葛卫抹了一下脸上的汗，抿了抿发干的嘴唇，这才意识到刚刚只是一场梦。

葛卫本来就有些劳累，在梦里更是筋疲力尽。他下了床，倒了杯水喝，然后再回到床上躺下。

"当兵的人能轻易认怂？"葛卫想到了董班长，想到了昨天晚上喝酒的时候董班长说起他父亲的那句话。当过兵的，得有当过兵的样子！当过兵的，怕什么？"退伍兵也是兵！聚是一团火，散是满天星！我们要做发光发亮的星星！"接着，葛卫又想起和马超群、刘海波一起说过的豪言壮语。是的，当过兵，一辈子都是兵！在部队当兵要有当兵的样子，退伍回到地方后，也要有退伍兵的样子！散是满天星，不管从事什么行业、在什么岗位，都要做闪闪发亮的星星！不能轻易陨落、沉寂甚至被吞噬于滚滚尘寰！

"还有两个月，不到最后一天，决不放弃！"睡着之前，葛卫的心里似乎有了答案，他不想轻易放弃。

接下来的几天，葛卫还是一边开店做生意，一边思考和设想着他打算下定决心做出的选择，以及选择后会有什么样的结果。"如果现在选择放弃，以后肯定会后悔。坚持下去！行就是行，不行大不了从头再来！当过兵的，怕什么？"终于，他心中有了决定。

既然决定继续开餐饮店，那么葛卫的首要任务就是想办法把生意弄得好起来，或者要尽快改变经营策略、经营项目，他的时间很紧迫。

"你好，特色干锅鸭货餐饮店，口味独特，好吃不贵，欢迎前去品尝。"很快，葛卫想到在营销手段上下功夫，他觉得特色干锅鸭货的口味还是可以的，他也可以拍着胸脯保证他用的每一份食材质量都是上好的，他想通过扩大宣传以及活动促销的方式，来增加客流量，提升营业额，最后把特色餐饮店的招牌打出去。于是，他又制作了一批广告宣传单，并挤出时间到邵州市的各处街头巷尾去发放，进行推销。同时，葛卫还采取打折、送菜的方式，开展大幅度的优惠活动。只要是他能想到的吸引食客的方式，他都要试一试。

然而，尽管葛卫每天从早忙到晚，马不停蹄地忙前忙后，比之前更辛苦更劳累但是，现实很残酷，半个月的时间过去，葛卫的努力似乎没有什么效果，餐饮店的生意还是老样子。

这可就不好办了！葛卫把他能想到的、能尝试的办法都用遍了，还是徒劳无功。这可如何是好？尽管葛卫很不服气，但不轻易认输的干劲从未减少，这种咬牙坚持的压力，让他倍感难受。

难道真的到了山穷水尽的地步了？难道一点儿回转的余地都没有了？难道特色餐饮店确实没有别的出路了？由不得葛卫不承认，残酷的现实告诉他，好像是的。

葛卫的眉头皱得更紧了，他像用尽所有力气憋着一股劲却又不知道怎么使出来一样，这种感觉很痛苦。

即使再难受、再痛苦，没到撞南墙的那天，葛卫还是不死心。既然干锅鸭货特色餐饮的生意没有回旋的余地，那改变经营项目试试？又经过两天的谋划，葛卫想到或许食客们只是把特色干锅鸭货当作一种特色饮食，偶然尝尝鲜即可，对于流动人口不是很大、常居人口相对稳定的邵州市来说，要做好"北菜南吃"，把一种外来的特色饮食转化为普通消费品，还需要些过程，而他等不起这个时间。可他还是想挣扎一下，餐饮店还是这个餐饮店，只是不以干锅鸭货为特色，改变经营项目，会怎样？

另外经营什么？干什么项目能力挽狂澜？在确定这个方向后，又出现了新的问题。这天，葛卫绞尽脑汁地琢磨着新的难题，然而连续的焦虑、着急、思考、发愁，他很是恼火。

"弄点儿饺子吃吧。"愁归愁，生活总还是要继续的，到了下午四点钟，葛卫的肚子开始抗议了，这时他才想起来除了早上喝了一碗粥外，自己到现在都还没有吃别的东西。于是，葛卫来到后厨想弄点儿吃的，然而，满嘴的口腔溃疡让他对很多吃食没有胃口，思量了一下，他突然想包点儿饺子吃。

葛卫有些时日没有吃饺子了，上次吃饺子还是在松江市学特色餐饮的时候孙明正司务长请他吃的，想想也有一年时间了。葛卫一边唏嘘着，一边按照松江市饺子馆孙大爷所教的包饺子技术，和面和馅擀皮，包了些饺子，准备煮着吃。

"小老板，你这饺子卖不？"说来也巧，就在葛卫刚吃完一碗饺子，正要把多包的饺子放到冰箱里留着明天吃的时候，店里进来一个平头大叔，问道。

"饺子？"葛卫晃了一下手中的饺子，疑惑道。他想着既然客人想吃，那就卖给客人吧，毕竟能卖点儿钱是点儿钱，于是赶紧道："卖！"

"本想炒两个菜的，看到有饺子卖就更好了，一会儿再买点儿卤菜，晚餐就搞定了。"平头大叔似乎很高兴，他一边给钱，一边和葛卫碎碎念。

"感觉好吃的话，再来。"葛卫习惯性地招呼。

然而，让葛卫没有想到的是，第二天中午，平头大叔真的又来了，他一进门就喊道："小老板，饺子挺好吃的，今天再来一份！"

第二十七章
柳暗花明

世事无常,人生的道路没有标识,转折可能会在意想不到的地方出现,有时候一个不经意的转身,就能看到不一样的风景。

饺子迎来的回头客,让葛卫有些愕然,他没想到这个平头大叔再次光临,他从冰箱里拿出剩下的饺子,问道:"在这吃,还是拿回去自己煮?"

"你这有什么凉菜?"平头大叔没有回答葛卫,反而又问道。

"凉菜倒是有,给你拌个皮蛋?"葛卫指着还没有剥壳的皮蛋试着问道。

"好,那就在这吃吧,弄个凉拌皮蛋,多放点儿辣椒,另外,再来瓶啤酒。"平头大叔挑了个位置坐了下来,同时,他还小声地嘀咕着,"要是自己煮,还得去前面买卤菜,弄点儿皮蛋就着饺子吃,也不错。"

"他的意思是,卤菜就着饺子才好吃?"葛卫开火拿锅烧水后,就在一旁弄皮蛋,他听到了平头大叔的自言自语。说者无心,听者有意,葛卫没有搭话,但是,他好像想到了什么似的。

"小老板,你家的饺子都是你自己包的?"平头大叔坐了一会儿后,闲不住,就站起来和葛卫聊天。

"对,我自己包的。"葛卫回过神来,笑道,"我在东北的松江市学过。"

"果然如此，东北饺子比较有名，馅多个大还味美，好吃又实在，和我在别的饭店里吃的饺子不一样。"平头大叔呵呵一乐，接着道，"小老板，你下次多搞几种口味的饺子馅，我好换着吃，不能总吃一样馅。"

"好，下次肯定能让您挑着吃。"葛卫本能地想叫大叔，但是他想着叫年轻一点儿，肯定要好一些，于是问道，"大哥，你刚才说想弄点卤菜就着饺子吃？"

"对啊，搞点儿卤菜，既能下酒，又能下饺子，一举两得！"平头大叔很会吃，也很能说，"在邵州市，米粉和卤菜都是传统美食，大家都喜欢吃，当然，我个人也很喜欢吃饺子。"

"好了，凉拌皮蛋好了，我给您拿啤酒，您先喝着。大哥，这个皮蛋算我送您的，您以后常来。"听完平头大叔的话，葛卫很激动，甚至颇为兴奋，他豪气地把手中的凉菜送给平头大叔，看到灶上锅里烧着的水也开了，就兴冲冲地跑去煮饺子了。

葛卫的确很开心，他想到自己接下来可以干什么了！

下午，葛卫忙活完中午的生意后，就迫不及待地找了个桌子坐了下来，又拿出那个小本子，把脑海中突然冒出的想法和计划记录下来。他越写越有激情，越想越觉得有意思！

"以前一直想着'北菜南吃'，以为把北方的特色饮食引进到邵州市来，可以成为特色，开特色餐饮店也一直是受这种思路的影响，进而忽视了人们对南北地域饮食差异的接受能力和消费习惯。"葛卫似乎找到了干锅鸭货特色餐饮店生意不好的症结所在，直到今天，在受到平头大叔对东北饺子和邵州的卤菜的点评后，他才恍然大悟，快速转换思维，"为什么不搞'南北'饮食融合？把有北方特色的饺子和邵州特色食品卤菜结合在一起，会不会有'搞头'？"

有新的思路，才会有新的出路。葛卫想到一直被他忽视的邵州卤菜确实是颇为有名的特色吃食，很多人都喜欢吃，他以前觉得卤菜只是一道配菜，算不上他心中的特色招牌，殊不知被众人接受的才是最有说服力的。他还想到，邵州人也喜欢吃饺子，早餐也好，当主食也罢，只是不像北方那么盛行，而且在口味上也没有北方的正宗。如果把这两种看似平常却很有地域代表性的吃食融合在一起，说不定就能产生意想不到的效果！

葛卫心中豁然开朗！他一扫之前的忧愁和烦闷，感觉整个人都舒畅多了！他越想越觉得这个想法很有发展前景！

这两天，葛卫经过一番谨慎地思考和详细地谋划，做出了卖饺子和卤菜的决定！

下定决心就赶紧行动！接下来，葛卫开始研究饺子和卤菜。饺子的问题，很好解决，毕竟他确实在松江市学习过。葛卫细而又细地回忆着他在松江市跟着孙大爷学包饺子的场景，把孙大爷在和面时对面粉质量的要求、和馅的时候用佐料调的口味、到包饺子的褶子形状，以及什么时候把饺子下锅蒸、煮多久口感最好等每一个细节都尽可能地在脑海中"还原"，并根据记忆做出记录，随后葛卫又联系了孙明正司务长，从他那要到了孙大爷的电话，有忘记和记不准的地方，再向孙大爷请教。同时，葛卫还结合开餐饮店这段时间里对邵州食客口味的了解，把有些北方食客认为"有特色、好吃"的饺子馅配料换成了邵州人能接受或者习惯吃的。很快，葛卫就调出了几种他觉得味道还可以的饺子馅，他想着先弄出来，让食客有选择的余地，以后再根据实际的需求量做调整。

接着，葛卫就开始研究卤菜。在卤菜的研制上，他遇到了麻烦，他跑了几家比较有名气的卤菜馆，想去学点儿技术，不料，各家卤菜馆基本上都是"祖传"做卤菜的，在卤味的调料上也都有各自的秘方，且秘方不外传。葛卫只好退而求其次，从各个卤菜馆分别买了些卤菜成品回去进行对比，然后从菜市场买来一些食材，再根据现有的口味模仿着添加调料。几天下来，卤菜的口味被他复制得七七八八，不过，他始终感觉和那些有口碑的卤菜馆卖的还有些出入。毕竟在制作卤味的技能上，葛卫还是新手。

眼看就到了四月下旬，离店铺到期只有一个月的时间了！时间一天天过去，葛卫不得不着急起来，他要尽快重新开始！

"破釜沉舟，卯足劲再干一次！当过兵的，怕什么！"于是，葛卫开始将特色餐饮店改头换面，卖起了饺子和卤菜！他把手里仅有的六千多块钱全部用来购买面粉和饺子馅原料，至于卤菜，他想到了一个方法：先到一个生意比较好的卤菜馆搞批发，再用现有的、自己会做的凉菜应付着，等饺子卤菜馆有"搞头"了，再专门去学习做卤菜。

很快，葛卫特色餐饮店门口上"特色干锅鸭货"招牌下又挂了一行：东北饺子、卤菜馆。并且，他还简单地布置了一下店铺，制作了一个玻璃柜台，把各种馅的饺子区分开来，拼成几个图案，摆在显眼的位置。

"老板，你店里还卖饺子？"在重新挂牌营业的第一天，来特色餐饮店吃干锅鸭货的一桌客人，其中一个领头的客人被柜台上的饺子吸引到了，便回头冲着其他客人道，"哥几个，要不尝尝这里的饺子？"

"行呢，你说吃什么就吃什么。"其他客人并无异议。

于是，在葛卫的推荐下，几个人又点了些卤菜和其他的凉菜，还要了些啤酒，他们吃得很满意。

"开门红！"葛卫很欢喜！

"这家饺子馆不错，饺子都是手工包的，味道鲜美，也比较实惠！"随后，那个平头大叔又来了，还带了两个人一起过来，他一边吃着饺子，一边向另外两人介绍和推荐道。

"大哥，这碟花生米是送您的。"葛卫做生意做出了"门道"。他想，没有这个平头大叔，他还想不到开饺子卤菜馆的主意。只要这个店铺能一直开下去，只要这个大叔来消费，自己每次都要送点东西或者给其打折。

就这样，经过几天的试营业，饺子和卤菜的搭配，获得了一些客人的认可。一连几天，葛卫的餐饮店里，来吃饺子和卤菜的客人要比来吃"特色干锅鸭货"的客人多好几倍，甚至很多食客以为这就是家饺子卤菜馆。

有心栽花，花可能不开，而无心插柳，柳却可能成荫。餐饮店生意有了起色，这是天大的好事，同时，葛卫也更忙了，他和邓姨光包饺子，就要忙活到深夜。

当然，葛卫在高兴的同时，也没有忘记他现在的处境，从饺子卤菜馆当前的经营状况来看，虽然饺子是主角，卤菜是配角，因为他还没有学得卤菜的制作技术，故而这一项的成本比较高。他知道，餐饮店要想盈利，就必须在确保质量的前提下，尽可能地降低成本，批发卤菜不是长久之计。

怎么解决卤菜的问题呢？去哪儿学习制作卤菜的技术？这天，葛卫一拍大腿，突然想到去年区政府举办过退役军人创业培训活动，他在培训项目中看到过邵州的米粉、卤菜等饮食的项目，他当时觉得这些培训有些"小家子气"，就没怎么在意。"差点没想起来！"葛卫很后悔。但是，亡羊补牢，为时不晚，他想到了每年都有军人退役，区政府应该每年都会组织这种培训，而且，现在这个时候正是组织培训的时候。葛卫连忙从手机里翻出去年民政局工作人员打给他的电话，打过去问他退伍一年了还能不能参加培训，工作人员给出了让他欢喜的答案：可以！

葛卫乐得差点儿跳起来！于是，他第二天就抽空去了民政局了解情况，并在当天就参加了卤菜制作培训。随后，葛卫是白天做生意，晚上参加培训，培训回来再准备好第二天做生意用的饺子。

经过一个星期的培训，葛卫学会了卤味的制作流程，这段时间里，他也一直在研究卤味的调料，有一天，他突发奇想地把制作干锅鸭货的秘方配料改良了一下，用来调制卤菜，没想到口味还不错。他又琢磨了些时日，慢慢地店铺里的卤菜不用批发了，他自己就可以搞定了。这样一来，卤菜的成本就降低了！

很快,到了五月底。在将近一个月的时间里,起早贪黑,忙得不可开交的葛卫瘦了十二斤。与此同时,葛卫特色餐饮店这个月的营业额达到了前所未有的高度,毛收入有两万多元!

第二十八章
家有喜事

有了开始，就有了希望。

一个多月的时间，葛卫的餐饮店经历了大起大落。"饺子卤菜馆有搞头！"葛卫很庆幸之前做出坚持到底的决定，同时，他也找回了开餐饮店的自信，或者说底气。

接下来，葛卫自然又做出了继续开店的决定。

"朱伯，房租我先付您三个月的，您放心，剩下的我绝不会拖欠太久。"要继续开店，首先要把店铺租下来。到了六月初，葛卫找到朱伯，和他商量着房租的问题。因为现在的葛卫还交不出一年的房租，他手里只有餐饮店这一个月的毛收入两万多块钱，他打算拿出一万块钱交房租，剩下的拿来做开店的启动资金。

"行，我相信你。"要是以葛卫餐饮店之前的经营状态，朱伯可能会考虑一下"拖欠"房租的问题，而自从葛卫转行卖饺子和卤菜，餐饮店的生意又好了起来后，朱伯也看在眼里，他没有犹豫，直接应允道。同时，他还笑道："往后，我到你这来吃饺子，你给便宜点就行。"

"好，以后您的卤菜免费送，就收您饺子钱！"葛卫很懂得感恩，毕竟饺子卤菜馆的客人越来越多，朱伯也是"帮了忙的"。原来，朱伯在葛卫的店里吃了两顿饺子后，也喜欢上了这种口味儿，他的老伴在白沙市带孙子，他一个人在家，有时候懒得做饭了，"一份饺子加点卤菜就能当一顿饭",更多的时候,他在附近的茶馆打麻将,就叫葛卫直接把饺子送过去,很方便。当然,朱伯也总向麻将馆宣传葛卫做的饺子,慢慢地麻将馆的牌友们也成了葛卫餐饮店的常客。

凭借有特色的饺子和口味也挺好的卤菜,葛卫的餐饮店得到了越来越多食客的认可,大家一传十、十传百,店里的生意也一天比一天好。"口味好、分量足、还不贵"是葛卫餐饮店的特点,也是大家的互相传颂的口碑,慢慢地饺子卤菜店成功"打通"了邵州学院和步行街之间的"通道",就像当初葛卫选中这个地段的店铺时所想的一样:邵州学院方向的居民或者师生们到步行街方向来回走动,很多人尤其是北方来的同学们就会顺路吃饺子、卤菜,甚至打包回学校,同样,很多逛步行街的游客宁愿多逛几步,也会慕名过来尝尝这附近颇有名气的餐饮店的美食。

餐饮店起死回生,葛卫喜笑颜开。当然,他也异常辛苦,每天早上六点钟就起来,准备开店做生意,上午包饺子、准备卤菜,中午忙活一阵后,下午还是包饺子、准备卤菜。六七月份的邵州市天气炎热,晚上七八点钟才天黑,而且,晚上的生意比白天还好,有很多人要等到晚上凉快了才出来,既当晚饭又当夜宵,所以,葛卫每天几乎都要忙到凌晨,甚至更晚。"累点儿无所谓,总比没有生意好!"葛卫对这种忙碌和劳累很知足,他很能熬。

葛卫的熬归熬,他一个能顶俩,但是随着餐饮店的生意越来越好,甚至出现了客人在店门口排队来消费的场景,餐饮店到了需要扩展门面、增加人手的时候了。而且,邓姨也几次提出,说这段时间客人太多了,她根本应付不过来。

"增加餐位,增加人手!"面对餐饮店如此良好的发展势头,葛卫及时作出相应的举措。扩展餐位的问题很好解决,餐饮店的一侧有块平地,也属于门面的范围,葛卫从建材市场买来材料,搭建起一个棚子,再买来几套桌椅,就搞定了。同时,他还顺便把店铺修整了一番，突出了"饺子和卤菜"这一特色。对于增加人手的问题，一开始葛卫有些小想法，他想着现在餐饮店还是起步阶段，能节省支出就节省，他幻想着如果唐微微能在休息的时候过来帮忙就好了，哪怕只是帮着收钱，当老板娘。但是他也意识到这只是自己的一厢情愿，唐微微即使不忙也不会过来的。同时，葛卫也想到了葛爸爸和葛妈妈，接着他又想到葛爸爸在乡下有事情做，葛妈妈这两年身体有些不好，这样劳累肯定吃不消。最后，他还是决定对外招人。

"你在忙什么呢？"这天上午，葛卫好不容易挤出点儿时间，他找到一张红纸和毛笔，准备写招聘启事，这时候，他很难得地接到了唐微微的电话。

"这段时间有点儿忙不开，打算招两个人，准备写个招聘的公告。"葛卫放下墨水和唐微微道。

"和你说一下，我可能明后天就要回广州了。"唐微微在电话那头道，"马上放暑假了，我们下学期开始实习，家里给我找了个公司，让我提前几天回去看看。"

"这么早啊？早点儿也好，免得到时候……"对于唐微微学习和工作上的事情，葛卫也不好说什么，犹豫了一会儿后，他又问道，"买好票了吗？"

"买好了，后天上午的。"唐微微接着道，"还有个事，放暑假的时候我们这一届学生都会离校，到时候学校会把宿舍清理出来给下一届学生住，我被褥和衣服一下子拿不走，要放到你那……"

"用我来帮你拿不？"葛卫明白了唐微微的意思，连忙问道。

"那倒不用，我打个车过来就行。"唐微微想着可以叫同学帮忙拿到车上，到了葛卫这就好办了，随后，她像是想到了什么似的，"你刚刚说什么来着？你那个餐饮店要招人？哎，要不我给你介绍几个学生过来勤工俭学？她们正想着放暑假去打工，体验一下生活。"

唐微微在大学期间加入了学校的学生会，曾作为学生会干部给低年级的班级当过生活辅导员，因此认识一些学弟学妹们，他们成为好朋友，平时有什么事情也都还有联系。这不，临近放暑假，唐微微看到好几个人在微信里发朋友圈说想利用放假时间去勤工俭学，有时候在学校碰到了，还聊起过这个话题。

"这是个好主意！"葛卫一怔，想了一下，觉得这件事情可行，他把毛笔一扔，笑道，"这事，还得老板娘出马！"

"懒得和你贫嘴，我先去问问有几个是真的想勤工俭学的。"随后，唐微微就挂了电话。

第二天，正好是周六，唐微微还真带着两个学妹到葛卫的店里来应聘，两个女孩子一个叫张茜，留着短头发，瘦瘦的；一个叫刘珊，脸上有点儿雀斑，一副小家碧玉的样子。两人还在上大二，都想着暑假不回家了，过两天放假就去找工作挣下学期的生活费，也顺便体验生活，而现在有唐微微这个学姐介绍，她们自然有兴趣过来看一下。

"放心吧，肯定亏待不了你的学妹。"很快，葛卫就和张茜、刘珊谈好了工资和具体工作内容，两人表示第二天就可以过来打工，唐微微帮忙解决了人手的问题，让葛卫觉得轻松了不少，他信誓旦旦地对唐微微保证道。

"哼，谅你也不敢。你也别太累了，多注意休息。"唐微微回了葛卫一句，她还要回学校拿东西，晚上回唐妈妈那住，明天再和唐妈妈一起回广州，所以今天就算是她和葛卫道别了。

"卫哥，你这里卖饺子和卤菜啦？"就在葛卫刚把张茜、刘珊和唐微微送走，他的身后就传来了一个熟悉的声音。

"小马！今天想吃点儿什么？要不尝尝饺子？"看到马超群和几个人来了，葛卫笑着打招呼道，"有些时日没看到你了，最近在忙什么？"

"行，你看着弄就行。"马超群同意道，他最近确实有点儿忙，他不仅上班忙，下班也忙，忙着玩。和他一起来吃东西的是张敏、朱小军、黄玲、张乐以及另外那个伴娘。

"老板，挑最贵最好的饺子上！今天小马哥请客，马上就是拆迁户了，不用给他省钱，咱们好好宰他一顿。"张乐看出来马超群和葛卫是比较熟的关系后，开玩笑道。

"别瞎说，只是计划拆迁。"马超群几个人落座后，就开始聊天。他们三男三女，两两成对，自然有很多话说。

"放心，肯定让你们吃好。"葛卫呵呵一笑，就去后厨煮饺子了。

很快，葛卫把饺子和卤菜端上来，马超群等人一尝，感觉还不错，在张乐的起哄中，他们又开始喝酒，而且一喝就是一下午，等葛卫忙完中午时段的生意后，也被马超群拖了过去一起喝酒，喝高兴的马超群还给刘海波打了电话，说好久没聚了，想着聚一下，但很不巧的是，刘海波说他有很重要的事。

刘海波确实有事，而且确实是很重要的事，他在陪杜青青产检。

"老公，今天多少号了？"三天前的中午，刘海波正在办公室整理资料，中午休息的杜青青给他打来电话，什么也没说，只问了今天是几号。

"阴历七月初三，怎么了？"刘海波有些奇怪。

"我'那个'不知道是推迟了，还是怎么了，一直没来。"杜青青在电话里道。

"这个问题……你要不要去检查一下？"刘海波有些莫名其妙，他所说的检查，是检查一下有没有生病。

结果，杜青青还真去检查了，毕竟她就在医院上班，检查很方便，她很快就告诉了刘海波结果：怀孕。

"你怀孕了？！"刘海波在电话这头惊喜地问道，在得到杜青青肯定的回答后，他欢喜得有些语无伦次了，"周末有空了，我再陪你去好好检查一下，看医生怎么说，需要注意点儿什么，多吃点儿什么……"

第二十九章
言传身教

自从葛卫的饺子卤菜餐饮店多了两个人手之后，就显得有条不紊了，有客人来就有人招呼，客人需要什么，也很快有人应答。餐饮店生意一直保持很好的势头，店铺里加上新搭的棚子里一共十二套桌椅，几乎天天坐满，葛卫又当老板又当服务员，还是那么忙碌，但是至少忙而不乱了。

生意好，也就意味着利润会可观。又过了一个月，葛卫把挣到的钱先交了一部分房租，他估算着，再过一个月，就可以交清了！

"这是你们这个月的工资，这段时间辛苦大家了，下个月我们继续努力。"到了月底，该给三个店员发工资了。这天下午，葛卫趁着不忙的时候，把工资发了。

"谢谢老板！"最先过来拿工资的是刘珊，她满怀欢喜地跑过来，顺便把张茜的那份也帮着拿过去。

对于唐微微介绍过来的刘珊和张茜这两个勤工俭学的大学生，葛卫还比较满意，两人很勤快，干起活来也有模有样。相比之下，刘珊嘴巴甜一点，张茜则是很少说话的那种，两人是邵州学院医学系的同班同学，也住同一宿舍，所以，他们每天都结伴而来，再一起回去，倒也安全。

"小老板，现在去当兵，还要找关系吗？你在部队，有认识什么熟人吗？"在后厨拖地的邓姨听到葛卫招呼发工资后，也出来领了工资，然而，她没有着急回去继续干活，而是有些局促又有点儿犹豫不决地问了葛卫几个问题。

"当兵还要什么关系？只要体检、政审符合要求，应该没什么问题的。"葛卫看了邓姨一眼，有些明白过来了，"家里谁想去当兵？"

"我儿子今年高中毕业，学习成绩不行，读大学估计是没戏了。高考后就一直待在家里，不说去复读，也不想去学技术，成天在家里玩电脑游戏，谁说都不听，看着就头疼。"邓姨叹了口气道，"我和他爸商量了一下，想把他送到部队去当兵，去部队锻炼锻炼也好。"

"他自己想不想当兵？"葛卫问道。

"他自己？这个问题我还没问过他。"邓姨迟疑了一下，接着道，"我和他爸说话他谁的都不听，管不了，送到部队去，让部队给好好管管。"

"邓姨，按岁数来说，您是长辈我是晚辈，很多东西您懂得肯定比我多。但是我当过兵，也训过新兵，在当兵这个问题上，我是过来人，我说说我的看法，您觉得有道理您就听，您觉得不对，就当我没说过，行不？"葛卫清了清嗓子，看到邓姨点头后，就继续说道，"先不说当兵是为国家尽义务这样的大道理，您打算送您儿子去当兵，这种想法是很好的，但是，为什么要在管不了他，他谁的话也不听的情况下送他去当兵呢？部队不是托儿所、少年宫！我的意思是长辈送晚辈去当兵的这个思想观念需要更正一下，部队是保家卫国的武装力量，当兵是一种责任，当兵是很光荣的！不是说谁家的孩子做父母的管不了或者拿他没办法了，被逼无奈才把他送到部队去当兵，要让他觉得当兵很荣耀，不然您把他送去当兵了，他会认为他是被'扔'进部队的，他可能还会继续破罐子破摔。再说，您儿子去当兵还是去干别的，对他来说是一种人生道路的选择，对吧？如果他自己不想甚至不愿意去当兵，你硬把他送到部队去，你认为他会好好干？您认为他会如您所愿有所改变？我的建议是，您把想送他去当兵的想法告诉他，加以适当的引导，这样会好一点儿，您觉得呢？"

"看来我真得去问问我儿子的想法，其实，我和他爸就是想着他以后走正道……"邓姨似懂非懂地点点头，她还想说些什么，一转身看到张茜一直在听葛卫说话，就没说了。

葛卫朝着邓姨笑了笑，这个事情旁人说的终究是旁人的看法，最后还是要看她家的具体情况然后再做决定。接着，葛卫出了趟门，他每个月月末都要去银行一趟，定期给他在部队当兵的时候捐助的那两个贫困学生打生活费，这是他一年前做的一个决定，他要把那份承诺履行下去。

很巧的是，就在葛卫走进银行的同时，银行一旁的自动取款机里，马超群正在取钱，他是月光族，就等着月底发工资呢。不过，这次两人互相没看见，马超群取到钱后，就开着一台新车走了，他要回家拿衣服。

是的，马超群开的是一台新车，这台新车是马爸爸买的，马爸爸去年就想换车，但是那时候赶上马超群安置工作，家里的余钱周转不开，而现在，他们家赶上拆迁，成了拆迁户，按照安置政策，他们家的征收款有将近八位数，算是提前进入小康甚至达到富裕生活水平。当然，马爸爸和马妈妈很有眼光，他们只要了一部分征收款，剩下的折成安置地的房子和门面等固定资产，用他们的话说可以用来细水长流。这不，在前期的征收款发下来后，马爸爸就只换了台新车。不过，马爸爸的新车总是被马超群以各种名义借去开，马爸爸看到马超群的车也是去年买的，不算旧，于是，当爹的只好让着当儿子的，又把买到手还不到一个月的新车换给了马超群。

马超群说回家里拿东西，实际上是去马爸爸和马妈妈在工地的临时的家。他们家原来的房子拆了，但是开发商的安置房只弄好了第一批，剩下的还在建设中，马爸爸和马妈妈觉得后两批安置房的地理位置要好一点儿，他们就在上班的工地上找到了一处闲置的宿舍，把家暂时搬了过去，想着等后期的安置房弄好了再去挑一处更满意的楼房的入住。然而，让马超群哭笑不得的是，马爸爸和马妈妈工地的宿舍有点儿小，只够杜爸爸和杜妈妈住，而且距离他上班的地方有点儿远。这样一来，马超群不想和父母挤在一起住，更懒得上下班来回折腾，就只能借宿于交警支队的值班宿舍里。这段时间，马超群吃喝拉撒都在单位，直到今天，他发现换洗的衣物没带够，于是，便回马爸爸和马妈妈工地的宿舍拿衣服。

晚上，马超群比较闲：他的那两个玩伴儿也都没空，黄玲怀孕了，朱小军不好总出来喝酒了。张乐似乎和那个伴娘挺对眼，一直在约会，他也不能去碍眼，所以，他就一个人去单位的食堂吃饭。

"小马，最近看到你天天在单位，没去陪女朋友？"吃饭的时候，马超群和今天值班的办公室主任裴姐坐到一桌，两人聊起天来。

"不是女朋友，没谈成，感觉有点儿不适合，就没谈了。"马超群一边吃饭一边笑道。来交警支队上班有大半年了，马超群早就融入了这个集体，和同事们都非常熟悉了，包括裴姐在内说话都比较随意，并没有上下级的拘谨。

"没谈成？那你现在没谈女朋友？"裴姐又问道。

"没谈，单身一人。"马超群缓缓道。从上个月开始，马超群和张敏没了联系，不是失去了联系，而是不再联系了。两人年初刚认识的时候，原本相谈甚欢，甚至一度聊得废寝忘食，还陆陆续续地见过几次面，两人约会过，也和朱小军、张乐他们一起聚过，然而，不知道什么时候开始，马超群总觉得找不到他想要的那种感觉，慢慢地意识到二人不合适，于是，两人的联系变少了，直到没有了联系。

"真没女朋友啊？"裴姐又确认一遍。

"真没有，裴姐，要不您给我介绍一个？"马超群笑了笑，半认真半开玩笑道。

"我这还真有一个合适的人选，家庭条件也不错，感觉你们挺合适的。"裴姐来了兴致，不过她接着问道，"你找女朋友有什么要求？"

"没什么要求啊，找女朋友要什么要求？有感觉、合适就行呗。"马超群一副很淡然的样子。

"那好,我先问一下对方有什么要求,看看你们有没有缘分。"裴姐做媒很有经验,还想先打探一下双方的要求,随后,她起身,边走边说道,"先别着急,这几天给你信。"

"好呢,恭候佳音!"马超群这顿饭吃得颇有意思。

吃完饭,马超群就回值班宿舍玩手机去了。这段时间,相比于马超群的无家可归,有家回不去的刘海波则要恼火得多。杜青青怀孕了,他别提多高兴了,恨不得时时刻刻在家里看着杜青青的肚子一天天地变大。但是,现实情况让他很不爽,乡政府最近的事情太多了,好像什么事情他都有份。这不,从上周开始,乡政府新建的办公楼说等个什么批复下来就开工,领导看到刘海波工作很扎实,便将他调到了重点项目中心办公室,前期大事小事一大堆都要他参与,他已经有一周没回家了。

"过了这段时间,就好了。"这天加班的刘海波趁着喝水的工夫,看了看手机里杜青青给他发来一切正常的产检结果,自我安慰道。这段时间,他是顾不上家里了,好在杜青青刚怀孕两个多月,加上她一直习惯性地回娘家吃住,有杜爸爸和杜妈妈照顾着,他也放心不少。

第三十章
心生隔阂

　　转眼间到了八月底九月初，这几天，下了几场雨，气温降下来些，但邵州市的夏天凉快不起来，雨一停，就是又热又晒的艳阳天。

　　暑假结束，在葛卫餐饮店打工的刘珊和张茜就要回学校上课了。这天，葛卫给她们结了工资，刘珊高高兴兴地回去上学了，两个月累是累了点儿，但这是她头一次出来打工，自然是很难忘。而张茜向葛卫提出来说想在周末或者平时休息的时候，继续来餐饮店里勤工俭学，葛卫认为张茜家庭条件可能不太好，生活不容易，就答应了。

　　当然，在刘珊和张茜离职之前，葛卫就想到餐饮店人手又会不够的问题，他提前一周就着手招聘事宜，不过这次是邓姨帮忙穿针引线。邓姨之前为儿子的事情发愁，后来听了葛卫的建议，认认真真地问了儿子想不想去当兵或者到底想干什么，结果她儿子根据偏低的高考分数选择去念一个二流的大专。去读书总比啥也不干瞎混着强，邓姨这样想着，她也算了了一件心事，此后就一直安心在餐饮店打工。在餐饮店招聘的事情上，邓姨最上心，她找到葛卫说她有两个熟人要找工作，一个是她乡下的邻居，姓刘，一个是和她一样，两口子都在邵州市里租房子住的邻居，姓王，都和邓姨年龄差不多大，在平时聊天中她们和邓姨说起过如果有合适的工作麻烦给介绍一下，后来邓姨带着两人到餐饮店看了看，葛卫和她们谈了待遇、工作分工等事宜，双方都觉得没有问题，于是，葛卫的餐饮店里多了一个刘姨、一个王姨。

连着几个月，葛卫的饺子卤菜餐饮店生意都不错，营业状态又进入了稳定期，他已经把欠朱伯的房租交清了，还攒了些钱，心里涌起一阵久违的轻松感。但是，葛卫也很清楚地记得，自从开餐饮店以来，上一次有轻松感还是在去年，餐饮店从开张到营业步入正轨后，他有过那么几天的舒畅。而且，去年的轻松感没有根基，很快就被生意平淡的愁闷挤压掉了。今年略有些不同，不到三个月就把一年的房租交了，他挣到钱了，轻松起来也就有了底气。不过，葛卫也不是那种得意忘形之人，相反，他内敛的性格，在经过部队五年的磨砺和退伍后近两年时间里开餐饮店起起落落以及接人待物的历练中，越发成熟。

然而，在作为其生计的餐饮店扭转乾坤之后，葛卫并不是无忧无虑，这段时间里，他和唐微微的关系又出现了新的问题，他很烦闷，也很忧愁。

自唐微微在暑假前回广州找到单位提前实习后，到这个学期开学，她就一直没有回邵州市了，这期间，两人通过几次电话，也了解过彼此的近况，唐微微告诉葛卫她在唐爸爸一个朋友的外贸公司里当翻译，这个外贸公司是一家全球五百强企业的子公司，每天的工作不是很累，接触到的人和事都比较有层次，工作环境以及待遇各方面都挺好的，如果实习顺利的话，留在这家公司成为正式员工肯定没问题，甚至还能进入总公司，以她的条件会有很好的发展。而且，她还很自豪地说她现在一边实习一边考教师证，一方面她有当老师的梦想，另一方面邵州学院这边有意留她回校任教，当然，这都是要等明年才能确定的事情，她现在先准备着，以后或许可以多一个就业的选择。听着唐微微对人生的美好憧憬，葛卫由衷地为她高兴，退伍回来后的葛卫成熟了很多，他深刻地意识到自己书读少了，只是高中毕业，从他所见识到不同的事、所遇到不同的人，以及不同人有不同选择、会面对不同机会，他深深体会到这个社会一直善待读书的人，读书很有用！他想着要是自己多读点儿书，或许他的人生路也会多一些选择，好走一点儿。与此同时，葛卫没来由地有种和唐微微渐行渐远的感觉。

葛卫有这种感觉是因为他在和唐微微为数不多的交流中，唐微微所设想的、所规划的，都是关于她一个人的，并没有包括葛卫在内。是的，唐微微有能力、有前途、有发展，她对于自己的优秀很自豪，她对自己的未来也很有信心，但是在葛卫看来，不管是他的以后，还是唐微微的将来，都应该有对方的位置。毕竟，他们在一起有三四年了。而且，葛卫觉得他们的恋爱是奔着结婚去的。或许唐微微说她有可能会回邵州学院留校任教，是间接地想表达她有想回邵州市的意思，但是，葛卫听出来了，唐微微还是想留在广州去那家外贸公司上班，以后就在广州发展了，回邵州学院当老师只是她的备选方案。葛卫想，不是说唐微微以后去广州工作了，他们就没有结果了，他也可以去广州，再退一步来说，即使异地，他们也要一起想办法去面对或者一起来解决这个问题，而不是现在的她是她，我是我。

归根结底，葛卫和唐微微还没意识到两人这么快就要面临分别的问题。以前葛卫在当兵的时候，他们知道等葛卫退伍了就能在一起了，等他们在一起的时候，放暑假或者几天没约会，他们也知道只是暂时的分离，而这一次，两人都没有想过以后会不会分开？会不会在同一个城市？各自在职业的选择、未来人生规划上，需不需要考虑问题本身之外的因素？当然，葛卫在想过"唐微微会不会因为自己在邵州市而留在邵州市？她会不会远离家人来陪伴自己？"等等这些问题之后，也回过头来问自己，以他现在的状态，如果唐微微让他去她的城市，打工也好，干点儿别的也好，重新开始，自己会去吗？葛卫当兵五年，离家五年，现在回到家乡才不到两年的时间，他又是家里的独生子，如果此刻让他再背井离乡，他会有何感想？葛卫不敢去想，也不想去想。

葛卫很纠结，也很忧郁。

然而，让葛卫更不爽的是，在本来他和唐微微都挺忙、打电话互吐相思之情的次数就少的情况下，唐微微给他发了条微信，说她妈妈好像发现她和葛卫谈恋爱了，很不高兴，两人这段时间先别联系，等她那边解决好了之后再说。

葛卫有些哭笑不得。

这几天，和葛卫一样，马超群的情感状态也不是很如意。

之前裴姐说要给马超群介绍女朋友，对方是她一个同学的女儿，在邮政局上班，裴姐把马超群的家庭情况、个人信息等资料都了解了一番，也反馈给她的同学把关了，她同学比较满意，就在她们要撮合两人认识时，她同学的女儿突然被选派到湘南省白沙市邮政部门进行业务交流培训去了，要几个月后才能回来。当红娘的裴姐有些无奈，只能说等年底再看了，如果年底两人都还没有男女朋友，就再介绍，有的话就另做打算了。

当然，马超群并不在意这种相亲式介绍对象的结果。从安置工作之后，家里的七大姑八大姨碰到他也总说要帮着操心他的终身大事，甚至还以做媒的方式郑重地和马爸爸、马妈妈有过沟通。然而，马超群每次都是口头答应，转身就一笑了之，他不是找不到女朋友，也不是没有认识女孩子的机会，他只是不愿意去认真地对待这个问题，他还年轻，还没玩够呢。

和葛卫不一样的是，马超群的情感不顺利并没有影响到他的心情，从上周开始，他就结束了在单位蜗居的日子，又恢复到了之前的快乐时光：上个月，黄玲生了个女儿，朱小军当爹了，初为人父的朱小军自然高兴得不得了，喊上马超群和张乐连喝了一周的庆祝酒，而且在带女儿的问题上，朱小军的妈妈和黄玲的妈妈同时驻扎到他们家里来帮忙，朱小军完全能够置身事外。同时，张乐和那个伴娘也没有继续发展，他也恢复了单身。这下，马超群的两个玩伴都回归了，三人又过上了他们的潇洒生活。

"卫哥,你家的饺子和卤菜还真不错,我同事、同学,都说味道好。"这天晚上,马超群、朱小军和张乐又来到葛卫的店里照顾生意,他们也确实喜欢吃葛卫做的饺子和卤菜,三个人酒足饺子饱之后,约着再去打台球,临走时马超群笑嘻嘻地和葛卫开玩笑说:"要不我来跟你学技术,以后我们合伙开分店?"

"你什么时候有空先过来帮我包饺子吧,包够半年的饺子,你就算出师了。"葛卫笑着和马超群开玩笑道。

"阿卫,来两斤牛肉馅饺子。"马超群几人走后,葛卫的餐饮店里又来了两个熟人,刘海波和杜青青。

"好呢,海波哥、嫂子。"葛卫招呼着两人入座,之前刘海波带着杜青青来过几次餐饮店,葛卫也早就认识杜青青了,随后,他和杜青青打招呼:"有四个月了吧?"

"嗯,四个多月了。"杜青青羞赧地答道。她怀孕四个月了,最近食欲大增,这不,晚上六点钟的时候她在娘家吃完饭,到现在八点多钟,赶上难得能正常下班回家的刘海波接着她一起回他们的住处,两人没有坐车,而是选择一边逛街一边散步,在半路上,杜青青说饿了,刘海波想着葛卫的餐饮店就在附近,于是,两人就一起来吃饺子了。

刘海波这段时间能正常下班的原因是清河乡政府修建新办公楼的工程款的批复拖了两个月都还没下来,所以项目推迟到明年才能开工,他暂时被解放了出来。不那么忙的刘海波终于能在天黑前回家了,这种正常下班带来的久违感,就好像在部队期间终于盼来了休假一样。

第三十一章
乡貌初变

暑往冬来，很快，又到了年底。

又一年的过去，意味着以岁为时间单位的人们又度过了整个人生几十分之一。当然，一辈子中的一年也不少，有无忧无虑的童年，也有懵懂无知的少年，随着年龄的增长，到了懂人事的青年以后，越觉得一年的时间有多么宝贵。

过年，又到回家的时候了。和往年一样，在春节的前几天，葛卫做好了回家过年的打算，他在餐饮店门口贴出春节期间休息的告示，也给三个服务员阿姨和勤工俭学的张茜结了工资放了假，然后就回乡下家里准备过年了。

"村里修路了？"坐在回家的车上，葛卫看到通往乡下、原本断断续续有些坑洼路段的乡道分段被硬化成水泥公路了，行驶车辆已经不再颠簸。他眺望着沿途的村庄，似乎又多了一些新建的房子。看着眼前这些变化，葛卫突然想起来他好像有大半年的时间没有回乡下了！自从餐饮店生意好了之后，他就一直处于忙碌状态，几乎没有时间回家，也好像没有什么要紧的事情需要他回家，他有种恍然感觉。接着，葛卫想到自己退伍回来的时候，和现在感受到的家乡明显不一样。看来，农村这几年正在快速发展，变化很大，葛卫不由得感慨起来。

如果说回家的路好走了、乡下的新建筑多了，这些变化让葛卫感触良多，那么在他到家后听到的一个消息就足以让他更加激动：国家出台了相关政策，农村要普及修村道，而且是修到每家每户门口！关于村道，葛卫有他的心结：他们村里只有一条坑坑洼洼的小土道通往乡道，车辆无法通行，交通非常不便，记得小时候邻居们砌房子用的砖头、水泥等建筑材料，都是一担一担地从村口挑回来的，庄稼人田地里的农作物也是一担一担地挑到村口才能坐车出去卖。他还记得以前自己去上学全靠走路，一到下雨天，道路泥泞，没走几步裤子鞋子上就全是泥水，根本没法走。虽然后来村里集资在土道上铺了些碎石头，也加宽了些，成了一条大家口中的毛马路，但还是没有多大的变化。那时候，葛卫就曾幻想，要是村里的道路和城市里的一样，都是水泥硬化或者铺上柏油，可以通车、走路不会弄脏鞋和裤子，该有多好！就连他这次过年回家，还在惦记着什么时候能有条好走一点儿的路。没想到，这个事情还真要解决了。

很快，村里发出修路的告示，因为有些村庄原本的道路基础差，且有些村庄里的住户过于分散，修村道的资金政府出大半部分，还需要各个村自筹一部分。村民自筹的那一部分，是以自由筹款和按人口数折算的方式进行，未成年人和年满六十岁以上的老人不设规定，可以自由选择是否愿意捐款，青壮年按照每人四百块钱的标准集资，另外，还可以以个人名义捐助，个人捐助超过一千元的，村里会采取传统方式，在村口立一块路碑，刻上其名字和捐款数，加以宣传和留念。年前，村民们就把自筹款交到村委会。同时，个人捐助也比较踊跃，一千、两千、五千的都有，其中最多的是葛卫，他拿出了一万块钱。

"葛卫这个年轻人很可以！当过兵，又是党员，退伍回来在外面做生意赚大钱，很不错！"村里修路，葛卫捐款最多，在村里有很大的反响。在邻里们看来，葛卫在市里开了一店铺，生意"好得不得了"，赚了很多钱，有人认为他理应多回报一点儿给家乡，但是也有人认为他是在"打肿脸充胖子"，有"为了立碑，图个好名声"之嫌。不过，总的来说，还是好话多，丑话少。

面对褒贬不一的评论，葛卫倒不是很在意。他只想在他的能力范围内，尽可能地为家乡的发展出力，没有别的想法了。

在家过完年，初六葛卫就回到店铺里，餐饮店开始营业，他又继续忙碌起来。

同时忙碌起来的还有马超群，只不过他是忙着约会。

年前裴姐想给马超群介绍的她同学的女儿刘心语从白沙市学习回来了，于是，红娘裴姐连忙向双方通气，开始撮合两人。

"男孩子，要主动点儿。"裴姐充当中间人，本来她想约着她的同学、刘心语的妈妈，带着刘心语到她家里来做客，然后再让马超群到她家来串门儿，让两个当事人很巧合地见面，但是后来又想着年轻人可能不太喜欢这种传统的相亲方式，于是就把两人的联系方式告诉了对方，让他们自己先聊着看看，当然，裴姐不忘嘱咐马超群，说刘心语比较腼腆，要他主动出击。

"好，不过这事得看缘分。"马超群笑嘻嘻地答应着，他闲着也是闲着，就开始和刘心语用微信聊天。然而，接下来的几天，两人聊得并不愉快，让马超群有些不爽的是，他按照裴姐的嘱托，主动和刘心语打招呼，但是刘心语却不怎么搭理他。而且，马超群想约刘心语见个面，哪怕约个地方散步，刘心语都以还不太熟悉为由拒绝了。

"这是什么意思？没劲！"几天之后，本身就抱着谈着玩的心态的马超群没有耐心了，因找不到他想要的那种感觉，便不再主动联系刘心语了。而从小就是乖女儿、从来没有谈过恋爱、和男孩子说话都会脸红的刘心语却觉得马超群太浮躁，太经不起考验了。于是，两人的认识就不了了之，没有下文了。

在和刘心语约会未果后，马超群更加无所事事了，这段时间，他家的安置房下来了，因为还在装修中，所以他还是不用回家，一下班，他就和张乐、朱小军等人混在一起花天酒地。

"喝酒就喝酒,你拿个手机玩什么劲儿?"这天,马超群和张乐在一起喝酒,不承想张乐一边喝酒一边玩手机,好像很忙的样子,马超群很不满地问道。

"小马哥,给你介绍个网友?"张乐一脸坏笑,然后凑过来道。张乐说他新认识个女网友,两人聊了一个多月,准备见面,张乐说他还和那个女网友说起他有个兄弟也没有女朋友,并把马超群的条件告诉给了对方,而那个女网友说正好她身边也有个要好的姐妹没有男朋友,两人一拍即合,决定在他们见面的同时,分别叫上马超群和她的姐妹一起见面,看看谁和谁有缘分。

"靠谱吗?"马超群对张乐的人品持怀疑态度。

"靠不靠谱嘴上说没用,明天见一面就知道了。"张乐笑着喝酒道。

第二天下午,张乐果然给马超群打电话,约他下班后到一家咖啡馆里见面。马超群闲着也是闲着,于是,就开车过去了。

很快,马超群到了咖啡店,看到张乐和两个女网友已经在那坐着了,他连忙上前打招呼。

"这是我兄弟……"张乐起身介绍马超群,不料,他的话还没说完,其中一个染着头发、化着烟熏妆、看起来年龄还比较小的女孩子起身冲着马超群道:"咱俩换个地方吧,去那边。"

"对对,你们聊你们的。"张乐和他那个女网友一起讪笑道,等到烟熏妆女孩转身走的时候,张乐还冲着马超群挤眉弄眼,"就看你的了"!

随后,马超群和烟熏妆女孩另外找了张桌子坐下。

"你好,我叫马超群,你呢?"马超群一边喝咖啡,一边和烟熏妆女孩打招呼。

"我知道你叫马超群,你的情况我姐都和我说了。"烟熏妆女孩看了一眼马超群,身体往后一靠,右手搭在椅子上,略显稚嫩的脸上流露出不满意,不屑道,"我姐说,想介绍你来当我的男朋友?我交

171

了十几个男朋友，你是最老的一个。"

"我……"马超群差点儿把嘴里的咖啡喷出来，呛得不轻。

"老是老了点儿，不过长得还凑合。"烟熏妆女孩自言自语地嘀咕了一声，然后她把身体向前倾，并把衣领往下拉了拉，露出锁骨的位置一个玫瑰花的文身图案，凑近马超群道，"你觉得这个文身怎么样？咱俩谈恋爱，我给你在胸口文一个……"

"挺好看的，但是，我没有要文身的打算。"马超群连忙把话接过去，他有些措手不及。随后，两人继续聊天，烟熏妆女孩兴致勃勃地说起她在酒吧、迪吧和别人拼酒炫舞甚至打架的各种壮举，让马超群听起来都汗颜：本来他以为自己经常和张乐、朱小军他们吃喝玩乐就够放浪形骸了，没想到在眼前这个比他还小五六岁的女孩子面前，就是小巫见大巫。

很快，这场约会以马超群溜之大吉而收场。

其实，要说忙，和葛卫、马超群比较起来，还属刘海波最忙。

年前，刘海波能正常上下班的日子没有持续几天，赶上年终收尾、各种检查工作应接不暇，他基本上没有休息的时候。而新的一年伊始，乡政府的各项工作相继展开，新办公大楼的工程资金批复终于下来了，工程队已经开工，同时，按照上级部署，乡镇修村道的工作已经按计划进行，等等。乡政府的工作杂而乱，除了当前这些重点工作，还有很多不起眼却需要牵扯精力的事情。不仅是刘海波，乡政府的绝大多数工作人员都处于忙得走不开的状态，至少他看到的是这样的局面。有时候是一项一项工作从早到晚无缝隙对接，有的时候是感觉没干什么，但是这里要去一趟，那里要去一下，一天也没闲着。

不过，忙归忙，刘海波每天无论如何都要挤出时间回家的，年后的二月份，杜青青已经怀孕七个月了，他心里不能不惦记着。为了解决有时候加班晚没有车回家的难题，刘海波买了辆摩托车，哪怕晚上晚回、第二天早上早起，他都要骑着摩托车回家一趟。

第三十二章
江湖救急

新的一年，新的开始。

年后，葛卫的餐饮店生意还算可以，但这是相对于去年店里以干锅鸭货为特色的时候来说的，毕竟现在是冬末春初的冷天，来餐饮店吃饺子卤菜的食客自然没有夏秋两季那么多，所以，这段时间，葛卫倒也有了点空儿。

"您拨打的电话已关机，请稍后再拨。"自唐微微去年放暑假回广州实习到现在，已经有大半年的时间了，这期间，葛卫和她也就偶尔打打电话、了解一下对方的近况，这个偶尔还是在葛卫先用短信预约，等唐微微觉得方便的前提下，两人才能通上电话，然而，两人前几天约定好这天中午一点钟互打电话的，不料，到了一点钟，葛卫给唐微微打电话，却听到了关机的提示音。"或许她现在有事？"葛卫拿着手机等了一会儿，到了一点半，他仍没接到唐微微的电话，再打过去，对方还是关机状态。

葛卫和唐微微上次通电话，还是在半个月前，那时候，唐微微告诉葛卫她放寒假在广州的家里，过完年开学还会继续留在广州实习，近期都没时间回邵州市。唐微微还说她家人知道了她在学校期间谈恋爱的事，只是不知道是葛卫，但是他们不管她现在和谁谈恋爱，都表示反对，而且，他们也不支持她考教师证回邵州学院任教，他们希望她以后留在广州发展，说那边的工作待遇好、发展空间也大，以后最好能在那边嫁人安家。对此，她很烦恼。"那……那你自己注意身体，工作别太累了。我们的事情，等你实习完了再说，说不定以后会好起来的。"在电话里，葛卫也不知道怎么去安慰或者劝说唐微微了，他认为，唐微微的前景问题，他不好说什么，或者他自己也知道，他说什么，好像也决定不了什么。

"还在家，家里人比较多，不太方便接听电话，等我下周去公司实习后再联系。"晚上十一点多钟，葛卫终于收到唐微微的来信。"好的，等你。早点儿休息，下周再说。"葛卫随后给唐微微回道，然后，他开始期盼着下周早点儿到来。

不能和唐微微约会，餐饮店里的事情也不是很多，葛卫感觉自己整个人闲下来不少，但是，他似乎习惯了忙的生活节奏，闲不住，总想着干点儿什么。而且，最近，他有了个很尴尬的问题，他感觉自己明显胖了不少。是的，自退伍后，葛卫大部分时间是在经营餐饮店，加上他的伙食也不差，这两年，他的体重持续上涨。这天晚上，餐饮店打了烊，葛卫收拾完东西，发现睡觉还早，因为没有困意，便换了件运动服，打算去跑跑步，锻炼锻炼身体。

"那个人是唐鹏鹏？"出来跑步，就能看到在餐饮店里看不到的风景，遇到在餐饮店里遇不到的人。葛卫从餐饮店出发，路过邵州学院、中心医院，再到邵州市火车站的广场绕一圈，大概五公里的样子，他跑得气喘吁吁。随后，他开始往回跑，突然，在路过中心医院的途中，他瞥见中心医院门口有个认识的人：前年在去民政局参加退役士兵创业就业培训中和自己聊过天的唐鹏鹏。

唐鹏鹏穿着一件破旧的迷彩服，席地坐在路边的台阶上抽着烟。葛卫走近，看到他的头发比较凌乱，估计有段时间没理发了，因为是晚上，路灯下的他脸色有些苍白，脸上也是胡子拉碴的，看上去比较显老。而且，他的左手小臂还缠着一层厚厚的白纱布，弯在胸前，他受伤了。这时的唐鹏鹏也看到了葛卫，他愣了一下，站起身来，拢了拢衣领，笑道："没想到在这能碰到你。"

"你怎么了？受伤了？"葛卫有些吃惊，两年前他看到刚退伍回来的唐鹏鹏，还有点儿书生气，再见面的他明显经历了风雨的洗礼，他的变化有点大。

"没事，受了点儿小伤。"唐鹏鹏把烟头扔到一旁的垃圾桶，然后又把绑着纱布、弯着的左手轻轻伸直，又弯回去，随意道。

"骨折还算是小伤？"葛卫看到唐鹏鹏手臂上绑着的纱布里有竹板，知道肯定是骨折了，关切地问道，"需要住多久院？"

"我这点儿伤，还住什么院？是我父亲住院，我在陪护。"唐鹏鹏故作轻松地微笑道。

"怎么两人都受伤了？"葛卫吃惊了，这才刚过完元宵节没多久，唐鹏鹏两父子怎么都受伤了？这也太不小心了，或许有什么别的原因？

"干活不小心摔的。"唐鹏鹏不卑不亢地回了一句，随后，他反过来问葛卫，"退伍回来这两年，你在忙什么？"

"我学了一段时间厨艺，开了个餐饮店。"葛卫也没打算继续跑步了，他从兜里掏出半盒烟，递给唐鹏鹏一根，两人一起在台阶上坐了下来，一边抽烟一边聊天，葛卫简要地把他这两年的经历和唐鹏鹏说了说。

"还不错，我们刚认识的时候，我就觉得你是个有想法的人。"唐鹏鹏吐出一口烟，真诚地为葛卫感到高兴。

"你怎么样？说到想法，我记得你之前说的'农村包围城市'，现在实现得怎么样了？"葛卫记得他和唐鹏鹏第一次见面聊天的时候，唐鹏鹏那时也很有想法、很有激情，他们相谈甚欢，虽然两人时隔两年没见，但是依旧感觉和对方有种志同道合的惺惺相惜。

"还在付诸行动中，如果不是受伤，山上的围栏应弄得差不多了。"说起想法，唐鹏鹏就打开了话匣子。他告诉葛卫，退伍后，在家里滞留了一段时间，发现村里几乎所有的青壮年甚至包括部分中老年人都外出务工了，只剩下一些老年人和儿童留守在家，村里的很多

175

农田、山丘都荒废了，他便萌生出就在农村干点儿什么的想法。随后，他查阅了一些资料，也多方面了解了一些行业的情况，几经考虑后，他就确定了先在农村立足，再走农村包围城市的发展路线。于是，他依托退役士兵创业就业的补助政策，用自己的退伍费在农村里承包了一些山林和田地，搞养殖、搞种植。他从山上种果树、圈地养猪牛羊，到变农田为池塘养鱼喂鸭鹅，另外还因地制宜搞园林种植，总之，他把能利用的土地全部利用起来，能干些什么项目都干起来。当然，他的想法很多，也想尽可能地把规模弄大一点儿，可他只有那么多的本钱，搞养殖、种植前期资金投入是很大的，他不可能一口吃成一个胖子。尽管他把当兵五年攒下的工资和退伍费都投进去了，他的父母也把积蓄拿出来支持他干事业，甚至还从亲戚朋友那借来一些，但资金还是有限，他只能分批次分项目来，一点点地起步，一步步地前进。

  按照唐鹏鹏的设想，以他的投入，经过三四年，就能产生收益，他再用收益来扩大生产进行再投入，如此慢慢发展。但是，天有不测风云，去年年底，他的母亲生了一场病，做了一次手术，因为他们家把家底都投在了山里和地里，日子全靠熬着过，所以母亲治病的医药费让他们家一下子陷入困境，只能举债生活。而祸不单行，刚过完年，他要在承包的山丘上圈地打桩，为了节省开销，他和他父亲没有雇用机器也没有请人，而是自己动手干，上个星期，他和他父亲在抬水泥柱子上山时，他父亲不小心一脚踏空，两人一起摔下高坡，柱子的一端砸在他父亲身上，导致他父亲身上多处骨折，受伤严重，而他也摔断了小臂。于是，就造成了他父亲病重住院，相对而言是轻伤的他在陪护的现状。

  唐鹏鹏和父亲在医院里住了几天，万幸的是他父亲的身体经过治疗，有了好转的迹象，他的手臂也慢慢得以恢复。可唐鹏鹏这几天还是很窘迫，一方面，他山上和地里有很多要做的事情耽误了，身体不是很好的母亲一个人在家根本应付不过来。另一方面，他和父亲两人的医药费还没有着落！他实在拿不出钱了，两人住院前，已经向亲戚朋友都借了个遍。别说医药费，连这两天在医院里吃饭的生活费都用没了，他陪护的这几天都没舍得租陪护床，而是在走廊里的椅子上铺上两件衣服对付着睡的。这天晚上，他的心里实在烦躁得很，就出来抽根烟，顺便透口气，没想到就碰到了葛卫。

"战友，你太不容易了，你这是在拼命！"听完唐鹏鹏这两年的经历，葛卫心里一阵颤动，他很受感染。

"不拼命还能拼什么？人皆与命争。"或许是和葛卫说了一大通，唐鹏鹏心里的烦闷也得到了暂时的宣泄，他轻松了不少，还是那样微笑道。当然，对于自己的窘迫，唐鹏鹏只是轻描淡写地带过，他没有诉苦的意思。

"需要帮忙吗？"尽管唐鹏鹏掩饰得很好，但葛卫也看出来他的难处了，葛卫摸了一下衣服兜，认真道，"我们都是战友，有困难，团结起来一起克服。"

"这个时候，大家都不容易。"唐鹏鹏想到葛卫退伍回来没几年，应该也不方便，更何况这只是他们第二次相识，便有些不好意思地躲闪着道，"熬，肯定是能熬过去的，只是不太好熬……"

"你等我一下。"葛卫看出了唐鹏鹏的难为情，随后，他从兜里掏出钱包拿出银行卡，在医院门口的自动取款机里取出两万块钱，交给唐鹏鹏，"哥们儿就这些，先应急，不够再一起想办法。"

"那……那好，我尽早还你。"这个时候的唐鹏鹏也没有矫情，现在的他确实需要钱，他很感激葛卫的真诚，红着眼圈从护士那里借来纸和笔，给葛卫打了张欠条。

"我们都是退伍兵，一起加油！当过兵的，怕什么？"葛卫给唐鹏鹏打气。

第三十三章
双重压力

　　春天过去，到了五月初，立了夏，邵州市就正式进入热天了，晴天的太阳有了烈日的灼热，昼间的最高气温达到三十四五度，和酷暑无异，当然，这个季节的雨水也多，有时候一场雨可以断断续续下上好几天。

　　"终于一家团聚了！"这几天，马超群他们家的安置房装修好了，马爸爸和马妈妈挑了个日子，从工地搬到了新家，马超群也终于有家可以回了。不过，对他来说，回家住和在外面住没什么两样。

　　工作上没什么事情，家里也用不着他，自退伍回来，马超群在马爸爸和马妈妈的庇护下，不自觉地成为一个闲人，他们家的经济条件还算不错，马爸爸和马妈妈尽可能地为马超群创造舒适一点儿的生活环境，这也是做父母的人之常情。不过，马超群闲归闲，有些事情还是需要他亲力亲为，在年初的时候过了生日，他也有二十六周岁了，马爸爸和马妈妈都觉得他该正儿八经地找个对象了。这几天，马爸爸和马妈妈颇为着急地要替他去张罗相亲的事情了。

　　然而，令马爸爸和马妈妈啼笑皆非的是，他们颇为热情地让亲戚朋友们帮着留意身边的合适的女孩子，在经过几次的介绍以及马超群有意无意的去约会后，都半路夭折，没有下文了。马爸爸和马妈妈的心没少操、好话没少说，却是徒劳无功，他们也感觉到伤脑筋。更为尴尬的是，几番做媒过后，马超群成了那些介绍人眼中不靠谱的人，说他难伺候，对介绍的对象不是这里不满意，就是那里没有感觉，眼光很高，他们表示身边实在没有合适的女孩子了，都不愿意给他介绍对象了。

其实，说马超群眼光高，还真是有点儿冤枉他，他一直在找那种让他有特别感觉的人，这种感觉，来自于他对张娟的念念不忘。是的，他的心里还沉迷于他对张娟的那种说不清、道不明的情感之中，以至于他在和别的女孩子有情感上的接触时，他都不自觉地想找一个和张娟相像的，并把她们和张娟做比较。结果，可想而知。但马超群还没有意识到自己有这种毛病，他对张娟的情感，还是一如既往。比如，前几天，交警支队新调进来几个同事，其中有一个女孩子从背影上看上去和张娟像极了，正面也有几分神似，他就有点儿蠢蠢欲动了。

"孙哥，在忙什么呢？"这天，马超群来到人事科的办公室，很热情地和几个平时都称兄道弟的同事打招呼，随后在人事科孙科长的办公桌对面坐了下来，殷勤地问道，"这么厚一堆资料，都是什么啊？要不要帮忙？"

"前几天来了几个新同事，他们的资料还没整理出来呢，都在这儿。"孙科长是个有些秃顶的大叔，戴着副眼镜，当初马超群来交警支队报到，就是他亲自接待办理相关手续的，当然，一起接待的还有他们的副局长、马超群嘴里的刘伯伯。随后，孙科长像是明白了什么似的，接着笑道："怎么，这批新同事中有熟人？还是有什么别的想法？"

"没有，哪能呢！"马超群连忙打着哈哈站了起来，绕到孙科长的身后，帮他按摩颈椎，笑道，"我是看孙大科长为了工作日夜操劳，身体乏累，就想着来看看有什么需要打下手的，为您分忧来了。"

"别来这一套。"孙科长躲闪着把身体坐直了，然后指着那一沓资料道，"喏，资料都在这，有点乱，你看完后，帮我装订好。"其实，那些新同事的资料只是些个人的基本简历，没有涉及什么隐私，而且过几天会在交警支队的内部网上公示的,既然马超群想提前看,他就做个顺水人情了。

"好呢。"马超群又坐了回去,拿着那些资料帮着整理起来。他有"近水楼台先得月"的优势,他要"先下手为强"。就这样,他很快找到了那个女同事的资料表,率先知道了她叫朱静,年龄比自己小两岁,是警务中心的话务员等相关信息。

"你好,朱静!"在摸清了想要追求的女孩子的基本信息之后,马超群很快就付诸行动了,这天下午,下班后,提前几分钟走的马超群在交警支队门口等到了一个人出来准备打车的朱静,和她搭讪。

"你是?你找我?"朱静不认识马超群,有些防备地问道。

"我可以追求你吗?"马超群追求女孩子的方式很直接。

"我有男朋友了。"面对如此敏感的问题,站在人来人往的马路边的朱静一下就脸红了,脱口而出道。

"我知道。"马超群却面不改色、恬不知耻道,"不过我有信心让他成为你的前男友。"

"你……神经病吧?"朱静的脸更加红了,竟一时不知道怎么反驳马超群了,只好骂了一句。

"我没有神经病,上周才体检过的。"马超群笑嘻嘻地贫嘴道,接下来,他充分发挥死缠烂打的嘴上功夫,半开玩笑半认真地左一句、右一句,硬是让朱静记住了这个她来到交警支队上班后第一个公然骚扰她的马超群。

如果说,马超群最近的工作和生活状态用轻松和悠闲这两个词语来形容似乎还有点儿不够火候,应该换成很轻松,甚至是闲得发慌。那么,在这段时间里,刘海波的状态却是截然相反,他是又忙又有压力,甚至是很忙、很有压力。

杜青青怀胎十月,瓜熟蒂落,就在她上班的中心医院生了个女儿。刘海波当爸爸了!初为人父的他自然是欢喜得不得了。一条新生命的诞生，是多么神奇。这两天，他寸步不移地在医院里照看着杜青青和女儿，他还给女儿取了个小名为盼盼，一是盼着她健康快乐地成长，二是盼着她以后能有所作为。

很快，杜青青出院在家育儿，刘妈妈从绥平县的乡下赶过来照顾儿媳妇坐月子，杜爸爸和杜妈妈也轮流过来帮忙照顾，刘海波和杜青青的家里达到了从未有过的热闹。然而，几天激动的护理假过去，刘海波要去上班了，他的心绪经历了一次跨度极大的落差：从还没来得及细细品尝身份升级的喜悦中，跌落到要为这个身份的改变而负责的焦虑中。

刘海波近期颇为焦虑，他的焦虑来自工作和生活的双重压力。工作上，刘海波来到乡政府上班有一年半了，按理说，他已经熟练掌握相关业务技能，甚至得心应手了，但现在的情况是，他要做的事情越来越多，忙得焦头烂额：从他来乡政府上班的第一天，他就想着要好好表现，有什么事情即使多干点儿他也任劳任怨，别的同事有什么需要帮忙的只要开口他就尽力而为，这样的情况时间一长，以至于乡政府大楼里一有什么事情，很多人就要来找他，他分内的也好，帮忙的也好，都少不了他，他成了乡政府一名出色的、缺其不可的干将。然而，自从当了父亲之后，刘海波的精力不得不分散了些，他想多挤出点儿时间来照顾家里，所以，他就有些为难了，当初肯干、能干的工作热情，不知道从什么时候开始变成了累赘，压得他很喘不过气。

当然，造成刘海波工作上困惑的原因，和他的成长环境和人生经历有很大一部分的关系。刘海波在部队的时候，就是出了名的老黄牛，他从义务兵转改为一期士官再到三期士官，十二年的性格定型期里，一直是围绕连队党支部干工作，勤勤恳恳，扎扎实实，连队说怎么干，就怎么干，他只管执行命令。到了乡政府上班后，他还是一样，让他干什么，他就干什么。另外，包括书记和乡长在内的其他同事，让他帮着干点什么，他也不会推辞，他不懂得拒绝。

另一方面，生活的压力也让刘海波颇为头疼，他是在年初买摩托车的时候意识到这个问题的：那天他要从家庭组建金里拿出五千块钱去购买摩托车，他顺便看了一下家庭组建金的存款总额和收支情况，却发现没有多少钱了。刘海波回想了一下，从他们买了房子之后，他和杜青青一直是很注重节省的，到他拿到转业安置费还了房贷之后，他们的家庭组建金余额也只是略有结余，而之后的一年多时间，或许是想着不用做房奴了，家里的经济宽裕了很多，至少不用过得那么紧巴巴了，他们也就慢慢恢复到买房子之前的消费习惯，家里的各项开销也就逐步增大。

"青青，我们家……"当时的刘海波还有些纳闷，他和杜青青每个月的工资都存入家庭组建金，怎么就这么不禁用呢？

"我们家怎么了？"杜青青躺在床上玩手机，那时候她的肚子已经不小了。

"没怎么，我们家该搞卫生了，我去拿抹布把这里擦一擦。"刘海波硬生生地把要问地憋了回去。一年多来，虽然经过他手用的钱，他心里有数，但家里一直是杜青青当家，很多事情都是她操心，他很理解杜青青，也知道持家不易，有些花销是看不见的，也是必需的。

如今，女儿的出生，使得家里的各种开销增加，刘海波想着他们之前就没有攒下多少家底，现在的他不得不再次为钱发愁了。

第三十四章
矛盾突现

转眼间，到了五月中下旬。

"这鬼天气，真热！还是下点儿雨凉快些。"这个月，连着两个星期都是艳阳天，持续的高温，让邵州市人们再次感受到了酷夏的炎热，大家都希望多下几场雨，哪怕阴天降降温也好。

不过，天气的好坏，没有影响到葛卫餐饮店的生意。这段时间，葛卫餐饮店的生意又到了餐桌满员且晚上好于中午的阶段，店里的十二张餐桌基本每天都坐满客人。这段时间里，他和三个阿姨加上一有时间就来勤工俭学的张茜，几乎是忙得不得闲。当然，葛卫很喜欢这种忙碌，他巴不得一年四季都是这样。

餐饮店的生意很顺，让葛卫心情不错，同时，让他略微心宽一点儿的，还有他和唐微微每天能正常联系了。自年后唐微微从家里去公司实习后，她就有时间来和葛卫打打电话、聊聊微信，比之前中断联系的局面好了些。

不过，唐微微在电话里告诉葛卫，她家里的意思是让她留在广州发展，反对她回邵州学院任教，以至于她都没怎么看书学习，也没有心思考教师证了。快六月份了，唐微微马上就要实习结束，面临何去何从的选择了，她好像也意识到自己的选择，会影响到她和葛卫的以后。所以，每当家人和她说起毕业之后的规划时，她就有些矛盾，还很苦恼。现在的她想不出有什么好的办法来解决这个问题，怎么选择都有些为难，只好一直逃避。

又过了两天，邵州市的上空还是一片湛蓝，没有半点儿要下雨的迹象，不过这两天的太阳没那么灼人了，气温稍微低了些。

这天，葛卫突然接到了唐微微打来的电话，告诉他一个好消息，说她们这批毕业生经过将近一年的实习，基本确定了以后的工作单位，而随着正式毕业，她们也就正式上班了，于是，她们趁着还在实习期内，时间上方便一点儿，就约着下个周末一起回学校拍毕业照、领取毕业证等。"我们很快就能见面啦！"唐微微想到可以趁机回邵州市和葛卫见面，心里还是挺高兴的。

"我等着你回来。"葛卫想到他们有整整一年的时间没见面了，他也很激动。

然而，生活处处充满意外，且有的时候，意外将它猝不及防的属性发挥得淋漓尽致。就在葛卫等着唐微微回邵州市之前的这个周末，他接到了一个电话，一个自称是唐微微的妈妈打来的电话。

唐微微妈妈在电话里问葛卫下午有没有空，她想找他谈谈。尽管感觉很意外，但是局促不安的葛卫连忙答应着。随后，唐妈妈把见面地点约在了一家距离葛卫餐饮店不是很远的茶楼，葛卫连忙放下手里的活儿，换了身衣服，赶了过去。

在路上，葛卫的脑海里一直在猜测唐微微的妈妈怎么会突然来找自己？谈谈？谈什么？他想到唐微微以前说过她家人反对她谈恋爱，心里顿时涌起一阵不好的预感，他想着此次谈谈，肯定不是好事，要是没什么事情的话，唐妈妈肯定不会无缘无故找女儿的男朋友谈谈的。

要不要给唐微微打个电话问问是什么情况？葛卫拿起电话，又放下了，他想到这个时候唐妈妈会来找自己，肯定是背着唐微微的。还是兵来将挡，水来土掩吧。葛卫做好了思想准备，决定以不变应万变。

"你就是葛卫？"很快，葛卫来到唐妈妈所说的茶楼，他一进门,就看到茶厅最里面的茶座上坐着一个烫着头发的中年女士,见其他位置上没有人,他便朝着里面走去,等他靠近后,中年女士先说话了,她没有起身,只是抬头问道。

"对,阿姨,您好,我是葛卫。"葛卫连忙上前回答,然后小心翼翼地在唐妈妈对面坐下,等着对方先谈。

"你的情况,我稍微了解了一下,你家是农村的,只读到高中,当过五年兵,前年退伍回来,然后开了一段时间干锅鸭货的餐饮店,生意不太好,后改为现在的饺子卤菜餐饮店,我说得对吧?"唐妈妈脸上没什么表情,很自然地把葛卫的人生履历陈述了出来。

"是的,阿姨。"葛卫喉咙有些发紧,他清了一下嗓子。

"你和唐微微在一起多久了?"唐妈妈板着脸,问道。

"将近四年了,我们……"葛卫刚想解释什么,就被唐妈妈打断了。

"四年了!这个死丫头,还骗我!"唐妈妈化着妆的脸上流露出生气的表情,咬着牙嘀咕了一句,然后不等葛卫把话说完,就又面无表情道,"当过兵的人说话都直爽,那我和你也有话就直说了,你们不合适,你和唐微微不要再联系了。"

"阿姨,我们……您听我解释……"尽管葛卫对此次谈谈已经有了思想准备,但是听到唐妈妈这直接的开门见山,他有些语无伦次。

"你不用解释什么,也没必要解释什么,这是我们家的决定。"唐妈妈的语气不容置辩。去年的时候,唐妈妈和唐爸爸就发现了唐微微谈恋爱的迹象,他们本以为,唐微微从小家庭环境就不错,又是大学生,这么优秀的女儿,就算在学校谈恋爱,找的男朋友也应该是各方面都比较优秀的青年才俊,而且在家境上起码也要门当户对,后来,唐妈妈通过对唐微微的旁敲侧击以及向她的同学有意无意地打听,知道了一些情况,让她没有想到的是,葛卫家里是农村的不说,还是一个高中生,当了五年兵只是一期士官退伍,又不是军官,到现在为止只开了一个小餐饮店!这样的条件,怎么能配得上她的女儿呢？所以，他们就和唐微微表示不让她谈恋爱，从那以后，唐微微知道了家里的态度，她和葛卫的联系少了很多。然而，在年后，唐妈妈发现唐微微和葛卫还有联系，就公开表示反对了，并和唐微微也谈了谈，当时唐微微嘴里说答应，背地里还是和葛卫藕断丝连。前一段时间，唐妈妈偷偷查看过唐微微的手机，找到了葛卫的联系方式，发现两人最近又频繁联系起来，她就和唐爸爸商量了一下，决定双管齐下：一方面，家里继续给唐微微施压，让她早点儿醒悟，别被一个穷小子给耽误了。另一方面由她来找葛卫谈谈，想从葛卫这边断了与唐微微的联系。

"你们家的决定？也是唐微微的意思？"葛卫一愣。

"我就和你直说了，我们家的家教是很严格的，从小我们对微微的培养，都是最好的，我们希望她能走上优秀的阶层，而她也一直在努力。我知道你们还年轻，微微在上学期间，和优秀的朋友多沟通、多交流，我们家权当作没看见。"唐妈妈没有回答葛卫的问题，但是她似乎有底牌，接着道，"现在你们也不小了，微微应该考虑她的婚姻大事了，你认为，不管是从学历还是从家庭上来说，你配得上她？你认为，你们会结婚？你们拿什么结婚？房子呢？车子呢？还是说再等个几年，你买车买房后再结婚？那么请问，要等几年？在这期间，她跟着你开餐饮店？每天在餐饮店里收银？洗碗刷盘子？再说，几年之后，微微多大了？她等得起吗？婚姻不是儿戏，也不是几句甜言蜜语、海誓山盟，就能糊弄过去的。婚姻是一辈子的事情，一步走错，就会毁了一辈子！我不妨告诉你，微微在广州，有很多追求者，他们各方面条件，比你要好得多，你懂我的意思吗？"

唐妈妈考虑的问题很现实，这几天她替唐微微和葛卫想了很多：葛卫现在还一无所有，拿什么给唐微微幸福？而唐微微在他们家是大小姐，怎么会跟着葛卫去开餐饮店？站在葛卫的角度来想，唐微微也只适合谈恋爱，不适合结婚，他们两个根本就不是一个世界的人。本来唐妈妈想着，唐微微在上学期间，谈个恋爱，只要不做出什么出格的事情，也就无伤大雅，等她毕业去广州工作了，两人自然就会分开的。然而，让唐妈妈下决心来找葛卫谈谈，其实还有另外一个原因：唐微微实习的外贸公司的老板，和唐爸爸是世交好友，唐微微和外贸公司老板的儿子宋铭也是青梅竹马，而且，宋铭长得高大帅气，才华横溢，去年刚从国外留学回来，准备接手他爸爸的外贸公司。最重要的是，宋铭从小就爱慕唐微微，并多次表达过非唐微微不娶的意思，唐爸爸和唐妈妈当然中意有家境、有学历又有能力的宋铭，去年唐微微实习的时候，他们就安排她到宋铭家的公司去，想着可以撮合两人修成正果。而现在，宋铭和唐微微已经非常熟悉了，宋铭依旧是对唐微微大献殷勤，而唐微微也没有拒绝的意思，两人大有日久生情的趋势，在这个节骨眼上，唐微微怎么能和别人纠缠不清呢？唐爸爸和唐妈妈以及宋铭怎能允许葛卫的存在呢？

"你好好考虑一下，你要是真为微微好，就应该给她一片自由的天地，她留在广州发展，比在邵州要好得多，她能走得更远，她更能得到她想要的东西，而这些东西你给不了，至少你现在给不了，你和她不是同一个世界的人。"见葛卫没有说话，唐妈妈继续说道，"今天来找你谈一谈，是想先和你通个气。你要是能听进去，那是最好。如果你非要坚持自己的想法，对唐微微还有什么企图，就别怪我们翻脸不认人。说句不好听的，只要有我们在，你就别想进我们家门。"

唐妈妈把她要谈的都谈完了，也就离开了。葛卫不知所措地坐了一会儿后，也失魂落魄地回去了。

第三十五章
难解问答

从茶楼出来，葛卫不知道他是怎么回到餐饮店的。自从听完唐妈妈谈的那些话后，他整个人就处于恍惚状态。

是的，葛卫一直是迷迷糊糊的，他整个人的思维都是紊乱的，身体也像经历了一场难以承受的冲击，神经几近麻木。回到餐饮店，他把自己关在阁楼里，什么也不干，就那么躺着。

"你们不合适，你们不要再联系了……"葛卫的脑海里反复回想起唐妈妈说的那几句话。自己和唐微微真的不合适吗？真的不是同一个世界的人吗？唐微微是什么世界的？自己又是什么世界的？自己真的配不上唐微微吗？唐微微如果和自己在一起，以后会怎么样？她想要的生活是什么样的？如果没有自己的出现，唐微微是不是可以过上更好的生活？真的是自己耽误了她吗？葛卫的脑海里不断冒出各种各样的问题，他也在不停地思考和寻找答案，但这些乱七八糟的问题似乎没有正解，他感觉头脑一片混乱，怎么理都理不清。

"唐微微会怎么想？她是想去广州发展，还是想留在邵州市任教？以她的层次，能接受开餐饮店的自己吗？就像唐妈妈说的，自己现在没有房子，也没有车子，什么也没有，拿什么给唐微微幸福？至少要有一定的物质基础吧，爱情是建立在面包之上的，毕竟，结婚是关系到两个人一辈子的事情……"葛卫胡思乱想着，这些问题，有他曾经想过的，也有要问唐微微的，当然，他没想过的，占大部分。

"怎么会这样？怎么会有这么多要面对的问题？"葛卫感觉所有的难题都交杂在一起了，让他无所适从，也让他措手不及。他和唐微微刚谈恋爱的时候，他只想着自己早点儿退伍，结束两人天各一方的生活，他认为回到邵州市就好了。等他真正退伍回来后，他想着自己必须做出点儿成绩来，即便苦点儿累点儿，只要有唐微微在身边就好了。而现在，唐微微毕业了，他们打算考虑以后时，却出现了最为关键的问题：他们到底合不合适？这个关键问题，让他陷入深深的自我怀疑，他不确定从前的种种是否正确，由这个问题而引发千千万万个问题，像水滴石穿般一点一点地侵蚀着他原本的理所当然的坚持和一贯如此的爱情观。

"难道真的和唐微微不合适？要放弃吗？因为一场谈话就放弃谈了四年的恋爱？还是要重新审视和确立自己与唐微微的关系？唐妈妈来找自己谈谈，会不会是一场考验呢？这种可能性不大吧？也不是没可能！可是为什么是唐妈妈来找自己谈谈？她是唐微微的妈妈！她代表着他们家啊！"葛卫不断地找问题，也不断地设想答案，最终这种无边际的问题和答案，无休止地缠绕在一起，越缠越紧，越紧越绕，让他喘不上气。

葛卫一直在阁楼里胡思乱想，不知道过了多久，一种因为极度费心伤神的消耗而带来的疲劳感悄然袭来，他闭上眼睛，半睡半醒。晚上，餐饮店营业了，邓姨到阁楼门口喊了他好几次，他都没有听到。邓姨以为葛卫这段时间可能太劳累了，身体不舒服，就任由他睡着了。于是，餐饮店里就由王姨、刘姨和她帮忙照看。

在随后的几天里，葛卫像掉了魂一样，整天没精打采的。他的脑袋里也不知道想些什么，只是机械地开门做生意，然后就让邓姨帮忙张罗着，甚至连吃饭的时候都很少看到他，不吃东西的他似乎感觉不到有多饿。

时间一天一天过去，眼看就到了唐微微回来的周末。在这几天里，葛卫的思想出现了很大波动，在唐妈妈和他谈谈后，他在想到唐微微以及可能要面对的唐微微的家人时，无形之中，有了一种处于劣势、被动的感觉，他意识到自己只是唐微微可以选择的对象之一，自己只是唐微微家给唐微微挑选的可以选择的对象之一，而且似乎是最不满意的那个。在经过将近一周时间的考虑后，葛卫认认真真地把那天唐妈妈找他谈话的内容分析了好几遍，也把这几天他所想到的问题反反复复考虑了好几遍，尽管他不想承认，但是，他又不得不承认唐妈妈说的有些话确实有一定的道理。是的，今年已经二十六周岁的葛卫不再是不谙世事的愣头青年了，他也懂些人情世故，看清些这个社会的现实。作为父母，唐妈妈的做法有她的理由和立场，而作为当事人的自己，虽然认为爱情和家境、学历、职业没有直接关系，但是不同家庭环境、教育层次可能会造成两人在世界观、人生观、价值观上有差异，或者尽管横向的差异很小，但也会有纵向的不同层次的差异，他清楚地意识到自己的层次和唐微微的层次存在不小的差距，而这种差距他是难以在短时间内缩小的。

"不！我不想放弃！我不想就这么放弃！当过兵的，怕什么？"尽管葛卫有些想明白了，但他还是不想轻易认怂，他和唐微微谈了四年恋爱，甚至他当初有很大一部分原因是为了爱情而选择退伍的，怎么会因为一次谈话而轻易发生改变呢？他不想被现实打败，他想尽最大的努力坚持一下。他想，只要他们两人坚信爱情至上，即便吃尽苦头、历尽磨难他也会义无反顾，坚持到底。当然，葛卫也想到，他和唐微微或许会像别的情侣一样，有修成正果的圆满结局，也可能会以分手而告终，但退一步说，即使最后他和唐微微的感情失败了，他宁愿败在和唐微微的感情上，而不是因为别的！

"还是要找个时间，和唐微微好好沟通一下，看看她是什么想法，然后把自己的想法告诉她。"魂不守舍了一段时间后，葛卫终于意识到自己这样颓废下去，似乎毫无意义，有问题，就想办法解决问题才是正事。于是，他想在唐微微回邵州时和她好好谈一谈，互相交流一下想法和打算，一起谋划一下以后。毕竟，就算没有这次唐妈妈来搅和，他们也该好好计划一下两人的以后了。

或许是造化弄人，这段时间里，葛卫和唐微微又中断了联系，葛卫给唐微微打了几次电话，都没有人接，唐微微也没有给他回电话，直到这周五的晚上，唐微微才给葛卫发来的一条信息，说她最近压力很大，明天她回邵州市，但是有变数，可能不方便来找葛卫了，但她看情况，尽可能地寻找机会，来和葛卫见上一面。

是的，唐微微所说的不方便，是因为唐妈妈也在邵州市。前几天唐妈妈来邵州的时候就计划好了，她先来邵州"办点儿事"，然后等着唐微微周末回邵州，她这几天把邵州市的事情处理完，就和唐微微一起回广州。这一切，很顺理成章，更没有什么纰漏，最多让唐微微觉得太不巧了而已。

"不管怎么样，我们还是尽可能地找个时间谈谈吧。"葛卫没有再给唐微微打电话，只是发了条短信回复道。

到了第二天，唐微微回到了邵州市，当然，是唐妈妈开车接的她。并且，在随后的几天，无论唐微微在学校拍毕业照还是拿毕业证等，都是唐妈妈全程陪同。对此，唐微微也说不出什么来，她只好迎合着唐妈妈的安排。不过，她也一直在找机会逃出唐妈妈的视线，去找葛卫。

几天过去，葛卫又约了唐微微几次，可唐微微都没有时间。确实，她一直都没有找到合适的时机，她也很发愁。

"明天就走了，今天无论如何都要出去一趟。"在办完学校的事情后，唐微微和唐妈妈打算明天回广州，面对唐妈妈的看管和葛卫那边的催促，唐微微却还没想到能单独出去的办法，她心烦得很。"要不和妈妈说有同学找自己？或者说约同学去邵州学院看一看？还是就说自己要出去一趟？万一妈妈问出去干什么，自己怎么回答？"在家里一直是乖乖女、从来没有向唐妈妈撒过谎的唐微微真的是遇到了难题，她在脑海中设想了几套方案，但她又觉得这不好，那也不行。

"要怎么办呢？"到了傍晚，唐微微和唐妈妈吃完晚饭，准备去收拾衣物了，这个时候她还是没有想到合适的"能出去一会儿"的理由，内心很是焦急。"不管了，撒谎就撒谎吧。"唐微微心里也很清楚，今晚是她和葛卫见面的最后机会，错过了就不知道下一次是什么时候了，她犹豫了半天，终于鼓起勇气，故作惊讶地说有东西忘记在学校了，和唐妈妈说她要回学校一趟拿点儿东西，并保证很快就回来。让唐微微出乎意料的是，唐妈妈只是看了唐微微一眼，没说什么，就同意了。

"十分钟后，到我学校的门口见面。"一出门，唐微微就连忙给葛卫打电话，两人约在邵州学院门口见面。

不过，唐微微不知道是，在她刚到邵州学院门口的时候，唐妈妈的车也出现在距离她不远的路边。

第三十六章
一地鸡毛

"这一年,你过得怎么样?"很快,在邵州学院门口,葛卫和唐微微见面了。两人有一年的时间没有见面了,突然又相逢,熟悉之中也陌生了不少。

"还好。"唐微微和葛卫在邵州学院附近走了走,来到了不远处的邵水河边。这个时候,河岸边上的行人还不多,两人一边散步,一边说着话。

"你对以后有什么打算?我们……"分别一年,来不及互诉相思,葛卫开门见山地问道。

"以后……以后的事情我还没想好。"唐微微迟疑了一下,她不知道要如何面对这个一想到就头疼的问题。

"你妈来找过我了,说我们不合适。"葛卫犹豫了一下,最后还是决定说出来。

"我妈找过你?她怎么会来找你?"唐微感觉到很惊愕,这是她没有想到的。

"我也不知道,她的意思是说我们不合适,让我不要再联系你了。"葛卫有些垂头丧气地说道。

"我妈怎么会来找你?难道……"唐微微没有听清楚葛卫在说什么,她还处于惊讶中,她心里想到的是,自己和葛卫的恋情早就被家里人掌握了?难怪这段时间,家里人总是有意无意地说要她以后就留在广州发展了,也经常提起和她关系还不错的宋铭……

"找就找了,这不是重点,重点是我们怎么办?我们……"葛卫突然抓住唐微微的手,急切道,"要不我们登记结婚?先斩后奏?或者我们去个陌生的城市,自己打拼?或者你说你想怎么样?我一定能做到!"

"葛卫,对不起,我也不知道怎么办。"唐微微回过神来,怔怔地看着葛卫,然后,她六神无主地哭了起来,"真的,葛卫,我的压力很大!我的家人也在问我这个问题,我不知道怎么回答他们。"

"那也……"葛卫想说的是即使不知道怎么办,那也是到了要做选择的时候了,至少,表示一下态度也好。

因为,唐微微的态度,对于葛卫来说,很重要!

"我不知道,我真的不知道!"唐微微突然歇斯底里地大声哭喊道,随后,她抽噎了几声后,继续啜泣道,"我知道这几年你对我的付出,但是,我爸、我妈,都想我回广州。尤其是我妈,我不想让她难过,不想给她丢脸!葛卫,你知道吗?在我小的时候,因为我奶奶重男轻女,好几次都要把我送人,但每次都被我妈拦下,她和我奶奶保证,我一定会和男孩子一样有出息的。我记得有一次我和弟弟打架,其实是弟弟打我,他反而摔倒了,家里人都说是我欺负弟弟,奶奶更是狠狠地骂我,只有我妈护着我。后来,我上学了,妈妈经常教育我,要我有出息,别给她丢人。我永远记得,在我读初中的时候,有一次我考试没考好,受到了老师的批评,家里人说我不是读书的料,也只有我妈维护我,可那次我在她的眼神中,看到了失望,是的,她那失望的眼神,我一辈子都不会忘记!同时,我一辈子也不想再看到!从那以后,我就一直努力,好好学习,我发誓一定要听妈妈的话,再也不给她丢人,因为我不想再看到她对我失望的眼神,一次也不想!"

葛卫没有说话,他也不知道要说什么。

"现在,我长大了,我更不会让妈妈失望了,我也不想让家里人说我不争气。如果我不回广州，如果我们贸然去结婚，我妈妈肯定会对我失望，我家里人也会对我失望的。葛卫，你知道吗？我不能让我妈失望。"唐微微擦了擦眼泪，她的思绪很乱，说话也是想到哪儿就说到哪儿，她喃喃道，"我不是不想和你在一起，只是，我也很无奈。"

"好了，不哭了。"葛卫递给唐微微一张纸巾，他心里似乎有了答案。

"我……"唐微微刚要再说什么，这时候她的电话响了，她掏出手机来一看，愣了一下，然后低着头，躲闪到一旁，按下接听键，电话里传来一个男的声音："微微，你们忙完了吧？明天几点到广州？我来接你。"

"没事了，明天上车后给你信息。"唐微微小声说了几句，匆匆挂了电话。然而，就在她想要接着和葛卫说话时，她的电话再次响了起来。电话是唐妈妈打来的，唐妈妈问她什么时候回去，唐微微连忙说马上就回去了。

"葛卫，我们先冷静一下。给我时间，我会尽快给你一个明确的答复。"唐微微要回去了，她不忍心看到葛卫为难，只好这样道。

"好吧。"葛卫目送唐微微离开。

在葛卫和唐微微沟通后的几天，他整个人的状态很不好，他有很多想不明白的纠结，也有很多解决不了的无奈，更有很多充满不甘的痛苦，这些纠结、无奈、痛苦交织在一起，让他痛不欲生，他越想越难受，越难受就越控制不住想去弄明白，他一天大部分时间都迷失在这个无休止的恶性循环中难以自拔。当然，在葛卫偶尔清醒的时候，他也无可奈何地想着要是有什么办法能让这一切快点儿结束就好了。这几天太阳照常在早上升起，黄昏落下，和平时没有什么两样。所以，他也只能煎熬着过。

其实，困扰葛卫的很多问题，都是他和唐微微的恋爱所衍生出来的。自从唐妈妈找葛卫谈过之后，他就开始思考他与唐微微的以后会是怎样、他和唐微微到底合不合适等一系列问题，以前他和唐微微都没来得及去想这些，而随着唐微微的毕业，这个关乎两人将来的问题在他们还没有意识到的情况下一下子凸显出来，并且随着唐妈妈的谈话而突然上升了高度。然而，当葛卫开始正视那些问题后，却发现他处于被动了，再到他和唐微微沟通后，他似乎没有了支撑：他从唐微微的哭诉中明白了唐微微的态度。说实话，他很失落，通过和唐妈妈的谈话，他对唐微微说到她的家庭环境等情况，也有些理解。是的，他们各自的成长环境不同，以至于他们的世界也不同，如果他们在一起的话，那些他们必须要面对的问题，就随之而来了。

不过，在现实生活中，有的人面对一些事情，他们能想明白却做不明白。是的，葛卫现在就处于这种状态，他虽然把他和唐微微的现状看清楚了，也把他们的关系想明白了，但是，他还是很不情愿去面对现实：他不愿意相信，自己和唐微微的感情要以结束收场，他不敢相信本来好好的一段感情，因为遭受到这些来自感情之外的因素被打击得无疾而终。甚至，他还在侥幸地想着他和唐微微到底还有没有将来？自己要做什么，可以做什么，才能让他和唐微微的感情回到从前。

然而，现实就是现实，葛卫再难过，也难过不出个所以然来。唐微微已经回广州一个星期了，这段时间里，他们一直处于冷静期，互相也都没有联系。纵然双方都有很多话想和对方说，但却不知道从何说起。

"卫哥，坐在那发什么呆？在想嫂子吗？"最近，马超群还是和以前一样，经常和朋友、同事一起来葛卫的餐饮店捧场，这天下班后，马超群和几个同事又来吃饺子，他一进门就看见葛卫无精打采地坐在前台发愣，便开玩笑道。

"没事，谁也不想，没什么想的。"葛卫苦笑了一下，连忙起身招待马超群等人。

"别太累了，钱是挣不完的。"马超群看出葛卫的状态有些疲急，以为他是忙餐饮店的生意累的，便笑言劝道。

"放心吧，真没事。"葛卫笑着，他看了一眼马超群的那几个同事，因为马超群和他们常来，葛卫和他们也都认识了，于是道，"要不今天一起喝点儿？"

"平时喊你喝酒，你忙得没个停，今天难得有空，一起来聚聚！"马超群自然是二话不说，拉着葛卫坐在他和朱静的旁边。和马超群一起来的几个同事，朱静也在其中，由于马超群经常去骚扰朱静，甚至和她办公室的同事混熟，然后有事没事就来串门，朱静也是一个颇为大方、豪气的女孩子，加上他们都在一个单位上班，每天低头不见抬头见的，两人倒也成了朋友。当然，也仅仅是朋友。

"承蒙哥几个经常关照小店，今天这顿酒算我请的，大家放开喝！"葛卫一来确实是想答谢一下这些经常来照顾餐饮店生意的熟人，二来他也确实想喝酒了。这几天他实在感觉难受，想借酒浇愁也好，想麻醉自己也好，这样他就可以不用去想那些乱七八糟的问题了。

"好！"在大家的起哄声中，几个人也没有客气，都坐了下来一起聊天一起喝酒，他们一会儿划拳、一会儿玩游戏，整个餐饮店的气氛都被带动起来。在这片欢笑声中，葛卫也感觉到稍微舒心了点儿。

生活一直在继续。经过一段时间的淡化，加上餐饮店的生意比较好，作为老板的他不得不操心这忙活那，葛卫逐渐把他和唐微微的情感问题沉到心底，把主要精力用在经营餐饮店上来。然而，有些事情的发生，确实是很无奈的。这天晚上，葛卫又接到了一个陌生的电话。

"你是葛卫吗？"电话的那头自称是唐微微的弟弟，他说话的语气透露着一股不屑和傲慢，很不友好。在得到葛卫确认后，唐弟弟在电话里问了一个让葛卫颇为敏感的问题，并直接表明了他的态度："你是不是还缠着我姐姐呢？你也不撒泡尿照照自己，看看自己有几斤几两？你真以为开了个餐饮店自己就是大老板了？信不信我让你连餐饮店都开不成？"

"你管得着吗？"本来就在为情感问题而心烦的葛卫很不爽地来了一句，随后就挂了电话。

"好，你有种，你给我等着。"电话那头的唐弟弟气急败坏，在葛卫挂断电话之前，他还一直在叫骂着，"一个傻当兵的……"

第三十七章
来者不善

一天又一天，不知不觉，到了六月底。

"这个月辛苦大家了，除正常工资外，每人多发五百块钱的红包。"在这段时间里，虽然经历了情感变故的葛卫的整个人状态很不好，但好在餐饮店的生意没有耽误，这得益于三个服务员阿姨和有时候过来勤工俭学的张茜的照看，在月底发工资的时候，葛卫给每人一个红包作为答谢。餐饮店有这几个做事实在的员工，葛卫确实既省心又放心。不过，已经是大三的张茜这几天就要放暑假了，她也准备去实习，所以，在发了工资这天下午，她和葛卫说明了情况，也就离开了餐饮店。

"小张这孩子，挺好的，既勤快又懂事，还是大学生。"张茜离开后，一起在葛卫餐饮店打工有一年时间了的邓姨颇为不舍，她像个长辈一样，不知道是冲着葛卫还是自言自语，"谁要是能娶着她当老婆，肯定是烧高香了！"

听到邓姨这么一说，葛卫一愣，一旁的王姨和刘姨也一愣：平时看到张茜中午赶时间过来帮着干活，晚上跟着一起收摊，和葛卫很般配，她们还以为张茜是葛卫的女朋友呢。

月底，葛卫的餐饮店又到期了，又到了和朱伯签合同、交租金的时候了。然而，朱伯上个星期去了白沙市他儿子家，葛卫给他打电话说这个事情，朱伯说不着急，等他下个星期回来再说。

又过了几天,这段时间一直是艳阳高照,热得很。从昨天下午开始,天空中不知道从哪儿飘来几团厚云,聚集在城区的上方,即使起了风,也没有被吹走的迹象,使得整个天色都阴暗了些,原本的酷热变成了闷热。

应该是要变天了,人们纷纷猜测道。

"下雨凉快一下,也好。"原本对天气不是很在意的葛卫这两天也热得不行,想着下场雨降降温也是不错的,只要不影响餐饮店的生意就行。这段时间,他尽可能不去考虑他和唐微微的情感问题,把心思都集中到做生意上来。他想,感情上的问题已经这样了,他赖以为生计的餐饮店可不能再出现什么问题。

然而,事与愿违,葛卫不知道的是,麻烦已经悄悄来临。

"你好,同志,我们是工商局的,这是我们的证件。"这天上午,葛卫正在制作饺子和卤菜食材,餐饮店走进来三个穿着工商局制服的工作人员,他们亮出证件后,开门见山地说明了来意,"有人投诉在你店里吃了饺子,回去后肚子疼。我们依法对你的餐饮店进行卫生检查,请出示餐饮店的营业执照、卫生许可证,你们个人的健康证。还有,我们要对食材进行抽样检查……"

"不会吧,我们餐饮店……好,我给你们拿。"葛卫有些意外,但是他并没有解释什么,随后就按照工商局工作人员的要求拿来相关证件,并配合他们执行相关的检查。

"具体化验结果要明天才能出来,今天餐饮店还是可以营业,但是所有食品都要留存一份,以备检查。"三个工商局工作人员在餐饮店检查了一圈,没有发现明显的问题,他们抽取了要化验的食物样品后,告诉葛卫等着结果。

葛卫当然有底气。

第二天下午,工商局一直没有打来电话告知结果,葛卫就主动打电话到工商局去问,结果对方匆匆说了句没事,就结束了。

不过,事情还没有结束。又过了两天,那三名工商局的工作人员又来了，他们说又接到了投诉，说葛卫的餐饮店卫生有问题。然而，经过他们一番检查，还是没有发现问题。

"小老板，你是不是得罪什么人了？"连着两次遭到投诉，但确实又没有什么问题，工商局的工作人员似乎看出了端倪，其中一个年龄稍大点儿的大叔看到葛卫是退伍军人出身，而他儿子也在当兵，所以他对葛卫有种亲切感，临走时，他颇为关心地问了葛卫一个问题。

"不会吧，我这个餐饮店开了两年多，每天都是正常营业，也没有和谁发生口角。"葛卫有些不解，其实他也想到了这方面的原因，害人之心不可有，防人之心不可无，难道是有人故意投诉的？和自己过不去？葛卫有些摸不着头脑了，他一向很好说话，不可能和别人结这种仇的。

"那你自己注意点儿，我们只是例行公事。"工商局大叔给了葛卫一句劝告，就离开了。葛卫按照大叔给的提示，排查了一圈，没有什么重要的发现，就只好作罢。葛卫想，只要自己餐饮店保证合格的卫生、严格按照规范来，就算检查也不怕。

如果说餐饮店无缘无故遭到投诉，企图让工商局的工作人员来找麻烦是偶然现象，那么接下来餐饮店遇到的事情，就让葛卫不得不重视起来了。

"砰！砰！砰！"这天深夜，也不知道具体是几点，本来就忙到晚上十二点多才打烊的葛卫睡得正香，突然，他被楼下的餐饮店大门传来的动静给惊醒了，他衣服都没披，就连忙起身下楼来看，只见餐饮店的卷闸门被几块大石头砸得面目全非，而附近却没有看到其他人的身影。

"怎么了？怎么了这是？伤到人没？谁这么缺德！半夜干这种缺德事？"同时被惊醒的还有附近的店铺老板和睡在楼上的朱伯以及邻居们，大家都披着衣服出来了，看到这样的场面，都议论纷纷："这事得报警！对，报警，让警察来处理！"

"好了好了，都回去休息吧，有什么事明天再说。"随着围观的人越来越多，大家你一言我一语，葛卫知道现场已经被破坏得差不多了，现在说什么都没有用，就算报警，警察来的意义也不大，估计闹事的人早跑了，再说了，大半夜的把警察折腾过来，也怪麻烦他们的，还是明天去派出所说明一下情况，报个案吧，葛卫想了想，只当是一些街头混混的恶作剧，选择暂时先息事宁人。

　　第二天早上，葛卫给餐饮店被砸的现场拍了照片，也到这片街道的派出所报了案，警察在听完葛卫描述的情况后，他们从照片中看到现场除了几块石头外，没有其他有用的线索，便判断要么是喝了酒的小混混半夜恶作剧，要么就是和葛卫有利益冲突的人使的阴招，但是不管是哪种情况，他们暂时没有办法采取什么行动，有个年轻的警察想到了一招："要不你在餐饮店周围装几个监控吧。"

　　"也对！"葛卫一想，餐饮店只有面对正街的那一边有监控，而靠近后搭的棚子这边没有，如果都有监控的话，至少可以看清对方是何方鬼神。

　　于是，葛卫便买来两个监控设备，请安装师傅调控好，连接到他餐饮店前台的电脑上，又找来修门的师傅把砸坏的大门弄好，才开店营业。然而，到了这天深夜，餐饮店又发生了和昨天一样的事情，再次被惊醒的葛卫起来看到大门又被人砸了，他连忙查看监控录像，终于发现对方是三个戴着帽子的年轻人，他们很是专业，一人拿几个石块砸完就跑，像有预谋一样。这次葛卫选择了报案，很快，派出所的警察来了，他们对监控视频进行了整理、分析，然后根据现场情况进行调查取证，一顿忙活后，决定立案侦查。

　　"以前没觉得这片的治安这么差！怎么最近总出现这种事情？餐饮店老板是不是得罪什么人了？"和昨天一样，很多看热闹的邻居们看着闪烁的警灯和被砸的乱七八糟的餐饮店大门，还是议论纷纷道，"这么搞下去可不行，住在这里担惊受怕的？餐饮店还能不能开了？我看迟早要关门。"

　　"对不住了，又给大家伙吵醒了。都散了吧，回去睡觉吧。"葛卫也很无奈，只能给邻居们赔不是。

或许因为警察的介入，接下来的两天晚上，葛卫的餐饮店终于恢复了平静。然而，到了第三天，餐饮店又出状况了。

"老板，来份饺子。"这天上午十一点多，葛卫的餐饮店里来了五个年轻人，为首的一个染着黄头发，戴着耳钉，胳膊上还有一处文身，另外四个人也留着怪异的发型，一副小混混般的打扮。

"一份饺子？"三个阿姨服务员还在后厨忙着，正在擦桌子的葛卫上前招呼道。

"对啊，不可以吗？"黄头发年轻人拿来一张凳子坐下，神情自若道："我们兄弟几个胃口不好，不能吃多了，点多了浪费。"

"可以。"葛卫只好道，"那行，那就来一份饺子。"

"饺子来了，开吃！"很快，葛卫从后厨端来一份饺子，但是，五个年轻人并没有坐在一起吃饺子，而是一人拿着一个碗，一人夹了一个饺子，分别到一旁的五张餐桌上"就餐"，同时他们还嚷嚷着，"老板，不好意思，我们有个不好的习惯，就是不喜欢和别人一起吃东西，必须要一个人一张桌子。"

"你们……"葛卫意识到对方来者不善，但是他想着既然开店做生意，就难免会遇到一些杂七杂八的人，他选择了忍让。

结果，这份饺子，五个年轻人吃了两个小时。他们根本不是来吃饺子的，而是一人占着一张餐桌，拿着手机在玩游戏。这期间，餐饮店其他餐桌陆陆续续来了几个客人，另外还有些本来要进到店里来吃饺子的客人看到餐饮店里满座了，就只好离开了。终于，到了下午两点多，过了餐饮店营业的时间点了，五个年轻人才慢悠悠地拍拍屁股走了。

"小老板，这是怎么回事？怎么还有这种客人呢？"客人走后，邓姨过来收拾桌子，她很气愤。因为这五个人，餐饮店里少接待了五桌的客人，损失了收入不说，还造成了很不好的影响，这明显是在捣乱！

"我也不知道，我不认识他们，也不知道他们有什么企图。"葛卫颇为头疼，他左思右想，也想不出他在邵州市会得罪什么人，怎么会有人用这种下三滥的手段来对付他呢?

"那要怎么办?"邓姨也很着急。

"先看看,他们应该不是正主。"葛卫一时也想不出用什么办法来对付这种很令人不耻的行为。

第三十八章
祸事横生

这几天，邵州市的上空被厚云笼罩，一直是阴阴沉沉的。

自从陆陆续续发生一些事情后，葛卫餐饮店的生意也受到了些影响，来餐饮店吃东西的客人也少了很多。是福不是祸，是祸躲不过。餐饮店还是正常营业，葛卫还是照常起早贪黑地为生计而忙碌。

"老板，来五份饺子，五份卤菜，两箱啤酒！"前两天才搞完"五个人占用五张餐桌吃一份饺子"的闹剧的那五个年轻人又来到了葛卫的餐饮店，这次，他们正常点了五个人吃的东西。

"你们……"邓姨一看又是这五个人，就生气地不想招待他们。

"没事，正好试试他们的底。"葛卫拉住了邓姨，然后冲着五个年轻人应了一声，就去准备他们要的东西去了。

"我跟你们讲，不是我吹牛，以前我在这片街道混的时候，靠什么出人头地？靠的是拳头！前年，我跟着我大哥在大街上遇到两个当兵的多管闲事，当场我就和他们干起来了，我一个人打两个……我跟你们说，当兵的，也就那么回事，在部队待傻了，回到地方后，什么都不懂……"那五个年轻人入座后，就听到那个黄头发的老大在那讲述他的光辉历史，四个小弟当听众，不时吹捧几句，一时间，整个餐饮店异常地吵闹。

"你们可以小点儿声吗？"过了一会儿，旁边有两桌客人实在难以忍受五个人的没素质行为，其中一个客人小声劝了一句。

"这是你家？不准我们说话？你懂不懂什么叫言论自由？"五个年轻人似乎就想达到这种效果，立即恶狠狠地道，"你们能吃就吃，不吃就赶紧滚！你们在这儿，还碍着我们吃东西了呢！"

惹不起，躲总可以了吧，那两桌客人吃完东西赶紧离开了。

大约一个小时过后，五个年轻人酒足饭饱，他们剔着牙，打着饱嗝，起身准备去结账，然而，为首的那个黄头发大哥来到前台，假装在衣服和裤子的口袋里掏了几下，然后故作惊讶道："不好意思，出门太着急了，没带钱，先欠着行不行？"

"这样不好吧，我这个餐饮店也是小本经营……"葛卫皱着眉头，他料到会是这样的局面。

"有什么不好的？江湖救急！听说你是退伍兵，退伍兵就是这么做生意的？"黄头发大哥玩无赖，故意大声嚷叫道，"哎，你们快过来看，这家餐饮店……"

"好，那就欠着。"葛卫左右看了一眼，压住脾气道。

"这就对了，大家都方便……"黄头发大哥一挥手，示意四个小弟可以跟着自己走了。

"前几天晚上也是你们搞的鬼吧？"这时，葛卫像是想到了什么，猜测道。这两天，他反复查看那天晚上的监控视频，发现砸门的那三个年轻人背影，和这五个年轻人中的三个很像。

"你说什么，我怎么听不懂？"黄头发大哥怔住了，停住了脚步，他没有承认，也没有否认。

"我看出来了，你们是给谁办事？"自己的猜测得到证实后，葛卫心里有了数，接着，他好似很懂规矩，道，"你们也是拿钱办事，如果你们缺钱，我可以借点儿给你们，就像你说的，江湖救急，没必要闹得大家都不愉快。"

"看出来了？还要借钱给我们？懂事！"黄头发大哥转过身来，点了一根烟，慢慢道，"钱，我们不用你借，我们不是黑社会，不收保护费。"

"那你们想怎么样？"葛卫有些纳闷儿，对方不图钱财，图什么？

"冲你这么懂事的分上，我告诉你个消息，这个消息，就当这顿饭钱了，行不？"黄头发大哥抽着烟，吐了个烟圈，道，"我们不想怎么样，就是有人不想让你继续开餐饮店了！你这个餐饮店，我劝你，早点儿关门，干点儿别的去吧，不然，你开一天店，我们就来一天……"

"你们这么闹，就不怕我报警？"葛卫不明白对方说的意思。

"报警？随便报，你开餐饮店，我来消费，怎么了？犯法？警察来了也不会抓我。"黄头发大哥很是理直气壮，随后他就带着四个小弟走了，到门口的时候，还不忘回头喊着，"这次的饭钱我们可是给了啊！"

"有谁不想让我继续开餐饮店？我开餐饮店，得罪谁了？"在五个年轻人走后，葛卫陷入了沉思，他实在想不明白，在邵州市，谁会和他有这么大的恩怨？他怎么会遇到这种事情呢？

葛卫想了很久，还是想不到谁会和他过去不，接下来，他又犹豫了很长时间，真的要把餐饮店关门？还是不去理会这些街头混混的恐吓？葛卫有点儿头疼，转而，他想着，如果真是自己开餐饮店影响到谁了，他可以改正，但是现在对方缘无故想置自己餐饮店于死地，就有点儿说不过去了。所以，他决定，继续开店。他要看看，到底是谁和他有仇。

在接下来的几天里，葛卫的餐饮店还是正常营业。同时，以黄头发大哥为首的五个年轻人依旧时不时地来骚扰，他们的出现很大程度上影响到了餐饮店的生意。葛卫和他们交涉了几次，但五个年轻人还是不依不饶，葛卫也报了警，然而他们一开始还和警察狡辩说没有证据证明他们犯罪，后来，他们和警察打起了游击，警察来了他们就走，警察走了他们就来，他们就像狗皮膏药一样，粘着葛卫的餐饮店不放。

"这么耗着，也不是个办法。但是，又能拿他们怎么样呢？"葛卫很憋屈，好在这段时间餐饮店的生意还算凑合，到目前为止，五个年轻人的行为还没有对餐饮店造成很严重的影响，所以，他也只能暂时压着火气，选择忍着。

又过了一个星期，到了这周六下午，邵州市上空的厚云层密度再次增大，使得原本阴暗的天色，更加压抑了，一场大雨即将到来。

"卫哥，来份饺子。"五点钟左右的时候，马超群穿着一套篮球服来到了葛卫的餐饮店里。

"刚打完球？"对于马超群的光顾，葛卫已经习惯了。

"对，今天休息，我和几个同学打了一下午篮球，这不，要下雨了，就各自散了。"马超群喝了口水，接着和葛卫聊天，他说本来他们想打完球一起来喝酒的，但是看着要下雨了，就都回家了，他顺路过来解决晚餐，吃完打算回家玩游戏去。

"等一下，饺子马上给你端过来。"葛卫和马超群说着话，他让马超群等一会儿，起身去招呼别的客人。突然，原来那五个年轻人又来了。

"老板，还是五份饺子、五份卤菜、两箱啤酒。"五个年轻人在马超群对面的餐桌旁坐了下来。而且，他们还是和以前一样没素质，若无旁人地大声聊天，黄头发大哥又在大放厥词："昨天，在邵水桥那边，又看到前几天我和他打过架的那个当兵的，你们知道吗？那小子看到我扭头就走了，被我打怕了！"

很快，邓姨给马超群端来饺子，马超群一边玩着手机一边吃饺子，葛卫则是又去招呼其他的客人了。

"这年头，还有谁傻到去当兵？要钱没钱，还吃苦受累的。"那五个年轻人在那煽风点火，其中一个小弟道："以前我家隔壁，就有一个当兵的，据说当了十多年，等他退伍的时候，连房子都买不起，一直租房子住，而他老婆早就上了别人的床了……"

"这年头，认钱！有钱就是大爷，没钱，什么都不是！"五个年轻人一直在大声地发表他们的言论，而且更加口无遮拦，"不过话说回来，那些当过兵的，比较听话，让他们干什么就干什么，等我家那个厂子弄好了，我就招几个当过兵的来看大门，当看门狗。"

"哈哈，这个主意不错！"一个小弟的想法引起了另外四人的哄堂大笑，五个人喝着酒，十分亢奋。

"哥们儿，当兵的惹到你们了？"这时，在一旁吃饺子的马超群听不下去了。他把筷子放下，有些生气地看着五个年轻人，长这么大，他还没遇到过这种没素质、没教养的人。

"怎么了？我们哥几个说话，跟你有什么关系？我们说当兵的怎么了？当兵的在我眼里就是这个！"黄头发想闹事，正找不到由头呢，他起身指着马超群做出一个鄙视的动作。同时，那四个小弟也站了起来。

"我是警察，你们放尊重点儿，不要侮辱当兵的！"马超群的脸色很难看，火气一下子就冒出来了！这几个人竟然公然辱骂当兵的，当过兵的马超群自然气不过，他刚想掏出工作证来表明身份，一摸口袋才发现身上穿的是篮球服，钱包证件什么的都在车上。

"吓唬谁呢？你说你是警察就是警察？我还是特工呢！"黄头发自然不相信马超群的身份，认为他可能也是个当兵的，便顺手拿起一个酒瓶子把玩，挑衅道："我就侮辱当兵的了，怎么了？你是当兵的？我听说你们当兵的挺能打？一个能打几个？要不我练练？"

"不要欺人太甚！"这个时候，从后厨给另一桌客人端饺子出来的葛卫看到了这边的情况，连忙跑了过来，他一直盯着这五个年轻人的，但就是这一眨眼的工夫，还是发生了状况，他冲着黄头发喊道，同时，他也拉住马超群，劝道，"小马，不要冲动！"

"小子，不敢了吧！"此时的黄头发觉得有恃无恐，他拿着酒瓶子拍了拍马超群的脸，继续叫嚣道，"来啊，练练！"

"练练就练练！"血气方刚的马超群怎么能忍受这种挑衅和侮辱？他随手抓住酒瓶子就往黄头发身上还击，两人扭打到一起。紧接着，那四个小弟有的拿酒瓶子，有的拿凳子，围了上来。

"不是我不走正道，是这帮小崽子太欺负人了！"此时的葛卫再也忍不住了，他示意一旁的邓姨报警，同时他看到一个小弟挥过来一个酒瓶子，眼看就要砸到马超群了，便直接跃过去挡在马超群前面，啤酒瓶砸在葛卫的手上，他一阵吃痛，随后，他和马超群一起，与对方的五个人打成一团。

"轰隆隆！"也是在这个时候，邵州市上空又厚又黑的云层中劈出一道十分耀眼的闪电，紧接着一阵震耳欲聋的雷鸣响起，随后，一场暴雨，如约而至。

第三十九章
生死未卜

瓢泼的大雨一直下，没有要停的意思。这场雨憋了好长一段时间了，似乎要下个畅快。

"快别打了，警察来了！"在葛卫的餐饮店里，葛卫、马超群和那五个年轻人打得正欢，原本有两桌食客早已被吓跑了，报警后的邓姨、王姨、刘姨想要来劝架，但是她们根本近不了身。

很快，急促、响亮的警报声盖过了哗啦啦的雨声，并由远而近。此时餐饮店里早已是一片狼藉，大部分桌椅被打碎了，地上还有成摊的血迹：有三个年轻人被打得躺在地上不能动弹了，嘴角流着血的葛卫和一个胖子小弟拧打在一块，衣服被撕烂、眼角也受伤的马超群和黄头发双双摔倒在地上，互相掐着。

"走！快走！"警笛声越来越近了，此时的黄头发似乎意识到了什么，他不顾被马超群勒着的脖子，憋着气冲着同伴喊道。要是被警察抓到了，吃不了兜着走的是他们，黄头发可不想栽在这里。而这个时候的马超群什么也不想了，他死死地勒着黄头发的脖子，不让对方有挣脱的机会。

悲剧的发生，可能只需要一秒钟的时间。"干！"在这个时候，一心想要脱身的黄头发已经顾不了那么多了，他挣扎着抽出被拧住的左手，在地上胡乱摸着，终于，他摸到一块砖头，他想都没想，就使劲往马超群的身上拍去。

"砰！"砖头拍在马超群的后脑勺上，马超群的脑袋"嗡"的一下，他双手一松，随后就失去了意识。

黄头发趁机爬起来就往门口跑。

"小马！"此时，一直和胖子拧打在一起的葛卫眼睁睁地看着这一切，他怒吼一声，竭尽全力将抓着他头发的胖子的手指头一根根掰开，并顺势一个肘击将对方击倒在地，然后连忙跃到马超群身边，此时的马超群已经不省人事了，紧接着，葛卫哭吼着捡起一旁的砖头向黄头发追去。

"都不准动！"在餐饮店门口不远处，葛卫用砖头砸到了黄头发，并一跃将他扑倒，死死抱着不让他挣脱，也就在这时，派出所警察赶到。

很快，不同程度受伤的葛卫、马超群和五个年轻人被送进了市中心医院。到了晚上，七个人的伤势有了初步结果：五个年轻人中，四个小弟不同程度地手脚骨折、肋骨骨折，黄头发轻度脑震荡，左手臂骨折。葛卫除了左大腿被酒瓶划出一道十厘米的伤口外，身上有多处轻伤，并无大碍。最严重的是马超群，他的头部受到严重外力撞击，导致颅内出血，还处于昏迷中，已经住进了重症监护室。

很快，警察联系上了几个受伤人员的监护人和家属，告知了他们打架斗殴以及伤势等情况。

最先赶到医院的是马爸爸和马妈妈，他们看到早上出门的时候还好好的，现在却一动不动躺在病床上生死未卜的马超群，伤心欲绝，马妈妈感觉像是天塌了一样，一时接受不了，晕了过去。然而，随后赶来的两个小弟的家属似乎已经习惯这样的情况了，他们看到小弟还能喘气，说了句"你们该怎么处理就怎么处理，要钱没有"就走了。

随后，派出所警察对这起性质恶劣的打架事件展开调查，他们很快就查清楚了葛卫、马超群和五个年轻人的身份信息，葛卫和马超群自然没有案底，而五个年轻人就有些复杂了：黄头发初中毕业后学了两年散打，仗着自己会两下子，就一直在混社会，经常给一些酒吧、歌厅看场子，充当打手，曾多次参与打架斗殴事件，是派出所的常客了。那四个不学无术的混混，其中两个还因为偷盗、勒索等行为有过案底。

"把这次打架斗殴的起因、经过，好好交代清楚！你们和餐饮店老板有什么矛盾？为什么多次到餐饮店闹事，从而发生打架斗殴行为？"接下来，警察对葛卫和五个年轻人分别进行了问话审讯。在打架斗殴这件事情上，五个年轻人和葛卫的供词差不多，加上有监控录像作证，警察很快就有了判断：五个年轻人是挑衅滋事，故意和马超群发生打架斗殴行为，而葛卫是在五个年轻人与马超群已经发生了肢体冲突，一个小弟用啤酒瓶砸马超群时，他才参与其中的，故而他是正当防卫。当警察询问五个年轻人和葛卫是否存在矛盾，为什么要三番五次地去骚扰葛卫的餐饮店时，他们就开始支支吾吾的，甚至不承认之前半夜是他们去葛卫的餐饮店制造麻烦的，经过警察严密审问，五个年轻人的供词在时间上出现了很大的纰漏，黄头发说"那两天喝多了，不记得了"。随后，警察深入调查五个年轻人到葛卫餐饮店闹事以及发生打架斗殴事件的动机，得到的答案是四个小弟表示他们只是听黄头发的，跟着他干的，而黄头发则是避重就轻地说他们只是赶巧在葛卫的餐饮店与马超群因为说话的问题而发生口角再发展到打架斗殴的，另外就什么都没说了。五个年轻人以为他们只是打了一架，和以前他们经历过的打架斗殴事件一样，顶多拘留几天，就没事了。然而，当警察告诉他们马超群是交警，因为那一块砖头的重击导致颅内出血可能成为植物人的消息后，那四个小弟瞬间傻眼了，黄头发则一会儿嚷嚷头痛，一会儿又嚷嚷手臂疼，说他也受了很重的伤，要先治疗伤势，再谈别的。

接下来的几天，马超群依旧没有醒来，还在重症监护室，五个年轻人也还在医院进行治疗，伤势不太严重的葛卫经过简单包扎腿上的伤口后，没事了。在这起打架斗殴事件中，虽然葛卫属于正当防卫，不用承担相应的法律责任，但他一直没有置身事外，本来和五个年轻人到葛卫餐饮店里来骚扰这件事情没有任何关系的马超群，却因为这件事情间接参与了打架斗殴事件，并且还受了重伤，他怎么能置之不理？马超群的情况很糟糕，中心医院的医生告诉说马超群什么时候醒来还是个未知数，面对这样的结果，别说马爸爸和马妈妈的感受，就连葛卫都接受不了。但是，事情已经发生了，当前最理智的做法是怎样才能"尽可能地让事情往好的方面发展"。此外葛卫还想到了一个问题，抛开马超群"不知道什么时候才能醒来"这个现实外，在这起案件中，作为交警支队的公职人员，马超群在表明了身份之后，和五个年轻人发生打架斗殴事件，他需要承担相关法律责任吗？这种情况怎么定义？是五个年轻人袭警？还是马超群太冲动了？为此，葛卫还去咨询过派出所的警察，警察给他的答复是整个案件还在调查中，具体的情况要等收集到证据之后，交给法院判决。葛卫不懂专业的法律知识，也不知道怎么去判断，他甚至去书店买来几本法律方面的书籍，想现学现用，然而，他拿着那些条条款款的书研究了半天，对一些问题也只是一知半解。不过他浅显地了解到在打架斗殴事件中，双方都有受伤的情况下，如果承担了民事责任，意味着可以减轻刑事责任。换句话说，在马超群和五个年轻人打架斗殴事件中，如果是马超群"冲动了"，他要承担法律责任，但如果他把五个年轻人的医药费等处理好，那么，他的刑事责任就可以减轻。

于是，葛卫先给马超群垫付了五万块钱的医药费，发生打架斗殴事件的当天，马超群办理住院手续的时候马爸爸和马妈妈还没赶来，伤势最轻的葛卫拿出了他要交给朱伯的五万块钱店铺租金先垫上了，然后，葛卫又把五个年轻人住院期间的治疗费用垫付了一部分，他想让马超群的刑事责任降到最低。

又过了几天，警察还在调查和处理餐饮店打架事件，而马超群还是在医院里躺着，有马爸爸和马妈妈在那里守着，葛卫也帮不上什么忙了，他把能做的做完后，就回到了餐饮店，这段时间，餐饮店一直处于歇业状态，他要继续开店谋生了。

然而，福无双至，祸不单行。接下来发生的事情，让葛卫始料未及：他的餐饮店遭遇了变故。

这几天，葛卫把因打架而被破坏得差不多了的餐饮店重新收拾出来，打算继续营业。或许是餐饮店里发生过打架斗殴事件，也或许是餐饮店出事造成了不好的影响，这几天餐饮店的生意明显不是那么好了。而且，葛卫还看到附近的街道上"不知道什么时候"也开了几家饺子馆和卤菜店，很多客人都跑到那边去了。

"或许过一段时间会好起来的。"一开始，葛卫还这样自我安慰，但是，很快出现的新问题让他彻底招架不住：朱伯不打算把店铺租给他开餐饮店了。

葛卫想要继续开餐饮店，就要继续交房租，这几天，葛卫看到朱伯从白沙市回来了，他便找到朱伯商量房租还能不能像去年那样晚点交，因为他的积蓄都花没了，而朱伯却说："小葛，不是当伯伯的不讲情面，你这个餐饮店闹得厉害，周围邻居都有很大意见，这个店铺，你还是不要租了，这两个月我也不收你租金了。"随后，朱伯还和葛卫说了实话：之前去白沙市带孙子的朱伯的老伴回来了，他们的孙子两岁多了，不用奶奶带了，老两口想用这个店铺继续开个小超市。

自从餐饮店出事后，一直就感觉心里很不是滋味儿的葛卫也说不出什么来了，他只好放弃了继续开餐饮店的打算。

说来也巧，让葛卫感觉不好的事情接二连三地到来，也是在这天晚上，他收到了唐微微发来的微信。

"对不起，阿卫，我们还是分手吧。"经过一个多月的思考，唐微微说她实在拗不过家人的劝说，她决定留在广州工作，以后就在那边发展了，同时她也决定和葛卫分手。

"好，我尊重你的选择。"一个人在餐饮店独自喝闷酒的葛卫似乎早就猜到会是这个结果。

第四十章
水落石出

很快，秋意徐徐而来。紧接着到了九月初，白露过后，临近中秋，邵州市的天气温和了一些，早晚的时候甚至有了丝丝凉意。

在这段时间里，从餐饮店老板变成无业游民的葛卫，回到了三年前他刚从部队退伍回来的时候，现在的处境甚至还不如那个时候。他用当了五年的兵攒下的工资和退伍费投资的餐饮店被迫关门了，这两年开餐饮店攒下的积蓄也都给马超群和五个年轻人垫付医药费了，现在的他一无所有，又回到了起点。

"需要再研究干点儿什么了。"葛卫在从朱伯的店铺搬出来后，他琢磨着要去找份工作谋生。但是他想干一份合适的、长期的职业，而不是一份只图挣钱的工作。所以，他没有轻易去选择什么，加上餐饮店出事后还有杂七杂八的事情需要处理，他也没有心思去好好研究。值得一提的是，在葛卫稀里糊涂的这一个多月的时间里，远在广州的唐微微成为她所实习的外贸公司的正式员工，并且还担任了一定的职务。同时，应唐妈妈和家里人的期望，以及在他们的全力撮合下，唐微微也答应了宋铭的求婚。

不管怎么样，生活依旧在继续。葛卫和唐微微已经没有联系了，所以他并不知道唐微微的情况，这几天，他找到一个很便宜的出租屋作为栖身之地，一边调整状态，一边隔个两三天到中心医院看看马超群，有时候帮着擦擦脸、按摩一下身体，有时候和他说几句话。马超群还处在昏迷中，医生表示目前还没有有效的办法能让他快点儿好起来，马爸爸和马妈妈通过关系，联系到白沙市甚至北京的医生，他们在看了马超群的病例后，给出的结果和中心医院医生说的一样：可能明天就会醒来，也可能一辈子都醒不来。马爸爸和马妈妈这段时间是"什么也不想了，只要马超群能早点儿醒过来，怎么样都行"。过了国庆节，接着就到了十月中旬。在经过两个多月的治疗后，打架斗殴事件中的五个年轻人的伤势好得差不多了，打架斗殴事件也有了新的进展！一直在和警察打拖延战的五个年轻人中的黄头发知道自己失手将马超群打成重伤，要承担的责任超出了他的预想，所以面对警察的调查，他一直是以先看病为托词，实际上却想着伺机跑路。在此次案件中，马超群的交警身份，造成的社会影响很大，派出所警察一直在医院蹲点，严密监视着五个年轻人的一举一动，黄头发根本没有跑路的机会。在这样的情况下，虽然黄头发一直很嘴硬，但是在医院跟着熬了两个多月小弟实在熬不住了，这天上午，警察对身体早已痊愈，却一直在医院里的四个小弟进行审讯，其中一个高个子小弟很老实地交代：打架斗殴事件发生前，他和黄头发大哥在家打游戏喝酒，他听到了黄头发大哥和别人打电话，说有笔轻松钱挣，说是去一家餐饮店找找麻烦，然后自己以及另外三个小弟就跟着黄头发大哥到葛卫的餐饮店来闹事了。

随后，警察又对黄头发大哥展开深入调查，他们在黄头发的手机里找到了高个子小弟说的那个时间段联系的电话号码，也很快调查出那个来自广州电话号码的户主信息，并且，警察还查到了黄头发的银行卡转账记录。

有了人证物证，警察再次对黄头发进行审讯，终于，黄头发对他带着四个小弟到葛卫餐饮店闹事的犯罪事实供认不讳。

五个年轻人不是无缘无故去葛卫的餐饮店找麻烦的，他们是受人之托，忠人之事，拿了人家钱财的。而这个人是唐微微的弟弟，也是黄头发的小学同学。

原来，在发生打架斗殴事件的一个多月前，也就是葛卫约正好回邵州学院办事的唐微微见完最后一面后，唐微微和唐妈妈一起回到了广州，第二天，唐微微去公司上班，唐妈妈和唐爸爸谈起了她回邵州处理唐微微情感问题的情况。"为了那个小子，微微都学会和我撒谎了。不过也还好，过两天她到公司正式上班，也就在广州安定下来了，这个事情也算过去了。"唐妈妈揉着脑袋，缓缓和唐爸爸说了她在邵州采取的行动，原来唐微微和唐妈妈撒谎去见葛卫时，唐妈妈一直在车里监视唐微微和葛卫的一举一动，就连唐微微接到宋铭的电话，也是唐妈妈见机透露给宋铭并暗示他打的。

"那就好，只要能留在广州上班，以后的事情就好说了。"唐爸爸对唐妈妈的做法并无异议。

关于唐爸爸和唐妈妈对唐微微人生大事的干预，家里的唐弟弟也有所耳闻，很巧的是，唐妈妈和唐爸爸说起的邵州之行，正好被回家拿东西的唐弟弟一字不漏地听到了。唐弟弟二十岁，在广州读大学，因为从小娇生惯养，所以他的学习成绩不怎么样，而泡吧、打游戏倒是在行，经常和一些狐朋狗友混迹于酒吧、网吧，属于典型的纨绔子弟。

没过两天，知晓姐姐一些事情的唐弟弟和几个好哥们儿一人带着一个女朋友去酒吧喝酒，也是赶巧，他碰到了和客户来谈生意的宋铭。

"宋哥，今天又谈什么大生意？以后带着我一起发财啊。"唐弟弟和宋铭很熟悉了，他知道宋铭一直喜欢唐微微。并且，在唐弟弟看来，有钱、长得也帅的宋铭，是成为他姐夫的最佳人选，也是对他以后最有帮助的靠山。

"等你毕业吧，我公司肯定需要你这样的人才！"宋铭为了追求唐微微，没少讨好这个未来的小舅子，唐弟弟平时有什么想要的，只要他开口，宋铭绝对会尽力满足，"你和朋友好好玩，今天我请客，你们随便喝。"

"还是宋哥给力！"在众多兄弟和女人面前，唐弟弟很有面子，也很开心。过了一会儿，宋铭的客人走了，唐弟弟也喝得七七八八了，他像是突然想到了什么一样，凑过去和宋铭说话："宋哥，你要是能追到我姐，我就叫你一声姐夫！但是，你知道为什么这么久，你还没搞定我姐？"

"为什么？"宋铭笑了笑，问道。对于他来说，唐弟弟谈不上有多好，也谈不上有多讨厌，在他的眼里，只要能用得上的，都是可以结交的。而且，唐弟弟这个问题，问到宋铭的心坎里了：以前，宋铭对唐微微表达好感，唐微微只是把它当作朋友之间的友谊，宋铭留学回来，唐微微到他家的公司实习，他开始正式追求唐微微后，唐微微躲闪着没有给他正面回应，但也没有明确拒绝，宋铭认为自己坚持下去，肯定会赢得唐微微的好感的，毕竟这一年来，唐微微对他的态度也确实在慢慢发生改变。然而，自从上个月唐微微去了一趟邵州，回来就一直心情不好，她没事就拿着手机发愣。宋铭问了好几次，唐微微都说没事，但是宋铭看出来唐微微是在掩饰着什么。

是的，那段时间唐微微的情绪确实很低落，一边是唐妈妈和唐爸爸的期望，一边是相恋了几年的葛卫，她很难选择，心里很不是滋味儿。她既不忍心让唐妈妈和唐爸爸失望，又狠不下心来和葛卫说分手，她一直处于左右为难的状态，而且，她知道宋铭对他的感情，只是她始终做不了决定。

"因为，事出有因。"唐弟弟说了一半，故意顿了一下，卖了个关子，随后才把他从家里听到的唐爸爸和唐妈妈的对话告诉给了宋铭，"我听家里说，我姐在老家有个男朋友！"

"是吗，还有这事？"其实聪明的宋铭猜到唐微微有隐情，只是唐微微不说，他也不好过问。

"宋哥，要不这件事情你交给我，我帮你搞定！"唐弟弟见宋铭很感兴趣，趁着高兴劲儿，他主动表示帮忙。

"你有办法？"宋铭喝了口酒，对着唐弟弟道。

"办法肯定有，当然，也需要一些业务费。"唐弟弟自然是有目的的，在他眼里，宋铭要是能成为他姐夫，对他家里，对他个人都是皆大欢喜的事情。

"你不是一直想要一辆车吗？姐夫送你了。"宋铭出手很阔绰，而且，他很擅长于这种投资。

"车就算了，我下个月就要去国外留学了，有车也没法开过去。"唐弟弟讨价还价道，"我家对我的零花钱管得严，而且，办这事，需要实打实的钞票，别的不好使。"

"你放心，下个星期你过生日，我给你包个大红包，绝对是你见过的最大的红包。"宋铭把杯中的酒喝完，许诺道。

"那事情就这么定了！"唐弟弟喜笑颜开。

果然，一周后，唐弟弟过生日，他收到了宋铭给的一个十万块钱的红包，这确实是他长这么大，收到的最大的一个红包。

收了宋铭的恩惠，就要办事。这天晚上，喝了酒的唐弟弟给葛卫打电话，想帮着宋铭把那件事情了了，他在电话里表明了身份，想让葛卫有点儿自知之明。然而，葛卫直接一句"管得着吗？"让他很生气。随后，唐弟弟立即就想到了他在邵州市的小学同学，也就是在邵州市当混混的黄头发。唐弟弟小时候在邵州市生活过，和黄头发早就认识，尽管唐弟弟后来跟着父母去了广州生活，但两人一直有联系。借着酒劲儿和被葛卫拒绝的恼火劲儿，他给黄头发"打电话，说有个生意谈一谈：五万块钱，给邵州市的一家饺子馆一点儿教训，最好是让他开不成店。那个所谓的餐饮店老板没啥背景，就是个退伍兵，癞蛤蟆想吃天鹅肉的农村人。

"这事拿手！好办！"接到电话的黄头发直接就答应下来。

于是，就有了五个年轻人到葛卫餐饮店发生的那一系列事情。

第四十一章
作茧自缚

葛卫接到派出所"餐饮店打架斗殴案件"有进展的消息的时候,是上午十点多钟,他正在一处建筑工地上做小工。

在餐饮店关门的这段时间里,葛卫一直处于失业状态,心绪烦乱的他对未来充满了迷茫。是借钱找个合适的地点继续开餐饮店?还是先安安稳稳地去打工,慢慢积累资本?或者去学别的技术,改行做别的?葛卫在邵州市兜兜转转地考察了几圈,始终没有找到让他觉得可行的事情。然而,在浑浑噩噩一段时间后,他很快就捉襟见肘了。这期间,他想到几个月前借给了唐鹏鹏两万块钱,随后他又想到,唐鹏鹏那时候的状况很糟糕,现在估计也好不到哪里去,所以,他又放弃了去找唐鹏鹏要钱的念头。同时,他也想回到农村的家里待几天,然而,他又不知道自己在家里能干些什么,于是,就还在市里游荡着。这天,葛卫在找工作的过程中,看到一处建筑工地上招搭建支架工作的小工,工资一天两百块钱,感觉还不错!于是,他就上前去了解情况,很快,他打听到小工就是跟着大工师傅搬运支架钢管、脚手架固定等事情,无非就是累一点儿、辛苦一点儿,他自认为能够干得了,便找到包工头说明来意,包工头让他跟着干一天试试。一天过后,葛卫很上手。就这样,他就成为建筑工地上一名支架小工,也住进了工地的彩钢房里。

很快,葛卫赶到了派出所,配合警察对"餐饮店打架斗殴"案件进行处理。自葛卫餐饮店遭到多次投诉到半夜有不明人员袭击再到发生打架斗殴事件，都是五个年轻人搞的鬼。黄头发在拿到了唐弟弟的五万块钱后，就想尽一切办法来挣这笔轻松钱，他本以为可以通过软硬兼施的方法让葛卫知难而退的，不料，他的如意算盘落空了。而且，让黄头发以及四个小弟都没有想到的是，他们会把事情弄得这么大，还导致马超群受了那么严重的伤。

"你和广州的那人有什么矛盾？"在五个年轻人坦白交代清楚他们的犯罪行为后，派出所的警察立即联系广州警方，他们要对唐弟弟实施抓捕。但是，目前的他们还搞不懂唐弟弟要找葛卫餐饮店麻烦的动机是什么。

"我不认识他。"葛卫很是莫名其妙！但是，他也很快意识到，这应该是和唐微微家里有关系。随后，葛卫给唐微微打电话，看看他们家是什么意思，怎么会闹出这样的事情来。自从餐饮店出事、马超群受伤陷入昏迷、自己下一步的出路问题以及警察处理打架斗殴事件等交杂在一起，葛卫也没有心思考虑儿女私情了，所以这段时间他没想过再联系唐微微。然而，葛卫接连打了好几个电话，对方都没有接。

葛卫不知道的是，经过近两个月的情感升温，唐微微和宋铭结婚了，也是在这天，唐家和宋家两家人正欢欢喜喜地在酒店办婚礼。婚礼上的唐微微看到葛卫的来电，她以为葛卫知道她今天结婚，想挽回一下，所以，她故意没有接电话。

"怎么会这样？"在知道五个年轻人只是打手，而唐弟弟才是幕后黑手后，葛卫突然想起之前唐弟弟给自己打过一个警告电话，只是那时候的他心情很不爽，就没当回事，他怎么也没想到，事情会发展成这样，他隐隐约约感觉发生的一切可能都是他和唐微微的关系导致的。"他们家到底是什么意思？"葛卫越想心里越不是滋味儿，他的心底不由得冒起一股怒火，是的，他很生气！他和唐微微都已经分开了，为什么还要对他进行报复？这也太欺负人了吧！葛卫恨不得立即跑到广州，去质问唐弟弟居心何在？去搞清楚唐微微的家人到底要干什么？

葛卫生气归生气，但这件事已经有警察介入，就应该按照法律程序来解决。过了两天，广州警方传来消息，有好的方面，也有不好的方面：好的方面是他们已经联系上了唐弟弟以及唐弟弟的监护人唐爸爸唐妈妈，唐弟弟一开始否认他的行为，但是当警方拿出黄头发提供的证据后，他不得不承认是他授意"想让葛卫的餐饮店开不下去的"。不好的方面是唐弟弟已经不在广州了，他于半个月前去国外留学了。目前，广州警方正在做进一步的处理。

"怎么会这样？"很快，就轮到唐爸爸和唐妈妈面面相觑。听到警方说唐弟弟犯罪了，他们除了震惊还是震惊。按照警方的指引，他们联系上了唐弟弟，在劝其回国接受法律惩罚的同时，也从他的口中得知整个事情的原委，这是他们怎么也没有想到的。

"现在要怎么办？"唐爸爸和唐妈妈很是焦急，唐弟弟的行为实在太荒唐了。但是，他们好像又找不到责怪他的理由来。这件事情，他们也有责任！如果不是因为干预唐微微和葛卫的关系，如果不是因为他们操心唐微微的前程……可能也不会出这样的事情！他们既痛心疾首，又无可奈何。为了女儿的幸福，把儿子的一辈子搭进去，这笔账，怎么算都太划不来了！

很快，唐爸爸和唐妈妈把唐微微和宋铭找回家，召开家庭会议，和他们说了唐弟弟的事情，并想一起商量怎么解决。当然，对于唐弟弟的事情，唐妈妈避重就轻地说了他的本意是"为唐微微和宋铭好"，对涉及他们插手唐微微和葛卫的关系的事情，都经过了处理。然而，即使这样，唐微微也接受不了，濒临崩溃：在她和葛卫的关系中，她的家人肯定背着她做了很多别的事情！她不敢相信坐在她对面的父母是这样陌生。也是巧了，这几天，唐微微的身体颇为不适，她一激动，想愤然离席，不料一起身，一阵天旋地转，竟然晕了过去。一旁的宋铭没有想到，当初唐弟弟助攻他和唐微微，会惹下这么大的麻烦，他连忙撇清他的责任：给唐弟弟的红包，仅仅是给他的生日礼物，随后，他抱起唐微微去了医院。

唐家的家庭会议不欢而散。

第二天，血糖低导致脑供血不足而晕过去的唐微微醒来了，经过一晚上的冷静，她还是感觉很痛苦，很难以接受。但事已至此，即使她再难受，她也不能改变什么了。"对不起，妈妈这样做，也是有原因的……"在唐微微的情绪终于平复了些后，她收到了唐妈妈发来的微信。昨天的家庭会议结束后，唐妈妈和唐爸爸一晚上没睡觉，一直在研究对策。干预唐微微和葛卫的关系所导致后续的事情的发生，是他们始料不及的。但是眼下，救唐弟弟是最重要的事情，他们要想尽一切办法来保住唐弟弟。唐妈妈在微信里向唐微微道了歉，说不该替她做主，但现在不是追究责任的时候，希望她能以大局为重，最好是给葛卫打个电话说说，看看能不能把唐弟弟所做的事，大事化小，小事化了。躺在病床上的唐微微看完微信，泪流不止，她实在不知道要怎么做，她从手机里找到葛卫的电话，却没有勇气拨出去。

又过了一天，在邵州的葛卫没有接到唐微微的电话，却接到了唐妈妈的电话。在指望不上唐微微后，唐妈妈只好亲自打电话给葛卫，并且，她连夜赶回邵州市，想约葛卫再谈谈。

这天中午，唐妈妈约葛卫在上次的那座茶楼里见面，不过，这次她早早地就在门口等着了。很快，葛卫穿着一件已经有些破旧了的迷彩服，趁着工地中午休息的时间前来赴约。

"小葛，屋里坐，想喝点儿什么茶？"唐妈妈很热情，和几个月前她第一次来找葛卫谈谈的时候形成鲜明的对比。

"阿姨，有什么事，您直说吧。"葛卫实在不喜欢和唐妈妈打交道，他开门见山道。

"以前，是阿姨不对，你要理解可怜天下父母心……"唐妈妈没有直说她来找葛卫的目的，而是围绕唐微微和葛卫的关系说一些题外话，她想先和葛卫拉近距离。

"阿姨，您到底想说什么？"五分钟过后，葛卫有些不耐烦了。

"那阿姨直说了，就是关于你餐饮店发生的事情，希望你不要介意……"唐妈妈终于说到了正题，她说那件事情是唐弟弟做错了，他知道错了，希望葛卫看在唐微微的面子上，能不能不追究，她还说唐弟弟年纪小，还不懂事，而且现在他刚去国外留学，不能因为这件很不应该的事情耽误了他的前程。她们家愿意赔偿葛卫的一些损失，另外，她还可以额外拿一部分钱来补偿葛卫。

"你打算拿多少钱来救你的儿子？"葛卫点了一根烟，面无表情地问道。

"你觉得多少合适？五十万？除了赔偿你的损失外，我再另外给你五十万，行不行？"唐妈妈听葛卫的语气像是有得商量，连忙开价道。

葛卫抽着烟，没有说话。

"八十万！"见葛卫没有反应，唐妈妈再次开口。

葛卫还是缓缓地抽着烟，冷笑了一声。

"一百万！"这个时候的唐妈妈有些急了，她几乎哀求道，"你不要狮子大开口，你知道一百万是什么概念吗？你有了这一百万，可以买房买车，可以……"

"阿姨，把您儿子叫出来，我把他打成植物人，我给您两百万，您愿不愿意？"葛卫咬着牙，一字一句道。

"你混蛋！"唐妈妈气急败坏地冲着葛卫喊道。

"我混不混蛋，您说了不算。"葛卫不等唐妈妈再说什么，他随手把烟掐灭，然后起身就走了。下午，他还要回工地干活挣钱呢。

第四十二章
何去何从

转眼间，到了十一月份，立冬之后，邵州市的气温一天比一天低，又到了所谓的冷天了。

经过半个多月的推进，派出所警察把涉及"餐饮店打架斗殴"案件相关材料提交给检察院，作为公诉机关的检察院按照司法程序对相关责任人进行鉴定和公诉，然后再由法院根据相关法律作出判决。终于，在这天下午，法院开庭对这起案件作出最后的宣判：葛卫属于正当防卫；马超群身为交警，在表明身份后，发生打架斗殴事件而受伤，属于受害者，无需承担法律责任；唐弟弟和五个年轻人因涉嫌挑衅滋事罪、故意伤害罪、袭警罪，分别被判处五到十年的有期徒刑，其中，唐弟弟被列为逃犯进行追逃。同时劝导作为监护人的唐爸爸、唐妈妈做唐弟弟的思想工作让他早日回国自首。法院还判处了唐弟弟和五个年轻人赔偿葛卫相应的经济损失。

走出法院大门，葛卫有些恍惚。到现在为止，持续了几个月之久的"葛卫餐饮店，马超群和唐弟弟、五个年轻人的纠葛"在法律上有了一个明确的结果，就连葛卫和唐微微的关系，也有了最后的定论，他感触良多。从今年的下半年开始，葛卫就一直被他和唐微微的关系以及"餐饮店的事情"所困扰着，经历了很多他本可以不经历却不得不被动地经历的事情。这些事情，改写了他的人生之路：一直影响甚至左右他选择的爱情没了，可以维持生计的餐饮店也没了，他需要重新走另外的路。

"要是那天马超群没来餐饮店就好了。"葛卫回想着这半年来发生的种种事情,他想到了"餐饮店事件"的前前后后,想到了还在医院躺着的马超群,心里很不是滋味儿。其实,自从那五个年轻人到餐饮店里来捣乱,葛卫就预感餐饮店会出事,只是他一直在忍着,但是兔子逼急了也会咬人,如果那五个年轻人还继续蛮不讲理下去,说不定哪天他也会因为某些事情和他们发生点儿什么,让他没有想到的是把马超群牵扯进来了,还造成了这么严重的后果。面对法院的宣判结果,葛卫对与之有直接冲突的五个年轻人的判决,已经没有了太多的感觉,即使给他们垫付了医药费,也就那样算了,对本来没任何关系却阴差阳错产生联系的唐弟弟,他也恨不起来,这是他咎由自取。现在,葛卫最挂念的还是躺在医院的马超群。马超群已经昏迷三个多月了,还没有要醒来的迹象,葛卫是多么希望当初马超群没有被卷到餐饮店事件中来。

葛卫懊恼了一阵,随后他也很清醒地明白,事情既然已经发生,再多的假如、如果、要是也已经无济于事了,看着马超群的现状,他想去做些什么却是有心无力,只能看他自己的造化了。从法院回来,葛卫去了一趟医院,看了看马超群,随后,他就回到了工地的宿舍,他安静地躺在床铺上,没有抽烟,在搓了搓脸后,就一动不动地躺着,在想着什么。

接下来,葛卫要认真地考虑他的何去何从了。现在的自己想干什么?能干什么?干什么才有发展?在没经营餐饮店的这段时间里,虽然葛卫也想过自己要干什么,但每次都是匆匆一想,而现在,他必须要集中精力、认认真真地来思考这个问题了,他有种不能再浑浑噩噩下去的紧迫感。

葛卫想了很久,试图找到一条现状下最合适他的路,然而,眼下他还是没有具体的打算。虽然,已经退伍三年的他,在对自己以后要干什么这个问题上,比刚从部队回来那时候,要成熟、有想法、贴近实际得多，但现在的他即使想到很多种出路，是继续开店也好，是学艺干别的也好，都涉及一个很关键的问题：成本。而他现在几乎是身无分文，尽管在餐饮店事件的最后，法院判处唐弟弟和五个年轻人要赔偿葛卫的各种损失，加起来有五万多块钱。但是，现实有着很尴尬的残酷：唐弟弟处于国外留学在逃，对于他的判决，是他的监护人唐爸爸和唐妈妈来处理的，他们对葛卫因为不肯放过唐弟弟而恨得牙痒痒，根本没有要赔钱的想法，而葛卫也不愿意和唐家人有联系，干脆就没和他们扯皮了。至于那五个年轻人，他们的医药费都是葛卫垫付的，哪还有钱来赔偿？

"着急也没有用，还是先安心挣钱，有了积蓄再说别的。"接下来的几天，葛卫还是没想好自己要干什么，于是，他为解决眼前的温饱问题而被动地付出劳动力，在建筑工地上继续做小工。葛卫想着现在的他只能靠打工来为以后干些什么打基础，打别的工，或许要比在工地上干活轻松一点儿，但是报酬肯定没这么高，做小工累就累点儿，只要能挣钱就行。而且，葛卫在工地上干得还不错，他跟着的大工师傅姓姜，是个四十多岁、满脸络腮胡子的大叔，姜师傅见葛卫干活不怕苦不怕累，比较喜欢他，并时不时教他一些大工师傅的技能，慢慢地葛卫就又学会了一项技术，没过多久，他也能带别的小工了。

又过了半个月，天气越来越冷了，在工地上干活也越来越辛苦。在风吹雨淋的恶劣环境下，那些需要徒手搬运的支架钢管冰凉不说，有时候还是会磕着碰着，加上又是高空作业，即使有安全防护、戴了手套，那也很吃亏。一段时间下来，葛卫的双手被冻得开裂，脸颊被吹得红一块、白一块，他的头发也长了，一直没时间去理，乱糟糟的，整个人看上去苍老了很多。不过，既然选择在工地干，苦累，他都能接受。还有，别的小工乃至大工师傅一个月总要休息个两三天，他一天也不休息，不知疲倦地努力着，他甚至觉得这种付出辛苦挣的钱，更让人心里踏实一点儿。

很快，到了月末，工地发工资了。这天，葛卫依旧习惯性地去了一趟银行，定期给他一直捐助的那两个贫困学生打生活费。从银行出来，他又来到中心医院看望马超群。葛卫隔三岔五就来医院看看马超群，不为别的，就想着万一哪天能看到他突然醒过来，和以前一样说话、吃东西像个正常人。葛卫相信马超群迟早会醒来的，他也希望这个时间不要太长。

"阿卫？"也是巧了，葛卫在医院住院部大厅等电梯去马超群住院的楼层时，突然听到身后传来一个熟悉的声音。

"海波哥！"葛卫回头一看，喊他的人是刘海波。于是，两人一起进电梯，葛卫和刘海波说话："你今天没上班？"

"今天是周日，休息。"刘海波也是来看马超群的，他和葛卫前后脚来到医院，他差点儿没认出已经变了模样的葛卫，有些惊讶道，"最近你在忙什么？"

"在工地上干活，每天都是这样。"葛卫摸了摸好几天没有刮的胡子，讪笑了一声。现在的他已经没有了周末休息的概念，他只知道每天都要干活，多干一天活才能多挣一天钱，至于头发长了胡子长了，天天在工地上和钢管、螺丝打交道，这些就显得都不重要了。

"走，先看小马去。"到了马超群住院的楼层，刘海波和葛卫一起到马超群的病房里看了看，马超群还是老样子。刘海波是后来才听说马超群住院、葛卫餐饮店出了变故的，他也难以接受这两个人同时出事，但现实就是这样，容不得他不相信。

看望完马超群，刘海波和葛卫下了楼，两人都不着急回去，他们就在中心医院找了个相对僻静的地方，坐下来说话。

"小马会醒过来的，一定会的。"对于马超群和葛卫的现状，刘海波除了在心里惦记着、关心着，他也帮不上什么忙，两人沉默了一会儿，调整了一下心绪，随后，刘海波问葛卫，"你最近怎么样？"

"还凑合，没什么别的事情。"葛卫也知道马超群的情况不是他们两人能左右的，他叹了口气，继续和刘海波说话。

"那你接下来有什么打算？"刘海波又问道。

"先在工地上干一段时间,看有什么机会,再去干别的。"葛卫边说边从兜里掏出烟来,但是,他一抬头就看到医院的墙壁上挂着禁止吸烟的标语,只好又把烟放了回去。

"慢慢来,你肯定行的!"刘海波给葛卫鼓劲,他相信,以他对葛卫的了解,葛卫以后肯定会有所作为的。然而,两人聊了一会儿,刘海波发现葛卫的情绪好像比较低落,有些担心他的状态,便想着开导他一下:"回头把头发理一理,胡子刮一刮,好歹也是当过兵的。你以前不是说过,当过兵的得有当过兵的样子,得有点儿精气神。"

"放心吧,我挺好的。"葛卫感受到刘海波的关怀,努力地笑了笑。这段时间他一直在工地闷头干活,很少和别人说话聊天,所以,他变得沉默了一些。随后,他像是清醒了一样,反问刘海波:"你最近怎么样?当爸爸了,感觉怎么样?"

"我啊,还是老样子。"接着,刘海波也简单地和葛卫说了说他的情况。

第四十三章
并不如意

刘海波轻描淡写地和葛卫说他还是老样子，但实际这半年来，他也经历了不少的事情。

从五月份到现在，刘海波一直在工作和家庭的双重压力下奋力挣扎着。而且，他感觉到两方面都颇为不如意，这个不如意，包括他对工作和家庭方面的不满意，也包括工作和家庭方面对他的不满意。

"这个月，家里的各项支出共三千一百五十块，其中给摩托车加油一百二十块……"生活上，最让刘海波头疼的是家里的经济问题，这个月底，他又清点了一下"家庭组建金"的开支情况，现在，他们家的生活很不好过，他和杜青青两个人的工资勉强刚刚够家里的正常的开销。"如果……"作为家里的顶梁柱，刘海波的压力很大，他颇为忧虑，万一家里有别的事情，他们就会很难过了。自从女儿盼盼出生后，刘海波的身份升级，当爸爸了，但同时升级的还有他们家的各项开销。当然，这些开销是理所当然的，在养育女儿方面，刘海波和杜青青尽他们最大的努力做到最好，但从客观上来讲，他们家的经济支出比以前要高出了很多。所以，为人父母的二人又回到了刚买房子后的那个阶段，他们花的每一笔钱，都要精打细算。

日子不好过，还能将就着过。然而，没过多久，一个更为严重的问题在等着他：刚生完孩子没多久的杜青青的身体出现了异常。

不知道从什么时候开始，杜青青总感觉很累，整个人没精神，一开始，刘海波以为她是白天在家带女儿，晚上半夜起来给女儿喂奶，休息不够，产生的疲惫感。接着，杜青青的饭量变少，整个人憔悴了很多，这个时候，家里人也认为杜青青可能是刚生了孩子，元气大伤，于是弄了一些补药煲鸡汤给她滋补。可一段时间过后，杜青青的状况并没有好转，慢慢地杜青青变得不怎么爱说话了，有时候女儿哭了闹了，她也反应不过来，而且她的脾气越来越暴躁，以前从来没有和刘海波吵过架，现在会因为一点儿小事就冲着他发脾气。

"这是怎么了？生完孩子后，怎么就像变了个人一样？"刘海波有些搞不懂了，他感觉杜青青有些不对劲，但他又不知道问题具体出现在哪里。直到一个周末，刘海波和杜青青带着女儿去打预防针，在妇幼保健院，颇为细心的他看到走廊的宣传栏上贴着关于"产后抑郁症"的科普，他的心里咯噔了一下：杜青青的情况和那上面说得差不多！随后，刘海波向医生咨询了关于产后抑郁症的各种情况，很快，他之前的搞不懂好像懂了。

杜青青患上了中度的产后抑郁症。自刘海波被安置到清河乡政府工作后，对于杜青青来说，他们的生活好像又回到了之前刘海波在部队当兵，她在邵州市上班的两地相隔。刘海波每天都是早出晚归，家里有他没他一个样。而在今年，两人有了孩子后，杜青青的生活状态发生了很大的变化：以前，她一个人住在娘家，什么都不用操心，管好自己就行，而现在，她生完女儿之后，除了身体方面有了很大的不同，她还要在家带女儿，每天都处于围着女儿转的疲惫和要把女儿照看好的焦虑中，她很辛苦，有时候在家里连个说话的人都没有。她本来身体就不太好，待她坐完月子，在城里住不习惯的刘妈妈回绥平县了，杜妈妈一开始倒是经常来帮着照顾孩子，但是，今年杜明高中毕业了，他考得还不错，分数够上重点大学了，不过，在填选志愿的问题上，他和家里产生了分歧，他想读军校，以后去部队发展，而杜妈妈则反对他去当兵，希望他去学金融，母子俩闹得很不愉快，杜妈妈可能是被气着了，没几天，她竟然因血压高住院了，因为身体原因，她来杜青青家帮着带孩子的次数也就少了。时间一长，一个人在家又经常处于心力交瘁状态的杜青青就出现了问题。

于是，懂了的刘海波连忙带着杜青青去看医生，很快，医院确诊杜青青是中度产后抑郁症，并展开针对性的治疗。之后，刘海波的生活中多了一项任务：照顾杜青青和女儿。

或许是屋漏偏逢连夜雨，船迟又遇打头风，在这段时间里，刘海波不仅陷入生活的困境，而且他的工作也出现了状况。

"刘老弟，你看这个事情，你们乡政府领导都答应了，你能不能在验收单上签个字？"前段时间刘海波主要负责新建乡政府大楼的相关事宜，而乡政府大楼的新建涉及建筑、施工、材料、绿化等很多方面的问题，不懂建筑行业的刘海波硬是对着建筑公司的招标文书，逐个项目挨个条款的研究，其中很多门道他虽说不是多精通，但至少也略懂了一些，很快，在他负责的这个项目验收上，他发现了问题，并和建筑公司进行了沟通，建筑公司的项目经理嘴上总说"限期重新整改"，然而，却不见他们有任何行动，这天，到了规定的时间，项目经理找到刘海波来签字，企图就这样得过且过。

"王经理，这个墙的厚度，根本没有达到文书上所标注的合格标准，和你们说几次了，要加厚，可是你们就是不整改，怎么能验收？"刘海波拿着标准对照着项目，一板一眼地反驳道。

"这个厚度可以啦，刘老弟！老哥我干了这么多年的工程，一直都是这样，肯定不会出问题的。"王经理是个四十多岁、挺着啤酒肚的中年人，他低着头凑过来和刘海波说，"刘老弟，昨晚我和你们乡长喝酒的时候，和他保证过这个事情，他表示没有问题，他说让我找你签字就行。"

"王经理，我不管你向谁保证，这个东西达不到标准，我是不会签字的。"刘海波避开了王经理那张肥嘟嘟的脸，坚持道。

"刘……刘老弟，你不要拿着鸡毛当令箭，差不多就行了。"王经理很恼火，他低声下气地来找刘海波，想着给足了面子，毕竟他和乡政府的领导已经打好招呼了，没想到刘海波这么死心眼，他很不爽地道，我都说了，和你们乡领导汇报完了，你只管签字就行，你怎么没完没了呢？"

"那你去找我们乡领导签字！"刘海波也很恼火。

"你……"王经理被噎得说不出话，两人闹得不欢而散。

然而，事情并没有就这样结束。到了晚上，刘海波下班后骑着摩托车回家，一进门，他就看到客厅的桌子上摆着两箱苹果，杜青青抱着女儿在一旁的沙发上玩。

"今天谁来了？"刘海波凑过去，逗了一会儿女儿，随后问杜青青。

"没有谁来。"杜青青看了一眼刘海波，缓缓道。

"桌子上那两箱苹果是？"刘海波现在和杜青青说话都小心翼翼。

"那苹果不是你们单位发的吗？下午的时候，有个人来敲门说是你同事，他说你们单位发了两箱苹果，还说你骑摩托车不方便拿，他正好开车，顺路给带回来的。"杜青青抱着女儿，踱着步道，"我一直在带女儿，还没来得及收拾呢。"

"我们单位……"刘海波的心里咯噔一下，像是想到了什么，他连忙打开苹果箱子，果然，在其中的一个箱子里，除了苹果，还有一个用报纸包起来的东西。刘海波拆开报纸，看到里面是两沓钱，他数了数，有两万元。

"两万块钱！"虽然刘海波心里有所预料，但一下子看到这么多钱，他还是吃了一惊，这两箱苹果也太贵重了。为什么无缘无故送这么多钱来呢？刘海波也不傻，他立即想到近期工作上遇到的那些事情。他可以肯定，这些钱一定是修建新政府大楼的建筑工程承包商送过来的！因为工程没有达到合格标准，自己没有签字验收，就有人送了两万块钱？刘海波一下子变得紧张和激动起来，他那拿着钱的手不自觉地发起了抖：这是在收买我，企图让我验收通过？刘海波极力克制自己的情绪，他不想让杜青青看到自己的异样，以免影响到她的情绪。他深呼吸几口气，努力让自己的内心平静下来，然后用报纸慢慢地把钱再包起来，放到苹果箱里。

"我们单位没发苹果，估计是送苹果的人搞错楼层或者送错地方了。"刘海波对杜青青缓缓地说道，杜青青也没在意，她还在逗孩子玩。看到妻子没有注意，刘海波端起两箱苹果来到阳台上，他打开窗户，再次深呼吸了几口外面的新鲜空气，此时的他也冷静下来不少。刘海波自嘲地笑了笑：现在他家里的经济压力很大，很需要钱，别说两万了，就是两千，对他来说也是一笔不小的收入，两万元钱，确实可以多方面改善家里的生活条件。但是，当了十二年兵，接受了十二年政治教育的他，没有这种不劳而获的经历，也没有得意外之财的思维。"两万块钱，可以抵得上好几个月工资了。"刘海波稀里糊涂地想着，然而，不知道怎么回事，此时的他，脑海里突然想到自己安置工作的时候，也差点儿给民政局的钱局长送了钱，而且是十万元！"搞什么？"刘海波顿时清醒了不少，他回想起那个时候因为工作安置的事情而被动地去给领导送礼，最后被嫌弃的狼狈样子，他也再次重温了当时的心理状态，他很清楚送礼人的心理和想法，也见识到了收礼人的嘴脸。接着，他也回想起在和钱局长闹了不愉快之后，自己跑到河边无处发泄的委屈、不甘、疲惫、无奈。"不管什么时候，绝对不能有进行活动的想法！坚决不搞活动之类的行为！"刘海波想到即将参加工作时自己许下的誓言和做出的决定。他再次慢慢地呼吸了几口窗外的新鲜空气，淡然地笑了笑。这个时候，刘海波的头脑已经十分清醒了：这明显是有人想让自己犯错误！他宁愿饿着，也不会吃了那两箱苹果，不然他一辈子都不会心安。

于是，第二天上班的时候，刘海波把两箱苹果原封不动拿到了书记的办公室，并说明了来意。

"海波同志，你这么做，是对的！"书记对刘海波的这种行为给予高度赞赏，而且，在上午的时候，乡书记还专门召开了会议，当着乡政府所有工作人员的面，公开通报了刘海波拒绝接受贿赂的事情，重点表扬了他廉洁守法的优良作风,并号召大家向他学习。

然而,又过了两天,乡政府的领导们又开了个会,会议上有一项议程是关于刚刚受到表扬的刘海波工作的决议。

"海波同志,经组织商议决定,乡政府新建大楼那边的工作你就不要管了,这段时间,你到各个村里跑一跑,去看看乡里的村道维修情况吧。"会议结束后,组织委员陈德良找到刘海波,告诉他组织给他安排的下一步工作。

"可是,那边已经跟进两个月了,有很多项目还没有验收……"刘海波对没有完成的工作,很不放心。

"没有可是,这是组织的决定。"陈德良把刘海波拉进他的办公室,然后从办公桌的抽屉拿出一个信封来,在刘海波的眼前晃了一下,随后道:"小刘,我也不和你说客套话了。这两天,我们收到一封匿名举报信,这个信我不能给你看,但是我可以向你透露大概内容,有人举报你工作作风有问题,经常打官腔,找你签个字比登天还难。当然,组织上对你还是充分信任的,你看看,前几天,乡党委把你树立为党员廉洁标兵,就说明了问题。但是呢,乡领导考虑问题比较全面,乡政府的工作人员要和群众搞好关系,不能脱离了群众。所以,秉着避嫌的原则,你还是把新办公大楼那边的项目放一放,去村里跑一跑,先打牢群众基础,你明白我的意思吗?"

"明白了,我服从组织的安排。"刘海波不得不立正回答道。

第四十四章
不尴不尬

家庭和工作的不如意，让刘海波很苦恼，甚至感到日子很难过，但是，人生不如意的事情十之八九，不如意的时候有不如意的活法，就像如意的时候有如意的活法一样。可能，刘海波和葛卫说他还是老样子，是不管生活怎么对待他，他都一直老样子的面对生活，在随后的生活中，他还是和以前一样，在双重压力的驱使下，慢慢地、习以为常地负重前行。

"有什么问题，就解决什么问题。遇到困难，要有迎难而上的勇气，方法总比问题多。"这句话是刘海波在部队的时候班长教给他的，他觉得这句话很有道理，所以他经常讲给他带过的兵听，现在，他更是把这句话运用到生活上来。眼下，让刘海波最担心的是杜青青的健康状况，他正在尽最大的努力来解决这个最为要命的问题。医院对杜青青的治疗是除了要服用一些口服药物外，还要求家属配合进行心理治疗以及饮食调节等。所以，在杜青青患有中度产后抑郁症的事情上，他没有瞒着，因为这不是他一个人能应付得了的，他把杜青青的病情告诉给了他的父母和杜爸爸、杜妈妈，他需要家人的帮助，一起来解决这个问题。杜青青在进行药物治疗的同时，刘海波也尽可能地多抽出一些时间来陪伴她，多和她说说话，帮她梳理情绪。另外，刘妈妈的身体再不好，她也会隔三差五来一趟邵州市里，捎上一些农村的土鸡鸭、鸡鸭蛋过来，给儿媳妇补充营养。还有，杜明还是坚持他的梦想，去读了军校，实在拗不过儿子的杜妈妈也慢慢接受了这一事实，待她的身体恢复差不多了，赶紧过来照顾女儿。一段时间下来，在一家人多陪伴、多沟通下，杜青青的病情没有向更严重的趋势发展，并逐渐有了好转的样子。

当然，刘海波生活中的难题，还有经济问题。这也是个很重要的问题，他不得不正视他们家现在的窘境。他和杜青青在生活上已经很省吃俭用了，只有多挣钱，才能从根本上改变这一状况，但问题是，他在乡政府上班，不像在别的企业打工，多干点活儿，就能挣得多一点儿，他一个月的工资就那么些，即使拼了命的努力，也很难在工资上发生改变。"是不是可以再去打一份工？"这段时间里，刘海波一直在想办法解决经济问题。他想，只有再找一份工作，有额外的收入，才能提高总收入。"还是去以前打过工的建材市场搬运地板砖？"刘海波想到，他在周末，还真可以去干点儿别的，只要能挣钱，能改善家里的经济状况，累也是值得的。不过，他也清醒地意识到，现在这个阶段，要多陪陪杜青青，一切以她的健康为重，只有等她的身体恢复正常了，才能去做兼职。

面对家庭中的种种难题，刘海波尽他最大的努力去想办法解决，也尽了他最大的能力去做出改变。同时，在工作上，他也在尽可能地好好干，尽他最大的能力做好每一件他应该做的事情。

在乡领导给刘海波安排了下一步的工作后，他就把之前涉及新建乡政府办公大楼的相关工作交接了出去，转手去负责乡里的各个村庄修建村道的事情了。他对有人匿名举报他的工作作风有问题这件事情并没有想太多，他扪心自问，在工作上，他能做到问心无愧，至于为什么还会有人举报他，他有些想不明白，不过，他也不想去想明白了，他自我检讨，可能是他在某些工作上确实没做好，才有了让人举报的事实，他想，在下一步的工作中，要更加注意。

就这样，现在的刘海波每天上班后，就是往村里跑。在修建村道这项工作上，作为乡政府办公人员的刘海波要干的具体事情并不少，虽然村道的占地路线规划、工程招标、修建标准等问题，各个村里早就弄好了，但他要去负责一些村与村之间的路线连接、督导工程质量和进度等相关方面的事情，工作量也很大，乡里有那么多村，他要跑的地方也很多。好在刘海波进入工作状态很快，他也铆足了劲，要好好干好这项工作，不能像之前那样被举报了！于是，在前期的一段时间里，刘海波每天马不停蹄地在好几个村来回穿梭，一心扑在工作上，没过多久，他就跑遍了全乡镇，也摸清了各个村修建村道的情况，让刘海波感觉有些顺心的是，他每天这样在村里跑来跑去，也方便了他顺路开展山林防火的巡逻工作，不用像以前那样，专门抽出时间去山林里巡查了。

一段时间过去，刘海波负责的村道修建工作进行得很顺利，他还是保持当兵十二年一贯的勤劳、务实的工作作风：每到一个村里，他都和村民们、修路工程队的人员一起去挑沙子、搬石头，加入修村道的队伍中去，有时候遇到村民家有什么困难，或者村民之间有些什么矛盾，他也积极帮忙解决和协调。在村民们看来很难得的是，刘海波在各个村里跑，每到一个村，他就把他在乡政府的伙食费交给村里修建道路的工程队，并和他们一起吃盒饭一起休息，即使一些村的村支书、村长再怎么热情地想招待他，他都不去，以至于一些和他熟悉的村民说，刘海波这个乡干部有点儿怪，都叫他为怪人。所以，时间一长，作为乡干部的刘海波就和大家打成一片了，有了一定的群众基础。同时，有几次乡政府的领导到一些村里检查工作，他们对刘海波的能力也颇为赞赏。

"我会继续好好干的！"刘海波在工作上的努力得到了各方面的肯定，他感觉到工作压力终于小了一些，也算舒心了一点儿。不过，在这期间，他也听到了一些不同的声音。

这天，刘海波在距离乡政府办公楼不是很远的一个村子里忙活了一上午，到了中午的时候，他接到一个电话，说让他下午回乡政府参加一个教育会议，因为觉得没多远就没有骑摩托车的刘海波开始往回走。

"海波，没骑车？上车，我载你。"在刘海波走了一半路程的时候，他身后开来一辆小轿车，车主摇下窗户，叫住他道。

"谭主任！"开车的是刘海波的同事，叫谭鑫，比刘海波大十来岁的样子，是乡政府负责信访接待工作的办公室主任，不过，刘海波来乡政府上班快两年了，却没见过他几次，和他还不是很熟悉，他本来想着快到乡政府了，不用搭车了，但是谭主任已经把车停下了，他也就只好坐了上去。

"你这是干什么去了，弄得灰头土脸的？"谭主任抽着烟，一边开车，一边和刘海波聊天道。

"在后面的村里修村道，帮着干了点活儿。"刘海波有些不好意思道。

"哦，对，你负责修路了。"谭主任吸了一口烟，又弹了一下烟灰，突然有些感慨道，"你这也太拼了吧？为了那两千多块钱的工资，这么卖命干？至于吗？你这么干，要是放到别的地方，起码能给你开个三倍的工资还不止！"

"也没有干什么，就是看到他们人手不够……"刘海波讪讪笑道。

"你还是年轻，心态好。"谭主任也跟着笑了起来，不过，他接着来了一句，"以我对你的了解，慢慢地，你也会成为我的。"

"什么意思？"刘海波没听懂谭主任要表达什么。

"现在的你，和我刚来乡政府的时候差不多。看到你，就想到了以前的我。"谭主任笑了笑，接着道，"和你说句心里话，在乡政府这个地方，像我们这种事业编制的，干起来没什么意思，至少我是看透了，不想干了。"

"怎么会没劲呢？"刘海波还是不明白谭主任想表达什么。

"我就问你，你想没想过五年后、十年后，还在乡政府上班？还和现在一样，一个月挣这么点儿工资，任由别人让你干什么就干什么？"谭主任似乎很有体会，道，"我的意思是我们这些事业编的，干得再好，也没有什么发展空间。没有关系、没有人脉，就没人知道你的能力。就说我们单位，有些人不是在领导岗位就是享受着各种待遇，他们能力很强吗？不见得，他们的能力只够考上公务员，而他们所在的那些岗位，换别人，都能胜任。甚至，一些事业编的工作人员能力比他们要强上好几倍。当然，事业编就是干活的，给你弄几个头衔，这办公室主任，那什么专干的，胡里花哨，没什么实用。你这次也是挂名个专干吧？"

"是的。"刘海波没有发表意见，只是安静地听着。

"体制内，问题太多，没什么意思。"见刘海波一直在听，谭主任接着道，"抛开体制问题不说，就说现在我们单位的风气，和你说句心里话，我是真看不惯他们那些所谓的领导的嘴脸。别看我现在什么也不想干，以前我刚分到乡政府的时候，也和现在的你一样，很有干劲，一心就是干工作，但是，乡政府的水太深了，我既不想和他们同流合污，又不愿意人前一套、人后一套，干脆一个人没事钓钓鱼，打打牌，落下个清静，还安心一点儿。在这个地方待久了，你就会发现，周围的环境不是你看到的那么美好，慢慢地，对这个环境就失望了；对这个环境里的人，也就失望了。"

刘海波一直在听，他想了想，也不知道要接什么话。

"到了。"很快，谭主任把车开到了乡政府门口，他不尴不尬地笑道，"我在乡政府时间比较长，看到的事情多一些，不是想打消你工作的积极性，是看到你这么拼命，有些感触，你就当我发牢骚说着玩，你自己心里有数就行。"

"好的，谭主任，谢谢了。"刘海波只能不尴不尬地笑着和谭主任说再见。

第四十五章
精气有神

腊月到，年关近，很快，又到了一年的年底。

自从葛卫和刘海波在中心医院偶遇，一起看望了马超群、聊了一会儿天后，两人就各自忙各自的了，即便后来他们也都分别到医院去探望马超群，却也总是错过，甚至隔了很长一段时间都没有再遇到。

"阿卫，这么冷的天，这么早就起来了？又是收拾这，又是整理那的，天天在工地干活，哪有这么多讲究？怎么，要去相亲啊？"葛卫还是在建筑工地打工，不过，和以前不同的是，现在的他每天都把自己弄得干干净净、利利索索的，这天清晨，他最先起床，然后洗脸、刮胡子、梳头发，不一会儿，同宿舍的工友们也都醒了，他们看到忙碌的葛卫，笑话道。

"早睡早起，养成习惯了。"葛卫笑着和工友们说话。自从上次和刘海波聊天后，葛卫就开始注意自己的形象了。刘海波说得没错，不管干什么，都要有精气神，当过兵的要有当过兵的样子。以前在部队的时候，葛卫总听到中队长、指导员说起军人要有精气神，往那一站，别人就知道你是当兵的。自从退伍后，他已经很久没有听到这个词语了，他想着，不能因为自己变成工地的农民工，就邋邋遢遢的，没有精气神。于是，从那以后，葛卫不管每天干活多累，晚上回到宿舍都要洗一洗衣服，搞搞清洁，早上早起个十分钟，收拾一下仪容，在保持干净个人卫生的同时，努力调整精神状态。

终于，到了十二月下旬，很多行业开始陆陆续续放假了。过小年这天，葛卫干活的建筑工地也正好完成了整栋楼层的支架搭建任务，财务部门给工人们结了工资，大家拿着干了一年的辛苦钱，高高兴兴地准备回家过年了。

"下午五点半，到邵水桥头的那家海鲜饭店集合，大家别迟到啊。"按照传统，在工友们歇工回家之前，包工头要请吃一顿饭，感谢大家在工地上一年的辛苦付出，赶上过小年，也算是团圆一下。在下午的时候，大工姜师傅来到工地宿舍通知。

"好，有肉吃有酒喝，还能迟到？"工友们高兴得纷纷起哄。这个时候，宿舍的工友们还没各回各家，本地的工友吃完饭再回去，另外一部分外地的工友，也要等到明天才有车回去。

"小老板？我在后面看到你背影，还不敢确定是你，走过来一看，没想到还真是你。"五点钟的时候，没什么事情的葛卫和几个工友就往饭店去了，葛卫到了饭店，宴席还没开始，他就和工友们坐在大厅里抽烟，不一会儿，有个熟人过来和他打招呼。

"邓姨！你在这做事？"葛卫没有想到在饭店里碰到了以前他开餐饮店的时候店里最早的员工邓姨，便连忙起身和她说话。

"对，我在这里干了几个月了。"自葛卫的餐饮店关门之后，邓姨就到了这家饭店当服务员，虽然二人是曾经的老板和员工，却有着很好的感情，像亲人一样。邓姨和葛卫聊了一会儿，其间邓姨还专门向葛卫表达了谢意："我儿子当兵去了！去年，我问过你当兵的事情，你和我说的那些，我想了想，感觉很有道理，我就把那些话和我儿子说了，他一开始执意要读大学，后来，就在邵州市上了一个大专，不过，今年他想明白了，九月份的时候，有部队到他们学校来征兵，他就办理了休学手续，去当兵了。想到这事，还真的要感谢你，要不然……"

"谢什么，这是好事！"葛卫笑道，"自己想去，这一点很重要。对他来说，很重要；对部队来说，也很重要。"

"阿卫，大家都到齐了，喝酒吃饭了。"很快，到了五点半，工地的工友们都到齐了，有工友过来叫葛卫入座，于是，葛卫和邓姨告别。

"哎……"随后，邓姨也去干活了，然而，她突然感到一阵懊恼，她有个事情忘记和葛卫说了：她在送她儿子去当兵的时候，看到之前在葛卫餐饮店里勤工俭学的张茜也去当兵了。邓姨在葛卫餐饮店干了两年，葛卫和唐微微的事情，她多多少少知道一些，就连餐饮店出事，其中的原因，她也知道一些，在她看来，那个张茜不错！她本来想着把张茜去当兵的事情告诉葛卫，不管有没有用，或者说一下也无妨，可她还是给忘了。邓姨想着再和葛卫说一下，但葛卫一直在和那些工友们喝酒，比较热闹，邓姨一直没找到和他说话的机会，也就作罢了。

到了第二天，工地的工友们纷纷互相告别，都各自回家去了，葛卫在市里置办了一些年货，就回乡下准备过年了。葛卫回到村里，看到他们村的村道已经修得差不多了，踩在干干净净的水泥路上，他心里颇为高兴。然而，同样是临近过年，在乡政府上班的刘海波却远没有葛卫这么自由，他还要加班。

这几天刘海波一直坚守岗位。本来，在前几天，修建村道的工程队都放假了，大家都回去过年了，乡领导颇为关怀地让天天在村里跑、负责村道修建工作的刘海波适当地休息一下，但是，越临近春节，乡政府的事情就越多，又是这总结又是那大会的，作为乡政府的干将，刘海波自然又被叫去帮忙干些这、弄些那的，甚至比他之前天天往村里跑的时候还忙一些。

"忙就忙点儿，累就累点儿，这些事情用得着你，说明你有价值。"对于能者多劳的现象，刘海波倒也没觉得什么，尽管上次谭主任和他"谈了一回心"，他也想了想在乡政府的现状，不过，他也就是想一想而已，随后他还是一如既往勤勤恳恳地做事干活。终于，在过年前两天，乡政府的事情弄得差不多了，除了值班的，刘海波和其他同事可以安心回家过年了。

"过年啦！"考虑到杜青青的身体状况，刘海波没有带着妻儿回绥平县的老家过年，而是在杜爸爸、杜妈妈家过的年，加上杜明也放寒假回来了，他们一家六口人团圆在一起，杜家有了久违的热闹。

很快，春节的假期一晃而过，新的一年拉开帷幕。因为之前各个村里的村道还没有修完，所以，上班之后的刘海波还是和去年一样，大部分时间往村里跑。值得一提的是，在刘海波还是像去年一样，以好好干的劲头和让村民们觉得很怪的作风，继续负责修建村道的工作时，他和他家人为此还闹出一个颇为尴尬的小插曲。

今年是刘海波到清河乡政府工作的第三年，在有些人看来，他在乡政府混得很不错。先是在弄新建的乡政府大楼，随后又负责村道修建，而且名声还很好，不管是乡政府的领导，还是各个村里，都说他可以！于是，就认为他在修建村道工作中能插手一些事情。并且，他们认为刘海波天天往村里跑，表面上表现得很怪，说不定有别的猫腻，于是，他们想到了用别的办法来接近他。

"老杜，听说你女婿在清河乡政府上班？"没过元宵节，意义上的春节就算没过完，还是走亲访友的时候，这天，杜妈妈去刘海波家帮着照顾杜青青母女俩，杜爸爸一个人在饭店里，中午的时候，饭店里来了位客人，是杜爸爸的老朋友老蒋，两人打完拜年的招呼后，老蒋说明他的来意。

"对，怎么了？"杜爸爸给老蒋倒了杯茶，两人一边喝茶一边说话。

"找他办点儿事行不行？"老蒋喝着茶，开门见山道，"现在农村都在搞建设，修村道啊，搞种植啊，有很多项目。我听说，他在负责修村道？修村道，就要用到水泥，你知道的，我是做水泥生意的，我想问问他能不能把修村道的水泥供应渠道弄过来？我给他两个点的帮忙费。"

"不瞒你说，我没有把握。不是不给老朋友面子，是我那女婿在这方面缺课！"杜爸爸一听到是这样的事，他有些尴尬。他和老蒋几十年的好朋友了，两人的关系自然没得说，而且，以前他还找老蒋办过事，但是，他对刘海波的性格也心知肚明，觉得刘海波不是会办这种事的人。随后，杜爸爸犹豫了一下，呵呵笑道："老蒋，你要是不信，我当着你的面，给他打电话，你亲耳听听。"

老蒋喝了一口茶，没说信，也没说不信。

"小刘，你们乡里修村道，需要用水泥吧？"杜爸爸立马给刘海波打电话，而且，他还摁了免提键，"那个工程队采购水泥，你能说上话吗？我这边有一批水泥，质量肯定有保证，还可以给你们乡里送过去……"

"爸，这个不行。修建村道的工程队有专门的水泥供应厂商，他们签了合同的，不能参与进去。"刘海波在电话里直接终止了杜爸爸接下来要说的话。

得了，刘海波的态度很坚决，杜爸爸不知道怎么继续和他沟通了，只好挂了电话，然后，他很不好意思地冲着老蒋讪笑道："这事我还真帮不上忙了。"

"那算了，我再想想别的销售渠道。"有了答案的老蒋也只能悻然地和杜爸爸说别的了。

就这样，尴尬的小插曲无疾而终。杜爸爸在送走老蒋后，心里虽堵了一会儿，但随后也就这么过去了，刘海波这样做，没有出乎他的意料，他也更加清楚了刘海波的为人。而在刘海波这边，他则像什么事情都没有发生一样，继续一心一意地忙工作。

年后，和刘海波一样很快就进入忙碌状态的，还有葛卫。葛卫继续在建筑工地做事，而且，他还换了个身份。

"阿卫，一个新工地让我叫几个支架师傅去干活，你现在干大工没什么问题了，明天跟着我去做大工吧？"在初八那天，葛卫接到了姜师傅打来的电话，叫他一起去新工地干活，已经熟练掌握搭建支架技术的葛卫已经可以当大工师傅了。

"好，我明天早上去找你。"葛卫满口答应道，过年休息了几天，也休息得差不多了，他迫不及待地想要早点儿出去干活挣钱。

于是，第二天，葛卫踏上了到工地干活的征途。而且，他这一干，就干了整整一年半。

第四十六章
如何选择

　　时间转到了十八个月后。

　　一年半的时间，说长也不长，说短也不短。

　　这一年的七月份，邵州市的天气和往年的这个时候相差无几，依旧是酷暑难耐，葛卫跟着姜师傅又完成了一个工地的支架搭建工作后，姜师傅说这段时间天气实在太热了，大家都回家休息几天，然后再去下一个工地找活干。的确，小暑过后就是大暑，连日的烈日炎炎，晒得人心里发闷、发慌。于是，除了年底才回家过年，平时几乎没有休息日的葛卫很难得地打算回乡下歇息几天。

　　"时间过得可真快，一晃就过了两年！"在回乡下之前，葛卫又一次来到中心医院看了看马超群，马超群还是没有醒来，就像睡着了一样。两年前，他的生命被摁下了暂停键，至于什么时候能重启，医生给出的答复还是和以前一样：有可能明天就会醒来，也有可能一辈子都醒不过来了。

　　"希望你能早点儿醒过来！你一定要醒过来！"葛卫又自言自语地和马超群说了一会儿话，同时也在心里默默地祈祷，他相信，马超群一定能醒过来！

　　看完马超群，葛卫回到乡下。很快，两天时间过去，姜师傅也没有打来电话叫葛卫去别的工地干活，而突然闲下来的葛卫在想到马超群昏迷了两年的同时，也猛然意识到，加上之前做小工的几个月，他已经不知不觉在工地上打了快两年的工了。

趁着这两天在家休息，他查看了一下银行卡余额，除了自己的基本开销和每个月给他资助的两个贫困学生五百块钱外，两年一共攒下十五万块钱，然后，他开始考虑现在的自己是否符合继续创业的条件了："以十五万块钱为本钱，能干什么？够不够？还要不要再积攒积蓄？是安心在家等姜师傅的电话，然后继续去工地干活？还是趁这两天有空好好想一想或者出去转一转，看看有什么可以干的，再确定其他？"

紧接着，葛卫很清醒地告诉自己，现在到了他可以选择也必须及时做出选择的时候了。这两天，他把自己关在屋里，和以前开餐饮店一样，拿出一个小本子和笔来，顺着他可以选择的方向进行假设和对比，然后根据他的思路，再对不同选择的利弊进行权衡，慢慢地他心里有了数。去工地打工，那种日晒雨淋的辛苦倒无所谓，但是，再干一年或者两年，无非就是多攒下点积蓄而已，并不是他想要的长久之计。葛卫想了很久，也没有轻易做出选择，不过，尽管他一开始想得比较多，但是在之后的两天里，他经过一番更为全面细致地思考后，思想慢慢有了倾斜：当他反复看这几天被画得乱七八糟的小本子时，突然清醒地意识到，他当初选择到工地打工，就是为了有基础之后，能继续创业。也就说，他到工地打工只是一个过程，创业才是目的！

几乎在同一时期，同样面临"人生之路"选择的，还有刘海波！他面前有两条路，是继续在乡政府工作？还是听从家人的劝告，辞职去开店？

这一年半来，刘海波工作和生活的轨迹，没有发生太大的起伏，逐步趋向于平平淡淡。自退伍回来，刘海波似乎就活得比在部队的时候小心了很多。在工作上，他没有也不敢有太多的想法。他知道，和同事们比起来，他的工作和生活经验都不足，他只有在部队那些经历，对社会上的一些常识和套路并不擅长。以至于他处处都很小心，生怕自己做错了或者做得不好，惹领导或者周围人的不满，让别人产生退伍兵就这样的想法。就工作而言，清河乡里各个村的村道已经在去年年底都修建好了，刘海波也算圆满完成了他的工作任务，随后他又负责了另外几项工作，也都顺利地收工，并且，得到了乡政府领导的认可。工作上的刘海波一直充满干劲，对于业务上的事情，他懂的，自然是尽心尽力地干好；他不懂的，也不怕麻烦，多钻研一下，多用心一点儿，也要搞明白。只要是上级安排的任务，他都尽最大的努力，想方设法搞定，这是他当了十二年兵，在部队培养出来的一贯作风，他也是靠着这股肯干的热情和能干的表现，在乡政府立了足。而且，对于刘海波的突出表现，乡政府的领导和同事们是有目共睹的，在刘海波到乡政府工作的四年时间里，他连续三年都以高票被评为乡政府先进工作者。或许是因为刘海波习惯把经过他手的每一件事情干好，时间一长，以至于在大家的眼里，他那么忙碌、那么负责是应该的，他那么能干也应该是常态化。另外，在生活方面，让刘海波松了口气经过一段时间的积极治疗和在家里人共同努力的陪伴下，杜青青的抑郁症开始好转了，她整个人的状态好了很多，并在产假结束后，能正常上班了。同时，他们的女儿盼盼两岁了，早已会走路、会说话了，正是活泼可爱招人喜欢的时候。至于在女儿的照看上，白天刘海波和杜青青去上班，杜妈妈帮着带，刘妈妈也时不时来一趟帮着照看两天，等到他们下班或者到了周末，再把女儿接回去，这样虽然有些麻烦，但好在是各有分工，倒也能安排过来。尤其他们一家人其乐融融地在一起，女儿追着刘海波和杜青青奶声奶气地叫着爸爸妈妈的时候，更是让他们欢喜得不得了。

这一年，国家开放准许生二胎的政策，因为现在刘海波和杜青青的家庭状况和身体状态，都不怎么允许，所以，他们也就没往那方面想。

总的来说，刘海波之前承受的工作和生活所带来的双重压力，在他的勤劳能干、辛苦付出，以及家人的帮助下，得到了很大程度上的缓解。现在，让他发愁的，就剩他们家的经济问题了。对于这个难题，刘海波也在尽他最大的努力解决。在杜青青身体好了些后，他就见缝插针地挤出时间，到建材市场搬运地板砖，干起临时工，甚至，他在上下班的时候，看到路边有空的饮料瓶，他都捡起来，攒着卖钱。

如果说，刘海波和杜青青的日子能一直这样下去也挺好，虽然过得紧巴巴，但两人都有稳定的工作，也有房子，以后会越来越好的。然而，让刘海波有了可以选择的机会，是在上个星期，杜爸爸在中心医院附近的饭店的隔壁店铺老板这天突发中风昏倒在地，而他的家人都在外地工作，还好在饭店里的杜爸爸把他送去了医院，店铺老板虽然没有性命之忧，但也丧失了劳动能力，他的家人执意要把他接到身边去养老，所以他的店铺只能转让。于是，和店铺老板关系还算不错，同时又有救命之恩的杜爸爸在第一时间把店铺买了下来。能在中心医院附近拥有一家店铺，算是个很好的门路了！然而杜爸爸买下这个位置极好的店铺，他不是想把饭店扩大规模或者另外再干什么，而是一方面赶上有这么个机会，另一方面，他也是另有打算的。

"青青，这个店铺就给你和小刘，你们研究一下，干点儿什么。"是的，有一儿一女的杜爸爸和杜妈妈的想法很传统：他们辛苦一辈子，都是为了儿女，他们家现在的这个饭店，以后会留给杜明，而新买的店铺，就当作资产送给杜青青和刘海波，做到儿女一碗水端平。而且，杜青青和刘海波的家庭情况，杜爸爸和杜妈妈看在眼里，也一直想帮衬点两人，所以，他们颇为认真地和杜青青夫妻二人说起这个事情。并且，他们算得很清楚：杜青青在医院上班，可以一直干下去，而刘海波呢，上班的地方远，家里什么的也顾不上，在乡政府好像也没有什么发展，工作忙、工资又低。并且不管是热天还是冷天，刘海波每天都得骑着摩托车去乡下上班，特别辛苦，他们建议刘海波去找找关系运作一下，看能不能把工作调到市里来，至少可以轻松些。但是刘海波说他不会用这种方式回城，直到今年过去了，他也没有另外的方式调动工作，于是他们想着干脆让他辞职算了，给他个店铺，他自己开饭店也好，开超市也罢，随便干什么都比上班挣得多。

"爸妈说得好像有道理，要不你好好考虑一下？"一开始，杜青青和刘海波还以为是杜爸爸一时兴起说着玩的，可杜爸爸和杜妈妈和他们正式说了好几回，时间长了，杜青青也就接受了他们的安排，并认为他们说得有道理。

"辞职？开店？"面对这样的好事，从来没有想过这个问题的刘海波一时不知道怎么选择了。

第四十七章
再作决定

选择之所以重要，是因为一个人在做出选择时往往会经历一系列的心理活动和权衡利弊的过程，这个过程不仅涉及外部因素的考量，还涉及内部因素的影响。选择就是给自己定位，意味着每一次选择个体都在为自己的人生定向和塑造自己的命运。

在家里休息了两天，葛卫还是没有接到姜师傅的电话，此时的葛卫终于想明白了，抱着"置之死地而后生"的决心去创业，大不了再回工地攒两年钱。

当过兵的，怕什么？这是葛卫一直有的劲头。

既然做出了选择，那么就踏上选择所决定的路，接下来，葛卫不再纠结怎么选"，而是开始琢磨着要怎么干：是继续开餐饮店？还是从事别的行业？

"把以前的种种都抛开，一切重新开始！"葛卫在家里想了好久，也都没有想到他认为可以试一试的行业。他知道，天天坐在家里这样空想，也想不出个什么所以然来的，还是要出去转一转，实地考察一下，才能做出判断。于是，葛卫又来到市里，和五年前他准备开餐饮店一样，准备先到邵州市的各处走一走。然而，两天下来，他几乎走遍了邵州市的大街小巷，但还是没有找到让他觉得可行的行当：找个合适的地方租一个店铺开一家超市？去新开的楼盘附近弄个餐饮店？或者去二手车市场买卖二手车……葛卫结合他现有的积蓄，寻找到他可以付诸行动的选择，应该没有问题，也能做起来，但是，他总觉得这些都不是他想要干的。

万事开头难，在市区里转了两天，因为没有实质性的收获，葛卫又回到了乡下的家里。接着，他又在村子里以及附近的村子里转了转，一开始，他觉得天天在家里没意思，想到处走走，透透气，村里的邻里们也都知道葛卫没有开餐饮店了，而是在工地上干苦力，对此，葛卫并不觉得有什么，也认为没有必要遮掩，遇到村里的长辈们，他还是和以前一样打招呼。然而，走着走着，葛卫发现各个村子都很安静，似乎没几个人在家，尤其是年轻人。好半天，他才恍然大悟，村里的青壮年都出去打工了，只有过年过节的时候才回来探亲。这时，葛卫不由得想起之前唐鹏鹏说过，现在的农村大部分劳动力流失、很多地没人种，他才萌生农村包围城市的计划，先在乡下发展的。假如不去城市打工、开店，回到农村有什么事情可以干？葛卫的脑子像是突然开窍一样，逆向思考着。

"是的，也可以回到农村看看有什么干的！"葛卫越想越觉得这个主意不错，而且，他还有种怀念乡村生活的感受，他很想回到农村干点什么。虽然，葛卫出生在农村，并在农村长大，但是，他去市里读了三年高中，毕业后又去当了五年兵，退伍回来后在市里开餐饮店、工地打工加起来也有五年，这样一算，他离开家里、离开农村的生活也有十多年的时间了。十多年的时间，农村发生了很大的变化，葛卫记得在他四五岁的时候，每年的夏天，村口的空地都会开来几台拖拉机，村里的各家各户都要准备几个装满稻谷的麻布袋子，过完秤，抬到拖拉机上，那时候还不懂、只觉得村口人多热闹的葛卫隐隐约约听大人们说这种行为叫"交公粮"。而且，他还看到过隔壁的二叔家偷偷地往装稻谷的麻布袋子下面装上一些用风车车过的稻谷空壳，或者拌上一些碎石头子。随着葛卫长大，他也跟着父母下田种地、种菜、插秧、收割，有时还给田地里放水，农村的孩子，这些活基本都干过。再后来，他从大人们的嘴里听说农业税取消了，他还看到他们说这句话的时候,脸上洋溢着幸福的笑容。再到前几年,葛卫当兵休假回来,他又从父母口中听说,现在在农村种地,国家还给补助了!在农村种田种地从交农业税到现在国家反过来给补助,想到这一连串的变化,葛卫有些恍惚,再看看他退伍回来的这几年,农村修村道、搞建设,每年都不一样,今年好像还提出了"建设新农村"的口号,他回想起自己退伍回来的时候,看到地方上变化很大,发展很快,还暗自想着要跟上社会发展的步伐顺势而起,而现在,农村正发生翻天覆地的变化,也正是起势的时候!是不是可以研究一下农村的发展趋势,或者仔细琢磨一下有什么项目在农村里比较有优势?葛卫想在农村发展的愿望越来越强烈。

"是葛卫吗?你好,我是唐鹏鹏。"有时候,生活就是这么有意思,当你有什么想法或者根据你的想法选择确定方向时,与之相关的事情可能就会随之而来。就在葛卫琢磨着想在农村具体干什么的时候,这天中午,他接到了唐鹏鹏的电话。唐鹏鹏在电话先问葛卫在哪儿,随后说要还葛卫之前借给他的两万块钱。

"你是在家里吗?要不我去找你吧?我想跟你取取经。"葛卫接到唐鹏鹏电话的第一反应是唐鹏鹏在农村干了好几年,他是这方面的专家,正好去他那儿看看。于是,在得到唐鹏鹏家的具体地址后,葛卫就直奔他家里去。

"太感谢你了,那两万块钱帮了我的大忙了,简直是雪中送炭。"很快,葛卫到了唐鹏鹏家里,一阵寒暄过后,唐鹏鹏拿出除了应该还给葛卫的两万块钱外,另外又拿出两千块钱,当作利息,一并交给葛卫,表示感谢道。两年前,唐鹏鹏和父亲因为干活受伤住院,当时是他最困难的时候,幸好碰到同是退伍兵,只见过一次面却相谈甚欢的葛卫借给他两万块钱渡过难关,他真的很感激。现在,他的事业小有成绩了,就想着还葛卫的钱。

"什么话,都是战友。"当然,葛卫只拿了他当初借给唐鹏鹏的两万块钱,没有要利息,因为他借钱给唐鹏鹏,是在唐鹏鹏需要帮助且他当时正好有帮助人的能力，仅此而已，并不是图他的利息的。

"你最近怎么样？餐饮店生意怎么样？怎么看起来，你黑了不少，也瘦了不少？"还了钱，两人就坐在一起聊天，唐鹏鹏看着有点变了样的葛卫，不解地问道。

"我早就不开餐饮店了，这两年在工地打工。"葛卫笑了笑道。在工地打了两年工，他确实变了个人：尽管他始终保持着板板正正的形象，但和工友们无异的是，他被晒的黝黑，手掌布满老茧。因为高强度的体力劳作，他瘦了很多，整个人看上去比实际年龄至少大五六岁。随后，葛卫和唐鹏鹏简单说了一下他这两年的经历，包括他的餐饮店出事等。紧接着，葛卫也说明了这次他来找唐鹏鹏的目的：现在，也想着在农村发展，特意过来向你学习的。

"这两年，你也不容易。"唐鹏鹏对葛卫这两年的际遇唏嘘不已，不过，他从葛卫当前的状态看出来，他已经从过去的事情中走出来了，过去的就过去了，也就没必要再说些什么了。随后，两人把话题放到葛卫此行的目的上来，唐鹏鹏对葛卫也想在农村发展表示赞同，他真诚地邀请葛卫去看看他这几年的劳动成果："一会儿我带你去转转，一起探讨一下。"

于是，葛卫就跟着唐鹏鹏在他忙活了五年的各个项目基地学习了一番。唐鹏鹏的农村事业发展得很顺利，他前几年的付出，现在终于有了回报。山林里弄的养殖、果园，都已经有了一定的规模：他承包了几座山和很多田地，其中，两座山上分别散养了几百头土猪、黑山羊，从配种到养殖再到出售，都形成了产业链；另外，还有两座山丘的果园也都到了能采摘的时候了，眼下就有一批待采摘的枣树，产量很喜人；他还承包了十几个鱼塘，鱼、鸭、鹅，每年都成批次地出栏。而且，唐鹏鹏把他的这些产业集群化、品牌化，什么黑山羊养殖基地、果园、采摘园等，甚至有十来个村的那些年龄稍微大一点但也能干得动，而且对于农活还是一把好手的伯伯婶婶们都成为唐鹏鹏企业的员工。唐鹏鹏用了五年的时间，在他家附近干出了一片天地，不仅使得他有了比较稳定、可观的收入，还解决了部分农村闲置的劳动力问题，算是干出些名堂。

  整整一下午，葛卫都跟着唐鹏鹏在学习，唐鹏鹏一边向葛卫介绍他事业的现状，一边详细地告诉他具体的操作方法、需要注意什么，以及他这五年来从一次次吃亏中总结出来的经验。学习了一圈的葛卫感触良多，晚上回到家里又思考了一番的他终于做出决定：就在农村发展！

第四十八章
重新开始

"我还是继续上班吧,我感觉我不太适合开店。"同样对人生之路做出选择的,还有刘海波。这天晚上,在把女儿哄睡之后,刘海波和杜青青聊了会儿天,说了说他考虑的结果,也谈了谈他的想法。

这几天,刘海波一直在考虑杜爸爸、杜妈妈送给他们家一个店铺并建议他辞职开店的这个事情。到底继续留在乡政府上班,还是听从家人建议辞职去开店?刘海波在这两种选择上权衡了很久。刘海波很感激杜爸爸和杜妈妈,这是一份长辈的关爱。但是,他也有自己的想法,他认为自己不会开店,对于开什么样的店、要怎么去运营等事情,他都不懂!毕竟这些都是他完全没有接触过的,而且是他不喜欢,也不擅长的。另外,如果以辞职为代价,就没有了退路,用他现有的家底选择开店的话,店铺装修、经营成本等都需要一笔比较大的开支,而眼下,他们一家人吃喝拉撒都靠他和杜青青的工资来应付,拿出全部家当或者去借钱开店?多冒险、多有压力!万一开店挣不到钱,到时候工作也没了,拿什么还?在乡政府上班,虽然工资不多,但至少还算有份工作,还算有份稳定的经济来源,选择继续在乡政府上班,就不用绞尽脑汁去想开店这些麻烦事儿,也不会有这么大的压力。

当然,对于继续在乡政府上班,刘海波也想了很多,考虑到他在乡政府上班的现状,也想到谭主任和他说的"因为体制问题,没有什么发展，无非就是每个月拿点儿让你吃不饱却又饿不死的工资"。确实，他们说得没错，现在的自己在乡政府工作，就好像他在部队当兵一样，只能是一级一级地熬，从服役完两年义务兵晋级一期士官，干上三年后晋级二期，又是三年……就个人前途而言，如果想进步或者想通过自己的努力，去改变生活状态，更好地体现人生价值，进步的机会和发展空间不是那么大。对于这种情况，刘海波其实心知肚明。

"要怎么选择？"刘海波的脑海里不是没有思考过，他偶尔想过干脆辞职算了，这个年代，只要勤快肯干，肯定能混口吃的。但是，他又下不定决心迈出这一步，他转而想着，好不容易当了十二年的兵，从农村走到城市，有一份正式的工作，就这么不要了？这也太可惜了！现在虽然累了点儿，但是以后总会好起来的。

对没读多少书，没有一技之长，又与地方生活脱离了十二年的刘海波来说，当兵的副作用是，他的年龄有点儿尴尬，就算有点儿什么想法，也会因为想得多而犹豫，他的那份正年轻的冲劲和果断，被温水煮青蛙般消磨了很多，面对一些具有挑战性的事情或者可以改变的机会，只能是保守地作出选择，即使心有不甘，也无可奈何了。

"我随便你，你自己考虑好了就行。"杜青青也知道刘海波的性格不适合开店，就没再说什么。第二天，她和杜爸爸说了他们的考虑结果。

"随便你们，那我先把店铺装修出来，看看是开个超市，还是用来出租，我再和你妈商量。现在我和你妈也没有太多精力干别的了，如果你们以后想开店了，就再说。"杜爸爸本是一番好意，既然小两口有他们的想法，他也就没必要再去勉强了，此事就当作罢。

此后，刘海波还是在乡政府踏踏实实地上班。不过，也正是这次的选择让刘海波在一定程度上受到了刺激。通过对比思考，他更加理性地看清了他在乡政府上班的现状，他想，既然做出了选择，而且也考虑到选择的这条路上有很多不如意甚至不满意，那么，发现问题就去想办法解决问题，现在是不是应该有针对性地做出点改变？试着改善一下那些不好的、自己缺乏的。比如说，制约自己发展的，有编制、体制等客观因素，也有学历、年龄等主观因素，那些客观因素是他无力改变的，而和自己有关的主观因素，是不是可以做出相应的改变？没有学历，那就搞学习，去自考！不管有没有用，先试试看，万一哪天能用得上呢！多学点儿东西，总是没有错的。刘海波还想到学习电脑，当兵的时候他当过代理排长，因为没接触过电脑，一开始他连打字都不会，年终写个述职报告他都要一边念一边让文书打字，后来在文书的指导下，他也慢慢会了一些基本操作，但不是很精通。他想，自己有空多学习一下电脑知识，也是有用的。

　　说干就干，随后，刘海波真的朝这些方面去用心研究了，报考成人自考，购买电脑书籍，一有空，就学习，他的生活重新开始了。

　　重新开始，不是嘴上说说这么简单，要做起来，还真挺难的。很久没有看书学习突然又拿起书来看，而且还有大部分都不懂，需要反复去查资料，去请教别人，这种痛苦很难想象。刘海波如此，决定在农村发展，但是还没有确定具体怎么干的葛卫亦然。

　　从唐鹏鹏那学习回来就下定决心要在农村发展后，葛卫也重新开始了他的人生之路。而且，他还断了退路，在姜师傅没找他去工地干活之前，他先打电话给姜师傅，说他最近在家有点事儿，就不去工地干活了，算是给了姜师傅一个交代。"在农村具体干些什么呢？学唐鹏鹏承包山地搞养殖？或者找找别的什么项目？"大的方向有了，问题是怎么迈出第一步。眼下，刚刚回到农村，对农村的形势还不是很了解的葛卫，对于具体干些什么，还没有详细的规划和打算，一切都需要重新摸索。

　　"不能过于着急动手干，要先好好计划一下。"虽然葛卫对回农村发展满怀一腔热血，甚至还受到了唐鹏鹏已经小有成就的刺激，但他没有盲目。自从退伍后，经过几年地方生活的历练，尤其是开餐饮店和在工地打工期间，葛卫除了黑了、瘦了这些能看得见的、外在的变化外，他身上还有一些看不见的、内在的改变。比如，不知道从什么时候开始，他的话越来越少，心里的事越来越多，变得更沉默了。当然，葛卫的这种改变也可以称之为成长，甚至是蜕变，正是因为有了这些看似苦难、不容易的人生经历，他才会被打磨得更加坚强、更加成熟。他想，唐鹏鹏确实是他学习的榜样，他可以向唐鹏鹏学习甚至借鉴他的发展模式，同时，他也想到，唐鹏鹏的成功真的可以复制吗？唐鹏鹏在农村搞养殖、种植，搞得风生水起，自己再去跟着弄，也行吗？不一定吧。而且，唐鹏鹏的村子后面就是几座大山，有着天然地理环境的优势，适合他现在干的事业，而自己家所在的泥湾村，村子前面是宽阔的平地，只有村口一条路能进来，不光是乡里的贫困村，还是市里的贫困村，可以说除了地还是地，客观条件不一样。另外，葛卫还颇有远见地想到，不能只看唐鹏鹏这一个例子，不能局限于眼前的一亩三分地，在农村干事业的多了去了，别的乡、别的县甚至别的市、别的省，他们的农村在搞什么？有什么可以学习的项目？所以，葛卫决定去考察一下，走出去学习，当见见世面也好。

接下来，葛卫就一直在农村跑，他买了一辆二手摩托车，顶着烈日和风雨，从村里出发，先把他们乡转了个遍，又到别的乡、别的县、别的市，前前后后用了将近一个月时间，去了解各地的农村面貌。沿途中，葛卫看到大部分农村还是以传统的水稻种植为主，而且都是以家庭为单位的种植，农业机械化水平还比较低，没有形成成片的、相对集中的产业。当然，他也看到了他想要的：有种植温室大棚菜的、搞园林培育的，有种植药材的、搞养殖的，也有弄果园搞采摘、承包水库或者池塘专门搞垂钓的……当然，他还看到不少农村正在新建一些工厂、结合当地地理环境特色搞旅游等。葛卫对这些项目很上心，他不仅看了看，也问了问，每到一个地方，他都一边转，一边找机会和正在干活的师傅们抽根烟，请教一番，有针对性地谈谈那些项目的相关情况，了解一些他想知道的东西。

就这样，葛卫就像行万里路一样，边跑边学习。而且，每天他都把看到的、问到的、听到的记录下来并整理好，遇到有不懂的、不明白的，要么第二天再去转一遍，要么去查阅相关资料，直到搞清楚为止。慢慢地，他对他所到过的地方有了一个大概的了解，对各个项目的情况也了然于胸。

第四十九章
点亮想法

时间很快到了八月份，这个时候邵州市的气候依旧热得厉害。

这天，在外面跑了一段时间的葛卫回到了家里，现在他要根据这段时间的收获，好好计划一下接下来要做的事情。葛卫拿出笔和小本子，以及他整理出来的相关资料，进行综合的思考，把想到的、要注意的都记录和标注下来，然后再作比较。

当然，葛卫除了琢磨这些项目本身的信息外，他还考虑到一个问题，那就是国家对于农村建设发展的政策。在葛卫到处跑、到处学习的过程中，他有一个颇为意外的收获，有一次他经过刘海波工作的清河乡，很巧的是他和刘海波偶遇了，两人还聊了一会儿，刘海波对葛卫说的话让他受益匪浅。

"阿卫，你怎么在这儿？"葛卫记得当时是中午，天气实在太热了，就把摩托车停在距离清河乡政府办公楼不远的路边的一棵大树下，想乘一下凉再赶路。正好去外面办事的刘海波骑着摩托车刚好路过，这回，他一眼就看到了葛卫，于是，两人就在路边说了一会儿话。

"我到处转转，看看有什么项目可以学习一下。"葛卫和刘海波说了说他的现状，也谈了谈他打算在农村发展的想法。

"在农村发展，想法挺好的，现在国家提出精准扶贫的号召，有很多支持和鼓励在农村干事业的优惠和补助政策。"刘海波对葛卫的选择很赞同，他在乡政府工作，经常往村里跑，这方面的情况他比较熟悉。

"精准扶贫？还有优惠和补助政策？"葛卫一开始还没听明白。

"当然有，都下发到村里了，你应该多去了解一下。"刘海波继而又和葛卫说了一些政策方面的事情，他告诉葛卫现在国家正在搞新农村建设，有很多可以干的。就在两人聊得正起劲的时候，刘海波的电话突然响了，有人催他回去弄一个要紧的文件，于是他不得不和葛卫匆匆告别。

"对啊，应该好好了解一下政策！"虽然葛卫和刘海波只是短暂的交流，但是，刘海波的建议让葛卫触动很大，他猛然开窍：刘海波说的政策，似乎解决了他一直在探索的问题！葛卫退伍回来的时候就曾感慨地方正在高速发展，做事情要顺势而为，直到前几天，他打算要在农村发展的时候，也还是想着农村正发生变化，是一股势，想要趁势而起，但是，他从来没有想过，这个势具体是什么，现在，他终于悟到了，时代在发展，社会在进步，要想跟着时代和社会的脚步前进，就必须懂国家的一些政策！国家的政策就是形势！

随后，葛卫回到村里，去村委会打听了相关情况。村委会工作人员告诉他国家确实出台了很多关于农村建设发展的相关政策，并拿给他一些政策宣讲单。葛卫拿到政策宣讲单后，仔细地研究了好几天，当他看到国家在土地使用、项目技术引进、创办企业、资金投入等方面有很大的支持性政策，甚至还有具体的补助时，瞬间感觉自己如有天助！而且，从此以后，葛卫就又恢复了一项以前在部队当兵养成的习惯：每天收看新闻联播和读报。从退伍之后，他似乎融入了地方生活，忘记了以前在部队经常干的一些事情，现在，他需要关注时事，需要了解国家政策，尤其是国家对于农村建设发展的相关信息和系列政策。

就这样，综合所有的因素考虑，对于在农村发展，葛卫在家里计划了好几天。这些天，他很有激情，也很有想法！通过这段时间的学习，他了解到自己可以选择的项目有很多！他恨不得把他所见识到的，统统用上，甚至，他信心满怀地在心中构建出一幅百花齐放的蓝图：根据家乡的环境特点，有水的地方弄和水有关的项目，有山的地方搞适合在山上弄的东西，平地就开发适合平地的工程，尽可能发挥出每一寸土地的功效，把村庄以及周围打造成一片物尽其用、充满价值的天地。他甚至幻想着要改变家乡现在的面貌，让自己的村庄焕然一新！

"要怎么选择？到底从哪儿开始干，从哪儿开始起步？"随后葛卫也慢慢地冷静了下来，他知道这些想法是好的，很有前景，不过要慢慢来。毕竟想法，只有在实现之后，才有说服力。他现在只有不到二十万块钱的积蓄，以这些作为本钱，不可能什么都干，他需要取舍，不能一口就吃个胖子，得一步一步来。而现在最重要的是找到一个合适的项目作为起点，在众多想法中确定从哪儿下手。葛卫就好像面对一桌子丰盛的菜肴，菜是好菜，就是不知道从哪一碗开始下筷子一样，颇为伤脑筋。不过，这个时候的葛卫也没有太心急，他想着这个时候慎重一点儿，总比随便做出选择到以后再悔不当初要好得多。而且，在这几天里，葛卫除了苦苦思考外，他没事就往在这方面有经验的唐鹏鹏那里跑，把一些想法和打算和唐鹏鹏交流，多听取他的意见。

"阿卫，理性一点儿说，在创业初期，你想干什么，不是由你决定的，而是要看市场需要。"对于葛卫现在的困惑，唐鹏鹏很有感触，毕竟这个问题是他几年前在农村干事业的时候遇到过的，他现在干的这些项目，也是他根据市场需求而做出的决定，他很快就给出了葛卫答案："你想想看，你想干、能干甚至会干的项目很多，但是，你要想到这些项目是否有市场？是否有价值？只有市场需要，你干的这个项目才能有生命力。"

"对啊，现在这个时候，不是我想干什么就能干什么，而是市场需要什么，就干什么。"终于，葛卫的思路慢慢清晰，随后，他进而想到，唐鹏鹏以前和他说的农村包围城市的想法，似乎也有这方面的意思：不管干什么，主要还是看是否有价值，而这个价值是由市场需求决定的。如果把农村看成生产地，那么城市在一定程度上就是消费地，也就是所谓的市场，如果农村围绕城市的需要进行生产，可能就会有发展！

"还有，干事业的头两年，先别想着挣钱，这你要做好思想准备。"唐鹏鹏还和葛卫分享了他在农村干事业的经验和心得。

"这个我有准备。"唐鹏鹏这句话说得没错，在农村发展，不像他之前开餐饮店，每天都能看到有多少营业额，知道自己挣了多少钱，而在农村干事业，可就不是那样了，前期是投入、打基础的时候。

"要不你也搞养殖？你先在你们村承包一些土地和鱼塘，先把项目弄起来，我这边有养殖技术以及销售的渠道。另外，资金你缺多少，我先给你垫着。"葛卫向唐鹏鹏请教的时候，唐鹏鹏也给出了具体的意见，他建议葛卫搞养殖，并答应给他一些具体的指导，还许诺可以在资金上进行援助。唐鹏鹏是诚心想帮葛卫一把的。一方面，他搞了几年养殖了，在这方面有经验，也觉得有搞头，而且他还想扩大规模呢；另一方面，他也想还给葛卫一份人情，就冲他和葛卫只见过一次面，在他最困难的时候，葛卫能借两万块钱给他，也因为他们都是退伍兵，以他对葛卫的了解，他觉得值。

"我考虑一下。"当然，葛卫也听出来唐鹏鹏的意思了，他很感动唐鹏鹏的一番好意，但是，他也有自己的想法。最重要的是，在他考虑了几天，加上和唐鹏鹏的交流后，他似乎受到了点拨，被碰撞的思维突然有了火花，之前那些不成型的想法也瞬间被点亮了！

要根据市场来决定干什么！顺着这条线，葛卫很快就对下一步要干什么、怎么干的想法做出调整，他的心里已经有了一个大概的选择。

"现在蔬菜都涨价了，这些菜都是外地进货过来的，价格自然要贵一点儿，本地的菜还需要过段时间才能有。"在接下来的几天里，葛卫又来到邵州市里，他要进行市场考察，看看他的意向选择在市场上的需求到底如何。这两天，葛卫去的最多的地方是农贸市场和一些商场的生鲜柜台，他有时候和摊贩聊上几句，有时候和买菜的顾客聊一聊，还有些时候，他干脆什么也不干，就是看和听，看大家选购什么菜，听他们在买菜的时候说些什么，并且，他还想办法找到几个贩卖蔬菜的批发商，打听到他们从哪儿批发菜品、价格几何等情况……一番了解过后，葛卫对邵州市各大农贸市场以及生鲜超市的蔬菜价格情况，心里有了数。

"就先从种菜干起！"葛卫打算在农村种菜，而且是搞大棚蔬菜种植。之前到处跑、到处学习的时候，他就瞄准了好几个项目，其中就有大棚蔬菜种植。并且邵州市城区附近的乡镇还没有人弄这个，葛卫考虑到他们村庄的地理位置搞大棚蔬菜种植有优势：虽然是贫困村，但是土地有的是。村庄前方较为宽敞的平地正适合搞集中种植，一条小河经过，更是方便浇灌。最重要的是，葛卫会种菜，对于大多数蔬菜的种植，他从小就会，并且他还知道村里有几个叔叔婶婶是种菜高手，有不懂的地方可以去现学现用，或者雇用他们来指导也行，还有，这两天他买了几本蔬菜种植方面的书籍，没事就琢磨一番，和他以前开餐饮店之前研究厨艺一样，颇有兴趣。于是，在衡量了多方面因素后，他决定先从种植大棚菜着手，启动他在农村干事业的计划。

"当过兵的，怕什么？失败了，大不了从头再来！"葛卫给自己加油鼓劲，他要再次点亮心里的星光。

第五十章
再打基础

做出了选择，也确定了目标，接下来，葛卫就开始行动了。

要从地里求发展，首先得要有地。葛卫家所在的泥湾村四周大部分是划分到个人的农田以及种菜的土地，这几年村民们外出打工的多了，有的也迁居到城市里生活了，在家种地的越来越少了，以至于很多土地都荒废了。这几天，葛卫在村里考察了一番后，找到村委会和一些闲置田地的村民，洽谈了承包和置换土地的事情，没几天，在村委会的协调下，葛卫规划出近二十亩的土地用来种植温室大棚蔬菜，他想着先小规模地进行，再慢慢扩大。随后，村委会将葛卫承包土地以及种植温室大棚蔬菜的申请上报到乡政府审批，没多久，乡政府就给出了回复，而且还把葛卫温室种植大棚蔬菜项目列为政府精准扶贫的重点工程之一，打造为乡里的温室大棚蔬菜种植基地。

弄好土地，算是开了个头，在随后的几个月的时间里，葛卫就真正忙碌起来了。他按照之前的计划，一心扑在地里，面朝黄土背朝天，一步步干起了温室大棚蔬菜种植。葛卫联系到专门制作温室大棚的厂家，购置了大棚支架、塑料棚等材料，开始修建温室大棚。修建温室大棚，厂家会派出技术人员过来安装，葛卫倒也省了些心，不过，在工人们修建的过程中，葛卫也一直在一旁学习，有些地方还根据他的意见加以因地制宜的改良。不仅借鉴了之前到处跑着学习所看到的那些大棚蔬菜种植的老师傅们的经验，还从网上、书籍中学习到其他更先进的一些做法，在大棚的使用面积、高低等问题上都尽可能地科学些。另外，在浇水排水系统等问题上，也采用了便捷的机械化设备。在温室大棚修建的差不多的时候，葛卫又买来翻地的机器，并雇用两个留守在村里的劳动力，翻地、除草……不知不觉，经过两个多月的辛苦劳作，到了十月份中下旬，葛卫的二十亩温室大棚蔬菜种植基地已经初具规模：所有大棚已经全部修建完毕，相应的温度控制、通风排气等设施也安装妥当，土地也已经全部翻好，垄沟也弄好了。万事俱备，只欠东风，在完成所有的准备工作后，葛卫的大棚蔬菜种植基地就进入种植阶段了。

"播种！"为了方便出行，葛卫买了台二手面包车，马不停蹄地在市里和乡下来回跑。他买种子、拉化肥，并雇用村里的两名种菜高手，就开始育苗、下种。葛卫了解到大多数的蔬菜生长周期是三个月到四个月左右，而用温室大棚种植，生长周期会相应缩短一段时间，他预想着要是在年前能收获一茬就好了！

到了农历十一月份，邵州市的气候逐渐转凉。这个时候，大部分农作物都已经收割完，和农村的萧条相比，葛卫温室大棚里的蔬菜种子已经冒出了绿芽，劳作的人们干得"热火朝天"的景象，显得格外地与众不同。在温室大棚里，葛卫连同帮着一起忙活的葛爸爸、葛妈妈以及雇的几个人忙碌的身影从未中断过。"一号菜地需要施肥了，三号菜地已经长藤了，需要弄支架了。还有，四号菜地的排水沟有点儿堵，需要去清理一下……"每天，葛卫和家人全身心地蹲在温室大棚里，二十亩地农作物的支架、施肥、通风等等事情，干完这个就要忙下一个，除了吃饭睡觉，很少有停下来的时候。

"阿卫，你不开饭店了？你在农村搞这些，能挣到钱吗？"以前开餐饮店的葛卫现在回到农村当农民，种植温室大棚蔬菜，这一系列的举动，在村里引起不小的议论，一些邻里们看来，当过老板的葛卫越混越回去了，他们认为在农村种地是没什么出息的，只有在外面挣不到钱的人才回来干的事情。

"先试试看。"对于这种质疑，葛卫没有做出肯定的回答。他知道，现在还不是挣钱的时候。至于他们对自己的那些看法，葛卫更是没有在意。邻里们说的有一定道理，外出打工干一些相对轻松的、有技术含量的事情，挣钱确实要容易一点儿，但是，葛卫想做的不仅仅是挣钱或者是为了生计，他想干有价值、有职业性的可以称之为事业的事情。没错，他现在成为一个农民，干着农民干的事情，但是他没觉得有什么不好。如果从世俗的角度来说，葛卫以前去当兵，有一部分原因是为了走出农村，但是没想到他半途而废了。后来，葛卫退伍回来开餐饮店，在一定程度上还是想走出农村，在城市里立足，然而到最后他又出事了……这些年葛卫没少折腾，但折腾来折腾去，他还是和以前一样。面对这些现实，葛卫虽然有压力，不过，这个时候的他也没有着急，他想，就当自己又一次打基础吧！经过这几年地方生活的历练，在得与失、成与败之间，葛卫的心里多了一份坦然。这份坦然中，有即使面对困难也不怕的自信，有即使失败了也能接受的豁达，也有不管结果怎么样，只要在过程中做到问心无愧的稳重。

当然，在邻里们的议论中，也有一部分人认为葛卫是能干大事的，有发展前途，他们很看好葛卫，甚至还很热情地上门来要给他做媒。葛卫年龄也不小了，快三十岁了，在农村和葛卫同龄的年轻人大部分都结婚了，有的连小孩子都三四岁甚至上小学了，大家都觉得葛卫应该谈婚论嫁了，就连葛妈妈都念叨他要考虑这方面的事情了。对于这些，葛卫没有理会，自从和唐微微分手以及餐饮店出事涉及唐家人发生的那些事情之后，葛卫一直没有去想儿女私情的事情，他现在一门心思就是打基础、干事业。

转眼间，到了十二月份。从六月份开始做出选择在农村发展到现在真正地干起来，葛卫的人生发生了很大的变化。同样，近半年时间里，在乡政府上班的刘海波的工作也有了些改变。

一直以来，工作上的刘海波是以能干而有名的，但是不知道从什么时候开始，他变得越来越闲了。以前乡里一有什么大的事情，乡领导都会让刘海波去负责，而现在，他们都不约而同地换了别人去弄，让他安心做好本职工作。对于这种情况，一开始，刘海波没怎么在意，毕竟可以多出时间来学习、照顾家里，然而，时间一长刘海波也听到了一些风声，说什么因为他一根筋、不懂得变通，把乡长和乡书记都得罪了，所以他在工作上被边缘化了。

"那也算得罪人？"刘海波对这些闲言碎语颇为无奈，不过，他也认真地回想了一下在近期的工作中是否真的有做得不好的地方，然而，经他这一反省，还真想到了两件事：有一次他在山林地防火巡逻的时候，发现两个中年人在盗伐林木，他连忙报案让派出所的同志把他们抓走了。后来他才知道两个盗伐林木的人中有一个是乡长的叔叔。另外一件是今年乡里决定在前两年修建完工的村道两旁搞些绿化，因为刘海波之前负责过村道修建工作，所以这件事情还是交给他去办，在园林基地招标的时候，当时有一家报价有些高，刘海波则选择了另外一家便宜的，事后有人告诉他那个报价高的园林基地是乡书记弟弟的，本来乡里是要内定他们家的，结果乡书记忘记嘱咐了。"犯法的事情，当然是交给警察！还有，乡里搞项目，能节省一分钱是一分钱啊！"刘海波对这两件事情的处理并没有感觉到有什么不妥。

当然，还有刘海波不知道的是，他被边缘化也不仅仅是因为这两件事情，还有更深层次的原因。这几年刘海波在工作上的表现，乡领导看在眼里，认为他是不可多得的助手，很多工作交给他负责，他们放心。但是，乡领导重用刘海波，实际上还有另外一层意思，他们认为刘海波刚从部队出来没多久，比较单纯，也比较好管理，他应该会很听话。事实上，在一些平时的常规工作中，刘海波确实兢兢业业，让干什么就干什么，是一员得力干将。但是，涉及一些另外的工作，刘海波的缺点就暴露出来了，那就违反原则的事情，谁说都不行，慢慢地，他们认为刘海波的脑袋里缺根弦，只知道认死理，一些死工作交给他可以，一些有搞头的工作就不能交给他负责了。乡领导明面上对刘海波干的一些工作是各种表扬，实际上早对他不满意了，久而久之，他们都选择不用刘海波了。

"海波，以后干活，懂事一点儿，差不多就行了！"对于刘海波在工作上的被改变，他自己可能还没有意识到，但是乡政府有些旁观者能看透，作为长辈也好，老同事也好，一直看着刘海波来乡政府工作的组织委员陈德良对他的处境感到很惋惜，认为他的努力不讨好，付出和收获不成正比。好几次，陈德良拉着刘海波一起喝酒，顺便和他谈一些生存法则，让他学会人情世故。

"总要对得起组织给开的这些工资吧。"其实，在刘海波的心里，也不是没有数的，毕竟他在部队一直是这样干的，也一直是受到表扬的，所以，现在这么干也应该是对的。

"你啊，就是这个命！那你就再熬几年，你这匹千里马，需要务实的伯乐才能相中。"陈德良不知道是喝多了，还是掏心窝子和刘海波说话。

第五十一章
进展顺利

转眼间，又到了一年的年底。不过，今年的春节似乎要来得晚些，农历的腊月底，已经是阳历的二月份上旬了。

"这片地的黄瓜长势很可以，那边的西红柿也红了。"在温室大棚基地里，葛卫正在打理着那些长势喜人的茄子、辣椒、黄瓜、西红柿等蔬菜，一分耕耘，一分收获，经过几个月的辛勤劳作，终于迎来了收获的季节，他种植的二十亩地蔬菜已经全部到了可以采摘的时候了！

"卖菜啦！温室大棚种植的新鲜的本地蔬菜！"有了收获，就有了回报。早在半个月前，看到满大棚逐渐成熟的各类蔬菜，葛卫就开始琢磨销售的问题了，随后的几天，他都是半夜两三点钟就起来到邵州市里的各个农贸市场和商场的生鲜柜台，了解蔬菜的进货渠道、种类定价等问题，通过观察，他慢慢地懂得了一些门路。根据这段时间所见所闻，葛卫想到，他的温室大棚蔬菜刚开始起步，也是以后要长期干的事业，眼下应该采取薄利多销的方式，即使少挣点儿钱，先把销路打开再说。于是，葛卫把市场上各类蔬菜的价格都打探好，然后找到之前认识的或现联系上的蔬菜贩子以及商场负责人谈合作。另外，葛卫的温室大棚蔬菜种植基地作为板桥乡的精准扶贫工程，乡政府也一直在助力，尤其是负责泥湾村的副乡长，作为扶贫干部，他一直很关心葛卫的温室大棚蔬菜种植情况。副乡长姓夏名飞林，个子不高却很壮实，他虽然没有当过兵，却有着军人的雷厉风行般作风，他联合乡政府其他工作人员帮葛卫找销售渠道，联系了一些农贸市场的摊位菜点，进行批发式的采购，同时他们还帮葛卫和几家企业的食堂签订了长期的蔬菜供应合同。因葛卫的蔬菜质量好，在价格上比外地的蔬菜要便宜一些，很快，葛卫就和他们谈好了销售事宜，渠道算是不成问题了！所以，一等到温室大棚的蔬菜能够出产，葛卫就开着他的面包车，挨个销售点送货了！

"一号菜地第一批西红柿有三千斤，辣椒五千斤，黄瓜四千斤……二号菜地的豆角有两千斤，生菜两千斤……"在接下来的几天，对成熟的蔬菜进行采摘、清洗、包装，葛卫的温室大棚蔬菜种植基地里出现前所未有的忙碌景象，随着一车车装得满满的蔬菜往外拉，葛卫二十亩地的温室大棚蔬菜在过年之前几乎被抢购一空，即便剩下一些也是留给那些签了蔬菜供应合同的企业的。

第一茬劳动成果的收入很可观！在忙活完销售事情后，葛卫算了一下账，前期承包土地、修建温室大棚以及安装各项设施的投入不算，就单算第一批温室大棚蔬菜种植，除去购买种子、施肥以及雇用劳动力干活的成本，这次收益就有十万多块钱！

"继续种！"第一批温室大棚蔬菜种植取得开门红的成绩，葛卫决定继续种植第二批。于是，他又购买了一些种子和肥料，并很快开始翻地、播种，他要和时间赛跑，他满怀希望！

很快，春节来临，葛卫一家人在农村欢欢喜喜地过了年。当然，今年葛卫没有往年歇业休息的概念了，他大年初一都是在温室大棚里度过的。这个时候的葛卫干劲十足，他恨不得天天吃喝拉撒睡都在温室大棚里，常态化地起早贪黑，只为能多挤出时间来干活。

"这个黄瓜苗，还是要种稀疏一点儿，上次有点儿密集。另外，三号地的排水沟要深一点儿，不然很容易积水……"温室大棚种植和露天的种植还是有些不一样，葛卫以及他雇用的种菜高手在种植了一波温室大棚蔬菜后，就有了一些实践经验。所以，在第二批的种植上，他们就感觉好得多了，在一些细节的问题上，更能注意和处理好了。

就这样，感觉到很有出路的葛卫在年后更加拼命地干起了他的温室大棚蔬菜种植。当然，他会根据季节特点和市场需求，及时调整蔬菜种植的品种。并且，他还擅长研究，他一边买来书籍、查阅资料学习，研究怎样才能更好地种植或者尝试着有选择性地去种植一些别的项目，一边跑出去学习，去其他市、县的温室大棚蔬菜基地考察，去了解他们的种植水平和发展思路。总之，葛卫想尽可能地把他的温室大棚蔬菜基地弄得更有发展，他就是想在农村干出点儿事情来。

不知不觉，半年过去，到了这一年的下半年，葛卫的温室大棚蔬菜基地又种植了两个生长周期，虽然后来气候转暖，农村种植的蔬菜多了起来，他后两批的温室大棚蔬菜在价格上没有第一批那么喜人，但是，两茬收获下来，他的收入还是超出了他的预期：不到一年的时间，他把之前投入温室大棚蔬菜种植的所有成本都挣回来了不说，另外还赚了几万块钱！

自去年葛卫把他辛辛苦苦在工地上打了两年工攒下的积蓄都投入到温室大棚蔬菜种植上来，到现在，他已经做到回本并开始盈利了。一年来，虽然葛卫以及家人都很辛苦，每天都是没个停地干活，但好在一切都很顺利。自从葛卫回到农村干事业，他感觉自己顺了很多，"只管干，其他的好像自有安排"。说实话，他一开始选择以所有积蓄为基础，想在农村里发展的时候，他心里也没有底，毕竟不确定的因素太多了，来自各方面的压力也比较大，然而，他硬是凭着一股初生牛犊不怕虎的闯劲和不怕苦、不怕累的干劲，玩命一样做事，他的付出和收获终于成了正比。现在温室大棚蔬菜种植有了这样的基础，葛卫压力自然就小了很多，他也没有那么急功近利了，有了底气的他似乎稳当了很多。

"继续干！"有了收获，前行就更有动力了。随着又一批温室大棚蔬菜的种植，葛卫越来越忙了，不过，即使再忙，他每个月还是会抽出时间专门去做几件事情，比如月底去银行给他资助的两个贫困学生打生活费，这是他一直坚持的，另外他会定期到中心医院去看马超群。

马超群昏迷整整三年了，还没有醒来，或许是他睡得太久了，也该睡够了，或许是长时间的治疗、护理有了效果，在这个月月初的时候，马妈妈给马超群擦脸，不知道是马妈妈产生了幻觉，还是确有其事，她看到马超群的面部抽动了一下，似乎有了知觉！而且上个星期，葛卫和刘海波很难得地遇见，又一起去看马超群，两人在病床前和他说了一会儿话，葛卫隐隐约约看到马超群的手指好像动了一下！

"这是好转的迹象！"对于马超群的异常，医生给出了振奋人心的结论。

"太好了！你一定要早点儿醒过来！"听到这个大好的消息，马爸爸、马妈妈高兴得掉眼泪了，葛卫和刘海波也是激动万分。

葛卫的农村事业干得有声有色，马超群也可能会好起来了，很多事情都朝着好的方向发展，这是很值得高兴的。当然，各个方面也在慢慢变好的，还有重新开始并逐步发生改变的刘海波。

原本一直处于双重压力下求生存的刘海波，在经过几年时间的历练，他的工作和生活状态也有了好转。在工作上因为不懂人情世故、不机灵而不予重用的他，少了很多事情要做，反倒觉得清静了不少。除了踏踏实实干好本职工作外，剩下的时间就是看书学习。另外，在生活上，刘海波和杜青青相互扶持，他们的女儿也三岁了，活泼健康，快上幼儿园了，在带孩子这件事情上，一家人马上就要轻松了。并且，经过这些年的省吃俭用和双方父母的帮衬，刘海波和杜青青的经济压力也小了些，也存下了些钱给女儿上学用。

就这样，刘海波的工作和生活趋于稳步发展。近半年来，上班、学习、带女儿，他几乎每天都重复着这几件事情，这些词语也成了他这段人生历程的标签。不过，充满未知的生活有时也会有些意想不到的事情发生，在这个星期五，刘海波很突然又很顺便地多了一次救人的经历。

"救命啊！有人要淹死了，快来救命！"这天夕阳还没西下，刘海波骑着摩托车下班回家，路过临近市区的一条河边，他看到桥头有几个空矿泉水瓶子，便想去捡起攒着卖钱，然而，他刚把车停好，突然听到桥下有人在喊救命！

"别怕！叔叔来救你们！"刘海波连忙从桥头的草堆里跳下到河床，他看到桥底下站着两个七八岁大的小女孩，正惊慌失措地呼喊着，而在河流中央，两个瘦小的身影正胡乱地挥着手，一沉一浮，看样子应该是被淹着了。刘海波二话没说，脱了鞋子就纵身跳下河，向落水者游过去。小时候和村里的小伙伴经常在池塘里、河里玩水的刘海波水性很好，很快，他就把两个小男孩从河里救了上来。原来，这两个小男孩以前在池塘里洗过澡，以为在河里游泳和在池塘里一样，便和村里的玩伴一起到河里游泳，结果他们因为脚抽筋而被淹着了。幸亏刘海波及时赶到，把他们救了上来。

"谢谢叔叔，谢谢……"被吓坏了的两个小孩子惊魂未定，含糊不清地向刘海波道谢。

"快回去吧，以后不要到这里来游泳了，太危险了。"这时，河边陆陆续续赶来几个听到动静的大人，刘海波没多做停留，嘱咐两个小男孩几句就离开了，因为下班的时候，杜青青打来电话说今天她要加班，让他早点儿回去接女儿呢。

"你们俩的衣服怎么湿了？"很快，落水的两个小孩子被周围认识的大人送回了家，他们一到家，就遭到不知情的母亲的呵斥。

"两个孩子在河里游泳，差点儿淹死，正好有个骑摩托车的路过，救了他们。"一旁的一个大叔说出了原委。

"恩人呐！"来不及责怪孩子的母亲追到桥边，来找救了她两个儿子的恩人。不过，这个时候的刘海波已经骑着摩托车走远了。

277

第五十二章
圆梦重生

有的种子看上去非常细小、微不足道，也有的种子灰不溜秋，不被人们所看好，直到它们遇到了土壤、阳光和雨水，就慢慢地成长为参天大树或者开出美丽的花。就像有的人一些大胆的想法，一开始可能被看作是胡思乱想甚至幻想，但后来经过一系列的辛苦努力和拼命付出，这些所谓的幻想慢慢落地，甚至一步步地生根发芽，最后成了真，这个时候，人们就会把他之前的幻想称之为梦想，把他一路上努力和付出的过程称之为圆梦。

经过一年没日没夜的劳作，葛卫的温室大棚蔬菜种植有了很好的开始。而且，经过大半年时间的跑业务，葛卫温室大棚种植的蔬菜销路越来越宽了，在市场上很受欢迎，偶尔还会出现供不应求的现象，甚至别的县、市的蔬菜贩子都找上门来找他进货。所以，在下半年，葛卫不仅没有止步，而且他瞄准时机，顺势而起，和村里、乡里的相关责任人沟通协调，又陆陆续续承包了二十几亩田地，继续修建大棚，以此扩大温室大棚蔬菜种植基地的规模，他要把这个项目做得更大、更强。不仅如此，葛卫用他今年挣到的钱，又承包了他们村庄四周的几片荒地、荒山以及一些池塘和水库，他准备再干点儿什么。

葛卫在农村发展不是只搞温室大棚蔬菜种植，还有别的想法！在众多的想法中，他以温室大棚蔬菜种植为起点，迈出了他的农村事业的第一步，现在，他走好了第一步，并以此为基础，准备走第二步、第三步了。虽然距离之前葛卫什么都想干的雄心壮志、改变家乡面貌的想法还有很长的路要走，他的很多想法也仅仅是想法而已，但是，至少现在看来，他的那些想法有了一定的支撑了。且就发展形势来看，葛卫有一定的信心，他暗下决心，一定要尽最大的努力，用实际行动去把之前的想法变成现实，去为梦想做最后的冲刺，至少要朝那个方向尝试、努力。

"阿卫，你又准备搞什么新项目？"有新想法，就有新行动，葛卫为了他的梦想又开始做出新的动作了。经过一年多时间在农村的沉淀和历练，他及时将之前的那些想法进行了修正和完善，感觉把握更大了。这几天，葛卫从村里又雇了几个劳动力，他之前的那二十亩温室大棚蔬菜种植基地的相关事情已经形成规律，从种植到销售，都有一定的模式，后来又承包的二十多亩新修建的温室大棚也即将投入使用了，有了之前的种植经验，后续的事情就好弄了很多。葛爸爸和葛妈妈负责管理，领着新雇用的几个人去干就行了，他则从外面找来铲车以及工人，对另外承包的荒山、荒地以及池塘进行改造，当然，他的新动作引起邻里们的注意，纷纷过来看热闹。

"搞鱼塘垂钓和采摘。"葛卫对他的新事业没有隐瞒，笑着和邻里们聊天。这几年，邵州市的发展很快，农村都修好了村道，交通方便了很多，葛卫了解到很多城里人都喜欢往乡下跑，尤其是节假日，一家人开着车到农村去，男的去钓鱼，女的则带着孩子去采摘或者玩娱乐项目，既能解压又能陪伴家人，葛卫在到处跑着学习的时候，看到别的县、市有搞这个项目的，他觉得这是个好门路，很有发展前景。

"在现有的温室大棚里种植一些草莓、葡萄、猕猴桃等大众喜欢采摘的水果，并试着把一部分种植黄瓜、西红柿的温室大棚蔬菜基地对外开放，形成短期内就招揽到客人的采摘基地。同时，把村后的几片荒山进行清理，然后开垦出来，种上各种果树，搞长期的水果采摘园。另外，将现有的池塘、水库挖深，修建垂钓点，再适当整理、装扮周边环境，营造垂钓氛围。"在行动之前，葛卫就将要做的事情做好了周密的规划。当然，计划只是纸上谈兵，说起来很简单、很顺畅，而真正地将计划付诸于行动，一路上的困难和麻烦肯定会有很多，都要靠葛卫一点一点地去应对和化解。比如，在草莓、葡萄、猕猴桃种植的技术上，葛卫和他雇用佣的种菜高手都没有接触过，种草莓、葡萄、猕猴桃是和种黄瓜一样？还是和种西瓜一样？另外，在垂钓的项目中，水产养殖也是葛卫没接触过的，尤其在鱼的种类、水质、草料、垂钓点的设计上有很多问题都需要去了解、去学习，有的仅了解还不够，还要熟知、掌握其中的门道……而且，葛卫的第二步跨得有点儿大，这些项目大大小小的投入不少！在资金使用上，也是有着很多的未知因素和风险的！所以，在接下来的几个月时间里，葛卫比弄温室大棚蔬菜种植的时候更忙，他不仅要花大量的时间蹲守在田地里、山丘上、池塘边操心一些修建改造的事情，而且他还要到处跑，跑着去学习，跑着去考察，跑着去宣传。没有种植、养殖技术，葛卫就去专门种植草莓、蓝莓的基地请教那里的老师傅，去搞了好几年养殖的唐鹏鹏那里咨询养殖的问题，去买来相关书籍熬夜琢磨，同时，他还到别的县、市去考察，借鉴同行搞这些项目的经验。另外，葛卫还大胆地把他的全部家当、这一年多种植温室大棚蔬菜赚到的钱都投了进去，是背水一战也好，还是全力一搏也罢，他就是想把这件事情做好。"当过兵的，怕什么？"葛卫不怕困难，他相信解决问题的办法总比问题多，这也是他在部队里学到的。葛卫也不怕辛苦，他甚至觉得辛苦是正常的，哪天稍微闲一点儿，就感觉不踏实、不自在。

就这样，在就想干出点儿名堂、有梦想为牵引动力的干劲下，在即使有再大的困难也要千方百计想办法解决甚至迎难而上的勇气下，在就算饿着肚子、熬夜也要把手里的事情做完的坚守下，到了十月份，葛卫忙活几个月的采摘和垂钓项目已经初具规模了：两片地的草莓、蓝莓采摘园已经开花结果，果园也已经把所有的准备工作做完，只等来年种植果苗了，另外，那七八口池塘和水库的垂钓台也修建好了，也按照一定的比例投放了各类鱼苗，并且葛卫还颇为有创意地想到将他们村庄前的那条溪水接引到池塘来，让池塘形成活水养殖。并且，一个月前，也就是他的采摘园和垂钓基地即将出成果的时候，他就想到了要做好宣传工作。于是，他像以前开餐饮店一样，设计和印刷了一批宣传卡片，到大街上发了几天的宣传广告。而且，这些项目也都属于乡里的精准扶贫扶持工程，算是乡里首创的特色品牌发展项目，乡政府还联系到邵州市电视台的记者前来报道，达到了一定的宣传效果。

"欢迎大家来到泥湾村采摘、垂钓！这里交通便利、环境优美，既能采摘到新鲜且无公害的蔬菜瓜果，又能垂钓休闲……"很快，葛卫的垂钓基地和采摘园在一阵鞭炮声中进入营业阶段，他这段时间的忙活有了结果。并且，从前期的经营情况来看，似乎还不错，以有特色、环境美、收费合理赢得了一些口碑，加上葛卫还搞了一些优惠活动，以及适当的打广告进行宣传配合，一时间招揽和吸引到很多客人前来垂钓和采摘。没多久，很多人都知道在泥湾村有个可以垂钓和采摘的去处。

把垂钓基地和采摘园弄起来后，葛卫在圆梦的路上算是又前进了一步。这几天，他那张因为长时间忙碌而显得颇为疲惫的脸上终于有了笑容。或许是今年比较顺，也或许是好的事情也喜欢聚堆，在这个月月底的时候，又发生了一件特别让人开心的事情：马超群醒过来了！

昏迷了三年多的马超群终于醒了过来！

当葛卫以及刘海波等人兴冲冲地赶到中心医院马超群所在的病房后，只见躺在病床上的马超群正在接受医生的检查，而他本人已经能够睁开眼睛，有意识地和外界进行交流了！而且，他的四肢也可以进行简单的活动了！

太好了！太久没有看到马超群清醒的样子了！很快，医生检查完毕，他们给出的解释是通过长时间的治疗和刺激，马超群头部受到重创位置的淤血形成压迫到大脑神经的血栓终于通了，现在已经没有什么大碍了，接下来，医院会有针对性地对他进行一些系统的康复治疗以及合理的康复锻炼，应该过不了多久，他的身体各项机能都会恢复如初。

"儿子，你终于醒过来了！你一定要尽快好起来！"马超群醒了，最激动的是马爸爸和马妈妈。三年多来，他们无时无刻不在等着这一天！尤其是马妈妈，自从马超群出事后，她就辞了职，天天守在医院里等着马超群醒来，马超群昏迷了三年多，马妈妈就在医院陪了三年多，一天都不曾离开过。

第五十三章
发展进步

时间一天接着一天过去，从不停歇。不知不觉，又到了这一年的年底。

年底，是一年结束的时候，也是人们习惯以年为周期对工作和生活进行总结的时候。这几天，在清河乡政府上班的刘海波的主要工作内容就是参加各种总结大会。不过，今年的乡政府年终总结，似乎没有刘海波什么事，各种总结、评选、表彰都和他没有太大关系，因为乡里的很多大型活动、重要工作，他都没怎么参与，乡领导在对刘海波这一年的工作表现进行评定时，只是不痛不痒地说了几句"工作态度认真负责，工作方式有待改进"等客套话，另外，对那次他在河边搭救落水儿童，后来还引起一定影响的见义勇为行为也只是简单地提了一下。

在七月份刘海波救了两个落水小孩子之后，孩子的父母顺着骑摩托车的线索，找到了在乡政府上班的刘海波，他们给乡政府送来一面锦旗，并且拿出五万块钱向刘海波表示感谢。不过，刘海波说什么也没有要那些钱，他甚至连锦旗都不想要，后来还是组织委员陈德良接过去放在乡政府的荣誉室里的。当然，这件事在整个清河乡都颇有影响，大家都觉得刘海波的精神可嘉，是人民的公仆，不愧是当过兵的人。不过乡领导对这件事情不是很重视，用他们的话来说，刘海波只是碰巧路过那里，顺便救人，而且他也没怎么样，如果对他进行宣传报道或者树立典型褒奖，就有点儿个人主义倾向了，这本来就是一名共产党员、退伍军人应该做的事，其他人碰到这种事情，也会这么做。于是，乡里对刘海波的做法表示肯定，表扬了一下，也就这样了。

当然，出于本能反应救人的刘海波压根儿没把这件事当回事儿，也根本没有多想，这段时间，他是白天上班，一下班回到家，就忙着带女儿。刘海波的女儿盼盼正是好学好动的年龄，平时杜妈妈带她大部分时间都是在家里，很少出去玩，所以，刘海波和杜青青一下班回来，她就吵着让爸爸妈妈带她出去玩。上个月刘海波报考成人自考已经过了两门功课，剩下的两科要明年才能考，他也暂时有空陪伴女儿了。于是，这几天，刘海波和杜青青一下班就带着女儿盼盼到处走一走，三个人到这个公园转一转、那个广场看一看，一路上看到盼盼能吃的零食、喜欢玩的玩具，小两口也都尽可能地满足女儿，一家人很是开心。

"邵州市这几年变化挺大，那边以前是片荒山，现在成商业区了！还有，这座桥也是这两年修建的，不然到对岸得从那边绕一大圈。"因带女儿出去玩，让平时很少有时间散步的刘海波有机会逛了一遍邵州市的大街小巷，看到有些变了样的城市，他颇为感慨。

"那是当然，社会在进步、国家在发展，现在的邵州市比以前好多了，人们的生活水平也提高了。"对于邵州市的变化，杜青青颇有同感。不过，她想到的问题比较现实，"唯一的不好是，房价也涨了。幸好我们家房子买得早，那时候还算便宜，现在就不一样了，距离我们家不到二百米的那些小区，房价和以前相比涨了近一千块钱，估计还会涨。"

"房价再涨，房子也还是那个房子。"刘海波还处于感慨中，他到邵州市生活已经有六年时间了，可一直以来他都很忙，忙得没有时间、没有心绪好好打量这个他生活了这么久，以后还要继续在这生活下去的城市，他对邵州市还比较陌生。或许是刘海波平时的脚步太匆匆，忽视了很多，而现在不管是工作还是生活的节奏都慢下来了，他才有时间好好感受和认识一下这个城市。没错，邵州市这几年确实发生了很大的变化，市区里不仅新建了很多建筑、道路，而且还规划建设出了新的城区，市容市貌崭新了很多，干净了很多，现代了很多。另外，很多和老百姓生活息息相关的各个方面也在悄然发生变化，譬如，在下半年的时候，邵州市出台了禁止摩托车入城的政策。一直以来，摩托车在邵州市比比皆是，而且大部分人骑着摩托车很少有遵守交通规则的时候，有时候甚至横冲直闯，加上摩托车的噪声非常大，尾气也非常污染环境，故而经有关部门综合考虑，决定禁摩。一开始的时候，人们对禁摩这件事情很抵触，甚至怨声载道，有方便出行的摩托车，却不让进城？到了后来，邵州市政府又出台具体举措，鼓励大家用摩托车换电动车，政府承担中间的差价，这样一来，老百姓就能接受了，而且，随着禁摩活动的持续进行，邵州市的交通、噪声污染等方面，确实改观了不少，整个城市都和谐了很多。从去年开始，邵州市还修建了高铁站，据说明年的春节就能通车。快通高铁了，这可是提升邵州市交通运输能力以及改善邵州市人们出行需求的一个大好消息！眼下，从邵州市到湘南省的省会白沙市，坐火车、汽车都要四五个小时，就算开私家车去，也要将近三个小时，有了高铁，只需要一个多小时，那样的话，不仅大大节省了时间，更拉近、拓展了邵州市与其他城市的联系，对邵州市的发展有着重大的意义。

刘海波慢慢感受着邵州市的发展变化，他的心里不自觉涌现一种自豪感。是的，强国先强军，国家的昌盛繁荣，离不开国防建设的支撑，当兵的人以及当过兵的人，对社会越来越进步、国家越来越强盛，都格外地敏感，他们作为部队的一分子，即使是曾经的一分子，也会不由得感受到有一份荣誉在里面。没错，这种荣誉感或许有些官方，但是"确实能让人感觉到有些不一样"，至少刘海波觉得自己生活的这个城市、这个国度，他曾以军人的身份为这个国家、这个社会尽过一份力量，他很无愧。有过当兵的经历，一辈子都是兵，或许在刘海波心底，他依旧认为自己还是个兵，即使他脱下军装好几年了。

当然，感觉邵州市这几年发生了很大变化的，不光是刘海波，还有昏迷了三年，有三年时间没有看到过、参与到这座城市里来的马超群。

在马超群沉睡的这三年里，他对外面的世界一无所知。在十月份的时候，他醒过来了，继而，医院对他进行了康复治疗和康复锻炼。医生说马超群的苏醒，医疗是一方面，另外精心照顾、经常和他沟通进行外界刺激也是有帮助的，现在，他处于能坐起来说话的恢复期，身体的各项机能都在慢慢恢复，保持适当的交流和沟通很重要。于是，葛卫、刘海波、张乐和朱小军等几个要好的朋友来看望马超群的次数比之前更多了。当然，这些人中，来的次数最多的要数葛卫，自从马超群醒过来后，他兴奋得好几天睡不着觉：马超群是在他餐饮店里出事的，对此他一直耿耿于怀，这几年，甚至成为他心里过不去的槛儿，现在，马超群没事了，他的心里也终于感觉好点儿了。

经过几个月的康复治疗和锻炼，到了年底，马超群的身体恢复得差不多了，只是部分肌肉因为长时间躺着没有运动而有些萎缩，医生说加强锻炼，慢慢就能恢复正常。这个时候，他被摁下暂停键的生命终于重启了，他将继续踏上他的人生之路。

马超群出院，回到他三年多都没有回来过的家里。家里的一切都还是老样子，没有什么变化。马超群住院期间，马妈妈一直在医院里守着，马爸爸经常住在工地，所以，家基本是空置的状态，卫生还是前两天马妈妈抽空回来搞的。不过，马超群很明显地感受到除了家之外，很多东西都发生了改变。他从医院回来，一路上看到的一些建筑、交通以及店铺等，甚至他家周围的环境，都和三年前不一样了。

这天下午，天气还算不错，马超群穿上很久没有穿过的冬装大衣，在马爸爸、马妈妈的陪同下，迫不及待地走出家门，到家附近的街道、河边去看看。走在既熟悉又陌生的街头，望着车水马龙、比三年前更繁华的街道，马超群百感交集：以前，他无忧无虑、自由自在地在这个城市的每一个角落里任意穿梭和停留，而现在劫后余生，他的心态和以前完全不一样了，他十分珍惜眼前的一切，他庆幸自己还能站在这里，还能有意识且很清醒地感受到生命还在继续！

"时代在发展，社会在进步！"在一番感叹过后，马超群也清醒地看到了这几年邵州市翻天覆地的变化。接下来的几天里，他将邵州市的大街小巷转了个遍，他发现邵州市的各个方面和三年前有了很大的区别，很多东西都科学了很多，进步了很多！马超群沉睡了三年，他的人生空白了三年，他很快意识到自己对这个世界的认知也落后了三年，现在，他需要重新认识这个世界，以及接受这个世界在三年多时间里发生的各种改变。

第五十四章
有缘故人

到了春节，新的一年又开始了。

今年的春节，葛卫还是和去年一样，没有过多的休息时间，也和平时一样的天天蹲在果园里、采摘园里、温室大棚蔬菜基地里忙活这忙活那的。这几天，葛卫正在忙果园的种植，今年的春节和立春没相差几天。立春前后，正是种植果苗的大好时候，所以，葛卫得趁着这段时间，把之前承包并开垦出来的荒山种上果树苗。他在选择栽种的果树苗时，也下了一番功夫，他专门查阅了一些资料，结合家乡的地理位置、气候特点，以及村周围的土质情况，从邵州市植物科技园购买了适合种植但又是当地不常见的、大家还比较喜欢吃的品种进行栽种。

很快，葛卫带着几个工人把整座山的果树栽种完，算是完成了一项大工程，来不及喘口气，他转身又去忙活采摘园、垂钓基地和温室大棚蔬菜种植基地的事情去了。

春天是春暖花开、莺飞草长的季节，也是人们喜欢外出踏青游玩的时节，这个时候葛卫的采摘园、垂钓基地也迎来了收获。

"上个周末来采摘的游客不少，大多数都是以家庭为单位，他们对采摘园的印象很好。这两天过来垂钓的客人明显多了起来，他们对这里的垂钓环境也很满意！"这几天，葛卫认真观察着他去年忙活了半年的采摘园、垂钓基地的经营情况，他的辛苦付出再次有了回报，这两个项目不仅有了收益，还慢慢有了起色！并且，随着各种方式的推广以及前来消费的人们的口口相传，有了一定的知名度！

另外，在温室大棚蔬菜种植基地方面，也频频传来好消息：葛卫最先弄的那二十亩温室大棚蔬菜种植已经清空一批，又进行下一茬的种植了，而后承包的二十亩地修建成的温室大棚蔬菜种植基地，也有了成果，种植的蔬菜也可以换钱了！也就是说，到现在为止，葛卫四十亩地的温室大棚蔬菜种植基地基本可以实现全年不间断的蔬菜种植和产出了！

这段时间没有白忙活！这两年在农村干事业，葛卫感到从未有过的舒心和顺畅，面对这样的局面，他很高兴。虽然，这两年比在工地干活还累，但是，再苦再累，他也应付下来了！"当过兵的，怕什么？"这是他退伍回来后说得最多的一句话，几乎成了他的座右铭。还有，葛卫对他这两年的付出和收获也感到很庆幸，他退伍回来的时候，一心想着要顺势而为干点儿什么，之前也一直在摸索，直到选择在农村干点什么的时候，他似乎意识到并且赶上了形势：以国家政策为大势，在"干点儿什么"都有各方面的帮助和支持这样的大环境下，融入自己的梦想和努力，一步一步地顺势前行。

当然，葛卫在农村搞的这些项目，很多人都在搞，尽管在湘南省、邵州市比比皆是，但在他们村里、乡里乃至区里，他应该算是第一个吃螃蟹的人，而且就目前的情况来说，他似乎搞出了些名堂。这样一来，在葛卫的村庄里，很快就产生了羊群效应，葛卫算是领头羊，给他们村的发展以及村民们的谋生开了个头，接着，不少人纷纷有了想法。

"阿卫，你这温室大棚架子从哪儿买的？贵不贵？我也想弄几亩地的温室大棚种植试试，看看能不能挣到钱。"在过完年没多久，村里一些原本既在家种地又在邵州市打零工、辈分上有的叫叔叔也有叫哥哥的邻里们找到了葛卫，向他打听温室大棚蔬菜种植以及销售的事情。

"我这有温室大棚厂家的电话，你们家里有多少地？"在看到邻里们有种植温室大棚蔬菜的想法后，葛卫很高兴。一方面，这说明大家对他"在农村干点儿什么"从质疑变为肯定了；另一方面，他很愿意为大家帮点儿忙、做点儿什么。而且，葛卫的思想仿佛受到了启发：他很官方地想到，虽然在农村干事业是他的梦想，但要是能领着乡亲们一起把日子过好，那该多好！那是一件多么有意义的事情！葛卫就是这么想的，当初他选择在农村"干点儿什么"的目标之一，就是想在实现自我人生价值的同时，改变家乡的面貌，让村里焕然一新，而现在，他有能力帮着村里的人们一起做出改变了，何乐而不为？随后，他很热情地帮大家联系温室大棚厂家，并开始抽出一部分时间，告诉他们一些种植温室大棚蔬菜的注意事项以及这两年自己的种植经验等。而且，葛卫对一些有想法干，但是家里又拿不出修建温室大棚本钱的邻里，自掏腰包资助他们，帮着他们干。

很快，一两个月过去，葛卫的村庄里陆陆续续又修建起一批温室大棚来，村民们也开始进行耕种。葛卫在帮邻里们操心忙活了一阵后，又重新回到他的几个产业之间来回奔波：那近四十亩地的温室大棚蔬菜依旧在运转，虽然很多事情有葛爸爸和葛妈妈以及一帮种菜高手操心，但是销售还需要葛卫亲自去跑，另外，采摘园和垂钓基地也在顺利营业，这两个项目刚打开局面，还有很多具体的事情需要他去忙活。

"阿卫，你二姨说她们村有个女孩子，大学毕业后在邵州市邮政局上班，想介绍给你认识一下，这两天你有空去看一下？"葛卫忙是忙，而且是忙正事，这本来挺好的；可在葛妈妈看来，儿子能干归能干，但美中不足的是他在感情上一直没动静，这两年可给她愁坏了！这几天，葛妈妈看到他帮着邻里们忙活完一些事情，稍微闲下来一点儿，便颇为着急地替他张罗相亲的事情了。

"有什么好看的？不去。"葛卫一想到两个不认识的人，要通过别人介绍而特意去了解对方，就觉得很突兀，他二话不说就驳回了葛妈妈的一番好意。

"你都快三十岁了，还等什么呢？等着地里种出个女朋友来？"葛妈妈颇为恼火，着急道，"你看看，村里那些和你一样大的，儿子都上小学了！比你小七八岁的，也都结婚了！你还等什么？"

"着什么急，还怕你儿子娶不到老婆？"看到葛妈妈一脸严肃，葛卫连忙凑过去笑道，"放心好了，男子汉先立业后成家，再干两年，等你儿子干出点儿样子来，再娶老婆也不迟，到时候挑个最漂亮的，绝对让您满意……"

"还挑？再过两年，还有人看上你就不错了。"葛妈妈被葛卫气得哭笑不得。

还别说，再过两个月，葛卫过了生日，还真就不知不觉有三十岁了，到了而立之年。按照常理来说，这个年龄，尤其是在农村，大部分人早就结婚生子了。但是，葛卫自从和唐微微的恋情有疾而终后，他一直没心思谈儿女私情，加上他在农村搞事业后，他的一门心思就在项目上，也无暇去想别的。不过，缘分真的很奇妙，就在这两天，他和一个故人重逢了。

这天是周末，葛卫上午在垂钓基地忙活了一阵，临近中午的时候，垂钓基地就没多少人了，大家都知道神仙难钓午时鱼，都说下午再来，于是葛卫便到采摘园来看看，他刚到草莓采摘园门口，便看到一个老熟人。

"张茜？"葛卫看到的人是以前在他餐饮店里勤工俭学的张茜。

"咦，小老板？"张茜也看到了葛卫，感觉很惊喜。

"真巧，有三四年没见了吧？"葛卫没想到在这里能遇到张茜，在餐饮店出事之前，张茜就去实习了，之后两人就一直没见过，葛卫看到张茜留着短头发，一副很干练的样子，他的第一感觉是她和之前有点儿不一样了，成熟了很多，变成大姑娘了。

"你怎么在这儿？你也来采摘？"张茜一开始以为葛卫是来采摘的，不过，她很快就明白过来了，"这个采摘园是你弄的？"

"对，我弄的。走，带你四处转转。"葛卫笑了笑，随后，他带着张茜一边走，一边聊天。

"这些温室大棚和那些垂钓基地，都是你弄的？你那个餐饮店怎么不开了？怎么想到弄这个了？"一路上，张茜有很多问题想问葛卫。

"餐饮店出了点儿事，后来就回农村弄了这些。"葛卫和张茜简单说了说餐饮店出事的事情，也和她说了说他这几年的情况，随后，他问张茜，"你呢？早毕业了吧？现在在哪儿工作？"

"我之前在市中心医院实习，后来当兵去了，去年年底退伍回来的，从年初开始，在中心医院当见习医生。"张茜回答道。张茜三年前去当兵了，和在葛卫餐饮店打工的邓姨的儿子一批去当的兵，她当了两年义务兵就退伍回来了，后从学校毕业，再到了中心医院工作。今天正好休息，她便和同事一起出来走一走，她的同事早就听说这里有个采摘园，便拉着她一起来，不承想，这个采摘园是她认识的葛卫弄的。

"你还真去当兵了？"葛卫对张茜去当兵的经历感到很吃惊。

"对啊，说实话，以前我还真没想过我会去当兵，因为我爸爸当过兵，他非常古板，从小就用部队的那一套要求我，长大了更是像带兵一样来管我，最重要的是，因为他在部队，经常不在家，小时候我是和我妈妈一起生活的，我爸以前脾气很急躁，还经常和我妈吵架，我妈好几次都想和我爸离婚了。所以，我和他关系一直不是很好，所以，我也就不喜欢当兵的，也一直对当兵有抵触情绪。"张茜和葛卫说起了她的往事。

"那后来为什么去当兵了呢？"葛卫没弄明白。

"因为……因为后来……我喜欢当兵了。"张茜突然犹豫了一下，缓缓说道。

第五十五章
扬清激浊

生活中，我们每个人都会做出改变，自主地去改变某一项选择、改变自己的行为等。与此同时，我们也经常被改变，因为某些原因而不自觉地、被动地去做出改变。

从年初开始，在清河乡政府工作的刘海波和以前一样上班，不过，今年他的工作发生了一些改变，由之前因为某些原因而导致的稍微悠闲，变回之前的忙碌状态：新年伊始，为加强城市管理、改变城市面貌、提高人民生活水平，邵州市在全市范围内开展了轰轰烈烈的创建国家卫生城市活动，市里的城中村、城乡接合部都进行卫生"大清理、大整治"，并开展相关的环境卫生清洁评比活动，为年底创建卫生城市考核做准备。清河乡政府在组织学习市里、区里关于创建卫生城市活动方案以及各级领导的指示要求后，或许是乡政府的工作量大、人手不够，也或许是乡领导对此项工作看得比较透，经过领导班子的慎重考虑，决定由相关人员挂职督办，而具体让"工作态度认真负责，工作方法有待改进"的刘海波来负责这项艰巨的工作。

本来在工作上处于被边缘化的刘海波突然又受到了重用，他又被调回到农业农村办公室，他除了要完成本职工作之外，又要忙乡里的创卫工作。按照市里的整体规划部署，创建卫生城市具体一点儿就是对各个街道、社区以及乡、村里的卫生环境、卫生质量情况进行综合整治、改善，彻底改变脏、乱、差的面貌，提升居民健康卫生水平。

换句话说，邵州市要创建卫生城市，就是创建卫生街道、社区以及卫生乡、村。"把乡里创建成卫生先进乡！"有工作要干，刘海波并没有想太多，他依旧认真负责，想尽他最大的能力把工作不打折扣地落实好。随后，乡政府根据创建卫生城市活动方案部署以及相关指示要求，迅速制订乡里的活动计划并展开行动，刘海波也开始忙了。

按照乡里的创卫活动步骤，一开始是宣传动员阶段，这期间，刘海波和以前一样，经常往各个村里跑，帮着各村、企事业单位对照创卫活动标准和任务进行督导，他要督促各村做好设置标语、挨家挨户发放宣传手册等事情。一段时间过后，创卫活动进入到组织实施阶段，文件上的原话是"要围绕国家卫生城市的基本条件的标准和要求，全面做好卫生基础设施建设，抓好健康教育、食品卫生、公共场所卫生、饮用水卫生、除害防病等工作……"这也是创卫活动的重点，这样一来，刘海波就又忙得没个停了：和当时修村道一样，在负责创卫工作中，他很快和群众打成一片，在具体的工作中，他每到一个村里，都带头去清理、打扫周边的环境卫生。甚至，在各个村里集中修建垃圾站时，他对每个垃圾站的位置都一清二楚，有时看到垃圾清理不及时，还要上前帮着干一把……

就这样，在上半年，刘海波几乎又恢复到他刚来乡政府上班时的工作状态了，每天都很忙，乡里的创卫活动在他的负责下井然有序地进行着。当然，今年的邵州市，不管是市政机关各部门，还是乡镇一线单位，上上下下都很忙，除了一些日常的工作外，再除去正在如火如荼开展的创卫活动，还有一项颇具影响力的工作也在有条不紊地进行着：邵州市掀起一股反腐反贪风暴。

其实，反腐反贪工作一直在进行，只是在很多人看来，有时悄无声息，有时轰轰烈烈。不过，邵州市的这次反腐反贪工作，各级都很关注，其重要程度不言而喻，市里、区里、乡里多次召开会议传达相关指示精神，即使经常往乡下跑的刘海波也总被叫回去参加会议进行学习。当然，参加的会议多了、学习的文件多了，刘海波对反腐反贪工作也有了一定的了解，说句心里话，刘海波一直觉得反腐反贪等离他很远，因为他自己以及身边认识的朋友或者熟悉的亲戚中，没有当大官的。然而，刘海波的觉得只是他想当然的觉得，很快，他就直观地感受到反腐反贪工作就在他的身边。

"妈，我们医院食堂的伙食越来越差了，昨天吃的饭里全是沙子。以后中午你早点做饭，我回来吃饭，正好还能看看女儿，行不？"以前，在中心医院上班的杜青青每天中午为了能节省时间午休一下，午餐都是在医院的食堂吃的。不过，这几天她总说医院食堂的饭菜不好吃，有虫子又有沙子，让她觉得恶心，她便想到中午回娘家吃饭。

"有什么不行的，想回来吃就回来吃。"杜妈妈没有多说什么，无非就是她以后早点儿做饭而已。

于是，从上个星期开始，杜青青每天中午就回娘家吃饭了。或许是杜青青有预感，也或许是赶巧了，没过几天，中心医院的食堂就出事了：有十来个医生和护士在医院食堂吃了午饭后，都不同程度地出现腹泻、头重脚轻的症状，有两个竟然还口吐白沫。很快，他们被诊断为食物中毒。

医院还会发生食物中毒事件？这是闻所未闻的事情！

紧接着，医院对中毒人员进行抢救，好在抢救及时，他们都无大碍。不过，纪委等相关部门在第一时间对医院食堂的饭菜进行化验，对后厨进行严格检查。没多久，事情有了原委：食堂采购的食材有严重腐烂变质问题，最终造成食物中毒。

随后，纪委深入调查此次事件，工作人员在调查食品采购的时候，顺藤摸瓜查到主管医院后勤工作的侯主任身上。很快，关于侯主任的一些问题也被暴露出来。过了没几天，医院就传出侯主任被警察带走的消息。

"爸，我们医院的侯主任被抓了。"一次杜爸爸、杜妈妈以及刘海波在家一起吃饭时，杜青青说起了这个新闻。

"我知道。"这两天，杜爸爸也从新闻中知道了这件事，侯主任是他的小学同学，可以说非常熟悉，也经常打交道，他以前还找侯主任办过事，包括因为给刘海波谋个差事送给对方两只兔子，虽然那些都是可以被忽略的小事，但是，杜爸爸却很有感触，他明显地感受到：这个社会的很多方面都有了很大地改善。

　　"时代在进步，生活中很多东西也都发生了变化，自己必须要做出相应的改变，不能再像以前那样活着了。"面对快速发展、日新月异的社会，不仅是杜爸爸很有感悟，在生命重启之后又经过一段时间"重新接受和融入新的生活环境"的马超群，也感受到了强烈的刺激。

　　年后马超群的身体已经恢复得和常人无异了，但是，他的思想好像还没有跟上社会节奏。这段时间，他还是经常跑跑步、到处走走以及进行一些适当的力量锻炼，在锻炼身体、恢复体能的同时，也尽可能多地见识一些新的东西，让大脑多接收一些新的信息。现在的马超群已经不需要马爸爸和马妈妈的看护也能独立出门了，他喜欢一个人安安静静地走在大街上，一边重新参与到这个世界里来，一边想一想他自己的事情。

　　"邵州市干净了不少！"社会生活环境这些客观的东西发生变化，只要用心去观察并及时更新所接收到的信息，就不难适应。这几天，马超群走在大街小巷里，看到很多人都在忙着搞卫生，城市的公共环境变得干净了很多，他还细致地观察到公交站牌上的小广告没了，环卫工人更勤快了，马路上的烟头和落叶几乎没有了，随后，他也知道邵州市在举办创建卫生城市活动，大家都在齐心协力创卫……

　　"以前，一直都是糊里糊涂地活着，除了上班，就是吃喝玩乐，结果把自己的人生过得一塌糊涂。"除了尽快适应当前的社会外，马超群一直在反省他以前的生活状态、"正视"他当前所处的社会环境、以及设想他以后的生活方式。这段时间，马超群想了很多，也明白了很多。他问自己，如果将这次出事受伤昏迷三年视为自己人生的分水岭，那么，之前的人生中哪些让自己满意，哪些让自己不满意？对于这次出事的经历，后悔吗？从中得到什么样的教训？是自己把一手人生好牌打烂，还是从不后悔与那些侮辱军人的没素质的人斗争到底？好了，以前的事情，不管好的坏的，都已经发生了，再怎么去想，也是徒劳了，接下来自己要怎么生活下去呢？是继续像以前一样？还是尝试别的方式？

"以后，要换个活法，活得认真一点儿。"或许是这段时间里，马超群所看到的、感受到的都发生了变化，不管是生活的大环境，还是身边的人、事都和以前不一样了：在马超群恢复期间，他比较熟悉的葛卫、刘海波、朱小军和张乐几个要好的朋友经常来看他，他也知道葛卫没有再开餐饮店，而是在农村干事业，刘海波虽然还是在乡政府上班，但他是一个三岁孩子的父亲了，而张乐也结婚了，据说也是奉子成婚，至于朱小军，变化最大，他竟然和黄玲离婚了……在种种外界刺激下，马超群也萌生出想要改变自己的人生、换种活法的念头，而且，这个念头非常强烈。

"改变，从细节开始。"慢慢地，马超群的心里有了决定。值得一提的是，以前，马超群一想问题，就习惯性地拿出烟来抽，现在的他，在思考问题的时候，虽然也想抽烟，但每次一把烟点着，他就被呛得直咳嗽，眼泪甚至都咳出来了。怎么回事？不会抽烟了？马超群有些迷糊，随后，他不得不把刚点着的烟扔了。

第五十六章
暗生情愫

时光飞逝，转眼间到了这一年的四五月份。这两个月，邵州市的雨水比较多，下雨天和晴天几乎是对半分，有时隔个两三天下场雨，也下个两三天，有时晴个五六天，然后再下一个星期的雨。

虽然这段时间天气多变，但是葛卫的事业却没受到太大的影响，他的温室大棚蔬菜种植基地内有科学的排水、浇灌、温控设施系统，能保证蔬菜作物不受旱涝影响而正常生长，采摘园和垂钓基地的经营状况略有浮动，却也在可接受范围内。

在经过一段时间的奔波后，葛卫终于把他的温室大棚蔬菜种植基地、采摘园和垂钓基地中的一些能想到的、需要干的事情忙完了，接下来，他能获得暂时的轻松：温室大棚蔬菜种植基地，种植上有葛爸爸、葛妈妈和那些种菜高手在负责，加上雇用的十来个干活的劳动力，他不用怎么操心了。

"阿卫，下午你去忙别的吧，那三个生鲜市场的菜我去送，我正好要去一趟市里给我儿子买些学习用品。"这天中午，葛卫的堂哥带着儿子在村里玩，看到葛卫路过，便打招呼道。堂哥有些胖，比葛卫大了三四岁，因为家里比较贫困，他把孩子留在家里给老人带，靠着和爱人一起在外面打工，勉强维持生计，随着孩子长大到读书的年龄，除了家里的开销越来越大外，他们想着也该陪伴孩子上学了，于是在过年的时候回来想看看在家里能干点儿什么。随着去年葛卫的温室大棚蔬菜种植的面积增加，产出也增量，原本是葛卫一个人开着面包车四处送菜，但是现在他一个人根本忙不过来，于是，他又买了台面包车，雇用堂哥来当司机，两人分工送菜，同时，葛卫还让堂哥的爱人到温室大棚蔬菜种植基地里来干活，工资不比他们出去打工挣得少，他们在家门口打工挣钱，又能照顾到孩子和老人，自然很愿意。

"好呢，下午正好我要去水库那边和我二姨说点儿事情。"葛卫没有和堂哥客气，他确实有别的事情要忙。不光是温室大棚蔬菜种植基地可以让葛卫轻松一点儿，在采摘园和垂钓基地的经营上，他也能松口气了，这两天他要把一些工作交接一下：随着垂钓基地和采摘园的名气越来越大，生意也越来越好，来垂钓基地垂钓的人一直没有断过，来采摘园采摘的人也络绎不绝，葛卫甚至又承包了十来亩地修建了新的采摘园，而且也是分批种植采摘作物，以保证采摘园的果实充足。这样一来，既要操心这，又要忙活那的葛卫分身乏术，于是，在葛妈妈的建议下，葛卫决定让住在隔壁村，之前在外面打过工也做过生意的二姨、二姨父来当这两个项目的负责人，让他们帮着分担一些养殖、经营上的事情。而且，二姨、二姨父也表示愿意，他们很有干劲。这不，这天下午他们就过来熟悉情况了，葛卫需要把一些事情和他们交代清楚。

就这样，葛卫把一些杂七杂八的事情处理好之后，整个人就自在多了，很多事情一改以前那种不管大、小事情都需要他亲力亲为的局面，他的主要精力放在把控这些项目发展方向、做出运营决定就好了，他也就不那么累了。

"再干点儿什么？还是再等等？"或许是忙习惯了，没过几天，稍微空闲了的他竟然闲不住，随即他就想到了他的农村事业梦想。但很快葛卫又否定了这一想法，"心急吃不了热豆腐"，他的大部分资金都投到新承包的温室大棚蔬菜基地和垂钓基地以及采摘园里了，这些项目的资金回笼还需要一个过程。另外，就他个人而言，虽然清闲了一点儿，但还是有一些事情需要他去忙活的。所以，综合各方面考虑，他决定过一段时间再说。

"你后来怎么又喜欢当兵了呢？"也不知道怎么回事，除了想着工作的事情外，闲下来的葛卫，这几天总是不自觉地想起一个月前在采摘园和张茜重逢的场景。连他自己都感觉有些莫名其妙，也有些情不自禁。那天，两人聊了很多，他还问到张茜怎么想到去当兵的。

"你不是说我们生活在这个国家，就应该为这个国家纯粹地去做点什么吗？我觉得很有道理，加上我也想去了解一下部队，所以就去当兵了。"张茜说有一次她听到了邓姨找葛卫问部队的事情，葛卫在回答邓姨的时候说的一些话让她触动很大，所以，她就决定去当兵了。

"这样啊，当兵的感觉怎么样？"葛卫没有想到张茜去当兵，还是受到了自己的影响。他细想了一下，他退伍已经有六七年了，关于部队的事情都过去很久了，于是他接着又问道，"现在部队怎么样？你是什么兵种？当了两年义务兵就回来了？"

"挺好的，当兵的经历很难忘。我是武警，卫生员岗位，至于为什么当了两年兵就回来了，有很多原因。首先，我当兵的动机，像你说的就是想尽一个公民的义务。其次，就是人生规划的问题，本来部队领导想让我继续留在部队，找我谈过几次话，说我是大学生士兵，来年可以提干，成为军官，但有个问题，我大学毕业去当兵的时候，已经是当兵的最高年限了，到了明年，提干也超龄了。退一步说即使转士官，再过几年，还是要退伍的。而且，我年龄偏大，转士官太被动了。还有，我的理想是当医生，我想继续实现我的医生梦想。"张茜和葛卫说的是心里话，当兵是义务与责任的选择，而当兵之后的走与留，要因人而异。从人生规划来看，张茜考虑问题比较理性。如果她早几年去当兵，或许会有另外的选择，而现实是她当兵时的年龄不小了，在部队没有优势。当前部队说是在改革，但是靴子一直没有落地，尤其在走与留的方面，很多政策还有待完善。

"你说得对，每个人都有不同选择。"葛卫自然明白张茜说的这些，因为他当时选择退伍也是这么想的。

"以后我们就是战友啦！"随后，两人聊了一些部队的事情，也聊了一些家事，张茜说小时候张爸爸一直把她当男孩子养，不让她留长头发、不让她化妆，在她的眼里，爸爸是固执、古板的，对妈妈也没耐心，两人动不动就吵架，以至于张爸爸想让张茜去当兵，而她却反抗着不去，而且还对部队对军人有偏见。上大学后，她叛逆地留长头发，宁愿自己去外面勤工俭学挣钱，也不要父亲给的生活费。后来，张茜在葛卫餐饮店打工，知道了葛卫也是当兵的，但是她发现葛卫和同样当过兵的张爸爸有些不一样，她在心里对葛卫有了不一样的看法，便萌生了想要亲自去部队体验的想法。再后来，她当了兵，去部队经历了、感受了，慢慢懂得了部队的真正含义和军人特有的性情，也渐渐地理解了张爸爸以前对她的态度。因为都当过兵，父女关系得到了很大程度的缓和。

　　说起来，也挺有意思的，那天葛卫和张茜聊得很开心，临别时，他们互留了新的联系方式。不过，这一个多月来，重逢的两人都没有主动联系过对方，一开始，葛卫还没什么感觉，他一直忙这忙那的，也没心思去想别的，直到最近，他有空了，便有了想法，或者说他的心思好像活跃了起来，脑海里总是不受控制地浮现出张茜的样子。现在的张茜，和印象中的模样有很大不同，这种变化让葛卫的心里有些异样。

　　"要怎么和她说话，才不显得突兀呢？"不知道是葛卫总能想到张茜，还是因为没什么事情干而想找点事情做，这段时间，他的内心总有一股按捺不住想联系张茜、找她说说话的冲动，而且比较强烈。葛卫那一直被封闭的心好像被激活了，尘封了几年的心弦突然被拨弄出声响来一样。然而，很久没有和异性有过多接触的他想得比较多，他拿着手机，看到微信里张茜的头像，却不知道要如何联系她、和她说些什么，他有些激动，也有些焦虑，更有些发愁："直接找她聊天，会不会太冒昧？要找个什么合适的理由和她说话呢？"

　　"妈，你手怎么了？怎么贴上膏药了？"也是巧了，就在葛卫正愁不知道该怎么联系张茜的时候，这天晚上吃饭的时候，他看到葛妈妈的手腕上贴着膏药，连忙问道。

"没什么事，就是最近手腕有点儿发麻，使不上劲，昨天去村里的卫生院问了下医生，说可能是类风湿病引起的，给开了几副膏药贴上。"葛妈妈一边吃饭一边道。

"有效果没？好点儿了没？"葛卫放下饭碗拉起葛妈妈的手看了看，葛妈妈双手指关节有些发肿，还有些僵硬，他颇为心疼道，"要不我陪你去大医院看看？听听医生怎么说，看看有没有效果好一点儿的药？"

"不用，这小病小痛的，忍一忍就过去了。犯不上去大医院，花那冤枉钱干什么？"葛妈妈心想，去大医院，别说看病，一堆的检查就要几百几千的，她可舍不得。

"贴膏药没用的话也不行啊，我正好认识个当医生的朋友，问问她，看她怎么说。"葛卫立即想到张茜是学医的，而且在中心医院上班，他想她应该懂医术。于是，他拿起手机，理所当然地以请教病情为由头，主动联系了张茜。

"按照你说的情况来看，问题应该不大，最好还是带着阿姨到医院来检查一下，我的一个学姐是类风湿科的专家，我联系一下她，到时候让她帮阿姨看一下。"张茜很快就回复了葛卫，并提出了建议。

"好的，太感谢了。"第二天，葛卫就开车拉着葛妈妈来到中心医院，挂了号，预约了张茜的师姐对葛妈妈进行诊治，好在葛妈妈的病情不是很严重，属于轻度的类风湿引起的关节炎。随后，医生给葛妈妈开了一些中药，并嘱咐了一些注意事项，让葛妈妈一边吃药一边调理。

"阿姨的情况怎么样？"葛妈妈吃药期间，张茜偶尔给葛卫发微信，询问葛妈妈的病情。

"好多了，真是太谢谢你了。"葛妈妈吃了一段时间的药后，病情明显好转，葛卫对张茜帮忙引荐她师姐来给葛妈妈看病表达了谢意。

"战友间还客气什么？"张茜哈哈一笑。

第五十七章
清醒顿悟

今年的邵州市热得比较早,六月上旬,白天最高温度就达到了三十几度,仲夏的太阳彻底退去了明媚,变得毒辣起来。

又经过三个多月的锻炼和适应,马超群终于跟上了现在生活节奏,他的思维、认知,也终于和这个世界融合得差不多了。继续向前走下去,迎接新的生活,等待马超群的,将是一个全新的开始。不过,在重新前行的同时,有些遗留的问题,还需要面对,作出相应的选择,比如他的工作问题。

之前,马超群被动卷入葛卫的餐饮店事件中来,在表明交警身份后,与黄头发等人发生打架斗殴而导致受伤昏迷,当时法院在对这起案件进行定性审理的时候,按照监控录像以及葛卫和黄头发等当事人的证词,判决马超群属正当防卫,无需承担相关的法律责任。判决生效后,由于当时马超群还处于昏迷中,对于他的工作,在交警支队内部也要有个说法。那时候,关于马超群的情况是褒是贬大体上有两种说法,主要说法是马超群在犯罪分子故意扰乱公共秩序,他告知对方身份并依旧遭受侮辱的情况下,与犯罪分子发生了斗殴事件,属于被迫发生自卫,他在同犯罪分子作斗争的过程中受伤,算是受害者,所以应该受到褒奖。除此之外的说法是他身为公职人员参与打架斗殴,理应受罚,不过,这也就是一些背后议论,没有摆上桌面。后来,交警支队的领导们开过几次会,研究马超群的问题,最后在交警支队副局长刘少为也就是马超群的刘伯伯的提议下，得出"马超群因意外受伤，让其休病假，保留其工作，等他以后醒来，身体好了之后再说"的结论。就这样，马超群的工作没有受到影响，他一直是休病假。不过，他的那个岗位被很多人关注，没过多久，交警支队就有新人进来补缺了。

现在，马超群的身体好了，可以参加工作了，本来马爸爸和马妈妈没想让马超群去工作的事情，还计划着让他多休息一段时间，上班的事情以后再说。但是，在前几天，他们碰到了刘少为，当聊起马超群的事情时，刘少为向马爸爸、马妈妈透露说他还有一两年就要退休了，马超群的事情一直这么拖着也不是办法，能尽早解决就尽早解决，等他退休了，很多事情就不方便了。马爸爸和马妈妈一听，觉得很有道理，他们看到马超群这段时间要么天天在外面转，要么把自己关在屋里大门不出二门不迈，让他早点儿去上班也是件好事，至少有正经事情做，趁着刘伯伯还在位，让他帮忙看看还能不能给马超群找一个相对轻松一点儿的岗位。于是，他们打算这两天就和马超群说说上班的事情。

"儿子，你以后有什么打算？过段时间，还是去上班吧？"这天晚上，吃完饭后，马妈妈和马超群说起了工作的事情，当然，她没有和马超群说刘伯伯要退休的事情，只是试探着询问他的意见。

"妈，我不想去上班了。"马超群似乎早就想到了这个问题，他直接回答道。

"不去上班？你看，你现在的身体也恢复好了，在家没什么事，还不如……"马妈妈以为马超群还没有休息够，便想劝他。

"我的意思是，我想把工作辞了，不上班了。"马超群回答得很干脆。

"辞职？不工作了？为什么？"马妈妈对马超群的这个回答感到很吃惊。

"妈，您听我说，我今年三十岁了，除去住院的这三年，在我二十七岁之前，我生活得很好，甚至是太好了！从小我就过着衣来伸手、饭来张口的生活，什么都不用考虑，包括我大一点儿后，您和爸爸又送我去上大学、当兵，再后来更是没少操心我工作的事情，给我找了一份很轻松工作。这一切，真的，太好了！好到我一直认为我的人生就是这么理所当然地顺利，后来，尤其是经历过昏迷这段时间，我醒悟了过来，这些年来，我所走的每一步人生路，都是你们安排好的，我一直生活在你们的庇护之下，这几天，我就在想，假如没有你们，我会怎么样？没有你们为我操心，我能活得怎么样？"马超群这几天确实想了很多，他回想起从小到大各个阶段的际遇、生活，不禁问自己：自己来到这个世界，活了这么久，究竟是在生活，还是一直在被生活？是自己主动地有意识、有目标的生活着，还是一直在被安排、被接受、被执行地被动地活着？确实，每个人来到这个世界，有太多的事情是已经设定的，是很难凭借个人能力去改变的，但就个人而言，每个人在每个阶段做每件事情，都有选择性。选择不同，发展过程就不同，最后的结果也会有差异。比如，要解渴，可以选择喝白开水，也可以选择喝碳酸饮料，但是身体会对这两种东西产生不同的反应。又比如，喜欢一朵花，可以选择摘下来插在花瓶里欣赏，也可以给它施肥让其更艳丽，不同的选择会导致一朵花有两种不同的命运。马超群在想明白这点后，就告诉自己，往后余生，要主动地去感受、去参与这个世界，主动地去生活，而不是和以前一样被动地前行。他对马妈妈郑重其事地说道："妈，我不想去上班了，是想换一种活法，我不想再一味地依靠你们、没有自我地去生活。"

"儿子，你是我们的儿子，不靠我们靠谁……"马妈妈还是没有转过弯来，她觉得马超群辛辛苦苦当了两年兵，好不容易才安置个这么好的工作，虽然打了一架，出了点儿情况，但万幸他现在醒过来了，身体也恢复了，可以继续之前的人生了，一份好端端的工作就不要了？

"妈，这次我差点儿一睡不醒，万幸的是，我醒过来了，所以，我想清醒地活着，活得自在一点儿、主动一点儿，有想法一点儿，有意识一点儿。我不想再像以前一样，活得稀里糊涂的，我想按照自己的想法去活，去品味人世炎凉百态，去感受生活酸甜苦辣。那样，我才没有白醒来，没有白活一场。"马超群加重了他说话的语气。

"好，儿子，你能这么想，说明你成熟了，妈听你的，只要你开心，工作不要就不要了，大不了妈和爸养你一辈子。"马妈妈看到马超群情绪颇为激动，连忙让步道。自马超群醒来后，马妈妈就又回到建筑公司上班了，虽然他们家不缺钱，但她还是想多攒一点儿家业，为自己也好，为以后给马超群减轻点儿负担也好。

做父母的，宁愿自己多吃点儿苦，也想让下一代轻松点儿。

"妈，我知道你和爸一时不能接受，没事，我会证明给你们看。以前，我从来没有想过要挣钱，更没有攒钱的概念，上班的工资也是挣多少就花多少，甚至不够了还向你们要。以后，我要靠自己养活自己，我要自己谋生，不仅如此，你们也不要太累了，我会挣钱给你们养老的，你们相信我。"马超群对自己的选择很坚定。

马超群变了，至少他选择改变、选择主动地去生活并开始付诸行动。这段时间，他的生活有了很大的改观：每天他都要去外面转一转，大多数情况选择步行或者是跑步，一是为了锻炼身体，二是去感受活在这个社会中本应该去经历和遇到的种种。他有时候仔细留意大街上来来往往的行人，倾听他们的说话声，有时候也细致地打量着沿路的各种风景以及这座城市的色彩，有时路过菜市场也进去逛一逛，看到夜市摆地摊的也去凑下热闹，和不认识的人说说话、聊聊天，去感悟不同人群的生活方式。这些，都是他以前很不感兴趣或者不会去参与其中的。还有，他的业余生活也发生了改变，这期间，朱小军和张乐多次约他出去玩，但是他对以前的那种潇洒生活似乎不感兴趣了，他不喜欢那种闹哄哄的气氛了。他宁愿安静地待在家里，种上几盆盆景，浇水剪枝，或者看上一部电影。当然，从年初到现在，马超群也没有再抽烟了。

值得一提的是，马超群在情感或者感情观念上，也发生了改变，他好像醒悟过来一般。当然，他的醒悟，来自于和张娟的一次偶遇。

这天下午，在邵水河边散步的马超群很突然地遇到了张娟，张娟和她的儿子当时正好路过，两人很惊喜地打招呼。

"这几年你干什么去了？"张娟感觉有很长一段时间没有见到马超群了，她不知道马超群受伤昏迷的事。

"没干什么，就一直在……混着。"马超群尴尬地笑了笑，转而，他想问问张娟的情况，却又不知道问些什么，到嘴边的话又变了，"你……你儿子都这么大啦？"

"六岁啦，已经上小学一年级了！这不，他爸爸昨天出差了，今天我来接他放学。"张娟帮她儿子拿着书包，她儿子手里拿着个玩具在玩。

"时间过得挺快。"和张娟说话的时候，马超群仔细地看了看她，他发现她没怎么变，只是丰腴了不少。尽管两人都住在邵州市，但却没有遇见过。

"是挺快的，这一晃，都好几年了。对了，你结婚了没有……"随后，马超群和张娟无关痒痛地聊了一会儿，没多久，一旁张娟的儿子不耐烦了，提出了抗议："妈妈，我饿了。"

"妈妈带你回家吃饭。"张娟只好重新牵起儿子的手，和马超群告别，"等你结婚的时候一定要告诉我，我来喝喜酒。"

"好。"马超群微微一笑。然而，等到张娟领着她儿子走后，马超群突然大笑了起来，他笑得很大声，眼泪都笑出来了。张娟已经结婚了！而且孩子都这么大了！马超群突然很清醒地告诉自己。不仅如此，虽然两人还是像以前一样打招呼、聊天，但是，有很多东西明显感觉不一样了！"自己和她早就是两个世界的人了！"马超群顿悟了：以前，他和不少女孩子有过接触，别人介绍的也好，自己主动认识的也好，他好像都在找和张娟一样的！他一直想找个人来替代他心里的张娟，但是，张娟就是张娟，别的女孩子就是别的女孩子！马超群想到，上学时期的自己和现在的自己，已经完全变了样，同样，上学时期他和张娟的关系，和现在他和张娟的关系，也是完全不同了！

马超群在邵水河边笑了很久，也想了很久，路过的人都以为他神经不正常，直到他笑累了，想累了，又在河边的护栏上坐了一会儿，才慢慢地走回家。

"以前的都过去了。明天去找份工作，先养活自己。"在回家的路上，马超群的思绪又回到现实中来，这几天，就算马妈妈不和他说工作的事情，他也在琢磨怎么养活自己这个问题了。

第五十八章
日拱一卒

到了六月底七月初，这一年也就过完了一半，随后就进入到下半年了。

经过半年时间的忙活，这个时间点，邵州市的创卫工作已经进入到自查整改阶段。按照工作计划，这一阶段的主要任务是各级组织开展自查活动，对照标准，梳理归类问题，建立整改台账，限期整改达标。这几天，在各辖区、各单位按照创卫工作标准进行自查时，市里、区里也分别选派了卫生工作小组对所属辖区以及单位进行检查，以促进工作的落实。

"清河乡创工作落实得不错，好的方面有……"这天，双祥区的创卫工作小组来到清河乡进行工作检查，在下午的讲评会上，区领导对乡里的工作表示了肯定，当然，也指出了一些不足："在下一步工作中，你们还是要加大力度……"

"明白，乡里一定按照区工作组提出的要求抓好落实。"乡领导向区领导保证。同时，一起参加会议的刘海波，连忙将区领导指出的问题一一记录，在下一步的工作中，将由他来有针对性地解决检查出来的问题。

"海波同志，这段时间辛苦你了，乡里把这项工作交给你，是对你工作能力的信任，接下来希望你能再进一步，把创卫工作干好，给乡里争光！"开完会，乡领导就陪着区领导去吃饭了，不过在走之前,他们没有忘记对具体负责创卫工作的刘海波鼓励一番,这次区领导到乡里来检查,似乎很满意,乡领导知道,区领导的这个满意,得益于刘海波几个月认真负责地干工作。从年初开始,刘海波就一直在忙乡里的创卫工作,也确实尽心尽力,他几乎天天在各个村里跑来跑去,不顾严寒酷暑,按照工作计划抓好落实,甚至亲自带头推进工作,这一点,得到乡领导的高度认可:"海波同志确实在用心干工作"。

"我会继续努力的。"刘海波向乡领导保证道。待领导们走后,他也终于如释重负,他还是不习惯和领导打交道,甚至不擅长和领导说话,到了下班点,他就赶紧回家了。

刘海波到家后,也没闲着。七月初的时候,在白沙市上大学的杜明放暑假回来了,这段时间,他总爱往刘海波家里跑,一方面来看外甥女盼盼,四岁的盼盼很喜欢和舅舅玩,因为舅舅总给她买玩具和好吃的,另一方面,杜明已经大三了,他下个学期就要去部队实习了,他的很多同学们都在为对部队没有了解而发愁,而他有个当了十二年兵的姐夫,所以,他很有必要向刘海波请教一下部队的事情,他要为去部队做准备。

"部队是看实力说话的,思想过硬是基础,军事训练也要过硬,练就一身过硬本领,才是硬道理。"对于小舅子杜明喜欢部队、喜欢军旅刘海波感到很欣慰,一有时间,他就和杜明分享他的当兵心得。刘海波当了十二年兵,每年都会接触分配到他们单位的实习排长,他太了解刚被分到部队的实习排长的心理了,所以,他和杜明说的,都是以后杜明到部队后会遇到的一些情况,并且他还作了积极的引导。

"我会努力训练的。"杜明在刘海波家里抱着盼盼"举高高"就开始锻炼起来,惹得一旁的杜青青一直叮嘱让他小心一点儿。

"好好生活!好好工作!"看到家人们在一起这么温馨的一幕,刘海波心里暖暖的。这段时间,他不仅在工作上又得到了领导的认可,而且,在生活上也比较顺心:女儿盼盼已经上幼儿园了,学校老师说她很乖，杜青青在医院上班也还可以，刘爸爸、刘妈妈和杜爸爸、杜妈妈的身体虽然有些小疼小痛的，但是没有大毛病，杜明也这么有上进心……他对当前的生活状态很知足，从而更有动力、更有激情地来面对生活和工作了。

当然，他还是把主要精力放在工作上，在他负责的创卫工作中，他按照检查中发现的问题、提出的要求接着又忙起来了。与此同时，在这段时间里，同样再次忙碌起来的，还有清闲了没两天的葛卫。

葛卫把他的温室大棚蔬菜基地、采摘园、垂钓基地的很多事情放手交给相应的负责人后，他的个人时间是多了，但是很快，他多出来的那些空闲时间就被另外的事情占据了。其中，就包括他要帮着村里那些跟着他种植温室大棚蔬菜的邻里们处理蔬菜销售等一些问题。

年后找到葛卫说也想种植温室大棚蔬菜的邻里们在葛卫的帮助下，修建温室大棚、翻地、播种……经过几个月的劳作，他们的温室大棚里也迎来了收获。有了收获，是件好事，不过随之而来的销售问题，让他们颇为犯愁：地里的农作物成熟了，他们每天采摘一部分挑着去市里的菜市场摆摊卖菜，然而，几天下来后，很累、很麻烦不说，而且每天的销量太小，温室大棚里出现了囤积、很多作物来不及采摘就坏了的现象。为此，邻里们又找到葛卫，说能不能帮着联系一下销售渠道。当然，葛卫对乡亲们的难题是看在眼里、急在心里，这些天，他又在更远地方的各大菜市场、生鲜超市奔走，本来他自己的那些温室大棚蔬菜的产出，刚刚满足他现有的销售渠道需要，而这些另外的产量，就要再另外开辟新的市场了。并且，邻里们种植的温室大棚蔬菜都是以家庭为单位，比较零散，还有一定的周期性，达不到随时可以供应的要求。好在葛卫这两年一直和蔬菜批发商打交道，在这方面有经验，通过几天的到处跑，葛卫可算在邵州市其他片区的农贸市场找到了几家蔬菜批发商，谈了一下合作的事情。另外，葛卫还想到一个办法，他把邻里们的蔬菜，收拢到一起，形成一定的规模，让邻里们派出代表和批发供应商签订长期的收购合同，这样一来，很多问题就一并解决了。

当然，葛卫另外那部分剩余时间，就用在他个人的问题上了。

葛卫因为给葛妈妈询问手脚发麻的病情而名正言顺地和张茜取得联系，他们除了聊病情外，也聊些别的！而且，就是这样，两人的联系慢慢地频繁了起来！

"邵水桥边新开了一家海鲜馆，有时间一起去尝尝？"葛卫和张茜似乎有很多共同的话题，谈人生、谈军旅、谈理想，他们在微信上聊得不亦乐乎。两人重新熟悉一段时间后，葛卫越发觉得张茜很有意思，那种想亲近她的想法日益强烈。正好，这天葛妈妈把张茜师姐给开的药吃完了，她的类风湿病好了好多，于是，葛卫鼓起勇气，以感谢张茜帮忙为理由约她吃个饭。

"如果是因为阿姨看病的事，就不必了！"张茜不是那么世俗的人，不过，她不傻，也懂得葛卫的心思，随后，她爽朗地笑道，"但是，如果战友之间一起吃个饭，我倒是可以考虑一下。"

"那等你下班，我过来找你。"看到张茜同意约会的消息，葛卫的心里莫名其妙有了激动的感觉。

很快，到了六点钟，精心打扮了一下午的葛卫到中心医院接到下了班的张茜，两人认识很久了，算是熟悉了，约起会来也就没有太拘谨，他们一起散步去往吃饭的地方。

"小老板？小张？你们真的在一起了？还真是有缘分！"没多久，葛卫和张茜就到了邵水桥边的那家海鲜馆，有意思的是，两人落座没多久，一个他们都觉得颇为熟悉的声音突然响起，以前在葛卫餐饮店里打工，后来又去别的饭店干活，现在又在这家新开的海鲜馆里当服务员的邓姨走了过来，她很是惊喜地看到以前就觉得很般配的两人时隔多年，竟然还是走到了一起，不禁感叹缘分真是奇妙。

"我们……"张茜和葛卫同时想解释什么。不过，邓姨并没有听他们的辩解，而是继续感叹道："小老板，以前碰到你的时候，我就想告诉你小张去当兵了，和我儿子一批去的，但是后来忘记说了，我一直惦记着这事。现在好了，看到你们在一起，我心里也就踏实了。有缘人总是会走到一起的，你们要好好珍惜……"

邓姨的一番话，说得葛卫和张茜脸都红了。不过，这顿饭，两人吃得很愉快。

说来也巧，在葛卫和张茜约会的这个时间点，也就是与他们吃饭的海鲜楼相隔两个门面的一家理发店里，一个理发师正在教一个学徒理发，这个学徒就是马超群。

自从马超群不打算去交警支队上班后，他就想找一份工作或者学一项技能养活自己，像普通的卒一样，一步一个脚印地生活。一开始，他以为找工作很容易，还尝试着找一份自由一点儿的，想着用自己的所学、所知解决吃饭问题，不是什么难事。于是，马超群去了几家和计算机有关的工作单位应聘，面试官问他的工作经验、业务技能等问题，他的回答都是零，自然，他就一直没有找到工作。碰了几次壁后，马超群算是初步体验到找份工作的不易了，很快，他意识到自己现在需要先养活自己和融入社会，干什么都行，所以他突发奇想，想各行各业都去体验一下，挑一些人们生活中依赖其生存的衣、食、住、行等行业，比如去服装店、鞋店打工，去餐厅、茶楼当服务员……每个行业都干上一段时间，去了解一些不被常人所知道的东西，在养活自己的同时，去接触不同行业、不同群体，历练自己并丰富人生经历！

说干就干，马超群还真就不挑工作了，他想着在大街上走一圈，看到哪里招工，就去哪儿打工。那天，他从家出门后到处转，看到的第一份招聘启事，就是美容美发店招学徒。随后，他就进去和理发店老板谈当学徒的事情。并且当天，他就在理发店踏上养活自己和融入社会的路了。

第五十九章
新的想法

酷热的夏天，终于慢慢离去，九月中旬，过了秋分，邵州市秋高气爽凉快多了。

这段时间，刘海波还是一如既往地在忙活创卫工作。创卫工作要操心的事情还是不少，而他的干劲依旧足，一切也都顺利。当然，除了工作顺心外，刘海波的生活也很幸福。这个月月初，杜明暑假结束去部队实习去了，女儿盼盼也上小学了，家里的其他情况都比较如意，他也很知足。不过，幸福的生活偶尔也会给他出一些甜蜜难题：这几天，刘妈妈总给他打电话，说他年龄也不小了，而且国家开放生二胎的政策已经有两年了，应该考虑再要一个孩子。其实，一直生活在农村的刘妈妈还有点儿封建思想，她想着要是有个孙子就好了。

刘妈妈这个问题，让刘海波有点儿头疼，虽说这几年，他们家的经济条件稍微好了一些，但是生二胎，不是他一个人能决定的，在他的思想中，生不生二胎都可以，生男生女都行，一切看杜青青的意思，毕竟，生孩子这种事情，妻子的负担最大。最重要的是，刘海波还一直顾虑杜青青的身体，担心她对生孩子有阴影，所以，他也不知道怎么和杜青青说这个问题。

好在这个甜蜜难题没有让刘海波纠结太久，或许是老人们的想法都差不多，这两天，他和杜青青下班后去杜妈妈家接女儿盼盼的时候，杜妈妈总是拉着小两口说上几句，她说国家开放二胎政策已经有两年了，盼盼也已经上小学了，是不是可以考虑要个二胎？而且，杜妈妈说趁着她还年轻，还可以帮着带一下孩子，不然等以后岁数大了，就带不动了。

这也太有意思了！双方父母都想让刘海波和杜青青生二胎！当然，刘海波没有着急表态，而是说听杜青青的。一开始，杜青青还没有思想准备，她想着家里各方面的条件虽然缓和了不少，但是生两个孩子，压力巨大！不过，杜妈妈很快就反驳说，杜青青和杜明小时候的生活条件比现在更差，不也好好地长大了？随后，在杜妈妈的多次念叨下，杜青青可算想开了，也是巧了，这个时候，她好几个同事居然同时怀孕要二胎了，她们都说再生一个，给小孩子找个伴，一起成长。于是，她也动起生个二胎的念头。

"老公，我们也要个二胎吧。"这天晚上睡觉前，杜青青主动和刘海波说起了这件事情。

"你想好了？你的身体？"刘海波还是有些担心。

"我没事！真的没事！以前是头一次当妈，有些事情不知道怎么处理，着急急的，现在有经验了，你放心啦。"杜青青对她的身体状况心里有数，随后，她还调皮道，"倒是你，这几年一直在忙这忙那的，经常加班熬夜，也休息不好，身体都虚了，要好好锻炼，调理一段时间才行。"

"那从明天开始，我们一起锻炼身体，备孕二胎！"刘海波扑向杜青青，两人拥抱在一起。

有了再要个孩子的想法后，刘海波和杜青青就开始锻炼身体了，两口子要么一起去公园跑跑步、爬爬山，要么在楼下小区运动场里玩玩器械、跳跳绳，总之，他们尽可能地挤出时间来锻炼。同时，也在锻炼身体的，还有一开始是为了恢复身体而进行康复锻炼，慢慢就养成了锻炼习惯的马超群。

现在的马超群，已经将锻炼身体当成一种习惯了。而且，他根据作息时间，把运动时间调整到晚上。每天吃完晚饭休息一会儿后，他不是去健身馆健身，就是去体育馆、公园里进行夜跑，或者开展其他形式的锻炼。

当然，锻炼身体，是马超群做出改变的具体表现之一，此外，他的很多方面也都变得和以前不一样了。为了体验生活和融入社会，从六月份开始，马超群先是在美容美发店里当学徒；后来，在七月中旬又去了一家工厂当了一段时间的保安；现在，他在给一家超市当送货员。如之前所想，各种行业的工作他都想去尝试和体验一下。现在的他，经常换工作不说，他的生活习惯、作息时间也发生了改变，并逐渐形成新的规律：早上起来，他要么看书、看报纸、听广播，要么收拾家里的卫生、打理种的花花草草，然后再去上班。下午下班后，他会去菜市场买菜，帮着马妈妈一起做饭，慢慢地他自己也会炒几个小菜了。还有，每天晚上锻炼完回来后，他还和以前在部队当兵的时候一样，再次养成了写日记的习惯。

曾经作为大学生士兵的马超群在部队生活的感染下，很有兴致地写了两年的军旅日记，这是他当兵生涯中颇为难得、有意思的事情之一，不过在退伍后，他就把写日记的习惯给丢了。而这段时间，他在养活自己的同时，也开始体验生活了，回到家里后，他又冒出记录生活的想法来。虽然马超群大学学的计算机专业，但是，他写一手好书法，钢笔字、毛笔字都很可以，重要的是，他的文笔还算不错，有时候给校刊写写文章，后来还当过校刊的编辑，不仅如此，他还参加了学校的摄影协会、微电影协会，写过一些小故事的剧本，参与拍过微电影，他的才华，是大家公认的。

"很久不写了，有些生疏了。"马超群再次拾起笔、拾起以前的习惯，有些恍惚的同时，也有些感慨：当兵，是七八年前的事情了，上大学，更是十来年前的事儿了。

做出改变之后的马超群的生活，平静、安稳了很多。而与之相反，葛卫的生活却是充满激情。

"茜茜，这个周末你休息吧？前几天你说你有个既是战友又是同事的闺蜜想来采摘园玩，正好二号采摘园的新品种草莓熟了，周末我去接你们，一起来采摘园尝尝草莓？"自从葛卫和张茜有了一次愉快的约会，并且因了遇到邓姨对他们关系的误会而产生的推动，两人的心里就莫名腾升起一股心照不宣的暧昧情感。之后，葛卫和张茜的联系就越来越频繁了，也陆陆续续约着见过几次面、一起玩耍过几次，几个月来，两人的关系越来越亲近，甚至连称呼都亲密了很多，这天，葛卫再次向张茜发出约会的邀请。

"好啊，正好昨天我碰到给阿姨看病的师姐了，她说上次给阿姨做检查的时候，发现阿姨有点儿贫血，我从医院买了补气血的营养液，拿给阿姨喝着看看。"张茜也为顺理成章来葛卫的采摘园玩找了一个很好的说辞。

很快，到了周末，葛卫接到张茜和她的战友到他的采摘园来玩。张茜的战友兼同事叫陈瑶，比张茜小两岁，也是在退伍后安置到中心医院上班的，她扎着一个马尾，穿着一身运动服，一副青春时尚的样子。当然，葛卫关注的重心在张茜那里，他看张茜是越看越顺眼。随后，他们三个人在采摘园采摘了一会儿草莓，又在葛卫家四周转了转，中午的时候，葛卫还亲自下厨在张茜面前表现了一番。

就这样，葛卫和张茜的关系在慢慢地升温。甚至，葛卫还试探性地问了问张茜对未来男朋友有什么要求，张茜只是说，"要有感觉才行"。当葛卫再追问具体标准时，张茜还是没说什么，不过她很明确地说了一句她不喜欢抽烟的人，因为他父亲以前就经常抽烟，弄得家里满屋子烟味儿，很不好闻。

"戒烟。"也是从这天起，葛卫就开始试着不抽烟了。

"为爱作出改变！"现在的葛卫，感觉生活中充满了甜蜜，做什么都有劲头、都开心。他那原本受过伤，经过几年时间的封闭而变得平静的心，似乎又起了涟漪，他下定决心重新喜欢一个人，去追求张茜。

不抽烟了，就是突然改变某些生活习惯，一开始，葛卫感觉到很不自在，有时候也会不自觉地去找烟。好在他的克制力还算可以，一想到自己做出的决定，就能忍住，加上他现在每次去市里送菜或者办事，都去中心医院看看张茜，或者时不时地找她约会，"不能让她闻到自己身上还有烟味儿"。慢慢地，葛卫也能适应不抽烟了。

当然，葛卫在和张茜约会谈恋爱的同时，他对他的农村事业也没有半点儿懈怠。经过小半年的运营，他的温室大棚蔬菜基地、采摘园和垂钓基地，也回笼了一批资金，他现在又可以琢磨着干点儿什么了。

"是继续扩大这些项目产业的规模？还是再弄点儿新的项目？"这几天，葛卫在他的村庄里转了好几圈，开始思考下一步要怎么干才好。对于农村事业，他之前有很多想法，或者说梦想，他心里有一份村庄建设发展的蓝图，这两年，他不断学习、不断增长见识，也萌生一些新的想法，他清楚地知道实现那些想法或者梦想的方式和方法需要不断加以改良，所以，他必须要考虑清楚。

先确定方向，然后再围绕大的方向研究下一步的行动！这两天，葛卫一直在思考他的农村事业计划。因此脑海里总是不自觉地想起唐鹏鹏所说的农村包围城市路线。唐鹏鹏弄的那些养殖和葛卫搞的温室大棚蔬菜，都是在把农村的产出输入到城市里去，是由农村走向城市的发展项目。然而，很快，葛卫想到了他的采摘园和垂钓基地，当初选择干这个项目的时候，只是单纯地觉得有搞头，而如果用路线的角度来说，好像是农村吸引城市？那反过来想一下，假如用农村的产业去吸引城市的消费群体主动到农村进行消费，会是什么样？

想到这里，葛卫一拍大腿，他的思路似乎清晰了很多。

第六十章
民心向认

世事无常，有很多时候，计划却赶不上变化。

自从想再要个孩子，刘海波和杜青青就一直坚持运动，他们甚至对每天的运动量、运动时间做出了详细的计划，以头等大事的规格去执行。不过，没多久，刘海波就以各种原因缺席锻炼了，他最大的理由就是工作忙、没时间。

这段时间刘海波确实忙，九月下旬，邵州市的创卫工作即将进入评估验收阶段，负责清河乡创卫工作的他一直在根据工作计划紧锣密鼓地开展查缺补漏、巩固创建成果、迎接考核验收等各项工作。把创卫工作干好、干出模样来，争取给乡里争光！工作上的刘海波认真负责，所以，他的主要精力都放在工作上了，和杜青青一起锻炼身体的约定，就有些顾不过来了。可能是造化弄人，让刘海波没想到的是，就在他一丝不苟地按照计划要求抓好创卫工作落实时，他的工作岗位又出现了调整。

刘海波的岗位再次发生变化：原本负责乡里信访接待工作的信访接待办公室主任谭鑫上个星期突然提出辞职，他去深圳和别人合伙开物流公司去了，这样一来，信访接待办公室主任的这个位置就空缺了出来，于是，为做好组织机构的补缺工作，乡领导开会研究了一番，最后决定让刘海波把手里的工作放一放，去负责信访接待工作。他们认为创卫工作接近尾声，接下来就是迎检的事情，而刘海波又不擅长,另外,刘海波的群众基础好,让他负责信访接待工作,肯定不会错。

就这样,刘海波到信访接待办公室当主任,称呼上也由小刘变成了刘主任。虽然刘海波的头衔好听多了,但也传出来一种说法:信访接待办公室主任这个职位没什么意思,是个可有可无的闲职,一旦有事,那就是一些费力不讨好的麻烦事,是乡政府无处安置的边缘人的位置,以前的谭主任就是个很好的例子。

当然,刘海波并不是很在意这种说法,不管在什么岗位,他都是一样干工作,这是他一贯的工作态度。然而,或许是巧合,也或许是新工作岗位的考验,他负责信访接待工作不到一个星期,工作中就遇到了几年都不曾发生过的麻烦事儿。

事情要从两个月前说起,一直以来,清河乡以及沿途的乡镇、村庄通往市区的交通工具,主要是私人运营的中巴车。中巴车的票价一直是两块钱,就在两个月前,承包这条路线运营中巴车的老板突然换了,新老板对中巴车的票价进行了调整,由原来的两块钱涨到了五块钱。这样一来,从邵州市到清河乡沿途的村民就不干了,他们认为这几年的物价在涨,但是也没涨得这么离谱,一下子翻了一倍还多。去趟市里,一个来回要十块钱,太贵了!因为车票涨价,很多村民都和中巴车的司机闹过,可司机说他们只是开车的,要找汽运公司的负责人谈,于是村民们派出代表,找到汽运公司,有个负责人说他们是从乡政府手里承包的,因为承包费贵,所以车票就贵。随后,村民们又找到乡政府,乡政府有个领导又说涨价是汽运公司的问题。总之,这个问题被当作皮球一样踢过来踢过去,到最后,问题没解决,村民们的怨气更大了。终于,这天,一个村庄的村民们搬起了石头、木头,将马路堵住,他们表示"宁愿不通车,也要讨个说法"!

然而,事情就是那么巧,九月三十日是烈士公祭日,邵州市委、市政府领导都会到烈士陵园参加公祭活动,并且按照惯例,在公祭活动结束后,还会有市领导去烈士家里进行慰问,而今年,也就是这天，市领导打算去清河乡下辖的一个村庄的烈士家里进行慰问。这下好了，他们被堵在了半路上。

"书记，从市区到你们乡里的路上出现了一点儿情况，你快来看看，王市长还在车上……"很快，市领导的秘书以及区领导都给清河乡领导打电话，他们的车辆被夹在路中间，因为前后都有车，所以想前进，前进不了，想后退，后退不得。

"明白，我马上过来协调。"乡书记一听，顿时就急了，他们几个乡领导在乡政府以及烈士家里都做好了市领导过来检查的各项准备，没想到市领导竟然被堵在路上了！随后，他叫上一旁正在维护秩序的乡里派出所的几个警察，一同赶到被堵的村庄，同时，他还联系了村里的村支书了解情况。

"大家不要激动，乡书记马上过来了，要相信政府！"在被堵的村庄，村支书早在现场疏导群众了，但是，堵马路的村民越聚越多，就连附近村庄的村民也都赶来了，而且他们扛着锄头、拿着铲子，态度很坚决。

"不把这个问题解决，谁来也没用！"村民的怨气很大，他们的声音很快就将村支书的声音淹没。

"各位村民，我是乡书记，你们提的要求，我们正在开会研究，请你们不要采取这种极端的方式。"乡书记到达现场后，一见这架势，他连忙拿起扩音器进行喊话，"同志们，我们有话好好说，请大家相信政府，相信乡里，这个问题一定会尽快解决的！"

"我们不相信！票价问题找了你们两个月了，你们一直在推脱，你们和汽运公司官商勾结、狼狈为奸！"村民们的声音明显更大些，他们对乡政府的说辞已经失去了信任。

"同志们，你们这么做是犯法的！你们这是在破坏公共设施、扰乱交通……"见软的不行，很是着急的乡书记只好来硬的了，他搬出派出所的警察来，"我们乡派出所的同志，是可以执法的！"

"犯法？你们官商勾结，就不犯法？"不等乡书记说完，村民们

321

的议论声更大了，他们甚至舞动着锄头、镰刀，更加气愤了！

"你们……"乡书记被呛住了，其实乡政府和承包汽运公司的事情，是有上头领导打了招呼的，他不能和村民明说，现场一度陷入僵局。

时间一分一秒地过去，这条路已经堵了将近一个小时了，两头的车辆是越来越多。乡书记等人一直在和堵路的村民进行沟通，然而，村民们根本不肯做出让步，甚至还有愈演愈烈的趋势。就在这时，刘海波从乡政府赶了过来。

"书记，要不我来和他们说说吧？"刘海波自知他是信访接待办公室主任，有责任处理这种麻烦事儿。

"你？能行吗？"乡书记既着急又惊恐，一开始，他觉得以他的面子和几个派出所警察的震慑，很快就能把道路疏通，谁知道，他露面后，不仅没有解决问题，而且让问题激化，村民们将道路堵成一排，他连绕到对面和市领导、区领导解释的机会都没有，就在他束手无策之时，刘海波的主动请战，让他眼睛一亮，他连忙把手里的扩音器交给刘海波，让他来处理。

"乡亲们，大家冷静一下，我叫刘海波，前两年修村道的时候，在你们村里来来回回跑了将近一个月，今年搞创卫工作，也在你们村里跑了二十多天。从上个星期开始，我负责乡里的信访接待工作，你们之前反映的问题，我也有所了解。乡亲们，关于这次因为车票涨价而堵路的事情，你们先听我说几句，然后再看，好不好？"刘海波拿着喊话器，冲上堆在道路中间的石头上，大声喊道，"车票涨价，说实话，我也没有什么权力决定什么。但我想和你们说的是，如果是乡里的问题，乡里一定会解决，如果乡里解决不了，那我们就想办法去区里、市里的相关部门协调，无论如何会把这个问题解决好。我知道你们堵路是为了解决车票涨价这个问题，但是，你们看看，这前前后后，堵了多少车？耽误了多少人的事情？你们想想，万一谁家有个急事，这样堵着，出不去也进不来，多着急！不要用堵路这种极端的方式来处理问题，虽然我刚接手信访工作，但请你们相信我。明天是国庆节，放一个星期的假，节后你们再给乡里一个星期的时间，这件事情如果还是没有进展的话，我和你们一起去区里、市里找领导，解决这个问题。好不好？"

出乎所有人意料的是，刘海波说完这番话，堵路的人群中出现了短暂的安静。安静过后，马路中间一个身体壮实、像是带头人的大伯上前来和刘海波说话："小刘，这个事情你不要管。不是我们不相信你，这是乡里和运输公司搞的鬼，他们太黑了。"

"张伯，我知道堵路是想解决这个问题，但是您看，路一直这么堵着，肯定不行啊，万一出点儿什么事情，多不好！我还是那句话，乡里解决不了，我带你们去区里、市里找领导，直到解决问题，行不行？"刘海波认识张伯，他家是开小卖店的，刘海波去村里忙活的时候，有时错过了饭点，还去他家买过方便面。

"堵路，我们也是没有办法……"看到张伯和刘海波在说话，这时候又围过来几个人，这些人都认识刘海波，刘海波也认识他们，他们纷纷向刘海波倒苦水，接着，刘海波把刚刚和张伯讲的话又动之以情，晓之以理地向他们说了一遍。

"好，小刘，你是乡里的怪人，今天我们就相信你这个怪人，认你这个怪人，但一个星期之后，我们看不到结果，别怪我们不给你面子！"让所有人尤其是乡领导觉得不可思议的情况再次发生了，几个带头人围在一起商量了一下，最后，他们选择暂时相信刘海波。

刘海波负责修村道、搞创卫工作的时候，工作作风很怪，是乡里有名的怪人，但是这个怪，村民们很喜欢，所以，他们很给刘海波面子。随后，在几个带头人的示意下，堵路的村民们就开始散开了。

"谢谢你们的信任，我一定把这个问题解决好。"刘海波和村民们一起将堆在路中间的石头、木头搬走。几分钟后，这条路，终于通车了。

第六十一章
有失有得

有了改变，就可能会收到意想不到的结果。

过了国庆假期，节后上班的时候，因为工作岗位发生了变化，又赶上堵路事件的刘海波，自然责无旁贷地去操心清河乡到市区车票涨价的事情。他根据之前村民们向乡里反映的情况以及收集到的资料，找到乡领导请示下一步要怎么解决车票涨价的问题，然而，乡领导的态度却有些模棱两可，他们说这个事情不太好办，需要再看看。

"还有什么再看看的？有什么问题就解决什么问题啊！"刘海波颇为着急，他承诺给村民们这个事情一个星期内要有进展的，不承想，乡领导还是犹豫不决。随后的几天里，刘海波又多次找乡领导说这个事情，又是去汽运公司找人沟通，他甚至还到区里管理运输的部门咨询，他想尽快给村民们一个满意的答复。或许是刘海波的一番奔波有了效果，周五的时候，车票涨价的事情突然就有了下文：可能是乡领导意识到堵路事件的严重性、重视起来了，也可能是汽运公司意识到涨价太不合理、迷途知返了，还有一种说法是承包清河乡到市里路线的汽运公司是区里某位领导的弟弟，是他联合区领导和乡领导对车票进行涨价的，而那天的堵路事件正好惊动了市里和区里的其他领导，在市领导、区里其他领导的过问下，汽运公司和区政府、乡政府重新协商了一番，并重新签订承包合同，这条路线的车票就不涨价了，剩下的事情也就不了了之。

因为车票涨价引发的堵路问题终于得到有效解决，村民们都挺高兴，张伯等几个带头人再次见到刘海波的时候，对他表示了感谢，更觉得他是个好干部，他们觉得相信刘海波是相信对了，怪人果然没有让大家失望。

"我还真没干什么，这本来就是汽运公司车票定价出现了问题，我们有关领导和汽运公司重新协商、沟通了，就整改好了。"刘海波实话实说道。其实，在解决车票涨价的这个问题上，刘海波只是起到了一定的推动作用，但不是决定性作用，包括刘海波在内的很多人都不知道，事实确实像流传的那样，乡政府、区政府上面的市领导插手管了。

原来，发生堵路事件的那天，市领导的车辆被堵在半路，进退两难，市领导没有干等着，而是下了车，他想看看到底是怎么回事，市领导下车了，随行的人员也纷纷下了车，他们一行人就站在人群中，乡书记和刘海波处理事件的整个经过，他们都看在眼里，其中站在市领导旁边的一个领导，一眼就认出了处理堵路事件的刘海波，因为他是封金龙。

"上百人堵路，村支书、乡书记轮流做思想工作，都没效果，最后竟然让信访接待办主任几句话就给劝动了？有点儿意思。"市领导很快就听出来堵路事件的原委，他转身就让身后的几个领导去了解情况，随后，他指着刘海波有些惊讶地说了一句。

"领导，这个人我认识，他叫刘海波，是个退伍兵。"这时，旁边的封金龙接话道。本来，封金龙还想说刘海波和他在一个部队当过兵，还是他带过的兵，但是，他又想着这样说会有不妥，便作罢。

"这个刘海波同志看着不错，注意观察，有什么问题，可以直接和我说。"市领导上车后，先和封金龙说了一下工作上的事，随后，他又说了这么一句。

"明白，领导。"封金龙连忙回答道。

就这样，过了没几天，市里相关部门了解情况后，车票涨价的事情就有了不涨价的结果。

不管怎么样，车票涨价以及发生的堵路事件算是告一段落了，随后信访接待办公室主任刘海波也确实感受到，这个职位没事的时候还真就什么事情都没有，他又清闲下来了。这样也好，没事就坚持运动、锻炼身体！刘海波似乎习惯了要么忙、要么闲的工作节奏了，他又慢慢地重启锻炼计划，为生二胎做准备了。

不知不觉，两个月的时间过去，这一年又快到头了。

编筐编篓，重在收口。临近年底，邵州市各级单位辛苦忙活了一年的创卫工作也终于迎来了国家和省里的考核，几天的考核结束后，传来好消息：邵州市创建卫生城市成功！

太好了！创卫成功，对邵州市来说，是一件大喜事，也是一次很大的进步，这个活动，让邵州市的卫生环境得到明显改观，更是对这座城市自身能力建设的认可！邵州市发展得越来越好了！

取得了成绩，自然就要表彰先进。邵州市创建卫生城市的成功，离不开各级单位的共同努力，在年终工作总结时，市里表彰了一批创卫工作的先进单位和先进个人。其中，先进单位中，清河乡榜上有名。不过，在先进个人中，就没有看到刘海波的名字了，而是乡领导的名字。另外，乡政府年终工作总结的时候，也评选了乡里的优秀党员、先进工作者，虽然刘海波被提名了，但在民主测评投票时，他居然没几票。于是，他又和优秀党员、先进工作者无缘了。

对于刘海波的失意，或者说不够优秀、先进，乡政府又传出一些说法：刘海波并不是没有干，而是运气不好，负责创卫工作，只负责了一半，算不上有始有终，故而市里创卫先进个人评选，乡领导都没有上报他。而刘海波负责信访工作后，不到一周，就出现了问题，并且动静弄得很大，虽然最后处理好了，但是让区里的、乡里的一些领导很不满意，就算他在创卫工作中有点儿功劳，那也算是功过相抵，就这样既不褒也不贬了。

这些说法真也罢、假也罢，在乡政府工作了六七年的刘海波对于这些已经看淡了，他想，工作上，他尽可能地干好应该干的、组织上让干的，做到问心无愧。这段时间，工作不那么忙的刘海波主要以家庭为主，在坚持锻炼的同时，多空出时间来陪伴女儿盼盼，感觉也挺好。

或许人生总是有失有得。这段时间，在工作上有失的刘海波，在生活中却得到了他想要的：他和杜青青一直坚持运动锻炼，两人的身体状态明显好了很多，而且，通过两口子的不懈努力，杜青青怀孕了！

"老公，今天我测了一下，有了！"晚上，哄盼盼睡着后，杜青青从女儿房间里出来，就把这件喜事告诉了正在客厅收拾玩具的刘海波。

"啊？真有了？太好了！"刘海波迟疑了一下，他很快就懂了杜青青说的有了是什么意思，他高兴得手舞足蹈，扔掉手里的玩具就想过来抱杜青青，像抱着女儿转圈圈一样，不过他很快想到刚怀孕的杜青青不能太折腾，便硬是憋着那股高兴劲儿，在她的脸上连亲了好几下。

很快，两口子把杜青青怀上二胎的消息，分别告诉给双方的父母，他们都非常高兴，尤其是刘妈妈，第二天她就让刘爸爸抓了两只家里养的老母鸡和一些鸡蛋送过来，并嘱咐杜青青要好好补一补。

临近过年，家里同样充满高兴气氛的，还有马超群家。这几天，马爸爸、马妈妈也颇为高兴，因为他们第一次收到马超群用自己挣的钱买的礼物。

经过大半年体验生活和融入社会式的打工，马超群也挣了点儿工资，虽然不多，但他全部拿出来给父母各买了一套新衣服。马爸爸、马妈妈穿着儿子给他们买的衣服，高兴得不行，出门的时候一有机会就和朋友们显摆："这衣服还可以吧，我儿子给我买的！"

或许是有失有得吧，在马爸爸、马妈妈眼里，马超群阴差阳错受伤昏迷，醒来后，确实变了很多。

"年后，再去干点儿什么？"当然，马超群并没有觉得他的改变有什么值得高兴的，他只是按照自己的想法去生活而已。这大半年来，他不仅能养活自己了，在换了四五份工作后，他也懂得了一些世故、人情冷暖。过小年前，他结束了一份工作，想着休息几天在家好好过个年，至于年后是继续体验生活、融入社会，还是应该干点儿别的？他还在思考中。

　　这几天，处于休息状态的马超群还是和之前的生活节奏差不多，只是把工作时间换成要么在家看看书、要么去大街上转一转，剩下的时间依旧是写日记、跑步锻炼身体，他的业余生活简单了很多。此外，在人际交往上，马超群也挑剔了很多。这半年来，他从不同的工作中也认识了一些新的朋友，但是，谈得来的没几个。当然，他和朱小军、张乐这些老朋友还联系，也聚过几次，只是远没有以前那么频繁了，他也不喜欢去那种吵闹场所潇洒了，聚会也是找个安静的地方，几个人一起喝点儿酒，聊聊天。在聊天中，马超群了解到朱小军和黄玲离婚表面原因是二人性格不合，其实更大一部分原因是黄玲的父亲退休了，而他此时恰好遇到了另外喜欢的人。还有，马超群看到张乐虽然结婚了，也有了女儿，但他还是经常带着不同的女孩子出来玩。马超群越发觉得他们的思想、生活方式和自己有着很大的不同。

　　"哪天有空，去看看卫哥和海波哥，有段时间没看到他们了。"当然，马超群交心的朋友还有葛卫和刘海波，不过，自从马超群身体恢复了之后，葛卫和刘海波来看他的次数就少了，他们之间的联系也少了。他们应该很忙吧？马超群在心里想着，既然自己现在有空了，就应该去看看他们，不为别的，能坐在一起说说话、聊聊天，就好。

第六十二章
再进一步

前进的道路上，每走一步，都更靠近目标一点儿，哪怕是很小的一步。

很快，过了年，又开始了新的一年。如马超群所料，年前和年后的这段时间葛卫真是挺忙的。

自从九月份开始，又有了些本钱的葛卫一直在琢磨着再干点儿什么，他渐渐有了一些眉目：如果说温室大棚蔬菜种植是在走农村包围城市的路线，那么垂钓基地和采摘园就应该是农村吸引城市的发展路线，再结合想改变家乡面貌的想法以及从想法中衍生村庄建设发展的蓝图，葛卫想着，接下来，一方面可以继续从地里要生产，由农村走向城市，另一方面可以开发一些能把外面的人或者资源吸引到村里来的项目。

"具体干什么好呢？"这段时间里，葛卫一直在思考这个问题，他推翻了以前的很多想法，也自我否定了很多新的想法，他一直没有做出决定。当然，他也没有闭门造车，这期间，他还是和以前一样，一边开着车到处着去学习，去看看别的城市的农村在搞什么项目，一边通过电视、网络，关注一些新兴的东西，看能不能从中得到启发。另外，葛卫隔三岔五去唐鹏鹏那里转一转，因为两人的家隔得不远，他们经常来往。唐鹏鹏这段时间也比较忙，还在忙活他之前弄的那些项目，而且，他要结婚了。唐鹏鹏退伍回来后，和一个叫李倩的高中同学在一次同学聚会上重新认识了，李倩是一名护士，在邵州市的第一人民医院上班，唐鹏鹏和她谈了三年的恋爱，他们打算年前把婚结了，最近，在筹备结婚的事情。当然，在农村干了七八年的唐鹏鹏和葛卫一样，也有再干点儿别的项目的想法，只是他近期还没有太多的时间去思考，他想等结婚后再说。不过，两人对再干点儿什么有过几次交流，对于具体干什么，他似乎很有底气和经验："不管是农村人还是城里的人，消费活动都离不开衣食住行、吃喝玩乐这几个方面，围绕这八个字去思考，总能想到有把握的项目。"

"衣食住行、吃喝玩乐？"不知道是葛卫这段时间的学习有了收获，还是唐鹏鹏的这句话刺激到了他，他猛然意识到要想走农村吸引城市的发展路线，他现有的这些项目还是太单一了：来垂钓基地钓鱼的基本上是中老年男性，而采摘园的大部分消费群体则是以大人带着小孩的家庭为主，这两个项目和食有关，和吃、喝、玩有关，但仅仅只是有关而已，并不丰富！要想吸引更多的外面的人走进来，衣食住行、吃喝玩乐这几个方面不说要面面俱到，至少也要弄得个七七八八或者其中的几个方面要做出特色来。

接下来，再干点儿什么的思路越来越清晰了，葛卫仔细分析了村里的现状，也重新对村里的发展路线进行了规划，他想到，当前村里只有垂钓基地和采摘园，外面的人到村里来垂钓和采摘主要是来玩的，应该从玩这个方向入手，再发展一些与之相匹配的项目。也是巧了，这几天，葛卫在采摘园忙活的时候，不止一次听到很多带着小孩子的家长们在谈论："这个采摘园好是好，但就是有些单调，上个星期我们一家人去白沙市乡下的一个地方玩，那里既可以采摘，又可以玩别的项目，就是开车去一趟太远了，累人。"

"对，你说的那个地方我也去过。"很快就有人附和道，"那里大人小孩都可以玩，确实挺好的，我儿子去了一次之后，总惦记着再去一次。他还说呢，要是邵州市也有个那样的地方就好了。"

"在村里建个游乐场？"说者无心，听者有意。这两天，葛卫顺着玩的这个思路,将修建游乐场作为一个想法进行思考。随后,他通过上网以及到各地的游乐场实地考察等方式,去了解相关方面的信息。当然,游乐场有很多种类,游乐设备也有很多类型,随着葛卫了解的深入,他学到了一些这方面的知识,并有了初步的想法:一个大型的、有规模的游乐场是由很多的游乐项目组成的,那些游乐项目可以单独成为一个游乐场,也可以多个搭配成游乐园,而以葛卫现在的物力、财力、精力而言,他不可能一下子修建有很多项目的游乐园,只能先修建一个或者几个游乐项目,然后再慢慢地发展壮大,逐步扩建成综合性游乐园。当然,葛卫也对一些游乐项目以及游乐设备进行了深入研究和对比,至于怎么选择以及从哪儿下手、先修建一个什么样的游乐项目,这几天他还在琢磨。

"对啊,自己当过兵,怎么把这个给忘记了!"葛卫琢磨了好几天,也没有找到他认为适合在村庄里搞的、有特色的游乐项目,直到这天,他在网上查阅到一些地方很流行一种军事模拟类真人户外竞技运动,就是集运动和游戏于一体的野外真人反恐游戏,他的想法像是被点燃了一般,他想到自己当过兵,能不能就在村里弄个和军事有关的、能吸引一些军事爱好者来玩的游乐项目?随后,葛卫对此进一步琢磨,当他知道白沙市就有这个游乐项目,而且这个游乐项目中所需要用到的装备白沙市也都有厂家销售的时候,他二话没说就跑到白沙市进行实地考察。很快,他就了解到白沙市的真人反恐游戏俱乐部已经运营好几年了,而且在生产真人反恐游戏装备的厂家,有技术人员向他介绍了装备的成本以及使用情况,他们还表示购买时会进行相关操作培训,并且还有售后追踪服务。

"这个行!就先干这个!"考察回来后,葛卫酝酿和计划了一下:真人反恐游乐场的场地设置成本不是很高,结合村庄后面几片山地的地形,上网查阅了一些相关的资料,他觉得那几片山地很适合,修建起来也很方便,他对场地的设置有了初步的构思。这个游乐项目的主要成本在装备上,一套像样的装备要好几千,而且起码需要几十套,不过,葛卫没有太大压力,他现在的积蓄,完全可以应付得来。于是,葛卫做出了选择,在距离垂钓基地有一定距离的山地上,修建一个真人反恐游乐场。

又经过一段时间的筹备,葛卫按照原计划,找来泥工、瓦工等师傅开始修建游乐场!而且,他在和村里协商承包山林地的时候,想到了以后再发展别的,所以,他把村庄周围能承包的山地都承包了下来。

"在吃的方面,农家乐是个不错的选择。"当然,在开发以玩为主的真人反恐游乐场的同时,葛卫没有忘记衣食住行,吃喝玩乐中的食和吃、喝,他想,村里休闲、游玩的项目一多,来这里消费的人们的需求也会多元化,而他的温室大棚基地里随时都有蔬菜瓜果、垂钓基地里养殖着各种鱼,加上自己搞过特色餐饮店,等到游乐场修建好了之后,还能开个农家山庄!

"加油干!一步一步地把想法变成现实。当过兵的,怕什么?"葛卫给自己打气,他一直坚持着他的梦想,不管这条路要走多远,至少,他现在又前进了一步。

当然,除了忙活修建真人游乐场的事情外,葛卫还有很多事情要忙,尤其是在年后。

"村里变化这么大!这一排排温室大棚,多壮观!"年前,葛卫的村庄变得热闹了起来,很多在外打工的邻里们都回来过年了,他们中间有一直在外地的,也有过年才回来一次的,当看到村里前前后后大片的温室大棚蔬菜种植基地、采摘园,都感觉到很吃惊。

葛卫村庄周围几乎变了样,村民们成片地搞温室大棚种植,形成了一定的规模,这里已经成为乡里乃至市里都比较有名的温室大棚蔬菜种植基地了。而且,这两年,新农村建设如火如荼,比如之前修好的村道,后来又加宽了很多,两边不仅做了绿化,还安装了路灯,加上创卫成功,到处都干净了很多,农村的面貌焕然一新。

"要不我们不出去打工了,就在家里边干点儿什么吧。"看到家乡的变化，一部分在外面工厂打工的邻里们有了些想法，尤其当他们打听到学着葛卫在家搞温室大棚蔬菜种植的那些邻里不比在外面打工挣得少，甚至还多，更坚定了内心的想法。以葛卫的堂哥为例，他们在了一定的积蓄后，也开始承包土地搞温室大棚蔬菜种植了，收入还可以。于是，这些人就寻思着在外面打工，抛家舍业的，而且外面的工也不怎么好打，不如回来干点儿什么，还能兼顾照看家里的老人和孩子。于是，又一拨村民来到葛卫家打探情况。他们有的想和葛卫学温室大棚蔬菜种植，有的看到葛卫在弄真人反恐游乐场，便想着来他这打工。

于是，葛卫又忙着帮带这一年选择留在家里发展的乡亲们搞温室大棚蔬菜种植，同时让他们参与到真人反恐游乐场修建的事情上来。

这段时间，葛卫一直在忙活的，还有他的个人问题。

经过几个月的频繁联系，葛卫和张茜算是正式谈恋爱了，他们经常约会：每次葛卫去市里送菜或者办其他事情，他都要去中心医院看看张茜，而张茜休息的时候，也大大方方地来找葛卫玩。

颇有意思的是，看到葛卫和张茜的关系变得不一般了，葛妈妈也就不发愁了。而且，她也见过张茜几次，对张茜很满意！接下来，作为母亲的她又火急火燎地开始催葛卫结婚的事情了。

"妈，这不是着急的事！"葛卫想到在没有女朋友的时候，葛妈妈催他找女朋友，现在有了女朋友，又催结婚，等到结婚了，肯定还会催要孩子的事，他可不想被催着完成自己的人生大事。

第六十三章
本能行为

又一年开始。

年后，有了很大变化的马超群在没有想到更合适的出路前，还是想再找份工作，毕竟他要养活自己。不过，这次马超群打的工有点儿不一样：他是去张乐酒店当服务员，而且他是带着任务去的。

马超群之所以去张乐酒店打工，是因为一次在和张乐、朱小军三人聊天时，张乐无意中谈起他经营的酒店，钱越来越难赚了。说是自从去年下半年开始，为扩展业务需要，连续招了两批员工，本以为酒店规模扩大，营业额就会跟着上升，但没想到酒店的开销也越来越大，赚的钱反而比往年少，由于他很少管理酒店，很多事情都交给下面的人去弄，他偶尔去检查酒店的各项经营情况，可又没发现什么异常，这让他百思不得其解。

"你们酒店还招人不？我去给你打工。"看到张乐难得为正事发愁，正好处于休息状态的马超群来了兴致，他以前去张乐的酒店基本上是吃喝玩乐，没有想别的，这次，他想去体验在酒店打工的生活，也去瞧瞧让张乐发愁的事情到底是怎么回事。

"还招？招人岂不是增加成本……"一开始，张乐没听明白马超群的意思，不过他很快就反应过来了，于是，他和马超群研究了一下，决定让他去帮忙打探酒店内部的情况。

"儿子，既然你想自己干什么，我们家里有几个出租的门面快要到期了，要不你自己当老板？"看到马超群到处打工，现在又去了酒店当服务员，作为父母的马爸爸、马妈妈有些着急了，他们想着尽管马超群改变了很多，但也不能一直这样由着他来，之前一份好好的工作说不要就不要了，已经让他们很头疼了，现在马超群连个正经的工作都没有，这样下去怎么行？况且，今年马超群已经三十一周岁了，他的人生大事也该过问一下了，这天晚上，马妈妈打算找马超群谈谈："儿子，你二婶说她有个侄女长得蛮漂亮的，想给你介绍一下，你要不要看一下？"

"妈，我的事情我心里有数，您和爸还真不用操心。"马超群虽然在酒店打工，但他的生活节奏还是没有变，晚上是他锻炼的时间，他可不想谈这种无关紧要的事情，于是，不等马妈妈把话说完，他就换上跑鞋出去跑步了。

其实，马超群找女朋友的事情，还真不用马妈妈操心，这段时间，马超群遇到了一个颇有感觉的女孩子。

马超群是在跑步的时候认识这个让他心动的女孩子的。前年，邵州市在距离马超群家不算远的地方规划修建一座体育馆，今年年初体育馆竣工，开始对外开放，其宽敞的跑道和良好的运动环境，吸引了很多市民前来锻炼。当然，习惯夜跑的马超群很快就发现了这里，毕竟体育馆里不仅安全，还有配套的锻炼器材，于是，他每天晚上就到体育馆来跑步锻炼了。而从两个月前，也是在晚上，体育馆的跑道上总会出现一个扎着马尾的女孩子跑步的身影。一开始，马超群没有在意，觉得她和自己一样，只是众多来体育馆锻炼的人之一，不过，时间一长，马超群惊讶地发现，那个女孩子来跑步的时间、运动量，都和他差不多，他观察到女孩子跑步的姿势，像当过兵一样，更重要的是，马超群有过几次和这个女孩子并肩奔跑，女孩子姣好的面容，让他眼前一亮。并且，在同一个地方锻炼了两个月下来，那个女孩子似乎也注意到了马超群，两人已经面熟了，甚至有时候，在跑步途中相遇还能互相礼貌地笑一笑。

"你好，我可以认识你吗？"因为总能相遇，马超群越看那个女孩子，越觉得对方好看，他的心里不由得涌起想要去认识她的冲动。可到现在为止，马超群对女孩子的认识也就是跑步时的遇见，他连她叫什么名字，是干什么的都不知道。这两天，马超群有些焦虑：他想去主动认识那个女孩子，又觉得有些突兀，搭讪的话到嘴边却说不出来。

"自己什么时候不敢和陌生的女性打招呼了？"马超群对自己这种有些发闷的腼腆哭笑不得。

或许是马超群和那个女孩子真的有缘分，让他没有想到的是，他们很快就因为一次意外事件相识了。

这天晚上八点多钟，马超群还是和往常一样去体育馆锻炼，正当他活动完身体准备开始跑步时，突然，从体育馆对面的上空传来一阵小孩子的哭声，他闻声望去，只见对面一栋居民楼的一户人家的防盗窗上趴着两个正在号啕大哭的小孩！马超群连忙冲过马路，来到家属楼下，此时他才看清这栋楼四楼的住户一间房屋的窗户是开着的，两个穿着睡衣、看上去只有两三岁的小孩子掉在了防盗窗内，其中一个瘦小的小孩的大半个身子眼看就要从防盗窗的缝隙中漏了出来！

"小朋友，不要乱动！"情况十分危急！万一小孩子从防盗窗缝隙掉下来，后果将不堪设想！马超群连忙大喊道，然后飞快地往楼里跑去，他想去那户人家告诉这一情况，看如何把孩子拉上去。

然而，当马超群一口气跑到四楼，他使劲拍打着那户人家的大门，却不见里面有什么反应。难道家里只有两个小孩，没有大人？

"不好，那个小孩子要掉下来了！快报警，让消防员来救这两个孩子！"就在马超群焦急地想着要如何进到屋内时，这时，楼下围满了发现这一情况的路人，他们想要来帮忙，却又束手无策，于是，他们立即选择报警，等专业救援人员过来。而这时，那个瘦小的小孩子眼看就要从防盗窗缝隙掉下去了，只有脖子卡在那里，满脸憋得通红。

"来不及了！"在楼梯里的马超群想着消防员赶过来需要一段时

间，而那个孩子一直卡着肯定不行，这时，三楼的一户人家听到了外面的动静后，开门来探个究竟，此时马超群来不及多想，他一边说明情况，一边冲到他们家，打开三楼的窗户爬出去，慢慢地向那两个孩子靠近。

"不要哭，踩到叔叔手上！"马超群只身踩着三楼的防盗窗，攀爬到楼上小孩子被卡的位置，一手抓着防盗窗，一手将卡得已经呼吸急促的小孩子托住。

"坚持一下，消防员马上就到！"楼下的人们见化险为夷，也都松了口气，不料，就在这时，另外一个趴着的小孩子受了惊吓，他挣扎着想要站起来，结果他的双脚从防盗窗的缝隙中掉了下来！

"危险！"这个时候，马超群已经顾不得别的了，他连忙松开抓住防盗窗支撑身体的手，再次去托这边的小孩子，他的身体颤颤巍巍的，随时可能从三楼掉下去！

"你把左手松开，抓住防盗窗，我来托着这个！"这个时候，三楼的窗户里又爬出来一个身影，马超群定睛一看，居然是那个经常跑步的女孩子！马超群怔了一下，他连忙按照女孩子说的，把左边的那个小孩子交给她。这下好了，两个小孩子都被托住了，马超群和那个女孩也能抓住防盗窗保持重心了。

过了十多分钟，消防员赶过来了，他们架上楼梯，对四楼的防盗窗进行拆除，将两个小孩子解救了出来，而和马超群一起救人的那个女孩好像懂医术，她对两个小孩子进行了简单的身体检查，幸好，他们并无大碍！令人啼笑皆非的是，这个时候，四楼的窗户探出一个老太太的脑袋，她说要找孩子！

原来，四楼的住户是外婆带着两个孩子，孩子的父母都在外地打工，和平常一样，晚上外婆将两个三岁大的外孙哄睡后，就去洗澡了。没想到，今天晚上两个小孩子根本没睡着，在床上躺了不一会儿就醒了，碰巧他们家的窗户也没关，两个小孩子在床上爬来爬去，最后爬到了窗户上，又纷纷掉到了防盗网上。对于这一切，一直在浴室洗澡的外婆竟毫无知觉，甚至连马超群敲打门时，外婆也只以为外面在放烟花，直到她洗完澡来到卧室才发现孩子不见了。

"你们俩，真是好样的！"随后，后知后觉的老人向众人道谢后，就抱着小孩子回去了，消防员和围观的人对率先参加救人的马超群和那个女孩鼓起掌来。

"没什么，应该的。"马超群觉得没什么，他完全是出于本能想去救那两个小孩子，他和那个女孩腼腆地笑了，随后回到了体育馆这边。

"战友，今天还跑步吗？"跑步途中遇到的这个意外，好在是圆满解决了，接下来，马超群刚想继续跑步，不过，这个时候的他像是猛然开窍一般，意识到有了今晚的小插曲，他和那个女孩子似乎又熟悉了一点儿，于是，他顺理成章地上前和那个女孩子说话，"要不，一起走走？"

"你怎么知道我当过兵？"从救人事件中回过神来的女孩子也在想着要不要继续锻炼，此时听到这个跑步的时候经常能遇到、刚刚还一起帮着救人的跑友的提议觉得还不错，于是，她也就答应和马超群一起走走了，不过，她很快意识到对方对她的特定称呼，便反问道，"你也当过兵？"

"我看你每天都在这儿跑步，而且跑步姿势就像在部队训练过一样，便想着你应该是当过兵。"马超群笑了笑道，"我也当过兵，不过，退伍好几年了。"

"这样啊，那你是老兵了。"女孩子回想了一下自己平时跑步的姿势，然后也笑着道，"老兵同志，刚才很勇敢啊！"

"当过兵的，看到这种情况，本能反应就是要往上冲啊。再说，你也很厉害，我还得谢谢你，要是没有你的帮助，估计我随时可能摔下来。"马超群和女孩子一边走，一边聊着，"我叫马超群，可以知道你的名字吗？你退伍多久了？"

"陈瑶，在四川当了两年武警，前年退伍的。"女孩子感觉马超群的那句"当过兵的，本能反应就是要往上冲"说得很有道理，她也打开了话匣子。

随后,马超群继续和陈瑶聊天,两人聊军旅、聊跑步,越聊越投机。当然,在分别的时候,马超群没有忘记朝陈瑶要联系方式,两人互相加了微信。

第六十四章
受益匪浅

转眼间，到了这一年的三月下旬。

这段时间里，马超群不仅和陈瑶在微信上保持着联系，还经常约定时间一起去体育馆跑步锻炼，他们之间也熟络不少。而且，让两人感到惊讶的是，马超群的家和陈瑶的家，居然离得很近，就是相邻的两个小区，直线距离不到三百米，真是太有缘分了。

另外，在张乐的酒店打了两个多月的工，本身就带着任务去的马超群逐渐摸清了酒店开销太大的原因：酒店的闲人太多。不知是酒店的人事经理业务能力有待提高，还是故意而为之，张乐的酒店里有很多人领着工资，根本不用干活，换句话说，就是人事繁冗，有头衔的太多，真正干活的没几个。比如酒店客房部，光副经理就有四五个，而打扫卫生的服务员也只有四五人，基本上一个副经理管理一个服务员，而且这四五个副经理的工资还比较高。另外，在餐饮部、棋牌室等地方也都存在这样的问题。随后，马超群把掌握的情况，写了一份人事报告交给张乐。拿到报告的张乐很快就明白了，原来酒店的人事经理是他的一个老相好的弟弟，他找了好几个自己人来混工资，而他一直被蒙在鼓里。很快，张乐根据马超群的建议，对酒店进行人事精简，一个月后，酒店利润就恢复了正常。

帮张乐解决了难题后，马超群也就结束了在酒店打工的日子。尽管张乐一再挽留，让他不用干什么，在酒店吃、喝、住都行，照常给他开工资，但马超群可不愿意这样，因为他开始想着再干点儿别的了。

"欢迎收听今天的邵州之声，今天广播的主要内容有退伍不矢志，退役军人葛卫回乡带领父老乡亲创业的故事……"这天早上，马超群一边洗漱一边习惯性地收听广播，他打算这两天去市里转一转，再去找一份没干过的工作，他正刷着牙，广播里传来一则让他感觉到很惊喜的新闻，新闻中介绍了他认识、熟悉的葛卫从自己摸索种植温室大棚蔬菜，到带动村民们一起，一步一步将村里发展成颇有名气的温室大棚蔬菜种植基地，另外还开辟采摘园、垂钓基地以及游乐场等项目，促进了当地的经济发展和人们生活水平的提高……马超群听着不由得感慨起来，之前他就想去看看葛卫，然而一直没抽出时间来，没想到居然以这种方式了解到葛卫的现状，更让他没想到的是，葛卫在几年时间里竟然干出了这么大的事业，有了这么大的变化！他想找葛卫聊聊天、说说话的想法更加强烈了。

"小马？你怎么在这儿？这是要去哪儿？"上午的时候，马超群出门去找工作，让他没有想到的事情发生了，他居然在一家超市门口碰到了葛卫！

"卫哥！还真是你啊！"马超群对突然遇到葛卫感到很惊喜，他上前来笑着道，"我……到这儿转转，看看这附近有没有招聘的，想找个工作干。"

"找工作？哦，忘记之前你说过，你没在交警支队上班，要去体验生活。"葛卫一拍大腿，才想起来有一次去看马超群，他说起过这件事情，接着，葛卫猛然想到两人有段时间没见面了，随后，他很关切地问道，"最近怎么样？你想找什么样的工作？"

"挺好的，比以前好多了。至于工作，能养活自己就行，以后去干点什么，还在思考中。"马超群淡淡一笑，和葛卫说了说他的近况。虽然马超群在各行各业体验生活的同时能养活自己，但是体验过后呢？是不是该考虑以一份职业性的或者有技能性的工作来谋生呢？

他在换工作的同时，也开始考虑这个问题了。毕竟，在他成长的过程中，所接受、所形成的，都是这种生活方式。随后，他急于想知道葛卫的一些情况，当看到葛卫手上拿着一把车钥匙，便道："你在农村的事业干得挺不错啊，买新车了？我早上听广播听到你了。"

"什么不错，就像你说的，要养活自己啊。"葛卫谦虚地笑道，他想起马超群说的广播的事情了，上个月有个区领导到乡里来调研，乡领导陪着他一起到他们村看了看，随后就有电视台的人来采访，他都差点忘记这个事情了，这段时间他很忙，真人反恐游乐场的修建，每天要操心的事情有很多，而且，他还忙着和张茜谈恋爱。当然，随着葛卫的事情越来越多，有时候也确实忙不过来，他便把之前送菜的业务又转让给表哥去负责了，之后，为了方便出行，他买了一辆新轿车。

"卫哥，我认识的退伍兵中，就你最能折腾，也属你最能干！从退伍回来到现在，你总是走在我们的前列！"马超群想到他们退伍回来不到一年的时间，葛卫就开上了餐饮店，那时候马超群和刘海波还没有安置工作，有一次三个人在葛卫的餐饮店里喝酒，他和刘海波就觉得葛卫很有干劲儿，所以，马超群对葛卫一直很敬佩，他顺口道，"有机会一定要去观摩一下你这几年在农村干的事业，多向你学习！"

"你就别给我戴高帽子了，我干的这些，也都是跟着别人学的。"葛卫哈哈一笑，突然，他像是想到了什么似的，对马超群道，"你现在找工作，还是想要体验生活吗？你已经换了几份工作了吧？要不你来体验一下农村生活？我正在修建一个真人反恐游乐场，你去帮我指导一下？"

"去农村？去你那儿？"本来马超群只是想着有时间和葛卫说说话、聊聊天，交流一下，忽视了他可以以体验生活的方式去葛卫那里，直观地了解他这几年是怎么折腾的，而这次的偶然相遇以及葛卫的这个提议，让他猛然开窍了，他想，自己从小到大一直在城市里生活,还真没体验过农村的生活,现在正好有时间,于是,他思量了一下,连忙道:"这个主意不错!如果不打扰的话,我跟你去农村感受一下,长长见识。"

"说什么打扰不打扰的,走,带你这个城里人去感受我们农村人的生活。"随后,葛卫拉着马超群就上了车,载着他回家拿了几件衣服,马超群也和马妈妈说了要去葛卫家玩几天,然后两人就直奔葛卫家里去。

就这样,马超群来到农村体验生活,去了解、学习他的农村事业。马超群不来村里不知道,一来,他确确实实被惊着了:这几天,他跟着葛卫一起到温室大棚蔬菜种植基地去播种、收获各类蔬菜作物,去采摘园采摘瓜果、去垂钓基地感受垂钓乐趣,看到这里的人们通过这些项目以及辛苦劳动所获得的收益,同时,他也跟着葛卫去真人反恐游乐场的工地上干活,琢磨场地设置、设计地形,听取葛卫对这个项目的构思和设想,当然,有时候他也会冒出一些想法……他所看到的、听到的以及参与过所感受到的,还真就像广播中说的那样:"葛卫退伍不褪色,他以当过兵而特有的使命担当,敢于拼搏敢于奋斗,怀揣对家乡的无限热爱,投身于他的农村事业……"

很巧的是,在这几天里,已经结了婚的唐鹏鹏多次来找葛卫,和他交流想法。于是,通过葛卫的介绍,马超群认识了唐鹏鹏,他随后到唐鹏鹏的村庄里去了解他在农村干的那些事业,他同样也感触颇深!

"卫哥、鹏鹏哥,你们在农村干出这番事业,太了不起了,你们退伍不褪色,有担当、有作为,是退伍兵的骄傲!这杯酒,我敬你们!"每天忙活完,到了晚上,葛卫、马超群和唐鹏鹏就找个地方坐一坐,喝酒或者喝茶、一起谈天说地,经过几天的接触和了解,马超群和唐鹏鹏也熟络起来,都当过兵、都是战友的三个人感觉到特别投缘,他们一起谈人生、谈理想、谈过往、谈将来、谈军旅、谈地方生活,好不豪气和爽快!马超群在进一步了解葛卫和唐鹏鹏退伍回来这几年的经历以及他们对农村事业的发展计划和思路后，他对两人由衷地佩服！他认为，他们是退伍兵中比较亮的星。

"又说这话？来，喝酒！"三百六十行，行行出状元，葛卫和唐鹏鹏倒没有觉得他们是退伍兵中的佼佼者，只是干了一些他们自己想干的事情而已。

"向你们学习！"马超群这次来农村体验生活确实是受益匪浅，他打心底佩服葛卫和唐鹏鹏之余，也颇为震惊于他昏迷的这几年里不仅城市的变化很大，农村同样发生了翻天覆地的变化！他的心里有无限感慨！而且，在这几天里，他也把来到农村的所见所闻以及感悟写进了他的日记里，写着写着，他不禁涌起了一股强烈的创作欲望！是的，他要把葛卫和唐鹏鹏这些退伍军人回到地方后"退伍不褪色"，凭借顽强拼搏精神成为优秀典型的事迹，用笔墨记录下来！

写一些关于退伍军人回家创业的文章？或者写一本以退伍兵为题材的书？当然，马超群也举一反三地想着，除了葛卫和唐鹏鹏之外，他还可以去认识和了解其他的退伍兵，比如刘海波，以及他另外认识的或者不认识的、不同年龄的、不同兵种的、不同安置方式的以及在各个岗位上的、不同职业的战友，看看他们在退伍后会有什么不一样的经历，他们的身上会有些什么故事或者有哪些地方值得大家学习的。这段时间，马超群对于他以后要干什么，有了新的想法。

第六十五章
平凡英雄

英雄在成为英雄之前，都是平凡的人。

自去年年底至今，杜青青已经有五个多月身孕了，她的肚子明显大了起来，在这期间，工作上不那么忙的刘海波的主要精力就是围着家庭转：他不仅要伺候好怀孕期间对吃的比较挑剔，身体行动不便，情绪起伏不定的妻子，还要照顾好女儿盼盼的衣食住行，同时家里的卫生、洗衣、做饭等杂七杂八的家务也需要他来弄，另外，他还要偶尔回一趟绥平的老家看看刘爸爸、刘妈妈，至于杜爸爸和杜妈妈，因为都在市区，离得近，而且身体也都挺好的，不怎么要操心。倒是杜妈妈还一直帮着每天接送盼盼上学放学，同时她很惦记在部队的杜明，有时候也会问刘海波一些关于部队的事情。当然，即将正式毕业分配到部队担任排长的杜明也一直和刘海波保持联系，有时会和他交流一些带兵心得……这段时间，刘海波的生活过得忙中有甜，颇为安稳、幸福。

然而，世事难料，刘海波的这种好日子没有持续多久，在清明节的时候，他很突然地出事了。

"这段时间，一定要抓好林区防火安全工作，尤其清明节前后的几天关键期，特别容易因为祭祖扫墓焚烧纸钱而引发森林火灾，大家一定要做好防火常识的宣传，落实好防火安全相关的制度……"随着清明节临近，邵州市各级组织召开安全会议，对清明节期间的森林防火工作提出了具体要求，在清河乡政府，乡领导和一直兼职负责林区防火工作的刘海波参加完安全会议后，乡领导又特意交代了几句。

"明白。"刘海波兼职负责林区防火工作已经有七八年了，虽然他后来调到了信访接待办公室当主任，但是他一直兼管着森林防火工作。他对清河乡范围内山林里相对集中一点的墓地了然于胸，他对清明节前后防火安全工作也心里有数。刘海波知道，就清明节扫墓以及林区防火工作而言，虽然经过反复的教育、宣传，人们在扫墓时对防火事项注意了很多，但有时候难免也会发生意外，所以，他认为尽可能发挥人防作用，让各级林区防火工作人员加大防火安全巡逻力度，及时将可能引发火灾的安全隐患消除，最终达到维护生态安全、保护森林资源的目的。

这几天，除了督促各个村里的防火安全负责人做好相关工作外，刘海波还是习惯性地去山林里巡逻，并且更频繁了。然而在他和村里的防火安全工作人员巡逻的时候，几次发现人们在焚烧纸钱、点燃香烛后没有及时将火种熄灭就离开的情况，于是，他们连忙上前消除隐患。不过，天有不测风云，尽管刘海波和村里负责防火安全的工作人员将这段时间的防火安全工作做得很细致、很认真，但让大家没有想到的是，在清明节假期的第二天，他们还是遇到了火灾。只是，发生火灾的地方不是清河乡范围内林区，而是相邻乡镇。

"起火了！那边山上起火了！好大的火！快去救火啊！"这天下午，天气阴沉沉的，时不时刮起阵阵大风，像是要下雨，却又没下，在乡下的山林里，陆陆续续有人在扫墓祭祀，刘海波和村里的工作人员也在林地里到处巡逻，当他们巡逻到乡里最边远的山林时，突然，从山林的另一边传来一阵急促的叫喊声。

"快去看看！"这片山林是清河乡和邻乡的分界线，刘海波和村里的工作人员连忙爬上山顶，只见山的那边连着的另一座山的山脚处，正冒起滚滚浓烟，目测已燃烧两个足球场大小了，而且，火势正在向四周蔓延！

"快报警，赶快让消防队来救火！"山下，扫墓的群众正急切地叫喊着，"那边山上可能还有人，快叫他们下山！"

"不好，大火很有可能顺着风向这边的山头烧过来，赶紧组织人员设置隔离带！"很快，站在这边山上的刘海波以及几个村里的防火安全巡逻人员发现天空飘过来一阵阵灰烬，再观察一下风向，他们根据经验判断出山下的大火很有可能会向山上蔓延，于是，刘海波让村里的防火安全巡逻人员组织附近的村民在这边山的半山腰处找到合适的地方挖掘隔离带。同时，他看到山下的人们已经乱成一团，他一边朝对面冲去，一边组织大家在确保自身安全的情况下拿起树枝、铲子进行扑火："快，大家快帮着救火！"

水火无情！那边村委会、乡镇工作人员等人也闻讯赶来，他们了解到此次火灾是山下村民扫墓焚烧纸钱时，不小心点着了一旁的杂草而引发的。但眼下不是追究火灾责任的时候，而是应该齐心协力进行扑火！他们连忙投入救火行动中。然而，光靠十来个没有专业灭火工具以及战斗经验的人救火是不够的。并且，借着风，火势越烧越猛、火源越来越大，隔着老远都能听到树木杂草因燃烧而发出剥落、断离的声响，现场的情况很危急！

"消防车、救援队还要多久能到？"很快，刘海波达到火场附近，他和邻乡、邻村的工作人员碰面后，一边扑火，一边商量对策。

"刚刚打过电话，在路上了，但是到这儿，起码还要半个小时！"邻村的村支书也很焦急。

"那也不能干等着，现在分两步走，一边疏散周围的老弱妇孺，确保他们的生命安全，一边组织青壮年群众进行扑火，在确保自身安全的情况下，能扑灭一点儿是一点儿！"很快，刘海波和邻乡、村工作人员达成共识，他们既要确保附近村民的生命安全，又要尽可能地去灭火。

"儿子啊，你们在哪儿？女儿啊，快出来啊！"也就在这个时候，更加危急的情况出现了，两个妇女哭喊着从山下跑了过来，她们要往火堆里冲。

"大姐，怎么回事？"刘海波和村支书连忙拉着两人问道。

"我们几家人从城里回来扫墓，我儿子和她女儿看到山里有竹子，便结伴去挖竹笋，谁知道半个小时后，山里就起火了，他们到现在还没回来！"两个妇女哭哭啼啼地把事情说了个大概，她们的儿子女儿只有七八岁，而且，家里的几个大人都进山找去了，也一直没有出来。

"这边没有！那边也没有！"接着，从山上的树林里钻出几个人来，他们是去山里找两个孩子的家长，但是他们都没有找到。

"怎么办？我的儿子，你们快出来啊！我的女儿啊，这么大的火，你们……"听到没有找到的消息，两个妇女当场就崩溃了。这时两个孩子的家长来不及喘口气，就要继续进山搜寻。

"消防队马上就来了！他们会一边救火一边搜救的。"一旁的村支书连忙安慰道。

"来不及了，救人要紧！多一个人就多一份力量！"听到还有两个小孩子被困在山上的消息，正在扑火的刘海波来不及多想，也想过去帮忙。不过，他很快冷静了下来，连忙拉住两个家长，和他们进行了简短的交流，三人排除掉已经搜索过的区域，对还没有进行搜索的地域划分出三个方位，然后一起脱下衣服放在一旁的水沟里浸湿，再往头上一裹，就朝着不同方向，冲进了正着火的林区，一起展开搜救行动！

这可是人命关天的事情！不管是被困的两个小孩，还是搜救他们的三个大人，都有很大的危险！

"有人吗？"刘海波透过湿衣服进行呼吸，并不停地在浓烟密布、能见度极低的树林里呼叫着。刚刚在和两个孩子的家长划分搜救方位时，对山林地形熟悉一点的他选择了这片危险系数最大的区域，他看到山林被烧得满目疮痍，有的树桩还在着火，有的已经燃烧尽了，冒出阵阵浓烟。

"有人……救命……"刘海波在这片山林里搜救十多分钟后,他那浸湿了的衣服就被烘干了,因为地形复杂,他沿途摔了好几跤,整个人灰头土脸的不说,手脚还磕出了血,并且他感觉到自己在高温中严重脱水了!然而,皇天不负有心人,就在刘海波感觉被熏得受不了且体力不支,正要往回走时,突然,他看到不远处有丢落的镰刀和竹笋!随后,他连忙朝这个方向继续搜救,并且很快,他听到前面有人在回应!于是他精神一震,深呼吸一口气,继续向前冲去。没过多久,刘海波就在一处土坑里,找到了两个满脸惊恐、瑟瑟发抖的小孩!

原来,在城市里长大的两个小孩在挖竹笋的时候,越玩越欢,不知不觉就走远了,后来山下起火,他们被浓烟熏得迷了路,便七躲八藏,神奇的是,他们竟成功避开了火源,绕了一圈最后又回到了被大火烧过的一处土坑里,很幸运地躲过了一劫。

"快跟我走!"刘海波连忙拉起两个小孩子往回走,然而,就在这个时候,不幸的事情发生了:风向突然发生改变,下山回去的路被浓烟笼罩,他们再次被大火包围了!

"往这边!"刘海波意识到必须要尽快离开这里,而且也要改变下山路线,他一手抱起一个孩子,再次躲避着大火和浓烟奔跑了起来,但是,祸不单行,在这紧要关头,他们七转八转,居然被大火逼到了山腰的一处悬崖的位置!

"这么高?怎么办?"身后是逼近的熊熊大火,如果不及时离开这里,肯定会被烧死的!而前面又是几层楼高的悬崖,跳下去也有可能摔死!到底要怎么办?刘海波顿时叫天天不应,叫地地不灵,他一时不知道要怎么办了。

"叔叔,好烫!"就在刘海波犹豫的时候,他抱着的两个小孩子因为长时间被烟熏火烤而出现严重脱水,其中那个小女孩嘴唇开裂、脸色苍白,即将休克。

"跳!"这个时候的刘海波已经没有太多时间思考,他犹豫了一下，做出一个决定。随后，他抱紧两个孩子，纵身从悬崖边跳了下去。

"呼！"时间好像静止了，刘海波在跳下悬崖那一刻，仿佛忘记了所有，只能听到身体急速下降而引起空气流动发出的声音，他潜意识把怀里的两个小孩子抱紧。大概过了三四秒钟，恍惚中的刘海波听到自己的身体落地时发出的沉闷的声响，然后他就什么也不知道了。

"爸爸，你在哪儿？"分不清现实还是在做梦，不知是刘海波女儿盼盼的声音，还是那两个孩子的父母在呼喊，山林里到处回荡着呼喊爸爸的声音。

"儿子！""女儿！""你们在哪里？"接着，又传来大人的呼喊声。

"哭声！在那边！那边有小孩子的哭声！"随后，更是有人在回应。

第六十六章
深受触动

"那两个小孩子怎么样了?有没有摔着?"当刘海波的大脑再次有意识,已经是第三天的上午了,他正躺在中心医院的病床上。而且清醒后的他,双手条件反射般地做出抱人的姿势,他惦记着昏迷之前抱在怀里一起跳下山崖的那两个孩子。

"老公,你醒啦!你终于醒啦!那两个孩子没事,除了受到点儿惊吓外,他们都没受伤!"自从前天晚上刘海波被送到中心医院后,挺着大肚子的杜青青就把女儿盼盼交给杜妈妈照顾,她一直守在病房里照顾受伤的刘海波。在确认刘海波醒来后,她高兴得哭了起来,突然,她又像是生气一样,冲着刘海波吼道:"老公,你为什么那么傻!那么大的火,你就往里面冲?你不要命了?你要是有个三长两短,我怎么办?盼盼怎么办?肚子里的孩子怎么办?"

"那就好,没事就好。"刘海波喃喃道,随后,他看到突然变脸的杜青青,便故作轻松道,"放心,你老公没那么容易死的!"

"你都这个样子了,我怎么放心?"杜青青这两天一直处于高度的紧张和不安中,她越想越委屈、越说越来气,她真想好好教训刘海波一番。但是,她知道刘海波的情况还不太好,他的身体多处骨折,其中一根肋骨骨折,差点儿刺破心脏,他浑身缠满了绷带,还不能活动。

"没事,你老公当过兵,这点儿小伤不算什么。"刘海波也感觉到了身体的不适，只好充满歉意地笑了笑，算是安慰了杜青青。

"你啊！"看到刘海波躺在病床上想动却不能动的样子，杜青青既想哭又想笑，想生气也生气不起来了。随后，她连忙叫来主治医生对刘海波的身体再次进行了检查，检查完毕，医生说刘海波能醒过来，就算是度过了危险期，接下来就是进行针对性的治疗了。这下，她悬着的心终于可以放了下来。

"海波同志，你醒来啦！醒来了就好！你是英雄！救火英雄！救人英雄！"很快，大家都知道刘海波醒过来的消息，他们都纷纷到医院来看望刘海波。这些人中，有知道刘海波出事的清河乡领导、同事，有他在山林里搜救到的那两个小孩子的父母等，也有刘海波不认识的，比如医院的、区里的、市里的领导，还有邵州市电视台、报社的记者等，他们对刘海波不顾自身生命安全冲进火海救人的壮举十分敬佩，他们把刘海波称作英勇无畏的英雄！

"我可不是什么英雄，我就是个普通人。"刘海波连忙推辞道，随后，他也从众人的口中得知他跳下山崖之后的事情：前天的那场大火，火势很大，刘海波抱着两个小孩子跳下山崖后，就昏迷了过去，万幸的是，他们三人落在一处草堆上，刘海波为了保护怀里的两个孩子，他的身体最先着地，那两个孩子正好摔落在他身上，所以并无大碍。后来，市里、乡里的消防救援队赶了过来，他们在救火的同时，对人员进行了搜救，幸运的是，他们在山林中听到了两个先清醒过来的小孩子的哭声，随后找到了刘海波跳下山崖的位置，并以最快的速度展开救援。另外，火势凶猛，救援队经过一昼夜的时间，才把火彻底扑灭。好在是，除了刘海波受伤外，没有其他人员伤亡。且刘海波在发现火情后，及时组织清河乡这边的人员在山腰设置了隔离带，所以大火才没有向清河乡范围的山区蔓延，这一做法对成功扑灭火灾起到了决定性作用，也避免了更多的损失！

"你就是我们家的恩人！是英雄！"在病房里，两个孩子的父母对刘海波不顾自己生命安危搜救并保护好他们孩子的行为感动不已，他们要给刘海波跪下，一旁的杜青青连忙拉住他们。另外，有几个记者也对刘海波救火救人的壮举表示敬佩，他们见刘海波脱离了生命危险，都想好好采访他一下。由于火灾较大，各级都很重视救援工作，跟着消防队一起来灭火的，还有市里的宣传工作者，救援队在悬崖下找到刘海波和那两个小孩子的时候，昏迷中的刘海波紧紧护着两个孩子的画面，被一起去的宣传人员记录了下来，他们无一不被感动！同时，他们也了解到，在整个救援过程中，刘海波先是救火，然后救人的英勇表现，可圈可点，他们都认为，刘海波的英雄称号当之无愧！这两天，他们对刘海波在这场大火中的表现以及救援队在扑火过程中涌现的感人故事进行了报道，接下来，他们计划对刘海波进行重点报道。

"我真不是什么英雄，我就是一个普通人。"面对如此大的称号，刘海波听着特别不习惯，而且这两天的报纸和电视新闻，无一例外都对他的事迹进行了报道，于是，他反复推托道，"当过兵的，受党的教育这么多年，遇到人命关天的事情哪能不管呢？没什么大惊小怪的。"

一日从军，终生为伍。当兵时，保家卫国，默默守护万家灯火，是职责、使命所在。退伍后，遇到国家和人民的生命财产安全受到威胁时，依旧能勇往直前，退伍不褪色、变装不变心，闻令而动，向战而行是退伍兵的本能！

于是，在刘海波的一再要求下，宣传部门对他在这次大火中救火和救人的突出表现，也就点到为止了，现在他需要的是安心养伤。

虽然刘海波不想出名，但他救火、救人的行为，还是让他的生活发生了一些变化，至少，有些东西确实和以前不一样了。杜青青在知晓刘海波的情况后，她的内心受到很大的触动：这些年两人的日子虽然过得有些平淡，但也算安稳，她发现两人的生活方式、情感等各方面已经融合在一起了，很难想象少了对方会是怎样，她将更加珍惜他们一家人现在的生活。另外，刘海波的英雄壮举，也被杜爸爸、杜妈妈看在眼里，说句实在话，自从刘海波退伍回到邵州，他们对这个女婿有些不满意：先是被宰买了个假的手镯，让杜妈妈在亲戚面前闹了个尴尬；其次他找工作的事情，二老没少操心，刘海波还尽给他们惹麻烦；后来他虽然工作了，但忙得连家也顾不上。在他们眼里，刘海波没什么出息，有时候甚至觉得把女儿嫁给他，有点儿亏了；但是，通过这次的事情，他们重新认识了刘海波。"救人的，是我女婿！"在杜爸爸的饭店里，他逢人就指着电视里关于这次火灾的新闻说个不停。

"小刘，身体怎么样了？"这几天，刘海波一直在养病，虽然他拒绝了记者的深入采访，但还是断断续续有一些领导和朋友来医院看望他，他都有些烦了。不过，这天，医院里又来了个探望刘海波的人，让他不敢烦。

"教导员！"刘海波看到当兵时部队的老领导、退伍后虽碰着过一次但是一直没有联系的封金龙，他挣扎着要坐起来。

"你躺着就好！"随后，封金龙询问了刘海波的病情，在得知正在慢慢恢复后，他才放下心，接着，他和刘海波说起了别的事情："你小子转业七八年了吧？这么久都不联系我，要不是去年在清河乡碰到你，我都不知道你在那儿上班。"

"今年是第八年了。"刘海波对他退伍后的时间记得很清楚，不过，他很久才反应过来，"教导员，你什么时候碰到我的？我怎么没看见你呢？"

"去年公祭日的时候，你们乡里堵路那天，我就在车里。"封金龙和刘海波说起那次他和市领导遇到的情况，他随后又解释道，"本来，去年我就想来找你的，但是，我一直在市纪委工作，那时候我们正在调查市民政局局长的事情，上个月他被双规了，因为涉及退役军人安置工作的事情，而你是七年前安置的，所以，要避嫌。"

"这样啊。"对于封金龙说起的这件事，刘海波倒不知道要说什么了，他对七年前自己安置工作的情景还历历在目，他没想到，那个之前杜爸爸托了很大的关系才联系上，还说安置工作竞争很大的民政局长被双规了。

"你好好养病，有什么事情等身体好了再说。"接着，封金龙和刘海波又说了几句话，然后他接到一个找他有事的电话，就忙去了。

"海波哥！这两天怎么样？"很巧的是，这天来看望刘海波的，都是他烦不起来的人，封金龙前脚刚走，刘海波还没来得及体会封金龙所说的有什么事情到底是什么事情时，葛卫和马超群后脚就推门而入了。

"感觉好多了。"随后，刘海波又和马超群、葛卫聊起天来。

在得知刘海波因救火救人而受伤住院后，葛卫和马超群很担心，他们多次来医院看望刘海波。当然，他们之所以来得很频繁，其实也有别的原因：葛卫比较顺路，他本来就经常到中心医院找张茜，所以，他有时候也和张茜一起来看望刘海波，而且，张茜和杜青青是同事，大家也都比较熟悉了。而马超群呢，他有自己的想法，如果说在农村体验生活，了解到葛卫和唐鹏鹏的农村事业后的马超群受到了触动，萌生了写关于退伍兵故事的想法，那么，刘海波救火救人的英雄事迹就是他把想法变成现实的导火线！他来看望刘海波的大部分时间都是在和刘海波聊天，打探刘海波的过往、参加工作后的种种事情等，他是要进一步了解刘海波！

"他们都当过兵，脱下军装的他们退伍不褪色、退役不退志，在新的人生道路上，走出了属于他们的不平凡！"马超群已经想好他两年后要干什么了，接下来，他要写一部以退伍兵为题材的书，他想去记录、描述一些退伍兵的故事。并且，这几天，他已经着手收集素材开始构思了。

第六十七章
相谈甚欢

生活中，有很多事情看似巧合或者没由头地就发生了，然而，一细想或者回过头来再看，总能找到一些因果联系，只是当时不知道、没发觉而已。

随后的几个月里，刘海波一直在医院里养伤，当然，他的身体也在慢慢地康复。而且杜青青的肚子一天比一天大，他则要反过来照顾杜青青了，好在是他们的女儿盼盼很懂事，一直跟着杜妈妈生活，倒也不用他们太操心。

六月份的时候，已经实习完毕的杜明正式到部队履职，他成为一名中尉副连职排长了。巧合的是，他居然被分到了刘海波之前服役的部队！他在知道刘海波救火救人的事迹后，特意打电话回来向老兵致敬！当然，他也向以前的代理排长请教一些带兵心得，一说起部队的事情，两个排长就格外有话题。刘海波很怀念部队，表示有时间想回连队看看，而杜明也告诉刘海波，部队这几年除了清除一些毒瘤外，正在进行大改革，部队体制、训练要求、上下风气等很多东西都在改变且变化很大！

同时，在刘海波受伤住院这段时间，葛卫和马超群还是隔三差五地来医院看望，他们三个人虽然不是同一个部队的战友，但退伍后从火车上相识以来，经过几年时间的交往，他们的感情和一个连队出来的战友一样，每次聚在一起，他们都特别能聊。而且，自从马超群计划写一部以"退伍兵"为题材的小说后,每次见面就他的话最多,他一直在了解和挖掘刘海波和葛卫的故事。

经过一段时间的构思,脑海中有了整体框架的马超群已经开始创作了。而且,为了有充裕的时间和良好的创作环境,同时也考虑到写小说期间要养活自己的问题,马超群不再到处打工了,而是听从马妈妈的建议,用他们家以前拆迁安置的门面店铺开了一个茶室。马超群之所以开茶室,一方面是他之前在别的茶室打过工,懂得一些茶艺和经营之道,另一方面他对茶文化有些爱好。另外,马超群的舅舅就是做茶叶生意的,在他的帮衬下,马超群的茶室很快就开起来了。于是,之后马超群的大部分时间就是在茶室写小说,顺便打点一下茶室,维持生计。

当然,在马超群创作期间,他还是会坚持运动。而且,对于现在的他来说,跑步不仅仅是锻炼身体,更是他舒缓写作压力和疲劳的方式。更为重要的是,他还一直和陈瑶约着跑步,他们已经很熟悉了,马超群把他以前的人生经历以及正在写小说的现状都和陈瑶说了,他也了解到陈瑶在中心医院上班,还没有男朋友等情况,两人成了很好的朋友。其实变化很大的马超群在情感上也一改之前的那种大胆和洒脱,稳重了很多,有时候他去中心医院看望刘海波,都不敢去找陈瑶,而陈瑶也是那种比较内向的女孩子,两人都没有主动再进一步。

但马超群和陈瑶还真是有缘分,他们俩这种不尴不尬的关系没有持续多久,很快,因为一次很有意思的偶遇,他们的关系被公开挑明了。

"制造"马超群和陈瑶偶遇的是葛卫和张茜!这天下午,葛卫先到中心医院看望刘海波,随后约了张茜下班后去吃火锅,当葛卫一边和刘海波聊天一边等着张茜时,写了一天小说的马超群也在这个时候来看望刘海波,于是,他们三人又聊了一会儿,随后,到了张茜下班时间,葛卫便约着马超群跟着他和张茜吃完饭再回家。马超群很自然地答应了,毕竟他和刘海波早就知道葛卫和张茜的关系了,也都比较熟悉了。只是,让马超群没有想到的是,在火锅店里,他看到了张茜以及正好一起下班顺便过来吃饭的陈瑶！

"咦，这么巧，你也来这里吃饭？"不等葛卫和张茜向马超群介绍陈瑶，他们两人倒是先说上话了！

"我是跟着同事一起来的。"陈瑶笑道。

"你们认识？"葛卫和张茜有些糊涂了！

"我们认识挺长时间了。"马超群和陈瑶不约而同道。是的，马超群认识的陈瑶，就是张茜的战友兼同事陈瑶！

"这也太有缘分了！"终于，葛卫和张茜在搞清楚马超群和陈瑶相识的来龙去脉之后，他们不谋而合：对啊，可以撮合这两个人在一起！于是，他们在吃完饭后，又约着一起去看电影、逛街，给马超群和陈瑶制造在一起的机会。并且在之后，只要葛卫和张茜约会的时候，他们就叫上马超群和陈瑶一起。就这样，经过频繁接触，马超群和陈瑶互相有了更深层次的了解。随后，两人日久生情，确立了恋爱关系。

当然，在刘海波受伤住院休养身体、马超群既忙于创作又忙着和陈瑶谈恋爱的这几个月里，葛卫也一直在忙他的农村事业，并且也有了阶段性的进展。

从去年年底开始，葛卫的主要精力就放在他新开发的真人反恐游乐场的设计和修建上。因为游乐场分为室内和室外两个场地，每个场地又有好几个不同的地形图，所以，修建的时间比较长，不过也终于在八月份的时候完工了。而且上个月，葛卫还联系了白沙市生产真人反恐游戏装备的厂家，和他们谈好了购买装备的事宜，同时，葛卫组织了几个一直跟着他忙活真人反恐游乐场修建的年轻人，一起专程去到厂家参加由专业技术人员对相关装备的使用和维护的培训，他们将担任游乐场的教练。

在真人反恐游乐场即将竣工前，葛卫通过邵州市的电视台以及印发海报、传单等方式，对真人反恐游乐场进行了广告宣传。同时，在营销策略上，他还将采摘园、垂钓基地等项目和真人反恐游乐场联系到一起，以便吸引游人前来全面地游玩。

九月初，葛卫的真人反恐游乐场竣工并开始投入运营。一时间，泥湾村变得十分热闹，每天来真人反恐游乐场游玩以及采摘、垂钓的游人络绎不绝，有的是孩子们要求家长带着来玩，有的则是大人主动带着小孩子们来玩，大家对真人反恐游乐场的反响很好"这个游戏既能锻炼身体，又能培养团队协作精神，真是刺激又好玩！"

"邵州市终于有了可以玩真人反恐的地方了！"而且，随着真人反恐游乐场逐渐有了名气，这里不仅吸引到更多的以家庭为单位来游玩的游客，葛卫更是接到了很多学校、企业以及各类培训机构打来的预定游玩的电话，他们既把真人反恐游戏当作一种减压释压、快乐游玩的方式，又把它拓展为锻炼指挥能力、现场判断能力、团队协作能力的教育途径。所以，真人反恐游乐场几乎是人满为患，并很快就实现盈利。

真人反恐游乐场再次成为开门红的项目，这让葛卫很满意，他每天都蹲守在游乐场里忙活着。同时，他还经常和游客们聊天，听取他们对游乐场的想法和建议，并做到及时地调整和改进。

当然，葛卫全身心地投入真人反恐游乐场运营的事情中，他对垂钓基地、采摘园以及温室大棚蔬菜基地方面的事情就无暇顾及了，不过这些项目的负责人都比较负责，把相关事情都处理得井井有条，有什么大的、异常的情况，他们也都会向葛卫反映，让葛卫心里有数。这不，这天，负责垂钓基地的二姨就和葛卫说起她这几天观察到的有些不一样的情况。

"阿卫，最近垂钓基地里来了个怪人。"二姨说半个月前，垂钓基地每天都会迎来一个中年客人，头几天，看不出什么不一样来，他每天就是垂钓，很少说话，而且到了晚上他都会把钓到的鱼买回去。后来，他慢慢地开始活跃起来，有时候这边钓着鱼，那边人就跑到采摘园、温室大棚蔬菜基地，甚至隔了一座小山丘的真人反恐游乐场了。而且，他的话也多了起来，时不时向二姨打听这些产业的老板，也是就葛卫的情况，甚至问年龄等一些敏感问题。对于这个中年人的反常行为，二姨自然觉得莫名其妙，于是，她就连忙和葛卫说起了这个事情。

"这个中年人要干什么？有什么目的？"听到二姨说起来有板有眼的样子，葛卫有些疑惑，一个不认识的中年人来到葛卫的村庄打听葛卫的消息，出于本能的敏感，葛卫想着对方是来者不善，或是有什么别的想法？不过，不管怎样，他打算去会一会那个中年人。

这天，葛卫特意抽空去垂钓基地转一转，很快，他就看到那个中年人，然而，让他有些吃惊的是，那个中年人很面熟，好像在哪儿见过，但一时又想不起来。他想了想，还是决定上前和对方搭话："老板，今天的鱼上钩不？这里的鱼好钓吧？"

"还可以。"中年人抬头看了一眼葛卫，随后，他好像也对葛卫有点儿印象，有些吃惊道，"小伙子，你是这里的老板？我们好像在哪儿见过？"

"巧了，我也感觉您有点儿面熟。"葛卫更为诧异了。

"你当过兵？"接着，中年人问道。

"当过五年兵，不过退伍也有七八年了。"葛卫如实回答道。

"七八年？哦，想起来了！我们七年前在火车上碰到过！"这时候，中年人和葛卫同时想到，七年前，在葛卫退伍回来的火车上，他和马超群在车厢尾部抽烟的时候，碰到也一起在抽烟的两个中年人，而眼前的这个中年人就是其中之一！而且，他们还说过话！

"还真是人生何处不相逢，没想到相隔这么久，竟然能再次碰到。"中年人和葛卫都哈哈笑道，随后，两人索性坐下来一起聊天了。

在聊天中，葛卫得知中年人叫张宝东，是邵州市邵西县人。张宝东告诉葛卫说他之前在外地做生意，今年才回来的，他是听朋友说起这个村里搞得还不错，便来看看，没想到这么有缘分。当然，他也颇有兴趣地了解了一番葛卫的农村事业，甚至想学习一下。葛卫也和张宝东说了说他的一些想法，两人相谈甚欢。

第六十八章
梧桐引凤

不知不觉，时间转到了这一年的十月份。

邵州市的十月，秋高气爽，气候舒适宜人，是很多人都喜欢的月份。当然，这个很多人中，刘海波算是一个。而且，今年的十月，对于他来说有着很不一样的意义：经过小半年时间的治疗和休养，他的身体终于完全康复，十月初的时候，他健健康康地出院了！还有，更让他欢喜的事情是，没过几天，怀孕已有十个月的杜青青也二胎分娩了，顺利生了个男孩！

"青青，你辛苦了！"当刘海波小心翼翼地抱着家里的又一个成员时，再次当爸爸的他依旧很激动，他们从一家三口变成一家四口了！家里添丁，刘爸爸、刘妈妈和杜爸爸、杜妈妈自然也都很高兴，刘妈妈和杜妈妈更是常住在刘海波家里帮着照顾杜青青以及两个孩子。

在高兴和激动过后，休完护理假的刘海波还是和从前一样，又回到乡政府上班了。不过，时隔半年、有了英雄称号的他再次回到工作岗位上，很明显地感受到了周围同事对他的刮目相看，有什么事情都向着他。刘海波也知道，在他住院期间，市里、区里以及乡政府都对他的英雄事迹进行了表彰，他成了公众人物。但是，刘海波对此并不是很在意，他没觉得自己身上有英雄光环，所以，他还是一如既往地干着本职工作，依旧保持着该干什么就干什么的工作热情。他知道，不管获得什么荣誉，自己的职责还是要履行好，就像当兵一样，当一天兵，就要上一天岗，只要不离开岗位，就要一直保持冲锋、赴汤蹈火的姿态。

同时，在刘海波出院上班后，马超群、葛卫也都各自忙开了：马超群已经进入创作阶段，很少有空了，而葛卫也是常态化地忙碌，他有很多事情需要操心。

这段时间，葛卫倒不是忙着和张茜谈恋爱，毕竟在医院上班的张茜有时候事情也比较多，所以，他们也只是在双方都有时间的时候，才抽空约会。谈了两三年恋爱了，葛卫和张茜的关系很稳定了，并且，两个人开始有意识地谈论结婚的事情了。张茜以葛卫女朋友的身份得到了葛爸爸和葛妈妈的认可，他们都已经默认了这个准儿媳妇了。然而，葛卫还一直没有见过张茜的父母，张茜说她的父母一直在白沙市做生意，他的父亲前些年变了很多，对她妈好了，两人在一起生活得挺好。不过，因为以前张茜和父亲的关系不好，也没住在一起，所以她的家人还不知道两人谈恋爱的事情，但是张茜也说了，这两年她和父亲的关系得到了缓和，他父亲说今年要回邵州市发展了，等找个合适的机会就和他们说。最重要的是，张茜很豪气地对葛卫说："我们在一起，我们结婚，是我和你的事情！别人谁也决定不了什么！"

"得了，你就等着我来娶你吧！"葛卫对张茜足够信任，对她的态度更是感觉到很高兴。

眼下，葛卫主要忙活和操心的事情是他的农村事业。这几年，葛卫一直在农村干事业，也颇有成就，他率先开创以及带动村里的邻里们种植温室大棚蔬菜，修建并经营采摘园、垂钓基地以及游乐场，很大程度上促进了村里、乡里的经济发展，但是，现在葛卫的农村事业似乎进入了一个让他有些着急的阶段：随着真人反恐游乐场、垂钓基地、采摘园欢迎度进一步提高，来村里游玩、垂钓、采摘的人也越来越多，而村里现有的接待条件远远满足不了游客们的多元化需求，村里急需发展其他项目来与之匹配。

"衣食住行、吃喝玩乐，当前最紧迫的是，要在吃和住方面下功夫了。"要走好农村吸引城市发展路线，就要进一步增加农村的吸引点、提高农村的吸引力，葛卫在考虑他的农村事业下一步要怎么发展时，还是以之前在修建真人反恐游乐场的时候就想到的，接下来要解决吃的问题的思路，他的计划是开一个有特色的农家乐饭庄，现在，他又把住的方面加进来，他觉得，这两个方面可以同步进行。

当然，有了想法，就赶紧付诸行动，这是葛卫一贯的行事风格，但是，现实情况很残酷：他有一部分收益还是外债，而他现有的、大部分积蓄都投到真人反恐游乐场上去了，盈利的资金回笼，还需要一定的时间。葛卫的资金链出现问题了！是拖一段时间，还是贷款来开发新项目？他还在思考中。

另外让葛卫颇为头疼的就是温室大棚蔬菜这个项目也出现了新的问题：他们村里跟着他搞温室大棚蔬菜种植的村民越来越多了，村里的蔬菜总产量也越来越大了，加上这两年邵州市别的县、乡镇也出现搞温室大棚蔬菜种植的，他们也进军邵州市各个农贸市场，而在市场需求不变的情况下，就很容易出现饱和现象，随之而来的就是大棚蔬菜的销售成了难题、大家的收益大打折扣。

"继续扩大销售途径？还是让这些过多的产品另作他用？开个食品加工厂？"葛卫知道，如果按照当前村里的温室大棚蔬菜的产出和所能掌控的市场需求发展趋势来看，温室大棚蔬菜的种植前景很让人担忧，如果一味地耗下去，肯定不是长久之计，一定要找到一个合适的办法来解决这个问题，这个项目才有生命力。

"先想办法筹集资金，在村口开个可以同时满足吃、住条件的农家乐山庄？还是去想办法解决温室大棚蔬菜的销售问题？或者去学习食品加工，在村里开个食品厂？"这几天，葛卫在忙完日常要忙活的事情外，也一直在思考着他的农村事业的走向，他知道自己遇到了发展瓶颈，要想顺利地向前走，就必须尽早解决这两个让他头疼的问题，但是，现在资金不足、技术不足的尴尬又让他很是为难，他不得不放慢脚步。

不过，机会总是垂青有准备的人，葛卫的焦虑、上火状态并没有持续多久，事情很很快有了转机：随着新农村建设工作的推进，越来越多的力量都融入农村的建设发展中来。这几天，板桥乡党委书记夏飞林的办公室里颇为热闹，来人络绎不绝：有好几个企业以及大老板都来到乡里进行考察，他们都想来农村投资！而且，他们中有好几个人都看中了葛卫家所在的泥湾村，他们想在泥湾村以及附近干点儿什么！

这几年，随着葛卫以及村里的人们一起干的农村事业的兴起，他们村由原来的贫困村，成了远近闻名进步村、特色村。同时，板桥乡也为葛卫所在村的农村事业招商引资，开展了很多工作，夏书记更是全力支持葛卫干农村事业，用他的话来说葛卫带头干的农村事业，不仅促进了泥湾村的发展，更为板桥乡的发展种下了一片梧桐树，希望能引来一些能到乡里、村里参与建设与发展的凤凰！

果不其然，凤凰还真的被引来了！在板桥乡政府夏书记以及相关工作人员的陪同下，很多投资商来到泥湾村以及附近村庄进行考察，其中就有人直接和葛卫谈起了合作的事情。而且这个人，还是葛卫认识的一个熟人，就是那个他退伍回来在火车上和其说过话、前几天在垂钓基地重新认识的张宝东！

张宝东就是奔着葛卫以及泥湾村里的农村事业来的！前段时间，他先发制人来到葛卫村里蹲点并和葛卫再次相识，这次，他是带着目的来，而且是有备而来！

"葛老板，希望你不要介意前段时间我在没有说明来意的情况下打探你的农村事业，我真的是抱着学习的态度来了解情况的。"张宝东解释了他前一段时间在葛卫村里了解情况的原因，随后，他开门见山地谈起了合作的事情，"我想和你合作，一起把农村事业做成更大、更好的产业。"

"您想怎么合作？"葛卫对张宝东之前的事先造访并没有过多的想法，本来，他以为张宝东是其他地方的，就像他几年前到处跑着学习一样，所以，两人在交流中，也都有种志同道合的默契感，而现在张宝东说他是来考察项目投资寻求合作的，这让葛卫在感觉有些意外的同时，也有种相见恨晚的惊喜感！

葛卫确实感到很惊喜，这几天，他在绞尽脑汁想办法解决让他头疼的难题，尽管他想到了一些方法，但是都不太理想。与此同时，他理性地意识到这几年他的事业虽然进展得很顺利，也取得了一定的成绩，但是，以他现在的能力和实力，对于村里的发展而言，只是点的作用，要想以点带面，促进面的进步，要想再进一步，突破发展中遇到的瓶颈，似乎并不是那么容易的，他急需注入新的血液，集聚新的能量，那样才能有新的改变！

而现在，张宝东想要来投资合作，仿佛是有一股新的、更强大的力量向葛卫抛来橄榄枝，这对于葛卫来说，是个很好的机会！

"你的很多想法都很吸引人，我们先一起拟订一份发展计划，然后再根据不同项目具体研究，如何？"很快，张宝东和葛卫再次坐在一起，开始洽谈合作的事宜。当葛卫提出要先开发吃住项目、解决温室大棚蔬菜销售问题时，张宝东随后给出了合作条件：在修建农家乐山庄这个项目上，他投资解决资金问题，葛卫负责具体操作，另外，他让葛卫继续保持温室大棚蔬菜的产量，甚至还可以扩大种植规模，他负责解决销售问题以及出资开办食品加工厂。

当然，合作的选择是相互的，合作需求和合作意向要在双方都满意的条件下才能达成一致。面对张宝东开出的合作条件，本来就需要合作的葛卫没有理由拒绝。随后，他们又谈了其他的几个项目，比如在真人反恐游乐场的基础上再开发另外的游乐场所等，也都达成了共识。

"希望我们合作愉快！"很快，葛卫和张宝东签订了好几个项目的合作合同，所有的事情都在稳步地向前推进。

第六十九章
有了娘家

秋去冬来，冬走春现，又到了新的一年。这一年，春节还是比较晚，农历过完元宵节，阳历已经是三月份了。

三月份的邵州市万物生长，春暖花开。农村到处都是一片春意盎然和"一年之计在于春"的春耕春种的繁忙景象。自从去年和张宝东合作以来，葛卫似乎就更忙了，几乎没有休息的时间：他不仅要忙活真人反恐游乐场、垂钓基地、采摘园等项目的日常事务，还要集中精力操心修建农家乐山庄、食品加工厂等。有了张宝东的加入，葛卫的发展进程就提速了不少，他也能更好地施展拳脚了。同时，和张宝东合作，葛卫也学到了很多东西，长了很多见识。有付出，就有回报。经过这几个月的稳步推进，葛卫的村庄里又发生了些变化：在村口，一座集吃和住为一体的农家乐山庄拔地而起，目前已经进入装修阶段，另外，在村庄不远处，一个食品加工厂也正在修建中……

同样，在葛卫全力忙活的这段时间里，找到一件自己喜欢做的事情的马超群也在铆足劲进行创作。

从去年到今年，马超群的生活再次有了新的规律，他把每天的时间做出分配：以写小说为主、和陈瑶谈恋爱次之、经营茶楼养活自己和跑步锻炼身体再次之。马超群对写小说下了很大的决心，虽然从来没有写过小说，甚至很长一段时间没有进行过文字创作的他在动手写的时候，才发现写小说没有他想象的那么简单。但是，有一定文字功底又有无限创作欲望的他也没觉得写小说有多难。马超群每天给自己设定一个写作目标，然后尽可能地去完成，遇到卡住的时候，他会给葛卫和刘海波打电话聊一聊，或者约他们出来坐一坐，继续挖掘两人的故事。另外，马超群的写作动机也比较纯，他只是想尽可能地把他想要表达的东西表达出来，至于会创造出什么价值，以后是否会出版，他还没考虑。

而且，对于马超群以写小说为主业，马爸爸、马妈妈比较支持，他们觉得随他干什么，他开心就好。值得一提的是，马妈妈知道了马超群和陈瑶谈恋爱的事情，她和马爸爸对陈瑶很满意，他们想催促两人早点儿结婚："这么好的姑娘，你别再错过了。"

"写完小说再结婚。"马超群对马妈妈这么说的，也对陈瑶这么说的。他已经把写小说当成一件大事来做。更重要的是，陈瑶也很支持马超群写小说，她和马超群谈恋爱，没那么矫情，她不要求马超群每天围着她转，有时候她还反过来去找马超群，他忙着写小说，她就在一旁静静地喝喝茶、看看书，相处得倒也温馨。

相比于葛卫、马超群有正事的忙碌，在年后，同样有很多事情要操心的刘海波也是不得闲。而且，在四月份的时候，他的人生发生了一次很大的转折。

自从成为两个孩子的父亲后，生活上的刘海波不仅要照顾已经上小学的女儿、还在襁褓中的儿子以及生育之后的妻子，生活负担又让他颇有压力了。所以，他一有时间，就到建材市场打零工搬运地板砖。虽然有点儿累，但好在其他方面都还能应付过来。同时，他个人成长方面也有了进步，通过这几年的学习，他已经顺利拿到大学自考本科的学历了。另外，在工作上，刘海波还是一如既往地在乡政府上班，他那救火救人的英雄光环逐渐淡化，回归到以前一样，让他干什么事情，他就干好什么事情。

面对当前的生活和工作状态，虽然辛苦了点儿，但是刘海波已经习以为常了，他已经习惯于生活平平淡淡的忙碌，也习惯于从市里去乡政府上下班的奔波。不过，人生总会遇到一些大的、可以改变人生走向的机会，这天，刘海波就接到了一个让他的人生发生转折的电话。

"海波，你在清河乡政府工作有七八年了吧，如果组织想给你安排另外一份工作，你有什么想法吗？"电话是封金龙打给刘海波的，这个电话号码还是刘海波退伍回来没多久和封金龙在中心医院门口偶遇的时候留下的，封金龙直接说明了他的意思。

"换个工作？"一开始刘海波还没有听懂。

"对，你当了十二年的兵，也和部队打了十二年的交道，现在又在基层工作这么长时间，符合选调条件了，我给你推荐一份和军人、退伍军人打交道的工作。"封金龙和刘海波细说道。

原来，今年的四月份，国家成立了退役军人事务部。很快，各省市相应组建退役军人事务部门。一周前，根据工作计划部署，邵州市委、市政府组建退役军人事务局，而且，经过市里的任命，拟定由封金龙担任退役军人事务局局长。新成立的部门、新担任的职务，这几天，封金龙一直在忙着组建退役军人事务局的事情。

"退役军人事务局，是新成立的部门，很多关于退役军人的工作都要从头干起，也意味着你要从零开始，把这项工作负责好！"当然，组织上决定由封金龙负责退役军人事务局组建工作的时候，市领导在和他谈话中，明确表示道："你是一名军转干部，对部队很熟悉，对地方工作也很懂，退役军人事务部门，是所有现役以及退役军人、军属们的娘家，作为娘家人，你要把这个家当好。当然，万事开头难，在组建这个部门的工作上，市里绝对支持你，只要不违反原则，你要人给你人，要钱给你钱！"

"明白，我一定竭尽全力干好这项工作。"封金龙向市领导保证，随后，他就和其他负责组建退役军人事务局的同事一起，按照退役军人事务局的组织结构、工作性质、职责要求在相关部门挑选了几个可以胜任退役军人事务局工作的人员，其中，封金龙想到了在部队就扎实能干、在堵路事件中敢做敢担当、在火灾中更是不怕牺牲英勇顽强，一直保持革命军人本色的刘海波，觉得他很适合干退役军人事务工作。

"我服从组织安排。"其实，这个时候的刘海波也不太懂退役军人事务局具体是干什么工作的，他觉得组织需要他干什么，他就干什么。

"那你准备一下，不出意外的话，关于你调动工作的函会在下个星期发过来。"在征得刘海波的同意后，很快，封金龙将他点将的名单呈交给市领导批示。

"我就知道你要这些人。"市领导拿着名单，看到前几个人名字后，就哈哈一笑，随后，他看到了刘海波的名字，便问了一下，"听说这个小刘，就是去年在火灾中救火救人的英雄，是你带过的兵？"

"是，领导。他和我以前同在一个部队服过役，我比他早转业几年。"封金龙没有隐瞒，而是很有底气道，"这次组建退役军人事务局，是我主动找的他，我觉得他能胜任这项工作。如果因为我们是同一个部队的战友要避嫌的话，我想说的是，自从他转业回来，他从来没有找过我，包括他安置工作的时候！还有，他不仅是救火救人的英雄，还是很有工作能力的干将，你还记得前年烈士公祭日我们去慰问在清河乡遇到堵路的事情吗？当时几句话就安抚了村民们的那个乡信访接待办主任，就是刘海波。"

"哦？"市领导也想起来了。

"刘海波身上一直保持着军人的本色，退役军人事务局的主要工作是和军人、退役军人打交道，他行！"封金龙肯定道。

"那行，你看好的人，你自己用，我们该支持的一定支持。"市领导随后就同意了封金龙的要人要求。

没过几天，邵州市退役军人事务局正式挂牌成立！同时，刘海波也就被调到了市里的退役军人事务局上班了。

"同志们，国家成立退役军人事务部门，是对军人尤其是退役军人的关爱，做好退役军人服务工作，也是在为国防事业做贡献！我们一定要认真学习文件要求和上级指示，履行好各项职责，切实把各项工作开展好……"当然，到了新的工作岗位，首先要对相关业务工作进行培训，然后才进入正式的工作。而且，退役军人事务部门是新成立的，尽管有很多工作是从之前的民政部门分离出来的，但是更多的还没有先例，需要退役军人事务部门以及工作人员去摸索、去开创，所以，这段时间里，退役军人事务局上上下下都很忙，忙着学习、忙着开展各项工作。

"好好干！"到了新工作岗位上的刘海波，很有工作劲头。他高涨的工作热情，不仅源于他一直养成的负责、有担当的习惯，更源于他对退役军人事务工作的热爱：自从退伍之后，他本以为和部队以及部队有关的东西都无缘了，没想到这次他又和部队、军人产生了交集。还有，退役军人事务局，不仅是刘海波新的工作单位，更是有着退伍兵身份的他的娘家！而且，通过对相关文件和通知的学习，刘海波意识到国家对军人以及退役军人越来越重视了，每当听到"让军人成为全社会尊崇的职业"这句话，即使退伍有七八年的刘海波依旧热血沸腾、心潮澎湃，他感觉从军的那份荣誉又回来了！

"终于有了这份荣誉！"值得一提的是，成立退役军人事务部门没多久，退役军人事务部门就开展了给退役军人家里发放"光荣之家"光荣牌的这项工作，再次让退役军人感受到当过兵的骄傲和自豪。"既是退役军人又从事为退役军人服务工作"的刘海波在拿到属于自己的以及他给其他退役军人发放的"光荣之家"光荣牌时，他和那些退伍老兵都激动得掉下了眼泪：我当过兵，我曾经是一名光荣的军人！

第七十章
退伍亦兵

一日为兵，终身为伍。每个当过兵的人，军旅的烙印会伴其一生。

"组建退役军人管理保障机构对于更好为退役军人服务、让军人成为全社会尊崇的职业具有重要意义，要把好事办好办实……"担任邵州市退役军人事务局局长以来，封金龙一直在思考怎样开展、如何做好退伍军人保障工作。他在市里工作有十来年了，在此之前也参与过一些关于退伍军人的矛盾纠纷、遗留问题的处理和解决。有因认为安置不均衡而不满的，有正常权益没有得到及时保障而心生怨言的，也有遇到困难求告无门的。他也一直在思索要怎么解决好这些问题，有没有既治标又治本的方法？

"海波，坐我车回去？"近一段时间的天气还不错，不冷不热的，这天下午下班时，从办公室走出来的封金龙看到了也准备回家的刘海波，便叫住了他。

"那敢情好，有车蹭，又可以省两块钱公交车费了。"刘海波也不跟封金龙客气。

"对于做好退伍军人工作，你有什么想法？"上车后，两人先是聊了一会儿家常，随后封金龙很自然地谈到了工作。

"退伍兵也是兵！我身边的几个退伍战友经常说起这句话，我很有感触。"刘海波顿了一下，他想到了和葛卫、马超群一起从部队回来时以及在之后的接触中，几个人都把这句话挂在嘴边，他曾对这句话思考了很久。退伍军人是如何定义自己退伍兵的身份？周围的人又是怎么看待当过兵的人？军人在现役时，刻苦训练、执勤站岗，流汗流血，不怕牺牲，有着"报效祖国、服务人民"的初心。军人在离开部队后，大家更多地是看到他们身上有经受部队培育和锻炼的不怕苦不怕累、敢于奉献、顽强拼搏等诸多的优秀品质，而他们和同龄人相比，所存在的那些文化结构、所获取的社会信息量、心理承受能力、适应能力等多方面的差异呢？

"退伍兵也是兵？"封金龙若有所思。

"或许不同的退伍兵，对军旅有不同的认识，对退伍兵这个概念也有不同的定义。但是，他们的心里终其一生都会有兵的烙印，也或许其他人根据周围人当过兵的对退伍兵有不同的认识。"刘海波也知道退役军人事务局现阶段面临的工作，他结合自身的感受，说出想法，"我们在刚成年的时候，就去当兵了。在部队里，那些首长、老兵们经常告诉我们说有事找组织。是的，在部队，连队就是我们的组织。有什么事情都和班长、排长、连长说。这样，大多数人的心里就形成了共识。而我们离开部队回到地方后，有的参加了工作，有的自谋出路，虽然都有各自的归宿，但是大家的心里似乎没有了在部队时候的那种组织感、依靠感，有很多事情确实不知道要用什么方式解决，也一时找不到解决渠道。"

"我明白你的意思了。"封金龙听得很认真，他沉思了许久，以至于都没有看到红灯早已跳成了绿灯，直到后面的车按了好几声喇叭他才清醒过来，"走，上我家吃饭去，你嫂子不在家，我下厨做几个菜，我们喝几杯，一边喝一边聊。"

似乎是在和刘海波交谈中受到了启发，原本就思考良久的封金龙对退役军人事务局的下一步工作有了思路。随着退役军人保障机构的进一步健全和完善，很快，邵州市的各个街道、乡镇以及社区、村里都成立了退役军人服务站。

"同志们，国家成立了退役军人管理保障机构，上到退役军人事务部，下到各乡村的退役军人服务站，都是为了更好地做好退役军人相关工作。目前，市里退役军人的遗留问题不少，我们要主动作为，争取早日依据法律法规解决好相关问题。不要等到事情发生了或者往不好的方向发展了，再亡羊补牢。对于退役军人来说，退役军人管理保障机构就是他们的组织和娘家。组织和娘家要及时、主动向退役军人靠过去……"在月初工作例会上，封金龙开始全面部署退役军人事务局工作。

随后，邵州市关于退役军人服务保障、双拥优抚、权益维护、安置就业等方面工作如火如荼展开。市退役军人事务局、乡村退役军人服务站工作人员几乎全员出动，对辖区内所有退役军人进行摸排，他们深入到每个退役军人的家里，上门了解、掌握情况，将收集到的问题、意见分类整理，然后积极对接相关部门依法进行处理。

在对退役军人走访摸排行动中，刘海波每天还是很忙碌。邵州市退役军人事务局对各个乡镇分片区进行指导，刘海波每天都要跟着乡镇退役军人服务站的工作人员一起到退伍军人家里去走访、了解情况。几个月下来，市退役军人事务局确确实实解决了很多关于退伍兵"长期得不到解决，甚至要通过上访来寻求解决"的问题。

几个月后，邵州市大部分退役军人遗留问题得到妥善解决，还有部分一时难以解决的问题，也正在和相关部门进行挂账销号、积极推进解决。当然，在对市里退伍军人进行走访摸排的过程中，退役军人事务局工作人员对做好退伍军人保障工作还有另外的认识。这天，刘海波来到封金龙办公室汇报工作："局长，我有个想法想向您汇报。"

"我也正好要找你。"封金龙手上拿着一册文件，朝刘海波摆手说道，"你先说。坐下来，慢慢说。"

"我认为退伍军人就业创业的工作可以进一步加强。"刘海波开门见山道。在走访、了解和整理相关资料后，刘海波对邵州市退役军人就业创业的问题有了深刻认识，也有很多想法。目前，邵州市退伍军人群体中，符合安置工作条件的，都按照政策安置了工作。不符合安置工作条件的占大多数，各行各业干什么的都有，有自己创业当老板的，有在城里学技术打工的，也有在乡下务农的。退伍兵回到地方后，怎样才能更好地就业或创业？他这几天一直在想这个问题。刘海波知道，退伍军人也是普通人，一样要为人生拼搏、努力，为生活奔波、吃苦受累。他们在当了两年、五年、八年、十二年或更长时间的兵之后，再回到地方上，和同龄人相比，他们的人生阅历、就业机会等方面，有很大的差异。要如何弥补这些差异？这是退役军人事务局做好退伍军人就业创业工作急需考虑的问题。"你有什么思路？"封金龙对刘海波说的似乎很感兴趣，他想打开手中的册子，又没打开，接着问道。

"退役军人事务局应该主动作为，一方面根据退伍军人自身条件、特长等，搜集他们的工作意向，另一方面积极和劳务公司对接，定向开展相关工作岗位培训，最后进行双向选择……"刘海波想到前几天马超群找他和葛卫了解情况的时候，葛卫说起退伍回到地方初期，面对找工作有一种很迷茫、不知从何着手的窘迫。他当时就想退役军人事务局是不是可以充当中间人，将需要找工作的退伍军人和需要招聘的劳务公司"串联"起来？

"你来看看这个！"这个时候，封金龙终于将手里的册子递给刘海波。

"退役军人就业创业孵化基地建设计划？"刘海波翻开册子一看，惊喜道。原来，刘海波和封金龙想到一块儿去了。封金龙在摸清和掌握邵州市的退伍军人创业就业情况后，就一直在思考怎样做好这项工作，他已经先着手弄了个初步方案了。

"这个事情，你来牵头负责。"看到刘海波看得津津有味的样子，封金龙给他下达工作任务，继续道，"包括符合安置条件的退役军人，在安置工作前，我们也可以尝试着对他们进行集中岗前培训，对他们的专业特长、就业意向进行摸底，打一个初步评语，作为安置参考意见和岗位推荐。"

"保证完成任务！"刘海波还沉浸在方案中，高兴道。

随后，刘海波和封金龙以及退役军人事务局的工作人员们对退役军人就业创业孵化基地建设方案做出进一步的完善。他们一方面成立专项工作小组和劳务公司对接，另一方面充分发挥那些退伍多年、创业就业颇有成绩的退伍老兵的作用，打算邀请他们来当志愿者，让他们帮扶需要工作的退伍军人创业就业。

"阿卫，来找你商量个事情。"很快，邵州市退役军人事务局退伍军人就业创业孵化基地项目正式启动，各项工作按照方案扎实推进。这天，刘海波找到葛卫，想让他到退役军人孵化基地当志愿者，为做好退役军人就业创业工作尽一份力。

"可以啊，都是穿过军装的人，都是当过兵的兄弟，我很愿意。"葛卫听完刘海波的介绍后，爽快地答应了。并且，葛卫和张宝东也说了这件事，张宝东也表示很支持。

"太好了！"退役军人相关工作开展顺利，刘海波由衷地感到开心。

"大家好，大家可以到处看一看，如果有感兴趣的项目，可以随时联系我。另外，大家对这些项目有什么建议和想法，也都随时可以交流……"接下来，退役军人事务局就分批次组织当前没有找到合适工作、想自己干点儿什么的退伍军人，到劳务公司参观、到退伍老兵开办的企业学习，退伍老兵们也和他们分享了一些就业创业的心得和经验。一场场推动退伍兵就业创业的活动，相继展开。

第七十一章
原是一家

很快，到了这一年的下半年。

经过将近一年时间的忙活和运转，和张宝东合作的葛卫的农村事业已经又进了一大步：村口的农家乐山庄已经装修好并开始运营了，这大大满足了来村里采摘、垂钓、游玩的游客们的吃住需求。颇有意思的是，农家乐山庄招聘的店长是一位熟人：葛卫退伍后第一份工作在酒店当保安，他当时的领导潘经理！潘经理在酒店当了十来年保安经理，他也一直在积累和提升管理方面的经验、能力，而且，他还参加了第一批退役军人事务局退伍军人就业创业孵化基地培训，重新对自己进行了定位，终于找到了擅长的工作领域！同时，葛卫村里种植温室大棚蔬菜产量过多的问题也得到了解决，张宝东通过他的能力拓宽了销售渠道，葛卫负责采购设备、招聘员工、进行培训、抓生产管理而张宝东负责经营项目、打通销售渠道的食品加工厂也修建完毕并进入生产模式，他们还为加工出来的食品注册了品牌，通过网络直播进行带货销售，慢慢地打开了市场。这样一来，葛卫和村民们种植的温室大棚蔬菜就可以正常种植甚至还可以扩大规模了！另外，经张宝东和葛卫研究，他们打算下一步继续开发村里的游乐场游乐项目，而且，两人也都出去考察了一番，确定好项目，便开始着手对游乐场进行新的一轮扩建了……泥湾村，正如葛卫几年前所设想的一样，慢慢地发展成邵州市颇有名气，也颇为吸引人的乡村了！

不仅如此，在和葛卫合作一起开发农村事业的同时，早些年退伍后白手起家，靠在各行各业打工慢慢积累人脉、积累财富，再到自己开厂做生意，从事过很多行业，见多识广的张宝东还了解到，随着国家关于新农村建设工作的进一步推进，比如，眼下又出台了关于乡村振兴的很多政策，尤其是很多农村乡镇都在规划修路、兴建工厂等，这就需要用到很多建筑材料以及混凝土等，之前就在白沙市做生意的他很有资源和人脉，他想在距离葛卫村庄附近、交通便利的地方开个水泥搅拌厂。而且，经过一年多时间的接触，是战友又是合作伙伴的他和葛卫颇为投缘，所以，他想到什么好的项目，都拉着葛卫一起合作。

"张叔，你计划建厂的地方也是我们村里的，下午我就去找村委会谈承包地皮的事情。"葛卫和张宝东合作了这么久，他对张宝东的眼光和本事有着足够的信任，另外，这一年多时间里，两人为了方便联系和交流，在农家乐山庄设立了各自办公的地方，并以山庄为食堂，一心扑在各个项目的建设上的两人吃住都在一起，葛卫跟张宝东学到很多东西，张宝东也对葛卫颇为关爱，他们是合作伙伴，是长辈与晚辈，亦是良师益友。

当然，随着农村事业的顺利开展，以及村里这几年发生的变化，这段时间，葛卫倍感欣慰，也颇为高兴！值得一提的是，在这一年的九月份发生的一件事情，让他开心了好长一段时间。

这天，葛卫收到了他一直资助的那两名贫困学生寄来的感谢信，他们在信里说，他们已经高中毕业了！其中哥哥考上了军校，弟弟也考上了一所很不错的大学。而且，他们还说，哥哥上军校，不用生活费了，还享受津贴，弟弟在大学里勤工俭学，也能挣到生活费了，他们以后都可以自己照顾自己了！他们很感谢葛卫的资助，因为有葛卫，他们的命运才得以改变，他们还表示以后也会将这份爱心传递下去，尽他们最大的能力去帮助别人。

"真棒！"葛卫看完感谢信，他在替两名贫困学生感到高兴的同时，心里不由得涌起一股成就感：自己多年来一直坚持做的一件小事，还真影响甚至改变了别人的命运！这种感觉，太好了！

随后葛卫还想到了虽然这两名贫困学生已经不需要他的资助了，但是这件事还可以继续做下去！

也是巧了，没过几天，葛卫就从电视上了解到邵州市有一个山区县城是省里的重点贫困区，那里有很多因为家庭贫困而上不起学的孩子，而且，邵州市正在对该县城进行对点精准扶贫，其中有一个举措是在当地成立一个慈善教育基金会，希望发动社会力量为该地筹措资金修建学校、资助贫困家庭学生。于是，葛卫很快就联系上相关负责人，表示想要尽一份力。接着，邵州市扶贫工作小组组织捐助者对贫困村庄进行走访，将他们结成帮扶对子。葛卫捐款为当地修建学校的同时，还选择了两户贫困家庭作为资助对象，帮助解决四个孩子上学、生活的难题。

在葛卫一直沉浸于他的农村事业有了再进一步发展的一年多时间里，他的个人问题也在稳步推进。因为平时比较忙，他和张茜约会的时间、次数都少了很多，何况有时候张茜也要加班，所以两人很少有一起约个会、吃个饭的时候，但是，两人谈恋爱已经好几年了，都比较熟悉和理解对方，也计划并开始谈婚论嫁了。而且，葛卫已经在距离张茜上班的中心医院不远的位置买了一套房子，打算作为两人的婚房。

"你和你爸关系怎么样了？我什么时候去拜见他们？"这天下午，葛卫到市里办事，路过中心医院，正好赶上张茜正点下班，难得两个人都有时间在一起约个会，在聊天中，葛卫又想到了见家长的问题。

"正想和你说这个事呢，听我妈说，我爸这段时间也挺忙的，他把白沙市的生意都交出去了，回到邵州市又投资了几个项目，说要先打理一番。"张茜也觉得是时候让葛卫和她家人见面了，而且，她和她爸爸的关系也确实缓和了很多，"上次我回家吃饭，我爸还问我有对象了没有，我说有了。"

"那找个时间，去拜访一下你爸妈？哦，下个月你过生日，要不就在你生日当天，一起见个面？"葛卫有点儿迫不及待，一方面葛爸爸、葛妈妈已经多次催他把婚事办了，另一方面，葛卫也确实想和张茜结婚了。

"也好，到时候我先和我妈沟通一下。"张茜没有反对。

眼下是月末，到下个月也没几天了，这几天，葛卫再怎么忙，也会抽空为张茜准备生日礼物，为拜见未来的老丈人、丈母娘做准备。"一定要好好表现，争取得到张茜父母的认可！"葛卫一想到要正式拜见家长，在激动的同时，也感觉到颇有压力，他可不想因为别的方面的原因而出现不好的情况。

说来也巧，就在葛卫为结婚而做准备时，他的情感方面还出现了一个插曲。这天下午，他接到了好几年都没有联系的唐微微的电话。

"你过得好吗？"电话里唐微微声音有些疲惫。

"还好，你……有什么事情吗？"葛卫听出来唐微微的声音了，他以为她有什么事情要找自己。

"也没什么事情，就是想问问你过得怎么样。"随后，唐微微和葛卫聊了一会儿，唐微微说她离婚了，前几年她和宋铭生了两个女儿，但是宋铭的父母有很严重的重男轻女的思想，所以对她很不满意，而且她婚后才知道宋铭有家暴倾向……最终，唐微微选择和宋铭离婚了。另外，唐微微还说起了唐弟弟在葛卫餐饮店出事后的几年一直滞留在国外，但今年因为涉嫌吸毒等被遣送回国了，也因为之前的事情一并坐牢了。还有，这么多年过去了，唐爸爸和唐妈妈也醒悟过来了，他们托唐微微向葛卫转达歉意。

"以前的事都过去了，以后好好保重。"葛卫告诉唐微微他即将结婚了，其他就没有多说什么了，要不是唐微微打来这个电话，他几乎都忘记了以前的事情，包括他的餐饮店出事以及马超群受伤，也包括和唐家人的恩恩怨怨。

当然，以前的种种，都随风而去了。很快，到了张茜生日这天，白天张茜还是上班，葛卫也比较忙，他们只能约着晚上一起吃饭。张茜昨天就告诉葛卫说她母亲前两天临时有事出差去了，也是要今天晚上才能回邵州，她的父亲一直在忙着他的事情，家里没人做饭，所以，就不让葛卫去她家里拜访了，而是约在饭店里一起吃个饭，也正好见个面。而且在昨天的时候，葛卫也订好了饭店的餐位，买好了蛋糕、鲜花以及生日礼物等，就等着临场发挥了。

"张叔，今天我女朋友过生日，晚饭就不陪你去食堂吃了。"到了下午将近五点钟的时候，葛卫估摸着时间，把手里的活放下，对隔壁办公室的张宝东说了一下去向。

"巧了，晚上我也不去食堂吃饭，今天我女儿过生日，我有很多年没有给她过生日了，我得去陪陪她。"张宝东一看时间，也收拾了一下，就急急忙忙地回去了。

很快，葛卫在精心拾掇了一下个人形象后，开车到了市里，他计划先去中心医院接到张茜，然后一起去饭店。张茜告诉说他爸去接他妈了，他们一会儿到饭店集合。

"茜茜，生日快乐！"随后，葛卫接到了张茜，也提前来到了饭店，他和张茜一边聊天，一边等着张茜父母的到来。当然，这个时候的葛卫颇为紧张，他时不时地观望饭店的门口，随时做好迎接张茜父母到来的准备，他甚至想要张茜给他先看看她父母的照片，不过，张茜就是不给。

"一会儿来了就认识了，不差这一会儿。"张茜看到葛卫紧张的样子，就想笑，她故意逗他道。

然而，没过多久，一件让葛卫觉得很巧合的事情发生了，就在他时刻准备着的时候，竟然看到了他的合作伙伴张宝东和一位女士走进饭店来。

"张叔，这么巧，你在这里给女儿庆祝生日？"葛卫起身和张宝东说话，他想趁机缓解一下自己的紧张情绪。

"还真挺巧，说了不在山庄的食堂吃饭，结果却在饭店碰到了。"张宝东笑着和葛卫打招呼，不过，紧接着，两人都同时瞪大了眼睛，一脸的难以置信，因为这个时候，在葛卫身后的张茜上前一步来，冲着张宝东夫妇喊道："爸，妈。"

什么情况？张茜的父亲就是张宝东？张宝东的女儿就是张茜？

第七十二章
难凉热血

  这一年很快结束，又到了新的一年。这一年，已经是葛卫、马超群、刘海波等人退伍的第十年了。

  在年后，葛卫还是和张宝东合作干他们的农村事业，他们的村里又有了很大的变化：原本的温室大棚蔬菜种植、采摘园、垂钓基地的规模有增无减，成为邵州市颇有名气的农业发展基地不说，在距离真人反恐游乐场不远的地方，又修建好了滑草场、玻璃桥等好几个游乐项目，吸引了很多游客前来游玩！并且，随着网络媒体的宣传，泥湾村成了邵州市远近闻名的网红休闲旅游村！另外，张宝东和葛卫合作的水泥搅拌厂也已经修建完毕并进入生产阶段，每天的业务量还不错！

  当然，另外还有变化的，就是葛卫和张宝东的关系了，他们从合作伙伴变成了一家人！自从知道张宝东就是张茜的父亲后，葛卫再和张宝东见面说话时，就明显地有些客气了。他怎么也没想到，十年前有过一面之缘，这两年又成为合伙人的张宝东就是张茜的父亲！葛卫回想了这两年他和张茜谈恋爱的时候，有几次差点儿和张宝东遇见，但是每次都阴差阳错地错过，才一直没有相见的机会，直到张茜的生日那天。"这也太奇妙了！"葛卫好长一段时间都没有适应过来，他一直感觉像是在做梦一样。

  尽管葛卫没有适应过来，但是张宝东可适应过来了，通过这两年和葛卫的接触，张宝东对葛卫的品行、能力等综合方面都比较了解，并且很快从了解变成了认可。在接下来的共事中，他很快就以家长的身份，催促着葛卫和张茜早点儿结婚，他有时候甚至还会来找葛卫谈心，说他虽然是个好兵、好退伍兵，但不是一个好爸爸、好丈夫，他亏欠家里太多，以至于张茜一直在和自己对着干，每当看到别人的女儿和父亲特别亲的时候，他都在反思自己，现在，他想尽可能地多做一些事情弥补，同时，他更希望葛卫以后好好对待张茜。

"您放心，我会用我的全部去爱张茜的。"葛卫终于清醒了点儿，也连忙以女婿的身份表态。

"这段时间，你们都比较忙，我也挺忙的。结婚的事情不着急，要不我们等下半年找个八一或者十一这种特别的日子举行婚礼吧。"同样没有想到自己的父亲和自己相恋多年的葛卫竟然早就认识了并且是合作伙伴关系的张茜，一开始也感觉到有些不可思议，不过后来她仔细回忆起在和葛卫谈恋爱的时候，也是有好几次和张宝东擦肩而过，导致二人没有相见的机会，她在颇为惊喜的同时，也很快就接受了这一切，随后，她和葛卫商量着结婚的日期。

"好！"葛卫自然是没有意见了。

另外，刘海波到退役军人事务局上班有一年多的时间了。这一年多来，退役军人事务局大力推进退伍兵就业创业工作，退役军人就业创业孵化基地工作取得可喜的成绩，他们已经帮助数百名退伍军人找到了满意的工作。而且，局里也对符合安置工作条件的转业军官和军士按程序按规定进行安置工作，他们创新探索了"安置前集中培训"模式，针对不同安置对象的性格、特长，进行推荐式安置，并且在走访反馈中，满意率达到了百分之百。还有，刘海波本人因工作表现突出，受到了市里的表彰，评获"先进工作者"等荣誉，很快，他成为局里的中层管理职务干部。

到了这一年的七月份，没时间也要抽出时间来的葛卫和张茜即将迎来他们人生中最重要的时刻了，他们开始着手准备结婚的事宜了！都当过兵的他们计划在"八一"建军节那天结婚！而且，也就是在这个时候，马超群和陈瑶两人也传来好消息：马超群写完小说了！他和陈瑶也要结婚了！

经过两年多时间的坚持和努力，马超群还真的写出了一部以"退伍兵"为题材，以葛卫、刘海波等人为原型人物的长篇小说！写完小说之后，他自我感觉还可以！随后，从网上找了几家出版社，把书稿投了过去，然后挑了个时间，就向陈瑶求婚了。当然，陈瑶答应了马超群的求婚。而且，他们和双方父母商量了一下，同样当过兵的他们也打算在"八一"建军节的时候结婚！

好事成双！让马超群没有想到的是，没过几天，他就收到了北京一家出版社同意出版该小说的消息。

"我写的小说可以出版了！"尽管马超群这两年稳重了很多，但是听到这个消息后，他还是欢喜得像个孩子，在陈瑶面前手舞足蹈起来。随后，小说进入出版流程，马超群又忙着和编辑一起，对文稿进行详细修改和完善。

"我认识的这几个退伍兵，一直保持着军人本色，他们中有的一直坚持资助贫困学生，以自己的微薄之力传递爱心，并通过自身努力，在改变自己命运的同时，也帮助改变了别人的命运；有的在平凡的岗位上，兢兢业业工作，很平凡地活着，但是在社会和人民需要的他时候，他迎难而上、勇往直前，他不怕牺牲、敢于牺牲！这些人很普通，甚至在我们身边随处可见，但是，他们又不普通，他们都当过兵，他们都是退伍兵！"很快，在新书的发布会上，马超群颇有感触地说出了他写这本书的初衷，"在部队，有句很唯美的话描述军人，那就是'聚是一团火，散是满天星'。没错，军人在现役时，他们团结一心，凝聚成部队坚不可摧的战斗力。军人在退役后，犹如繁星一般散落在各行各业，依旧闪闪发亮。退伍兵，作为一个特殊的群体，他们经历过部队的锻炼，有着异于常人的经历。但是，他们回到了社会上，在不同的行业和岗位上，和普通人无异，他们不一样，他们又都一样，他们退伍不褪色，退伍不退志！他们是退伍兵！骄傲的退伍兵！闪闪发亮的退伍兵！"

马超群的演讲，赢得了现场经久不息的掌声。同时，他的这本小说也受到了很多观众喜欢。

终于，到了这一年的"八一"建军节这天，葛卫和张茜结婚了，马超群和陈瑶也结婚了，他们同时举行了婚礼！而且，这两对新婚夫妻也约定了，他们的蜜月之行就是回老部队看看！

很巧的是，在八月末的时候，刘海波也迎来了年假，他和杜青青以及杜爸爸、杜妈妈商量了一下，他们也打算和葛卫、张茜、马超群、陈瑶一起去松江市的部队看看，因为杜明在松江市当兵！而且，杜明还特意打电话回来说几天后的中秋节便是军营开放日，正好可以参观一下部队。

于是，刘海波和杜青青带着杜爸爸、杜妈妈以及女儿、儿子，葛卫和张茜以及张宝东夫妇，马超群和陈瑶等人，一起踏上了去松江市的旅途，他们将分别回到各自的部队去看一看。并且，葛卫还给他的葛班长打了电话，问他是否有空，没想到家庭和事业也都颇为顺利的葛班长正好有时间，于是，他从山东出发，第二天到松江市和葛卫会师。

"老兵同志，尖刀部队团一营一连一排正在组织军营开放日，请大家随我们指引参观营区。同时，我代表部队现役官兵对老兵以及军属们的到来，表示热烈欢迎。"很快，刘海波、葛卫、马超群一行人来到了松江市，回到了之前他们服役的部队，在刘海波之前服役的部队里，官兵们整齐列队，现任排长杜明向前来参观部队的家属们报告。

"感谢中尉同志，我代表退伍老兵，向现役的你们致敬！"刘海波向杜明敬礼，他和杜爸爸、杜妈妈以及杜青青看到杜明留着短发，虽然晒黑了，但是身体壮实了，很精神、很干练！他们终于理解了杜明之前执意报考军校，立志成为一名军人的选择。其中，刘海波的女儿盼盼看到舅舅杜明穿着军装的样子，一直嚷嚷着："舅舅，你好帅，我长大了也要当兵！"

当然，葛卫、张茜和马超群、陈瑶以及葛班长等人也都在各自当年服役的部队转了一圈，他们很有感触。其中，葛卫还见到了已经是四级军士长军衔、前几年就在松江市成了家并育有一儿一女的孙明正，他们自然是相谈甚欢！

"十年前，我们几个人从松江市的部队退伍回来，在火车上相识。没想到，十年后，我们又一次从部队一起回来。"参观完以前服役的部队，也旅游完，葛卫、马超群、刘海波等人又一起乘坐飞机回到邵州市，在飞机上，颇为感性的葛卫想到了十年前他们几个人退伍回来相遇的情景，不由得感慨万千。

"是啊，这一晃，我们退伍将近十年了！"接着，一旁的马超群接话道，"要是当初我们都留在部队，这十年的人生，该是怎样？"

"现在部队比之前好多了！各方面的硬件条件不说，其他方面也都焕然一新了，人民军队正加快国防和军队现代化建设，朝着建军百年奋斗目标阔步迈进！"因为一直和杜明有沟通，对部队现状了解多一点的刘海波明显感受到部队和以前不一样了，现在的他很清楚地意识到，正是一茬茬官兵的更新，部队才能有新鲜血液，有新的活力！

"没错！部队既要继承优良传统，也要不断发展。还是卫哥的那句话，不管是留队，还是退伍，都是一颗红心，不管走上什么路，都是自己的人生路！"随后，马超群总结道，"选择不同，人生路就不同。我们当过兵，我们的人生有过当兵的历史，不管以后我们的人生路会走向哪里，我们要永远记住，我们曾是一个兵！我们都是穿过军装的人！"

"对，我们有一个共同的名字，叫退伍兵！我们都是穿过军装的人！"几个人都不约而同地欢笑在一起，当过兵，他们从不后悔，有过军旅的经历，他们倍感自豪！

十年饮冰，难凉热血。当过兵的人，不管相隔多远、不管身居何处，他们对部队、国防事业的热爱，永远也不会减少半分！而且，他们会用过来人的方式，支持着国防事业的建设和发展。

"阿卫，当兵和上大学，冲突吗？去当兵，能有发展吗？"在葛卫和张茜刚结婚旅游回来没几天，他就接待了两个来咨询部队情况的人。一个是葛卫的四姨，四姨说葛卫的表弟去年考上了大学，马上开学读大二了，但是他打算先休两年学，去当兵！这可吓着了四姨，她便想让当过兵的葛卫帮着劝一劝，让表弟安心上学。另外一个是葛卫的二叔，葛卫的堂弟今年大学毕业，即将参加工作，但是他想去当兵。好不容易供儿子上完大学，眼看着儿子就能工作挣钱的二叔也是想让当过兵的葛卫帮着劝一下。

"不冲突！学校会保留学籍的！"葛卫向四姨解释了一些国家对于在读大学生选择去当兵的相关政策以及他所了解到的部队现状，他很支持表弟去当兵。"不是发展不发展的问题，是年轻人尤其是年轻大学生应该有的责任意识、国防意识、忧患意识。"同时，葛卫也这样对二叔说的，"二叔，我绝对支持您儿子去当兵！如果您觉得家里含辛茹苦地供您儿子上了几年大学，他没能及时地报答你们，那这样，您让他去当兵，他当几年兵，我替他在家里给您老尽孝几年！"

随后，经过葛卫的劝导，他的表弟、堂弟都顺利地去当兵了。

第七十三章
有战必回

"退伍回来整整十年了！回到家乡干农村事业也有四年半的时间了！"几个月过去，到了这一年的年底，葛卫在临近年关的时候，找了个时间，安静地坐了一会儿，他在对今年的农村事业以及生活等各方面进行一次自我总结后，同时也对退伍十年尤其是干农村事业以来的这段人生中比较重要的时期，用回忆的方式进行了一次总结。

人生有很多个阶段，在不同的阶段有不同的思想、见识、角色、生活态度等。在总结过程中，葛卫心里满是感慨：经过几年的辛苦付出，他的农村梦想已经实现了很多！他当初选择在农村干点儿什么的时候，有很多想法，而如今，他对于家乡建设的大部分想法都按照他那时候构建的蓝图实现了！在葛卫的努力和带动下，他们的泥湾村和五年前相比，发生了翻天覆地的变化！原来的贫困村，不仅稳稳当当地摘下了贫困帽，村民的生活水平也得到了大幅度的提升，村里的各项产业，更是如雨后春笋，接连不断地拔地而起。现在的泥湾村，不再是葛妈妈说的那个连附近村庄的女孩子都不愿意嫁过来的笑话故事时代了，如今一提到泥湾村，周边乡镇甚至别的县市，都知道有这么个地方，而且发展得还不错，成了大家眼中的好地方。在去年，泥湾村还被乡里、市里表彰为"模范村"！这些虽不能说都是葛卫的功劳，但是他能作为其中一分子参与到村里的进步和发展中，这点就足以让他很有成就感，很骄傲！

值得一提的是，在前几天，邵州市退役军人事务局为了表彰在各行各业表现突出的退役军人，在全市范围内开展了一项"年度最美退役军人"的评选活动，而葛卫作为板桥乡的优秀乡镇企业家，经过几番推荐和筛选，十分荣幸地被评为邵州市年度"十佳最美退伍军人"之一！

当然，面对家乡的巨变，面对获得的荣誉，葛卫在倍感自豪的同时，他也很清楚，"农村事业"只是取得了阶段性的成绩，以后还有很长的路要走。在接下来，已经是一家人的葛卫和张宝东依旧是合作伙伴关系，他们打算继续在村里发展，并且，他们又瞄准了好几个项目，准备一起接着干！

同时，在这一年，工作上取得阶段性成绩的，还有刘海波。年末，刘海波在退役军人事务局年终总结中被评为"优秀工作者"，他的付出得到了回报，根据局里相关人事规章制度，他被提拔为中层干部了！

还有，在年底的时候，随着马超群那本以退伍兵为题材小说的畅销，已经有影视公司来找他签约小说改编影视的版权了，他们计划将小说拍成电视剧！有了收获、有了肯定，就更加有动力了，接下来，马超群想着再继续挖掘一些退伍兵的素材，他要继续写好退伍兵的故事，他要为退伍兵代言！

另外，通过这几年的努力，也是在农村干事业的唐鹏鹏已经把他之前的养殖产业扩大了一倍，而且成立了相关的品牌农场，他也成了邵州市知名的企业家。

"一切都在进步，都在向好的方向发展！"退伍回来有十年时间的葛卫、马超群、刘海波以及唐鹏鹏的人生路都在一步步变好，他们用他们的努力、以他们的方式，书写着属于他们的精彩故事。他们相信，不管以后怎么样，他们都会不怕苦、不怕累，有勇往直前的勇气，有敢闯敢拼的豪气，有不怕困难、敢担当、敢作为的信念，坚持一朝为兵，终身为兵！生命中有过当兵的历史，经历过部队的教育和锻炼，不管他们身居何处、不管何时，他们当过兵，他们就会有当过兵的样子！退伍兵也是兵！他们也一定会永葆军人的本色，走好自己的人生路，以社会主人翁的意识和干劲，成为时代发展的弄潮儿！

"爸，马上过年了，今年我们都到乡下过年吧，一起热闹热闹！"春节临近，这天，葛卫找到张宝东，邀请他和岳母到乡下和葛爸爸、葛妈妈一起过年。

"好啊，这里就是我们的家，我们一家人团团圆圆的！"张宝东满口答应道。

然而，世事无常，天灾人祸的发生，总是那么猝不及防。春节前夕，当全国各地的人们都在忙活着购置年货，准备欢欢喜喜过春节的时候，中国人正面临一场严峻的考验：湖北省武汉市出现了一种新型病毒肺炎，传染性比较强，且当时对它的认识为零。更糟糕的是，随着城市之间的人口流动，全国各地也都出现了相关病例！

与此同时，国家卫生部门也及时作出应对新型病毒的决策和举措，一场防疫战斗打响了！

随着疫情越来越严重，武汉采取封城，全国各地多个城市实施封控！很多地方进入了战时！

"若有战，召必回！"在这段时间里，通过政府相关部门以及新闻媒体的通报，人们对这次疫情的严重性、国家正采取的应对措施有了及时地了解，大家都团结起来，积极响应政府号召，齐心协力，共同抗疫。其中，在葛卫的农家乐山庄里，准备一起过年的葛卫和张宝东等人在密切关注疫情的同时，他们很快想到了一个问题：作为此次疫情重灾区的武汉市在封城后，城里的人们肯定需要大量的生活物资！虽然没有接到命令的召唤，但是确实有战斗在打响，作为退伍兵的他们马上就坐不住了，接着，两人就和邵州市的抗疫工作部门联系上，他们表示要有所行动！

"食品加工厂停工，温室大棚蔬菜基地里的所有蔬菜在满足本市需要的基础上，全部无偿支援武汉！"很快，葛卫和张宝东做出决定，同时，相隔不远的唐鹏鹏也积极响应，他也决定向疫区无偿捐赠一定数量的养殖产品！随后，一车车来自葛卫所在的村庄的温室大棚蔬菜种植基地的蔬菜瓜果、农副业产品，从邵州市出发运往武汉！

"共同抗疫！一定要打赢这场没有硝烟的战斗！"当然，在举国上下一起抗疫的同时，邵州市退役军人事务局也成为防疫、抗疫的重要力量！在这期间，封金龙和刘海波等人带领退役军人事务局工作人员积极响应国家号召、落实相关规定，按照邵州市防疫部门的统一部署，到各个地区设置工作点，参与防疫工作。

另外，马超群等人也积极和他们家所在的社区、街道办事处等组织取得联系，他们主动要求去当志愿者，为抗疫尽一份力。

当然，抗疫的主力军，还是以医护人员为主。很快，按照国家卫生部门对于防疫工作的指示和部署，从全国各地抽调医护人员到这次疫情的重灾区武汉去支援医疗救护工作。这天，邵州市中心医院接到医疗人员抽调命令，随后，院领导连忙召开全体医护人员大会，动员组织医疗支援队。

"我申请去！我申请去！"在中心医院会议室里，数百名医生护士同时请战，更有人联名写下请战书。

"老公，我是一名医生，又是退伍兵，若有战，召必回！这个时候，我一定要去。"向中心医院提出申请加入支援队伍的名单中，有张茜。她在写好请战书，做好了上一线的准备后，还给葛卫写了一封遗书："如果我没能回来，你就当没遇到过我。当然，我也希望能顺利回来，那样的话，我们就抓紧时间生个小孩，我们一家人永远都在一起！"

"老公，我也上一线了。你在家照顾好自己，你放心，我们一定会安全回来的。"同样请战参加支援队伍的，还有陈瑶，她也在写信和马超群告别。

"老公，说实话，以前有些不理解你，不顾自己的安危，去救火、救人。现在，我想向你学习，我请战去武汉，你在家照顾好孩子，等我回来。"也是在这天晚上，杜青青也写下了请战书。

"老公，这次我带队去武汉，你在家安心工作，等我回来。"在封金龙家里，他的妻子肖燕也在和他告别。肖燕作为邵州市中心医院的副院长，这次，她主动请缨带领医疗队去支援武汉。

白衣批甲，共同战疫！很快，由邵州市中心医院副院长肖燕带队，包括杜青青、张茜、陈瑶在内的数十名医护工作者，踏上了支援武汉的征程。

"你们一定要平安回来！我们一定会战胜疫情的！武汉加油！中国加油！"在邵州市火车站，葛卫、马超群、刘海波、封金龙等人在送别有他们的爱人参加的支援武汉的医疗队时，他们心里虽有万般不舍，却也毅然、决然。

"若有战，召必回！"在随后的时间里，葛卫、张宝东、马超群、刘海波、唐鹏鹏等人要么坚守在岗位上，要么在社区、街道当志愿者，在这场没有硝烟的战斗中，他们尽最大的努力，来践行他们心中永远不曾忘却的誓言。同时，杜青青、张茜、陈瑶和肖燕她们在武汉纷纷剪下头发，穿上了厚厚的防护服，按照统一部署，在不同的岗位上，尽全力参与各项支援工作！

国难当头，举国抗疫！国人只有团结起来，万众一心，众志成城，集所有人的力量，方能战胜疫情！

终于，经过全国人民几个月时间的共同努力，武汉疫情得到控制！紧接着，各类医院的患者陆陆续续"清零"！

抗疫战斗取得很大的胜利！

随后，各地支援武汉的医疗队伍完成支援任务，他们开始有秩序的打道回府！

"欢迎英雄们凯旋！"这一天，邵州医疗队的大巴车从武汉回到了邵州，邵州市政府和人民给予抗疫归来的英雄们最高的礼遇，数万名市民自发来到邵州市高速公路出口，夹道欢迎抗疫英雄们归来。大家挥舞着红旗，大声呐喊着，现场十分让人感动。

在人群中，葛卫、马超群、刘海波等人显得更为激动，他们恨不得立即冲上去拥抱刚从战场下来的英雄！拥抱他们的爱人！不过，英雄们现在还不能直接回家，她们还需要进行医学隔离。所以，他们只能隔着车窗和他们的爱人匆匆见了一面。

很快，到了五月份，初夏的邵州市，阳光明媚，气温颇为宜人。这个时候，全国范围内的疫情已经好转了很多，虽然各地还有零星境外输入感染者，但各行各业均已在慢慢恢复生产，全国各地基本恢复到从前的热闹和繁荣。

这天大清早，太阳照常升起，封金龙、葛卫、马超群、刘海波等人捧着鲜花，早早地来到了酒店门口，来接他们的爱人！参加支援武汉医疗队伍的肖燕、张茜、陈瑶、杜青青等人已经隔离完毕，她们可以回家啦！

"回家啦！我们一起回家吧！"当封金龙、葛卫、马超群、刘海波和肖燕、张茜、陈瑶、杜青青在酒店门口相见时，他们分别紧紧抱住自己的爱人，久久舍不得松开。这时，灿烂的阳光照耀在他们的身上，折射出金子般的光芒。